首届向全国推荐优秀古籍整理图书

高亨注

诗经今注

上

上海古籍出版社

圖書在版編目(CIP)數據

詩經今注 / 高亨注. —上海: 上海古籍出版社, 2019.3 (2024.5重印)
(中國古典文學叢書)
ISBN 978-7-5325-9122-0

Ⅰ. ①詩… Ⅱ. ①高… Ⅲ. ①古體詩—詩集—中國—春秋時代②《詩經》—注釋 Ⅳ. ①I222.2

中國版本圖書館 CIP 數據核字(2019)第 034739 號

中國古典文學叢書
詩經今注
(全二册)
高 亨 注
上海古籍出版社有限公司出版發行
(上海瑞金二路 272 號 郵政編碼 200020)
(1) 網址: www.guji.com.cn
(2) E-mail: guji1@guji.com.cn
(3) 易文網網址: www.ewen.co
上海展强印刷有限公司印刷
開本 850×1168 1/32 印張 23 插頁 12 字數 437,000
2019年3月第3版 2024年5月第2次印刷
印數 3,101—3,900
ISBN 978-7-5325-9122-0

I·3353 平裝定價: 88.00 元
如有質量問題, 請與承印公司聯繫
电话: 021-66366565

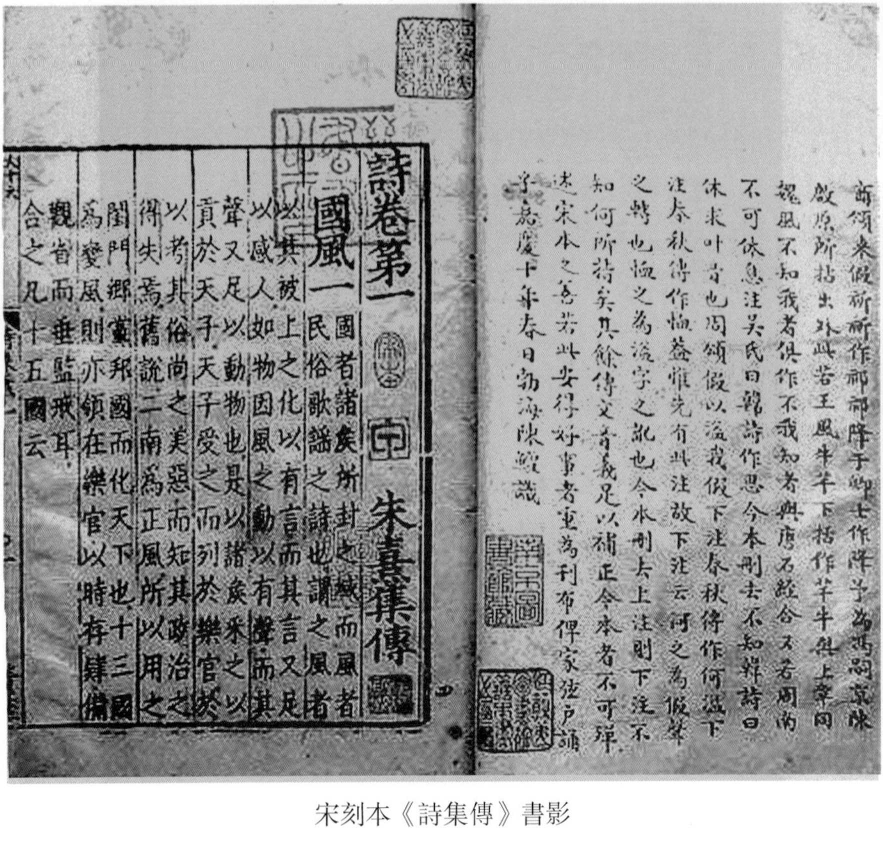

宋刻本《詩集傳》書影

毛詩註疏卷第二 二之一

漢鄭氏箋

唐孔穎達疏

毛詩國風

邶柏舟詁訓傳第三 陸曰鄭云邶鄘衛者殷紂畿內地名屬古冀州自紂城而北曰邶南曰鄘東曰衛衛在汲郡朝歌縣時康叔正封于衛其末子孫稍并兼彼二國混其地而名之作者各有所傷從其本國而異之故有邶鄘衛之詩王肅同從此訖豳七月十二國並變風也○邶蒲對反本又作鄁字林方代反 柏音百字又作栢

邶鄘衛譜 邶鄘衛者商紂畿內方千里之地○正義曰地理志云河內本殷之舊都周既滅殷

毛詩疏 卷二之一 汲古閣

明汲古閣刻本《毛詩注疏》書影

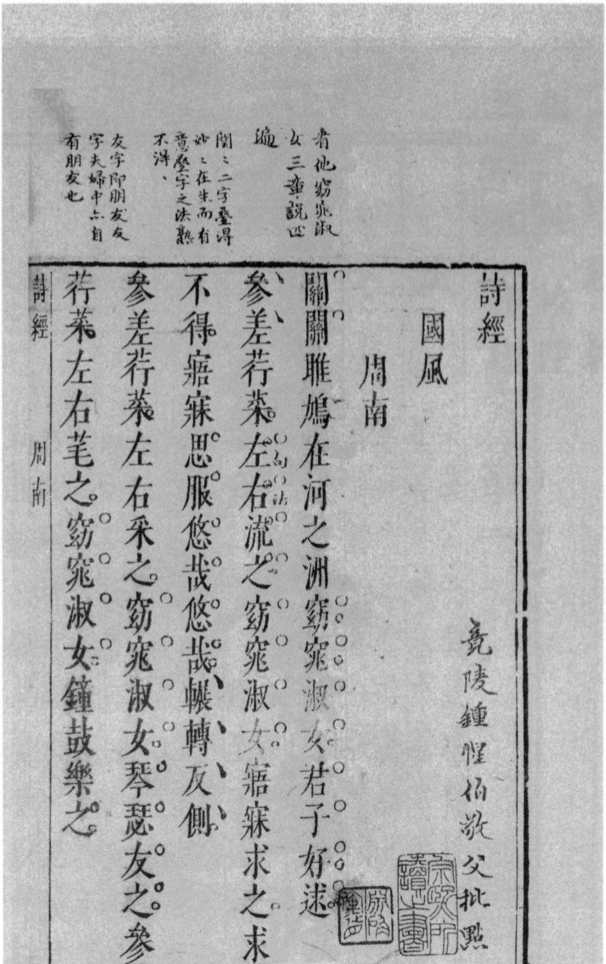

明泰昌元年閔刻鍾惺評點三色套印本《詩經》

前言

我們社會主義的新中國，勤勞勇敢的人民，在黨的英明領導下，正在進行新的長征。際此人人揚鞭躍馬，爭攀高峰，向四個現代化進軍的時刻，我們怎能不加倍努力呢!?

我是一個書生，幾十年來，尤其是解放以後，總是爭取多作一些研究工作，多貢獻一點極爲微小的力量，已經著有專書十幾種，刊行問世。最近所作《詩經今注》由上海古籍出版社出版，這又使我得到鼓勵，爲之欣舞。

《詩經》是我國最早的一部詩歌總集，前人的注釋很多，其中有些是正確的，有些是錯誤的。我讀古書，從不迷信古人，盲從舊説，而敢于追求真諦，創立新義，力求出言有據，避免遊談無根。這本《詩經今注》就是抱着這種態度而寫成的。

例如《周南·麟之趾》：

麟之趾，振振公子，于嗟麟兮！

麟之定，振振公姓，于嗟麟兮！

麟之角，振振公族，于嗟麟兮！

舊注說，這首詩是贊美魯國的公族，把公族比作麒麟。請看，詩人描寫麒麟的足、頂和角，又描寫成羣的公族，最後則爲麒麟而悲歎（于嗟）。這是贊美公族嗎？當然不是。據《左傳》記載：「（魯）哀公十四年春，西狩於大野，叔孫氏之車子鉏商獲麟，以爲不祥……仲尼觀之曰：『麟也。』」又據《孔叢子》記載，孔子當時曾作了一首《獲麟歌》：「唐虞之世麟鳳游，今非其時來何由？麟兮麟兮我心憂。」（《公羊傳·哀公十四年》楊士勛疏引）我認爲這首七言三句詩是後人僞作，《麟之趾》一詩才是孔子所作的《獲麟歌》，被後代儒者編入《詩經·周南》之中。《公羊傳·哀公十四年》中說孔子看到魯人打死的麒麟，「反袂拭面，涕沾袍」。此詩則反復悲歎，兩者的意味是相合的。

總之，我注《詩經》是依循它的本文，探求它的原意。但錯誤也在所不免，希望讀者予以指正！

高亨

一九八〇年四月寫於北京

詩經簡述

一　詩經的來歷

《詩經》共三百零五篇，簡稱「三百篇」，是我國第一部詩集，周代前段五百多年間的詩歌選録。它的來歷據西漢人説，是古代帝王爲了考察風俗的好壞，政治的得失，設有采詩的官，把采來的詩篇獻給樂官大師，大師再獻給天子。這種説法顯然是有意爲封建統治者吹嘘，因爲先秦古書並没有記載過采詩的官和采詩的事，所以周代是否有這種制度，還不能論定。但漢人所説那時的詩篇最初都集中在樂官手裏，却是事實，有兩個證據可以説明這一點：第一，詩三百篇都是樂歌，所以《墨子》説「誦詩三百，絃詩三百，歌詩三百，舞詩三百」（《公孟篇》）。樂歌原來是供統治階級娱樂的東西，樂官正是掌管詩歌、音樂、舞蹈，給統治者們服務的人，那末樂歌和樂官在當時是分不開的，編輯樂歌的人就應該是樂官了（樂官編輯之後，才轉爲統治階級的教育課本)。第二,據《左傳·襄公二十一年》記載:「吳公子札來聘,請觀於周樂,使工爲之歌《周南》、《召南》、《邶》、《鄘》、《衛》、《王》、《鄭》、《齊》、《豳》、《秦》、《魏》、《唐》、《陳》、《鄶》、《小雅》、《大雅》、《頌》。」所謂周樂,差不多包括了今本《詩經》全部(只有《魯頌》、《商頌》不在内),這些詩是魯國樂工所歌,而稱做「周樂」,那末編輯者應該是周王朝的樂官了。

周王朝的樂官所以能够得到這些詩歌,大約有三個來源:第一,王朝的貴族爲了充實音樂,爲了祭祀鬼神,爲了誇耀功業或别種目的,作成詩歌,交給樂官。《周頌》裏應該有些詩篇是出於這個來源。第二,王朝樂官爲了給貴族服務,盡到他的責任,留心搜集流傳在民間的或出於士大夫之手的詩歌(並不是專職的采訪)。《小雅》、《大雅》及《王風》裏應該有些詩篇是出於這個來源。第三,諸侯各有樂官,掌管本國的樂歌,諸侯爲了尊重王朝,交换音樂,派人把樂歌獻給王朝。《王風》外的十四國風及《魯頌》、《商頌》裏應該有些詩篇出於這個來源。《國語·魯語》説:「昔正考父校(校當讀爲效,獻上之意)商之名頌十二篇於周太師……」便是例證。

通過上述的三個來源,周王朝樂官掌握了不少詩歌,並隨時增加,隨時編選,經過五百多年,樂官們才完成了這部書的編輯工作。所以我們説《詩經》是周王朝各個時期的樂官所編輯。

到了春秋末期,孔子把《詩經》加以重訂,做爲他教育學生的課本。他説:「吾自衛返魯,然後樂正,雅頌各得其所。」(《論語·子罕篇》)可見《詩經》是經過孔子重訂的。

《詩經》這部書,原來當有三百二十篇左右,不幸遭到秦始皇的焚燒,禁止學習,到西漢初年，還剩下了三百零五篇。

西漢時期傳《詩經》的有四家：魯人申培所傳的通稱「魯詩」，齊人轅固所傳的通稱「齊詩」，燕人韓嬰所傳的通稱「韓詩」，魯人毛亨所傳的通稱「毛詩」。魯、齊、韓合成一個宗派，他們的傳本經文都用漢代通行的隸書寫成，所以叫作「今文詩」。毛自成一個宗派，據説他的傳本經文原用先秦古文寫成的，所以叫作「古文詩」。四家經文小有不同，解説多有歧異，今文家和古文家歧異更甚。齊詩亡於曹魏，魯詩亡於晉朝的東渡，韓詩亡於宋朝的南渡（只有《韓詩外傳》尚存），現在《詩經》只有毛亨所傳的一種本子了。

二 詩經的分類——風、雅、頌

《詩經》原來分爲三類，就是風、雅、頌。

風包括《周南》、《召南》、《邶》、《鄘》、《衛》、《王》、《鄭》、《齊》、《魏》、《唐》、《秦》、《陳》、《檜》、《曹》、《豳》十五國（實際《周南》、《召南》不是兩國的詩歌），合稱十五國風，共一百六十篇，多數是民間歌謡。宋代王質（《詩總聞》）、程大昌（《詩議》），清代顧炎武（《日知録》），近代梁啓超（《釋四詩名義》）等人認爲南也是《詩》的一類，應該從風中劃出，就把《詩經》分爲南、風、雅、頌四類。這種説法是不對的。第一，二《南》的主要部分也是民間歌謡，和其餘十三國風性質相同。第二，《左傳·隱公三年》：「風有《采蘩》、《采蘋》。」《采蘩》、《采蘋》都是《召南》的一篇，可見《左傳》作者認爲《周南》、《召南》屬於風。《周禮·大師》、《禮記·樂記》、《荀子·儒效》論《詩》，都是風、雅、頌三類並舉，而不及南。可見《周禮》作者、《樂記》作者和荀卿都認爲《詩經》只有風、雅、頌三類，南屬於風，不是自爲一類。先秦人對於三百篇的類别，不致弄錯。因此，我們説二《南》也是風詩。風本是樂曲的通名。《大雅·崧高篇》：「吉甫作誦，其詩孔碩，其風肆好。」其風是説《崧高》詩的曲調。《左傳·成公九年》：「樂操土風。」土風就是本土的曲調。《左傳·襄公十八年》：「吾驟歌北風，又歌南風，南風不競，多死聲。」北風就是北方的曲調，南風就是南方的曲調。《山海經·大荒西經》：「太子長琴……始作樂風。」《海内經》：「鼓延是始爲鐘，爲樂風。」樂風就是樂曲。由上述五個例證看來，風本是樂曲的通名了。樂曲爲什麼叫作風呢？主要原因是風的聲音有高低、大小、清濁、曲直種種的不同，樂曲的音調也有高低、大小、清濁、曲直種種的不同，樂曲有似於風，所以古人稱樂爲風。同時樂曲的内容和形式，一般是風俗的反映，所以樂曲稱風與風俗的風也是有聯繫的。由此看來，所謂國風就是各國的樂曲，《衛風》就是衛國的樂曲，《曹風》就是曹國的樂曲，餘可類推。在這裏應該指出：風一方面是樂曲的通名，一方面又是風詩的專名，正如「書」一方面是書籍的通名，一方面又是《尚書》的專名；「詩」一方面是詩歌的通名，一方面又是《詩經》的專名。（先秦時代《尚書》只稱爲《書》，《詩經》只稱爲《詩》。）名詞含義的演變常有這種現象。

雅有《小雅》、《大雅》，合稱二《雅》，共一百零五篇，都是西周王朝直接統治地域——「王畿」的詩歌，多數爲朝廷官吏（公卿大夫士）的作品。雅是借爲夏字，《小雅》、《大雅》就是《小夏》、《大夏》。因爲西周王畿，周人也稱爲夏，所以《詩經》的編輯者用夏字來標西周王畿的詩。這個説法是有根據的：第一，雅夏二字古通用，《墨子·天志下》引《詩經·大雅》作《大夏》，足證古本《詩經》，《小雅》、《大雅》也作《小夏》、《大夏》。第二，二《雅》都是西周王畿的詩，這從詩篇的整個内容來看，是可以肯定的。（只有《小雅·大東》等似是東周域内人所作。）春秋時人引《小雅》詩句，曾稱爲「周詩」（見《國語》中《晉語》、《楚語》），引《大雅》詩句，也曾稱爲「周詩」（見《左傳·襄公三十一年》、《國語·楚語》）。所謂「周詩」，就是西周王畿的詩。至於東周王畿的詩則是《王風》了。而西周王畿，周人也稱爲「夏」（見《尚書》中《康誥》、《立政》），這個地域後歸秦國所有，從而這個地域的詩篇就是《秦風》了。春秋時人尚稱《秦風》爲「夏聲」（見《左傳·襄公二十九年》）。由此可見，雅是借爲夏字，夏是西周王畿的舊稱，《詩經》的編輯者用夏字標明這部分詩篇産生的地域。第三，《詩經》三百篇都是以地域分編，用地域名稱加標題的。十五國風的十五國（《王風》的王代表東周王朝的統治區）、《周頌》、《魯頌》、《商頌》的周、魯、商，都是代表地域，可見二《雅》的雅也是代表地域，即借爲夏字。如果不是這樣，二《雅》是哪個地域的詩歌就表示不出來了。雅詩爲什麼有小大的區别呢？古説都不圓通，現在還得不出確解。

頌有《周頌》、《魯頌》、《商頌》，合稱三《頌》，共四十篇。大體是西周和魯國、宋國的最高統治者用於祭祀或其它重大典禮的樂歌。這類詩爲什麽叫作頌呢？頌就是歌頌之頌，贊美之意。三《頌》的詩，其中心内容是贊美在位的周王、魯侯、宋公或其祖先的功德，其專用範圍限於周王、魯侯、宋公舉行祭祀或其它重大典禮，所以叫作頌。這是頌詩兩個基本條件，至於風詩、雅詩中也有贊美王與公侯或其祖先的詩篇，適合前一條件，但不適合後一條件，所以不列入頌詩。

總之，風雅頌的區别：風是民間歌謡，但也有些例外；雅是朝廷官吏的作品，而《小雅》又有些民間歌謡；頌是王侯舉行祭祀或其它重大典禮專用的樂歌。三者的界限並不嚴格。這是詩三百篇在歷史上的分類，我們現在研究《詩經》，應該從它們的思想内容去分類，不必拘守風、雅、頌了。

三 詩三百篇的地域和時代

《詩經》原來是按照三百篇的産生地域分編，共計周南、召南、邶、鄘、衛、王（東周）、鄭、齊、魏、唐、秦、陳、檜、曹、豳、雅（即夏，西周）、魯、宋十八個地域，所以從地域上劃分，比較容易；但有没有錯編地域的詩篇，則不可知。

三百篇的産生時代，是由西周初期到春秋末期，共約五百多年（公元前一零六六年至前五四一年前後）。但是某篇作於周代哪個王朝，絶大多數無從考定，甚至哪幾篇是西周作品或東周作品，也無根據可資論斷。所以從時代上劃分，比較困難，只能勾出一個輪廓而已。

現在把三百篇的地域和時代結合在一起，做個扼要的敍述。

（一）十五國風

《周南》、《召南》《周南》詩十一篇，《召南》詩十四篇，都是南方的作品。西周初期，周公姬旦長住東都洛邑，統治東方諸侯；召公姬奭長住西都鎬京，統治西方諸侯，由陜（今河南陜縣）分界。這個統治區的劃分，大概相沿很久。周南當是在周公統治下的南方地域。召南當是在召公統治下的南方地域。根據二《南》詩，《周南·汝墳》：「遵彼汝墳。」《漢廣》：「漢之廣矣，不可泳思！江之永矣，不可方思！」可見周南疆域北到汝水，南到江漢合流即武漢地帶。《召南·江有汜》：「江有汜。」「江有渚。」「江有沱。」可見召南南到武漢以上長江流域的地帶。二南的地域應該包括當時一些國家，如楚、申、呂、隨等都在其內。二《南》詩中有東周作品，也可能有西周作品。

《邶》、《鄘》、《衛》 共詩三十九篇，在春秋時代便已混在一起，今本《詩經》，《邶》十九篇，《鄘》十篇，《衛》十篇，是漢人隨意分的。春秋時人認爲《邶》、《鄘》、《衛》都是衛國的詩，《左傳·襄公二十九年》：「吳公子札來聘，請觀於周樂……使工……爲之歌《邶》、《鄘》、《衛》。曰：『是其衛風乎。』」《左傳·襄公三十一年》衛北宮文子引《邶風》稱爲「衛詩」，就是明證。衛國疆土在今河北南部及河南北部。西周初年，成王封他的叔父姬封於衛，都朝歌（即今河南淇縣東北的朝歌城）。春秋時衛文公遷楚丘（在今河南滑縣東），衛成公又遷帝丘（即今河南濮陽縣西南的顓頊城）。舊説邶在朝歌北（今河南湯陰縣東南的邶城鎮即古代邶城），鄘在朝歌南（今河南新鄉縣西南的鄘城即古代鄘城），都屬於衛。（王國維説：邶即燕，鄘即奄，奄即魯。）《邶》、《鄘》、《衛》多數是東周作品。

《王》　詩十篇，東周王國境内的作品。東周疆土在今河南北部。周平王東遷洛邑（也稱王城，在今河南洛陽西五里），名義上還是中國的王，實際上也受到諸侯的一定尊敬，所以稱此地帶的詩爲《王風》。《王風》都是東周作品。

《鄭》　詩二十一篇。鄭國疆土在今河南中部。西周宣王時封他的弟弟姬友於鄭（此鄭在今陝西華縣西北），姬友即鄭桓公。幽王末年，桓公做王朝司徒，從虢、鄶二國取得十個邑，把他的家屬和一部分人民遷到那裏去。犬戎侵略西周，殺死幽王和桓公，桓公的兒子武公建國於東方，仍稱鄭（都城即今河南新鄭縣）。《鄭風》是武公建國以後的詩，都是東周作品。

《齊》　詩十一篇。齊國疆土在今山東東北部和中部。周武王封他的大臣吕望（姜太公）於齊，都營丘（即今山東臨淄縣），胡公遷薄姑（即今山東博興縣東北薄姑城），獻公又遷回營丘，改稱臨淄。（都是西周時事。）《齊風》中《南山》、《敝笱》、《載驅》、《猗嗟》四篇都是東周作品，其餘不詳。

《魏》　詩七篇。魏國疆土在今山西西南部。國君姓姬，始受封者不知爲誰（都城在今山西芮城縣東北)。東周惠王十六年(公元前六六一年)被晉國所滅。《魏風》都是此年以前的作品。

《唐》 詩十二篇。唐國即晉國,疆土在今山西中部。周成王封他的弟弟姬叔虞於唐(都城在今山西翼城縣南)。境内有晉水,所以後來改稱晉。春秋時武公遷曲沃(即今山西聞喜縣),獻公遷絳(在今山西新絳縣北),景公遷新田(在今山西曲沃縣西南)。《唐風》可能都是東周作品。

《秦》 詩十篇。東周前期(戰國以前),秦國疆土在今陝西中部。國君姓嬴,西周孝王封他的臣非子於秦(即今甘肅天水縣的故秦城),疆土逐漸擴展,莊公遷犬丘(即今陝西興平縣東南的槐里城),襄公遷汧(即今陝西隴縣的汧城)。周幽王時犬戎侵略西周,平王東遷,秦人趕走犬戎,西周王畿及豳地等都逐漸歸秦所有。文公遷郿(即今陝西郿縣東北的故郿城),寧公遷平陽(在今陝西郿縣西),德公遷雍(即今陝西鳳翔縣)。《秦風》多數甚至全部是東周作品。

《陳》 詩十篇。陳國疆土在今河南東南部及安徽北部。周武王封舜的後人嬀滿於陳,都宛丘(即今河南淮陽縣)。東周敬王四十一年即春秋最後的一年(公元前四八一年),被楚國所滅。《陳風》中有東周作品,也可能有西周作品。

《檜》 詩四篇。檜(也作鄶)國疆土在今河南中部(都城在今河南密縣東北五十里)。國君姓妘,相傳是帝顓頊的後代。始受西周王朝的封爵者不知是誰。東周初年被鄭武公所滅。《檜風》都是西周作品。

《曹》　詩四篇。曹國疆土在今山東西南部。周武王封他的弟弟姬振鐸於曹，都定陶（在山東定陶縣西北四里）。東周敬王三十三年（公元前四八九年）被宋國所滅。《曹風》中《蜉蝣》、《候人》兩篇都是東周作品，餘二篇不詳。

《豳》　詩七篇。豳（也作邠）國疆土在今陝西栒邑縣、邠縣一帶。周王祖先公劉始遷於豳（都城在今陝西栒邑縣西邠縣北）。西周時代豳國封給什麽人，無可考。西周亡後，此地歸秦所有。《豳風》都是西周作品。

（二）二雅

《小雅》、《大雅》　《小雅》七十四篇，《大雅》三十一篇。上文已經説過：雅借爲夏，夏是西周王畿的古名，二《雅》都是西周王畿的詩；但也有極少數例外，如《小雅·大東》、《都人士》等似是東都人作品。西周王畿在今陝西中部。周始祖后稷都邰（在今陝西武功縣西南），公劉遷豳，太王亶父遷岐（在今陝西岐山縣），文王遷豐（在今陝西鄠縣東），自武王至幽王均都於鎬京（在今陝西西安西南）。幽王時犬戎侵略西周，殺死幽王，平王東遷。秦國趕走犬戎，西周王畿岐以西先歸秦國所有，岐以東後歸秦國所有。所以二《雅》是西周時代作品，但也有幽王死後、岐東（包括鎬京）歸秦所有以前的作品。

（三）三頌

《周頌》　詩三十一篇。都是西周時代王朝的作品，從它們的内容和藝術性觀察，多數是昭王、穆王以前的詩篇。

《魯頌》詩四篇。魯國疆土在今山東東南部。周成王封周公兒子姬伯禽於魯（都城即今山東曲阜）。《魯頌》中《泮水》、《閟宮》兩篇作於魯僖公晚年，即春秋中期作品。（僖公死於周襄王二十五年即公元前六二六年。）《駉》、《有駜》兩篇，舊説也是作於此時。

《商頌》詩五篇。這不是商代的作品，而是周代宋國的作品。宋國疆土在今河南東部及江蘇西北部。國君姓子，周成王封殷紂王的哥哥微子啓於宋（都城在今河南商邱縣南）。宋國是商湯的舊地，也稱爲商，宋君又是商王的後代，所以宋詩稱爲《商頌》。原有十二篇，亡佚七篇，只剩下五篇。《國語・魯語》：「閔馬父曰：『昔正考父校商之名頌十二篇於周大師，以《那》爲首。』」可見《商頌》作於正考父死前。正考父死年不詳。《左傳・昭公七年》：「及正考父佐戴、武、宣，三命兹益恭。」宋宣公死於周平王四十二年，平王四十九年是春秋的第一年。足以證明《商頌》五篇都是春秋以前（公元前七二一年以前）的作品。

目録

十五國風

周南

關雎

這首詩歌唱一個貴族愛上一個美麗的姑娘，最後和她結了婚。

一

關關雎鳩〔一〕，在河之洲〔二〕。窈窕淑女〔三〕，君子好逑〔四〕。

二

參差荇菜〔五〕，左右流之〔六〕。窈窕淑女，寤寐求之〔七〕。

三

求之不得，寤寐思服〔八〕。悠哉悠哉〔九〕，輾轉反側〔一〇〕。

四

參差荇菜，左右采之。窈窕淑女，琴瑟友之〔一一〕。

五

參差荇菜，左右芼之〔一二〕。窈窕淑女，鍾鼓樂之。

【注】

〔一〕關關，鳥鳴聲。雎（jū居）鳩，一種水鳥名，即魚鷹，雌雄有固定的配偶，古人稱爲貞鳥。

〔二〕洲，水中沙灘。

〔三〕窈窕，容貌美好貌。淑，品德善良。

〔四〕君子，《詩經》中的君子都是統治階級人物的通稱。逑，配偶。好逑，猶今言佳偶。

〔五〕參差，長短不齊貌。荇（xìng杏）菜，一種水草，可食。

〔六〕流，擇取。

〔七〕寤，醒着。寐，睡着。

〔八〕服，思念。

〔九〕悠，憂思貌。

〔一〇〕輾轉，形容心有所思，臥不安席的樣子。反，翻身。側，側身。

〔一二〕友，親愛。

〔一三〕芼（mào冒），拔也。流之、采之、芼之意有别。

【附録】

注〔一〕雎鳩，邵晉涵説：「雎鳩即今之魚鷹，其色蒼黑。」（見《爾雅正義》）

注〔六〕流，《爾雅·釋詁》：「流，擇也。」荇菜有好有差，所以先選而後采。

注〔一三〕芼，林義光《詩經通解》：「《爾雅·釋言》：『芼，搴也。』」搴即攓字。《説文》：「攓，拔取也。」

葛覃

這首詩反映了貴族家中的女奴們給貴族割葛、煮葛、織布及告假洗衣回家等一段生活情况。

一

葛之覃兮〔一〕，施于中谷〔二〕，維葉萋萋〔三〕。黄鳥于飛〔四〕，集于灌木〔五〕，其鳴喈喈〔六〕。

二

葛之覃兮，施于中谷，維葉莫莫〔七〕。是刈是濩〔八〕，爲絺爲綌〔九〕，服之無斁〔一〇〕。

三

言告師氏〔一一〕，言告言歸〔一二〕。薄汙我私〔一三〕，薄澣我衣〔一四〕。害澣害否〔一五〕，歸寧父母〔一六〕。

【注】

〔一〕葛，一種藤本植物，用葛皮纖維織的布，現在還叫作葛布。覃，當讀爲藤，蔓也。舊説：覃，長也。

〔二〕施（yì易），延也。中谷，即谷中。

〔三〕維，發語詞。萋萋，茂盛貌。

〔四〕黃鳥，即黃雀，身小，色黃。于，在也。

〔五〕灌木，叢木。

〔六〕喈（jiē皆）喈，鳥鳴聲。

〔七〕莫莫，茂密貌。

〔八〕是，乃也。刈（yì義），割。濩（huò獲），煮。

〔九〕絺（chī痴），細葛布。綌（xì隙），粗葛布。

〔一〇〕斁（yì譯），厭惡。

〔一〕言，讀爲焉，連詞，於是也。師氏，貴族家中管教女奴的管家婆。

〔三〕歸，回自己家裏去。

〔三〕薄，急急忙忙。汙，泡在水裏。私，疑借爲萩（sī 私），白茅的穗名萩，潔白柔滑，用它洗衣可以去油垢，與皂角的作用相同。舊説：汙，洗也。私，褻衣，内衣。

〔四〕澣（huǎn 緩），洗。

〔五〕害，通曷，何也。此句言那件要洗，那件不洗。

〔六〕寧，問安。婦女回父母家問安叫作歸寧。

【附録】

注〔一一〕言，《詩經》中言字有很多應讀爲焉。言與焉古通用。《小雅·大東》：「睠言顧之。」《荀子·宥坐》引言作焉，就是明證。

注〔一三〕薄，《詩經》中有些薄字與今語忙同意，此處也是（另有專文考證）。汙，當是浸在水裏，與漚字同意。《説文》：「漚，久漬也。」《陳風·東門之池》：「可以漚麻。」「可以漚紵。」「可以漚菅。」正是此意。汙與漚當是方言的不同，一音的轉變。《説文》：「邘讀若區。」便是于字聲系和區字聲系彼此相轉的例證。私，當是借爲萩字，《説文》：「萩，茅秀也，从艸，私聲。」《廣雅·釋草》：「萩，茅穗也。」萩是白茅的穗子。薄汙我私就是薄漚我萩，是説急急忙忙地用水浸上我的茅穗，以備洗衣之用。

卷耳

這首詩的主題不易理解，作者似乎是個在外服役的小官吏，敍寫他坐着車子，走着艱阻的山路，懷念着家中的妻子。

一

采采卷耳〔一〕，不盈頃筐〔二〕。嗟我懷人〔三〕，寘彼周行〔四〕。

二

陟彼崔嵬〔五〕，我馬虺隤〔六〕。我姑酌彼金罍〔七〕，維以不永懷〔八〕。

三

陟彼高岡〔九〕，我馬玄黃〔一〇〕。我姑酌彼兕觥〔一一〕，維以不永傷。

四

陟彼砠矣〔一二〕，我馬瘏矣〔一三〕，我僕痡矣〔一四〕，云何吁矣〔一五〕！

【注】

〔一〕采采，采了又采。卷耳，野菜名。

〔二〕盈，滿也。頃筐，斜口的筐，前低後高。此二句是作者想象他的妻在采卷耳。

〔三〕嗟，歎息聲。懷，思念。

〔四〕寘（zhì置），借爲徥（chí匙），行也。周行，往周國去的大道。此句是作者自言在周道上奔走。

〔五〕陟（zhì至），登高。崔嵬，山巔，山頂。

〔六〕虺隤（huǐ-tuí毁頹），足病跛蹷。

〔七〕酌，用勺舀酒。罍，盛酒器，形似酒罈，大肚小口。金罍即銅罍。

〔八〕維，發語詞。

〔九〕岡，即崗字，山脊。

〔一〇〕玄黄，馬病。

〔一一〕兕觥（sì-gōng寺肱），飲酒器，形似伏着的犀牛。

〔一二〕砠（jū苴），山中險阻之地。

〔一三〕瘏（tú途），馬病。

〔一四〕痡（pū鋪），過度疲勞。

〔一五〕云何，猶如何。吁，借爲忓（xū虚），憂也。

【附録】

注〔四〕寘，與徥古通用。《周易·坎卦》：「寘于叢棘。」《釋文》：「寘，子夏傳作湜，姚作寔。」

便是佐證。《方言》六：「徥，行也。」《小雅·大東》：「佻佻公子，行彼周行。」可爲參證。

樛木

作者攀附一個貴族，得到好處，因作這首詩爲貴族祝福。

一

南有樛木〔一〕，葛藟纍之〔二〕。樂只君子〔三〕，福履綏之〔四〕。

二

南有樛木，葛藟荒之〔五〕。樂只君子，福履將之〔六〕。

三

南有樛木，葛藟縈之〔七〕。樂只君子，福履成之〔八〕。

【注】

〔一〕樛（jiū究），高木也。

〔二〕葛藟（lěi壘），葛蔓。纍，攀援。作者以葛蔓攀附高樹比喻自己攀附貴族。

〔三〕只，語氣詞。樂只，猶樂哉。君子，統治階級的通稱。

〔四〕履，禄也。綏，安也。此句言福禄使君子安寧。

〔五〕荒，掩蓋。

〔六〕將，養也。

〔七〕縈，纏繞。

〔八〕成，成就。

螽斯

這是勞動人民諷刺剥削者的短歌。詩以蝗蟲紛紛飛翔，吃盡莊稼，比喻剥削者子孫衆多，奪盡勞動人民的糧穀，反映了階級社會的階級實質，表達了勞動人民的階級仇恨。

一

螽斯羽詵詵兮〔一〕。宜爾子孫振振兮〔二〕。

二

螽斯羽薨薨兮〔三〕。宜爾子孫繩繩兮〔四〕。

三

螽斯羽揖揖兮〔五〕。宜爾子孫蟄蟄兮〔六〕。

【注】

〔一〕螽（zhōng終），蝗蟲。斯，之也。螽斯羽，即蝗蟲之羽。詵（shēn身）詵，衆多貌。

〔二〕爾，你，指剥削者。振振，多而成羣貌。此句言你的子孫似蝗蟲一般，吃盡勞動人民的糧穀，養肥自己，當然是多而成羣了。

〔三〕薨（hōng轟）薨，蟲羣飛的聲音。

〔四〕繩繩，衆多貌。

〔五〕揖揖，多而羣集貌。

〔六〕蟄蟄，衆多貌。

桃夭

這是女子出嫁時所唱的歌。

一

桃之夭夭〔一〕，灼灼其華〔二〕。之子于歸〔三〕，宜其室家〔四〕。

二

桃之夭夭，有蕡其實〔五〕。之子于歸，宜其家室。

三

桃之夭夭，其葉蓁蓁〔六〕。之子于歸，宜其家人。

【注】

〔一〕夭夭，形容茂盛。詩以桃比喻少女。

〔二〕灼灼，紅色鮮明。華，古花字。詩以桃花比喻嫁女的容貌。

〔三〕之，是也。子，男女的通稱。之子，這個人。于歸，出嫁。

〔四〕宜，適當。

〔五〕蕡（fēn 墳），圓大的狀態。實，指桃子。詩以桃花結實比喻嫁女生子女。

〔六〕蓁（zhēn 真）蓁，茂盛貌。詩以桃葉的茂盛比喻嫁女的身體健康。

兔罝

這首詩詠唱國君的武士在野外打獵。

一

肅肅兔罝〔一〕，椓之丁丁〔二〕。赳赳武夫〔三〕，公侯干城〔四〕。

二

肅肅兔罝，施于中逵〔五〕。赳赳武夫，公侯好仇〔六〕。

三

肅肅兔罝，施于中林〔七〕。赳赳武夫，公侯腹心。

【注】

〔一〕肅肅，稀疏不密貌。罝（jiē 階），捕兔的網。

〔二〕椓（zhuó 酌），敲擊，即把繫兔網的木樁打入地裏。丁（zhēng 争）丁，象聲詞。

〔三〕赳赳，雄壯勇武貌。

〔四〕干，盾牌。干與城都是自衞的設施。

〔五〕施，設置。逵，四通八達的大道。中逵，即逵中。

〔六〕仇，讀爲儔，伴侶。

〔七〕中林，林中。

芣苢

這是勞動婦女在采車輪菜的勞動中唱出的短歌。

一

采采芣苢〔一〕，薄言采之〔二〕。采采芣苢，薄言有之〔三〕。

二

采采芣苢，薄言掇之〔四〕。采采芣苢，薄言捋之〔五〕。

三

采采芣苢，薄言袺之〔六〕。采采芣苢，薄言襭之〔七〕。

【注】

〔一〕采采，新鮮貌。一説：采采，采了又采。芣苢（fóu-yǐ否以），車輪菜的古名，可吃，勞動人民用它做副食。

〔二〕薄，急急忙忙。言，讀爲焉或然。

〔三〕有，取歸己有。

〔四〕掇，用手指摘取。

〔五〕捋，用手扯下。

〔六〕袺（jiē潔），用手提衣襟兜東西。

〔七〕襭（xié協），把衣襟插在腰帶上兜東西。

漢廣

一個男子追求一個女子而不可得，因作此歌以自歎。

一

南有喬木〔一〕，不可休思〔二〕。漢有游女〔三〕，不可求思。漢之廣矣，不可泳思〔四〕！江之永矣〔五〕，不可方思〔六〕！

二

翹翹錯薪〔七〕，言刈其楚〔八〕。之子于歸〔九〕，言秣其馬〔一〇〕。漢之廣矣，不可泳思！江之永矣，不可方思！

三

翹翹錯薪，言刈其蔞〔一一〕。之子于歸，言秣其駒〔一二〕。漢之廣矣，不可泳思！江之永矣，不可方思！

【注】

〔一〕喬，高大。

〔二〕休，指在樹下休息。思，此思字原誤作息，《韓詩外傳》一引作思，今據改。思，語氣詞，猶哉。

〔三〕漢，漢水。游，同遊。

〔四〕泳，游泳渡水。

〔五〕江，長江的古名。永，長。

〔六〕方，古語稱筏子爲方，此指坐筏子渡水。上四句比喻男女二人中間像隔着漢水、長江一般，難于接近。

〔七〕翹翹，高出貌。錯，雜也。薪，柴。錯薪指生在野地的草木雜柴。

〔八〕言，讀爲焉，乃也。刈（yì義），割。楚，叢木，又名荆，今叫荆條，它的細枝嫩葉可以餵馬。

〔九〕之，是也。子，男女的通稱。之子，這個人。于歸，出嫁。

〔一〇〕秣，餵馬。

〔一一〕蔞，一種蒿子，今叫柳蒿，可以餵馬。

〔一二〕駒，馬高六尺稱駒。

汝墳

西周末年，周幽王無道，犬戎入寇，攻破鎬京。周南地區一個在王朝做小官的人逃難回到家中，他的妻很喜歡，作此詩安慰他。

一

遵彼汝墳〔一〕，伐其條枚〔二〕。未見君子〔三〕，惄如調飢〔四〕。

二

遵彼汝墳，伐其條肄〔五〕。既見君子，不我遐棄〔六〕。

三

魴魚赬尾〔七〕，王室如燬〔八〕。雖則如燬，父母孔邇〔九〕。

【注】

〔一〕遵，循，即沿着走。汝，水名。墳，借爲濆（fén 焚），水邊。

〔二〕條，借爲槄（tāo 滔），木名，又名山楸。枚，枝也。

〔三〕君子，統治階級妻稱其夫爲君子。

〔四〕惄（nì 逆），心裏難過。調，通朝（《說文》引作朝），早晨。

〔五〕肄，殘枝。

〔六〕遐，遠。遐棄，猶言遠離。

〔七〕魴魚，魚名，赤尾，又名火燒鯿。赬（chēng 撐），赤色。

〔八〕王室，周王朝。王室如燬指西周王朝遭犬戎之難。作者烹魴魚給丈夫吃，見到魚尾紅似火燒，聯想到王室也如火燒毀。

〔九〕孔，甚，很。邇，近也。此句指丈夫回家，就靠近父母了。

麟之趾

魯哀公十四年，魯人去西郊打獵，獵獲一隻麒麟，而不識爲何獸。孔子見了，説道：「這是麒麟呀！」獲麟一事對于孔子刺激很大，他記在他所作的《春秋》上，而且停筆不再往下寫了。並又作了一首《獲麟歌》。這首詩很像是孔子的《獲麟歌》。詩三章，其首句描寫麒麟，次句描寫貴族，末句慨歎不幸的麒麟。意在以貴族打死麒麟比喻統治者迫害賢人（包括孔子自己）。

一

麟之趾〔一〕，振振公子〔二〕，于嗟麟兮〔三〕！

二

麟之定〔四〕，振振公姓〔五〕，于嗟麟兮！

三

麟之角，振振公族，于嗟麟兮！

【注】

〔一〕麟，舊説麟身似麞，尾似牛，一角，是「仁獸」，又是「靈獸」。此處用麟比喻有仁德，有才智的賢人。趾，足也。足有指稱趾，無指稱蹄。

〔二〕振振，多而成羣貌。

〔三〕于，借爲吁。吁嗟，表示悲傷的感歎詞。

〔四〕定，借爲頂。

〔五〕公姓，公之同姓。

【附録】

（解題）據《春秋》記載：「哀公十有四年春，西狩獲麟。」《左傳》記載：「西狩于大野，叔孫氏之車子（管車馬的官）鉏商（人名）獲麟，以爲不祥，以賜虞人（管家畜的官）。仲尼觀之曰：『麟也。』然後取之（叔孫氏把麟取去）。」蔡邕《琴操》記載：孔子看見麟，乃歌曰：「唐虞世兮麟鳳遊，今非其時來何求？麟兮麟兮我心憂。……」（《藝文類聚》卷十引）按《琴操》所載孔子的《獲麟歌》不類春秋時代的詩句，當是後人僞造。我認爲《麟之趾》一詩，可能是孔子的《獲麟歌》，孔子把它附在《詩經·周南》之末。孔子的學生没有把此事記下來。

注〔三〕《詩經》中的「于嗟」都是表達悲傷怨恨的感嘆詞。如《邶風·擊鼓》：「于嗟闊兮！不我活兮！于嗟洵兮！不我信兮！」《衛風·氓》：「于嗟鳩兮！無食桑葚！于嗟女兮！無與士耽！」《秦風·權輿》：「于嗟乎不承權輿！」都是。那末《周南·麟之趾》：「于嗟麟兮！」《召南·騶虞》：「于嗟乎騶虞！」當然也都是表達悲傷怨恨的感嘆詞了。

召南

鵲巢

召南的一個國君廢了原配夫人，另娶一個新夫人。作者寫這首詩敘其事，有諷刺的意味。

一

維鵲有巢，維鳩居之〔一〕。之子于歸〔二〕，百兩御之〔三〕。

二

維鵲有巢，維鳩方之〔四〕。之子于歸，百兩將之〔五〕。

三

維鵲有巢，維鳩盈之〔六〕。之子于歸，百兩成之〔七〕。

【注】

〔一〕鳩，即布穀鳥。鳩不會作巢，常侵佔鵲巢而居之。詩以鳩侵占鵲巢比喻新夫人奪去原配夫人的宮室。

〔二〕之子，這個人。于歸，出嫁。

〔三〕兩，借爲輛。御，迎迓。只有諸侯娶妻才以百輛車迎接。

〔四〕方，有也，即據而有之。

〔五〕將，送。女家也是國君，以百輛車送之。

〔六〕盈，滿。古代諸侯娶妻，帶有幾個媵妾，所以説「盈之」。

〔七〕成之，成其出嫁之禮。

采蘩

這首詩的作者是諸侯的宮女，敍寫她們爲諸侯采蘩，以供祭祀之用。（此據《左傳·隱公三年》）

一

于以采蘩〔一〕？于沼于沚〔二〕。于以用之？公侯之事〔三〕。

二

于以采蘩？于澗之中。于以用之？公侯之宮〔四〕。

被之僮僮〔五〕，夙夜在公〔六〕。被之祁祁〔七〕，薄言還歸〔八〕。

三

【注】

〔一〕以，讀爲台，何也，相當于現代語的哪。于以，在哪裏。蘩，一種蒿子，又名白蒿，可生食或蒸食。采蘩用做祭品。

〔二〕沼，水池。沚，小沙灘。

〔三〕事，祭祀之事。

〔四〕宫，宗廟也稱宫。

〔五〕被，借爲髲（bì避），婦女的頭髻。僮僮，高而直豎貌。

〔六〕夙，早晨。在公，爲公家辦事。

〔七〕祁祁，衆多貌。

〔八〕薄，急急忙忙。言，讀爲焉，語詞。

【附録】

（解題）有人説：「周代諸侯佔有廣大的桑園和養蠶的房屋。宫女采蘩，供養蠶之用。蘩可以做蠶窩，以便蠶在窩上作繭。」

注〔一〕以，楊樹達先生《古書疑義舉例續補》：「以，讀爲台，何也。」

草蟲

這首詩是婦人所作，抒寫她在丈夫遠出的時候，懷着深切的憂念；當丈夫歸來的時候，爲之無限喜悅。

一

喓喓草蟲〔一〕。趯趯阜螽〔二〕。未見君子〔三〕，憂心忡忡〔四〕；亦既見止〔五〕，亦既覯止〔六〕，我心則降〔七〕。

二

陟彼南山〔八〕，言采其蕨〔九〕。未見君子，憂心惙惙〔一〇〕；亦既見止，亦既覯止，我心則說〔一一〕。

三

陟彼南山，言采其薇〔一二〕。未見君子，我心傷悲；亦既見止，亦既覯止，我心則夷〔一三〕。

【注】

〔一〕喓喓，蟲鳴聲。草蟲，即蟈蟈。
〔二〕趯（tì惕）趯，蟲跳貌。阜螽（zhōng終），即蚱蜢。
〔三〕君子，統治階級妻稱其夫爲君子。
〔四〕忡忡，憂慮不安貌。
〔五〕止，之也。
〔六〕覯，遇見。
〔七〕降，放下。
〔八〕陟（zhì至），登高。
〔九〕言，乃也。蕨，野菜名，初生似蒜，莖紫黑色，老有葉，可煮食。
〔一〇〕惙（chuò齪）惙，憂慮不安貌。
〔一一〕説，通悦。
〔一二〕薇，野菜名，蔓生，莖葉似小豆，可煮食，也可生食，後世稱野豌豆。
〔一三〕夷，借爲恞，喜也。

采蘋

這首詩是貴族家裏的女奴所作。古代貴族的女兒臨出嫁前，要祭祀她家的宗廟，由女奴們給她辦置菜蔬類的祭品。這首詩正是敍寫女奴們辦置祭品的勞動。

一

于以采蘋〔一〕？南澗之濱。于以采藻〔二〕？于彼行潦〔三〕。

二

于以盛之〔四〕？維筐及筥〔五〕。于以湘之〔六〕？維錡及釜〔七〕。

三

于以奠之〔八〕？宗室牖下〔九〕。誰其尸之〔一〇〕？有齊季女〔一一〕。

【注】

〔一〕以，讀爲台，何也。于以，在哪裏。蘋，大萍，生在水中，葉紋成十字形，古人食之。

〔二〕藻，即水藻，古人食之。

〔三〕行，借爲洐（háng航），水溝。潦（lǎo老），積水。洐潦，溝中積水。

〔四〕盛，裝起來。

〔五〕筐，方形的盛物竹器。筥（jǔ舉），圓形的盛物竹器。

〔六〕湘，煮。

〔七〕錡（qí其），有三隻脚的鍋。釜，無脚的鍋。

〔八〕奠，放置祭品。

〔九〕宗室，即宗廟。牖（yǒu友），窗子。女奴們把蘋藻放在宗廟的窗下，以便貴族女兒獻于祖先。

〔一〇〕尸，主也，指主祭。

〔一一〕齊，借爲齋，古人在祭祀前，不喝酒，不吃葷（葱蒜等），以示對鬼神恭敬，這叫作齋。季女，少女，指將要出嫁的貴族女兒。（《左傳·襄公二十八年》：「濟澤之阿，行潦之蘋藻，寘諸宗室，季蘭尸之，敬也。」據此，這首詩所寫的是具體人物，季女名季蘭。）

甘棠

周宣王封他的母舅于召南域内，命召伯虎到召南給申伯築城蓋房，劃定土田，規定租税（見《大雅·崧高》）。召伯作這件事很賣力氣。他當時的住處有一棵甘棠樹，他離去後，申伯或申伯的子孫或其他有關的人，追思他的勞績，保護這棵甘棠樹以資紀念，因作這首詩。

一

蔽芾甘棠〔一〕，勿翦勿伐〔二〕，召伯所茇〔三〕。

二

蔽芾甘棠，勿翦勿敗〔四〕，召伯所憩〔五〕。

三

蔽芾甘棠，勿翦勿拜〔六〕，召伯所説〔七〕。

【注】

〔一〕蔽芾（fèi費），樹木茂盛貌。甘棠，木名，果味甘美，今名棠梨樹。

〔二〕伐，用斧砍。

〔三〕召伯，名虎，周宣王大臣。茇（bá拔），居住。

〔四〕敗，摧毁。

〔五〕憩（qì氣），休息。

〔六〕拜，讀爲扒（《廣韻·十六怪》引作扒），拔也。

〔七〕説（shuì税），停馬解車而休息。

行露

一個婦人因爲她的丈夫家境貧苦，回到娘家就不回夫家了。她的丈夫以自己有家爲理由，要求她回家同居而被拒絶，就在官衙告她一狀。夫婦同去聽審，她唱出這首歌，責駡她的丈夫，表示決不回夫家。

一

厭浥行露〔一〕，豈不夙夜〔二〕，謂行多露〔三〕。

二

誰謂雀無角〔四〕，何以穿我屋〔五〕。誰謂女無家〔六〕，何以速我獄〔七〕。雖速我獄，室家不足〔八〕。

三

誰謂鼠無牙，何以穿我墉〔九〕。誰謂女無家，何以速我訟〔一〇〕。雖速我訟，亦不女從〔一一〕。

【注】

〔一〕厭浥（yì邑），霑濕。行，道路。

〔二〕夙，早晨。

〔三〕謂，讀爲惟，發語詞。此章寫他們早晚趕路，路上露水很多。

〔四〕雀，麻雀。角，嘴也。

〔五〕此句以麻雀有嘴啄穿屋子比喻她的丈夫有口告狀。

〔六〕女，通汝。男人有家才能要求老婆回家。

〔七〕速，招致。獄，訴訟。

〔八〕不足，貧乏。

〔九〕墉，牆。詩以老鼠有牙咬穿屋牆比喻她的丈夫有口告狀。

〔一〇〕訟，也是訴訟。

〔一一〕從，順從。

【附録】

注〔一〕厭浥，《毛傳》：「厭浥，濕意也。」按厭借爲湇，《説文》：「湇，幽濕也，浥濕也。」《廣雅·釋詁》：「湇浥，濕也。」厭湇古通用，《秦風·小戎》：「厭厭良人。」《列女傳·楚於陵妻傳》引厭厭作湇湇。《小雅·湛露》：「厭厭夜飲。」《釋文》：「厭厭《韓詩》作愔愔。」都是例證。以上採馬瑞辰《毛詩傳箋通釋》。

注〔三〕謂，當讀爲惟，是個發語詞。謂惟二字古通用，《老子》：「夫唯嗇是謂早服。」《韓非子·解老》引唯作謂。《小雅·正月》：「謂山蓋卑！爲岡爲陵。」「謂天蓋高！不敢不局。謂地蓋厚！不敢不蹐。」三個謂字都該讀爲惟，三個蓋字都該讀爲盍，與何同意。正和此詩謂字用法相同。「豈不夙夜，謂行多露。」依詩格是兩句，實際是一句，是説豈不是早晨晚間多露水嗎？作者在早晨晚間趕路，才説這話。

注〔四〕角，何楷《詩經世本古義》、俞樾《羣經平議》、聞一多《詩經通義》都認爲角是鳥的嘴。

注〔八〕足，富足之意。室家不足就是室家貧乏。古詩常用足字做富足之意。《論語·顔淵》：「百姓足，君孰與不足！百姓不足，君孰與足！」《孟子·梁惠王》：「春省耕而補不足。」《禮記·王制》：「國無九年之蓄曰不足。」「恤孤獨以逮不足。」以上各例，凡說「足」的，都是富足；凡說「不足」的，都是貧乏。

羔羊

衙門中的官吏都是剥削壓迫、凌踐殘害人民，蟠在人民身上，吸食人民血液以自肥的毒蛇。人民看到他們穿着羔羊皮襖，從衙門裏出來，就唱出這首歌，咒駡他們，揭出他們是害人毒蛇的本質。

一

羔羊之皮〔一〕，素絲五紽〔二〕。退食自公〔三〕，委蛇！委蛇〔四〕！

二

羔羊之革〔五〕，素絲五緎〔六〕。委蛇！委蛇！自公退食。

三

羔羊之縫〔七〕，素絲五總〔八〕。委蛇！委蛇！退食自公。

【注】

〔一〕羔羊，小羊。羔羊之皮，指官吏所穿的皮襖。周代人的皮襖是毛在外面，一望可見。

〔二〕素，白色。紽（tuó駝），周代人的衣，一邊縫上五個（或三個）絲繩的紐子，古語叫作紽，今語叫作紐。另一邊縫上五個（或三個）絲繩的套兒，古語叫作緎，今語叫作扣。穿上衣的時候，把紽納入緎內，就是下文所謂總。

〔三〕公，指統治者的衙門。

〔四〕委，借爲虺（huǐ毀），即四脚蛇，今語叫作馬蛇。委蛇即虺蛇。作者把官吏比作虺蛇。（古書中，委蛇又借爲逶迤，走路彎彎曲曲或摇摇擺擺的狀態，此處委蛇可能是雙關語。）

〔五〕革，皮板。

〔六〕緎（yù域），衣上的扣，緎和扣是一聲的轉變。

〔七〕縫，借爲鬔（péng朋），多而亂的毛。現在皮襖底襟下露出毛來叫作出風，出風當作出鬔。

〔八〕總，結也。

【附録】

注〔二〕五紽五緎五總，都是結衣的絲繩，它的用處等於現在結衣的紐扣。紽即衣紐。紐是團圓形。今語秤錘叫作秤鉈，飯團叫作飯鉈，冰團叫作冰鉈，古語衣紐叫作紽，正是一個語根的擴展。

注〔四〕先秦時人所謂「委蛇」有兩種意義：其一，委蛇是摇擺的狀態，《鄘風・君子偕老》：「副笄六珈，委委佗佗，如山如河。」委委佗佗是委蛇的重言，是形容婦女頭上簪花摇摇擺擺的。《楚辭・離騒》：「載雲旗之委蛇。」委蛇是形容旌旗在空中摇擺。其二，委蛇就是虺蛇。《莊子・達生》：「若夫以鳥養鳥者，宜棲之深林，浮之江湖，食之以委蛇。」《釋文》：「李云『大鳥食蛇』。」可見委蛇也是蛇類的名稱。委是借爲虺字。《説文》：「虺，以注鳴者，从虫，兀聲。」（注借爲咮，蛇的嘴。）此物形似守宫而大，四隻脚，在野，北方人呼做馬蛇。《小雅・斯干》：「維虺維蛇。」《國語・吴語》：「爲虺弗摧，爲蛇將奈何！」虺字都是此義。委和虺是一音的轉變。總之，委蛇就是虺蛇，指四脚蛇和無脚蛇而言。這是委蛇的又一意義。先秦人所謂「委蛇」，有以上兩種意義，而此詩的「委蛇」主要的意義是虺蛇，也可能兼有走路摇擺的意義，即所謂雙關語了。

注〔六〕緎是衣扣，緎與絠是一音的轉變，緎从或聲，絠从有聲，或和有古音相同，《尚書・洪範》：「無有作好，遵王之道。無有作惡，遵王之路。」《吕氏春秋・貴公》引有都作或。《商頌・玄鳥》：「奄有九有。」《中論・法象》引九有作九域。這種例子很多，不可盡舉。《説文》：「絠，彈彄也。」彈彄即彈弓中間的扣，引申之，衣扣也叫作絠。

注〔七〕縫，指羊毛，當讀爲鬔，二字可以通用。《玉篇》：「鬔，髮亂貌。」轉爲名詞，多而亂的毛髮也叫作鬔。

注〔八〕總，《廣雅・釋詁》：「總，結也。」五總就是把五個紽結在五個緎上。第一章說紽，第二章說緎，第三章說總，是有順序的。

殷其靁

婦人思念在外的丈夫，因作這首詩。

一

殷其靁〔一〕，在南山之陽〔二〕。何斯違斯〔三〕，莫敢或遑〔四〕？振振君子〔五〕，歸哉歸哉！

二

殷其靁，在南山之側〔六〕。何斯違斯，莫敢遑息〔七〕？振振君子，歸哉歸哉！

三

殷其靁，在南山之下。何斯違斯，莫敢遑處〔八〕？振振君子，歸哉歸哉！

【注】

〔一〕殷，震動聲。其，語助詞。靁，古雷字。

〔二〕陽，山的南面稱陽，北面稱陰。
〔三〕斯，此也，上斯字指人，下斯字指地方。違，離去。
〔四〕遑，暇也。此二句指行役出外，不敢稍閑。
〔五〕振振，勤奮也。君子，統治階級妻稱其夫爲君子。
〔六〕側，旁邊。
〔七〕息，休息。
〔八〕處，居也。

摽有梅

《周禮·地官·媒氏》：「中春之月，令會男女，於是時也，奔者不禁。司（伺，調查。）男女之無夫家者而會之。」據此，周代有的地區，民間每年開一次男女舞會，會中由男女自由訂婚或結婚。這首詩就是舞會中女子們共同唱出的歌。

一

摽有梅〔一〕，其實七兮〔二〕。求我庶士〔三〕，迨其吉兮〔四〕。

二

摽有梅，其實三兮〔五〕。求我庶士，迨其今兮。

三

摽有梅，頃筐塈之〔六〕。求我庶士，迨其謂之〔七〕。

【注】

〔一〕摽（biào俵），打落。有，語助詞。

〔二〕實，果實。七，指在樹上的只剩七個。作者以打落梅子比喻追求男子。

〔三〕庶，衆也。

〔四〕迨（dài代），及也，即趁着。其，此也。吉，吉日。男女舞會要選擇吉日舉行。

〔五〕三，指在樹上的只剩三個。

〔六〕頃筐，斜口的筐，前低後高。塈（jì既），取也。

〔七〕謂，讀爲彙，聚會。

【附録】

注〔四〕其，讀爲已。《爾雅·釋詁》：「已，此也。」

注〔七〕謂彙古通用。《爾雅·釋木》：「謂櫬，采薪。」《釋文》：「謂，舍人本作彙。」是其證。《爾雅·釋詁》：「彙，聚也。」

小星

小官吏爲朝廷辦事，夜間還在長途跋涉，乃作這首詩自述勤苦，但却歸結於宿命。

一

嘒彼小星〔一〕，三五在東〔二〕。肅肅宵征〔三〕，夙夜在公〔四〕，寔命不同。

二

嘒彼小星，維參與昴〔五〕。肅肅宵征，抱衾與裯〔六〕，寔命不猶〔七〕。

【注】

〔一〕嘒（huì慧），微小貌。

〔二〕三，指下文的參星。五，指下文的昴星。

〔三〕肅肅，疾速貌。征，行也。

〔四〕夙夜，早晨晚上。在公，爲公家辦事。

〔五〕參（shēn身），星名，三顆，今人呼爲「三星」。昴（mǎo卯），星名，五顆。

〔六〕衾，被也。裯（chóu稠），蚊帳。

〔七〕猶，似也，同也。

江有汜

一個官吏或商人在他做客的地方娶了一個妻子。他回本鄉時，把她拋棄了。她唱出這首歌以自慰。

一

江有汜〔一〕。之子歸〔二〕，不我以〔三〕；不我以，其後也悔。

二

江有渚〔四〕。之子歸，不我與〔五〕；不我與，其後也處〔六〕。

三

江有沱〔七〕。之子歸，不我過〔八〕；不我過，其嘯也歌〔九〕。

【注】

〔一〕江，長江的古名。汜（sì祀），小水出於大水又入於這條大水叫作汜。詩以汜出於江又入於江比喻她將來能歸於其夫。

〔二〕之子，這個人。歸，回家。

〔三〕不我以，不帶我去。

〔四〕渚，水中沙灘。詩以渚在江中比喻她將來能歸於夫家。
〔五〕不我與，不和我同去。
〔六〕處，同居。
〔七〕沱，小水入于大水叫作沱。詩以沱入於江比喻她將來能歸於夫家。
〔八〕不我過，不到我這裏來，偷偷地走了。
〔九〕嘯歌，吟咏，歌唱。

野有死麕

這首詩寫一個打獵的男人引誘一個漂亮的姑娘，她也愛上了他，引他到家中相會。

一

野有死麕〔一〕，白茅包之〔二〕。有女懷春，吉士誘之〔三〕。

二

林有樸樕〔四〕，野有死鹿。白茅純束〔五〕，有女如玉。

三

舒而脱脱兮〔六〕，無感我帨兮〔七〕，無使尨也吠〔八〕。

【注】

〔一〕麕（jūn軍），獸名，又名麞。死麕是吉士行獵打死的。

〔二〕白茅，一種草，潔白柔滑，古人常用它包裹肉類。

〔三〕吉，良善。士，男子的通稱。誘，指吉士以死麕贈予女子來引誘她。

〔四〕樸樕（sù速），一種叢木。

〔五〕純，捆也。此句言用白茅捆束死鹿，贈予女子。

〔六〕舒，緩也，徐也。脱脱，走路慢、脚步輕的狀態。

〔七〕無，勿也，不要。感，借爲撼，觸動。帨（shuì税），拴在腰帶上的佩巾，有小刀玉佩等拴在一起，碰着就有聲響。

〔八〕尨（máng忙），長毛狗。此章三句是女子偷偷引吉士到家裏來，悄悄對吉士説的話。

何彼襛矣

周平王的孫女嫁於齊襄公或齊桓公，求召南域内諸侯之女做陪嫁的媵妾，而其父不肯，召南人因作此詩。

一

何彼襛矣〔一〕？唐棣之華〔二〕。曷不肅雝〔三〕？王姬之車〔四〕。

二

何彼襛矣？華如桃李〔五〕。平王之孫，齊侯之子〔六〕。

三

其釣維何？維絲伊緡〔七〕。齊侯之子，平王之孫。

【注】

〔一〕襛（nóng農），多而密也。

〔二〕唐棣，即棠棣（《御覽》一五二及七七二引作棠棣），果木名，味甘。《詩經》無梨字，棣即梨。華，古花字。唐棣花有白有紅。詩以唐棣之花比喻召南諸侯之女年青貌美，當與王姬同嫁齊侯。

〔三〕曷，何也。肅，肅整。雝（yōng庸），和諧。指車馬行動的肅整和諧。

〔四〕王姬，周王的女兒稱王姬，姬是周王族的姓。

〔五〕如，乃也。

〔六〕齊侯之子，《春秋·莊公元年》：「王姬歸于齊。」是周莊王四年、齊襄公五年，王姬嫁齊襄公。又《莊公十一年》：「王姬歸于齊。」是周莊王十四年、齊桓公三年，王姬嫁齊桓公。此詩所寫當是《春秋》所記兩件事之一。王姬是周平王的孫女，桓王的女兒，莊王的姊妹。

〔七〕伊，爲也。緡（mín民），釣魚繩也。維絲伊緡，即絲做的釣魚繩。詩以用絲繩釣魚比喻以王姬齊侯之貴徵求媵妾。

【附録】（解題）《易林·噬嗑之夬》：「齊侯少子，才略美好，求我長女，賤薄不與，反得醜惡，後乃大悔。」就是根據這首詩的齊詩説而講的。

騶虞

貴族强迫奴隸中的兒童給他牧猪，並派小官監視牧童的勞動，對牧童常常打駡。牧童唱出這首歌。

一

彼茁者葭〔一〕，壹發五豝〔二〕，于嗟乎騶虞〔三〕！

二

彼茁者蓬〔四〕，壹發五豵〔五〕，于嗟乎騶虞！

【注】〔一〕茁，草長出土的狀態。葭（jiā加），蘆葦的别名。

〔二〕壹，借爲一（《説文》引作一）。發，讀爲撥，二字同聲系古通用。豝，小獸稱豝，如小狗稱巴狗，小猪稱巴猪，巴即借爲豝字。言一撥開蘆葦發現五頭小野猪。

〔三〕于，讀爲吁。吁嗟，感嘆詞。騶（zōu 鄒）虞，官名，給貴族管理苑園牲畜等。此句可以譯做：「哎呀咳可恨的牧場官！」

〔四〕蓬，草名，今名蓬蒿。

〔五〕豵（zōng 宗），小獸又稱豵，今語呼小獸爲崽子，崽是豵字聲音的轉變。

邶

柏舟

作者是衛國朝廷的一個官吏，抒寫他在黑暗勢力打擊下的憂愁和痛苦。

一

汎彼柏舟〔一〕，亦汎其流〔二〕，耿耿不寐〔三〕，如有隱憂〔四〕。微我無酒〔五〕，以敖以遊〔六〕。

二

我心匪鑒〔七〕，不可以茹〔八〕。亦有兄弟，不可以據〔九〕。薄言往愬〔一〇〕，逢彼之怒。

三

我心匪石，不可轉也。我心匪席，不可卷也。威儀棣棣〔一一〕，不可選也〔一二〕。

四

憂心悄悄〔一三〕，慍于羣小〔一四〕。覯閔既多〔一五〕，受侮不少。靜言思之，寤辟有摽〔一六〕。

五

日居月諸〔一七〕，胡迭而微〔一八〕？心之憂矣，如匪澣衣〔一九〕。靜言思之，不能奮飛〔二〇〕。

【注】

〔一〕柏舟，柏木作的船。

〔二〕汎其流，順水而流。

〔三〕耿耿，耿字从耳从火，心煩耳熱也。寐，睡着。

〔四〕如，乃也。隱憂，藏在心裏的憂愁。又解：隱借爲慇，痛也。

〔五〕微，非。

〔六〕敖，古遨字。

〔七〕匪，通非。鑒，即鑑，鏡。

〔八〕茹，拭也。鏡子有塵垢，可以擦去，我心不是鏡子，有憂愁，不可以除去。

〔九〕據，依靠。

〔一〇〕薄，急急忙忙。言，讀爲焉。愬，同訴。

〔一一〕威儀，法度，禮節。棣棣，雍容嫻雅貌。

〔一二〕選，《説文》：「選，遣也。」即拋去。

〔一三〕悄悄，憂愁的狀態。

〔一四〕愠，怒也。羣小，衆小人。

〔一五〕覯（gòu 構），遭遇。閔，憂患。

〔一六〕寤，醒也。辟，讀爲擗，拍胸也。摽，拍胸的聲音。

〔一七〕居、諸，都是語氣詞。

〔一八〕胡，何也。迭，更迭。微，古語稱日食月食爲微。詩以日食月食比喻君臣昏暗。

〔一九〕澣（huǎn 緩），洗也。舊解説是心中有憂愁似不洗的衣服有污垢，言作者内心不净。亨按：匪，當讀爲彼。澣衣即翰音。古語稱雞爲翰音，見《周易·中孚》、《禮記·曲禮上》等。作者言自己像雞一樣，任人宰殺，不能飛去，所以下文説「不能奮飛」。

〔二〇〕奮飛，鼓翼高飛。

綠衣

這是丈夫悼念亡妻之作。

一

綠兮衣兮，綠衣黃裏〔一〕。心之憂矣，曷維其已〔二〕！

二

綠兮衣兮，綠衣黃裳〔三〕。心之憂矣，曷維其亡〔四〕！

三

綠兮絲兮，女所治兮〔五〕。我思古人〔六〕，俾無訧兮〔七〕。

四

絺兮綌兮〔八〕，淒其以風〔九〕。我思古人，實獲我心〔一〇〕。

【注】

〔一〕衣，上身的衣服。裏，衣服的襯裏。此寫作者目睹亡妻的衣服。

〔二〕曷，何也。已，止也。言憂愁怎樣才能休止！

〔三〕裳，下身的衣服。

〔四〕亡，無也。言憂愁怎樣才能去掉呢！

〔五〕女，通汝，指亡妻。治，猶製也。綠絲的衣裳是你做的。

〔六〕古人，指亡妻。

〔七〕俾，使也。訧（yóu尤），過失。作者想到亡妻在世時，遇事規勸，使他不犯錯誤。

〔八〕絺（chī痴），細葛布。綌（xì隙），粗葛布。

〔九〕淒，涼也。此寫作者身穿葛布衣裳，面對涼風。

〔一〇〕獲，得也。實獲我心，指我想到的她已想到，她在世時，我覺得寒，她就給我加衣了。

燕燕

此詩作者當是年輕的衞君。他和一個女子原是一對情侶，但迫於環境，不能結婚。當她出嫁旁人時，他去送她，因作此詩。

一

燕燕于飛〔一〕，差池其羽〔二〕。之子于歸〔三〕，遠送于野。瞻望弗及〔四〕，泣涕如雨。

二

燕燕于飛，頡之頏之〔五〕。之子于歸，遠于將之〔六〕。瞻望弗及，佇立以泣。

三

燕燕于飛，下上其音。之子于歸，遠送于南。瞻望弗及，實勞我心〔七〕。

四

仲氏任只〔八〕，其心塞淵〔九〕。終温且惠〔一〇〕，淑慎其身〔一一〕。先君之思，以勖寡人〔一二〕。

【注】

〔一〕燕燕，一對燕子。于，語助詞。

〔二〕差（cī疵）池，不齊。

〔三〕之子，這個人。于歸，出嫁。

〔四〕弗及，看不到。

〔五〕頡（xié協），向下飛。頏（háng杭），向上飛。

〔六〕于，猶以也。將，送也。

〔七〕勞，愁苦。

〔八〕仲氏，古代長子長女稱伯稱孟，中子中女稱仲，幼子幼女稱叔稱季。任，姓也。只，語氣詞。

〔九〕塞，誠實。淵，深遠。

〔一〇〕終，既也。惠，順也。

〔一一〕淑，良善。此句言她所言所行都良善而謹慎。

〔一二〕勖（xù序），助也。寡人，國君自稱寡人。此二句言先君的想法是以仲氏輔助寡人，即以仲氏匹配作者。

日月

這是婦人受丈夫虐待唱出的沉痛歌聲。

一

日居月諸〔一〕，照臨下土。乃如之人兮〔二〕，逝不古處〔三〕。胡能有定〔四〕？寧不我顧〔五〕！

二

日居月諸，下土是冒〔六〕。乃如之人兮，逝不相好〔七〕。胡能有定？寧不我報〔八〕！

三

日居月諸，出自東方。乃如之人兮，德音無良〔九〕。胡能有定？俾也可忘〔一〇〕。

四

日居月諸，東方自出。父兮母兮，畜我不卒〔一一〕。胡能有定？報我不述〔一二〕。

【注】

〔一〕居、諸，都是語氣詞。

〔二〕如之人，像這個人。

〔三〕逝，猶斯，發語詞。古處，以古道相處。又解：古當作可，形似而誤。

〔四〕胡，何也。定，止也。指丈夫的虐待怎樣才能停止呢？

〔五〕寧，乃也。

〔六〕冒，覆蓋。日月的光輝普照下土，似覆蓋。

〔七〕相好，相愛。

〔八〕報，報答。我愛他而他不愛我，是不報答我。

〔九〕德音，道德名譽。

〔一〇〕俾，使也。

〔二〕畜，養也。卒，終也。作者怨父母不養她一輩子，叫她出嫁，以致受人虐待。

〔三〕述，借爲術，道也。不術即不道。此句言報我不以其道。

終風

一個婦女受强暴男子的調戲欺侮而無法抗拒或避開，因作此詩。

一

終風且暴〔一〕。顧我則笑，謔浪笑敖〔二〕。中心是悼〔三〕。

二

終風且霾〔四〕。惠然肯來〔五〕。莫往莫來，悠悠我思〔六〕。

三

終風且曀〔七〕，不日有曀〔八〕。寤言不寐〔九〕，願言則嚏〔一〇〕。

四

曀曀其陰，虺虺其靁〔一一〕。寤言不寐，願言則懷〔一二〕。

【注】

〔一〕終，既也。暴，《說文》引作瀑，云：「急雨也。」詩以天陰、刮風、下雨、打雷比喻男子的欺侮行動。

〔二〕謔，以言相戲。浪，賣弄風騷。敖，借爲傲，擺臭架子。

〔三〕悼，悲傷。

〔四〕霾（mái埋），下雨雜有塵土。

〔五〕惠，順也。裝成柔順的樣子。

〔六〕悠悠，憂也。

〔七〕曀，陰暗。

〔八〕不日，没有太陽。有，通又。

〔九〕寤，醒着。言，讀爲焉。寐，睡着。

〔一〇〕願，思也。嚏，借爲懥（zhì至），怒也。

〔一一〕虺虺，雷聲。靁，古雷字。

〔一二〕懷，悲傷。

擊鼓

這首詩作於公元前七百二十年。春秋初年，衛國公子州吁殺死衛桓公，做了衛君，聯合陳國宋國，去侵略鄭國，强迫勞動人民出征。打完了仗，領兵的將官把一些反對戰爭、口出怨言的士兵拋在國外了。這首詩就是被拋棄的士兵唱的。

一

擊鼓其鏜〔一〕，踴躍用兵〔二〕。土國城漕〔三〕，我獨南行〔四〕。

二

從孫子仲〔五〕，平陳與宋〔六〕。不我以歸〔七〕，憂心有忡〔八〕。

三

爰居爰處〔九〕，爰喪其馬〔一〇〕。于以求之〔一一〕？于林之下。

四

死生契闊〔一二〕，與子成説〔一三〕。執子之手，「與子偕老」〔一四〕。

五

于嗟闊兮〔一五〕！不我活兮！于嗟洵兮〔一六〕！不我信兮〔一七〕！

【注】

〔一〕鏜，打鼓聲。

〔二〕用兵，指州吁興兵。

〔三〕土，用土築城。國，首都。又解：土國當作士或。士是男子的通稱。城，築城。漕，衛國地名。

〔一四〕南行，鄭國在衞國南，所以説南行。

〔一五〕孫子仲，此次出征領兵的將官。

〔一六〕平，聯合。衞國聯合陳國、宋國和蔡國去伐鄭國。見《左傳・隱公四年》。

〔一七〕不我以歸，不帶我回國。

〔一八〕忡，憂慮不安貌。

〔一九〕爰，乃，於是。

〔一〇〕喪，丢失。

〔一一〕以，何也。

〔一二〕契，隔絶。闊，遠離。

〔一三〕子，作者稱他的妻。成説，説下約定的話，就是下文「與子偕老」那句話。

〔一四〕偕，同。

〔一五〕于，借爲吁。吁嗟，悲歎的聲音。

〔一六〕洵，借爲惸，孤獨。

〔一七〕不我信，指統治者不相信我。

【附録】

注〔一六〕洵，借爲惸。《小雅・正月》：「哀此惸獨。」《釋文》：「惸，獨也。」

凱風

衛國一個婦人，生了七個兒子，因家境貧困，想要改嫁。她的兒子們唱出這首歌以自責。

一

凱風自南〔一〕，吹彼棘心〔二〕。棘心夭夭〔三〕，母氏劬勞〔四〕。

二

凱風自南，吹彼棘薪〔五〕。母氏聖善〔六〕，我無令人〔七〕。

三

爰有寒泉〔八〕，在浚之下〔九〕。有子七人，母氏勞苦。

四

睍睆黃鳥〔一〇〕，載好其音〔一一〕。有子七人，莫慰母心。

【注】

〔一〕凱風，即南風。凱，樂也。南風溫暖，長養萬物，使人喜歡，所以叫作凱風。

〔二〕棘，小棗樹。心，借爲朼，叢木，又名樸樕。

〔三〕夭夭，茂盛。詩以凱風比母親，以棘心比七子，棘心不得凱風的溫暖，不能茂盛；七子不得母親的撫養，不能長成。

〔四〕劬勞，辛苦勞累。

〔五〕薪借爲亲，亲與榛同，叢木，果如小栗。

〔六〕聖，明達，智慧。

〔七〕令，善也，指才德的優越。

〔八〕爰，發語詞。

〔九〕浚，衛國邑名（在今河南濮陽縣南）。詩以寒泉之水可以灌溉田苗，比喻母親養育子女。

〔一〇〕睍睆（xiàn-huǎn 現緩），黃鳥鳴的聲音。黃鳥，此黃鳥當是黃鶯。

〔一一〕載，猶則也。詩以黃鳥可以娛人反比七子不能安慰母親，有人不如鳥的意思。

雄雉

統治階級的一個婦人懷念遠出的丈夫，因作此詩。

一

雄雉于飛〔一〕，泄泄其羽〔二〕。我之懷矣〔三〕，自詒伊阻〔四〕。

二

雄雉于飛，下上其音。展矣君子〔五〕，實勞我心〔六〕。

三

瞻彼日月，悠悠我思〔七〕。道之云遠〔八〕，曷云能來〔九〕。

四

百爾君子〔一〇〕，不知德行〔一一〕。不忮不求〔一二〕，何用不臧〔一三〕。

【注】

〔一〕雉，野雞。于，語助詞。

〔二〕泄（yì義）泄，鳥鼓翼貌。詩以雄雉飛去比喻丈夫遠行。

〔三〕懷，思念。

〔四〕詒，通貽，遺留。伊，此也。阻，借爲慼（qī戚），憂愁。作者没有阻止丈夫遠去，所以説自己留下此憂愁。

〔五〕展，當讀爲癉（dǎn旦），勞也。君子，作者稱她的丈夫。

〔六〕勞，愁苦。

〔七〕悠悠，憂也。

〔八〕云，語詞。

〔九〕曷，何也。

〔一○〕爾，你們。君子，指統治者。
〔一一〕不知德行，指没有廉恥，没有道德。
〔一二〕忮(zhì至)，嫉妒。
〔一三〕用，猶行也。臧，善也。此二句言：只要不嫉妒旁人，不貪求財物，則何行而不善呢？
從這一章看來，那一羣統治者包括作者的丈夫，大概是帶兵去侵略掠奪别國。

匏有苦葉

這首詩寫一個男子去看望已經訂婚的女友。

一

匏有苦葉〔一〕，濟有深涉〔二〕。深則厲〔三〕，淺則揭〔四〕。

二

有瀰濟盈〔五〕，有鷕雉鳴〔六〕。濟盈不濡軌〔七〕，雉鳴求其牡〔八〕。

三

雝雝鳴雁〔九〕，旭日始旦〔一○〕。士如歸妻〔一一〕，迨冰未泮〔一二〕。

四

招招舟子〔一三〕，人涉卬否〔一四〕。人涉卬否，卬須我友〔一五〕。

【注】

〔一〕匏（páo袍），葫蘆。古人渡水，把大葫蘆拴在腰間，容易浮過，因而稱它爲腰舟。苦，借爲枯，乾枯也。秋天葫蘆長成，葉子乾枯，正好做腰舟。

〔二〕濟，水名。涉，此涉字是渡口。這渡口，看來似深，其實並不深，下文説「不濡軌」可證。

〔三〕厲，裸也。脱下衣裳渡水爲厲。

〔四〕揭（qì氣），舉也。提起衣裳渡水爲揭。

〔五〕瀰，河水漫漫的狀態。盈，滿。

〔六〕鷕（wěi偉），母野雞鳴聲。雉，野雞。

〔七〕濡，霑濕。軌，車軸的頭。

〔八〕牡，雄獸稱牡，因而雄野雞也稱牡。

〔九〕雝（yōng庸）雝，雁鳴聲。

〔一〇〕旭日，早晨的太陽。

〔一一〕士，男子的通稱。歸妻，男子出贅到女家。舊説：歸妻，使妻歸於我，即娶妻。

〔二〕迨，及也，即趁着。泮（pàn 判），冰解也。古代習慣男女結婚在冰解以前。

〔三〕招招，擺手相招。舟子，船夫。

〔四〕涉，此涉字是徒步渡水。卬（áng 昂），我也。

〔五〕須，等待。友，指船夫。

【附録】

注〔一〕匏，古人渡水常把大葫蘆拴在腰間，可以不沉，俗名腰舟。《國語·魯語》：「夫苦匏不材於人，共濟而已。」《莊子·逍遥遊》：「今子有五石之瓠，何不慮以爲大樽，而浮於江湖。」《鶡冠子·學問》：「中流失船，一壺千金。」陸注：「壺，瓠也。」這是三個證據。此采王先謙《詩三家義集疏》、聞一多《詩經通義》等説。

注〔三〕〔四〕厲，當是裸音的轉變。《説文》：「揭，高舉也。」渡水時把衣裳高高提起，古語叫作揭。《墨子·公孟》：「是猶倮者謂撅者不恭也。」《晏子春秋·外篇》：「吾譏晏子猶倮而訾高撅者也。」倮即裸字。《禮記·内則》：「不涉不撅。」鄭注：「撅，揭衣也。」朱駿聲説：「撅叚借爲揭。」（《説文通訓定聲》泰部）由此可見，《詩經》的「厲」和「揭」就是《墨子》、《晏子》的「倮」和「撅」，厲是裸音的轉變，當無疑問。「深則厲，淺則揭」是説水深就把衣裳脱下，水淺就把衣裳提起。

注〔一一〕歸妻，《詩經》常説「取妻」，（即娶妻）而此詩獨説「歸妻」。考《説文》：「歸，女嫁也。」《公羊傳·隱公二年》：「婦人謂嫁曰歸。」歸和娶正是相對的詞彙，可見歸妻和娶妻意義不同。根據歸字的意義，「士如歸妻」當是說男人如果出嫁於妻家，歸妻即所謂出贅了。上古母系社會時代，是男子出贅於女家。進入父系社會便是女子出嫁於男家，可是母系社會的殘餘習俗，與個別家庭的要求相結合，男人出贅女家的事實，在奴隸社會裏和封建社會裏還是一直地存在着，不過爲數不多罷了。此詩不說「士如娶妻」，而說「士如歸妻」，是指男子出贅妻家。

谷風

這首詩的主人是一個勞動婦女。她和她丈夫起初家境很窮，後來稍微富裕。她的丈夫另娶了一個妻子，而把她趕走。通篇是寫她對丈夫的訴苦、憤恨和責難。

一

習習谷風〔一〕，以陰以雨〔二〕。黽勉同心〔三〕，不宜有怒。采葑采菲〔四〕，無以下體〔五〕。德音莫違〔六〕，及爾同死。

二

行道遲遲〔七〕，中心有違〔八〕。不遠伊邇〔九〕，薄送我畿〔一〇〕。誰謂荼苦〔一一〕，其甘如薺〔一二〕。宴爾新婚〔一三〕，如兄如弟。

三

涇以渭濁〔一四〕，湜湜其止〔一五〕。宴爾新昏，不我屑以〔一六〕。毋逝我梁〔一七〕！毋發我笱〔一八〕！我躬不閱〔一九〕，遑恤我後〔二〇〕！

四

就其深矣，方之舟之〔二一〕；就其淺矣，泳之游之〔二二〕。何有何亡〔二三〕，黽勉求之；凡民有喪〔二四〕，匍匐救之〔二五〕。

五

不我能慉〔二六〕，反以我爲讎〔二七〕。既阻我德〔二八〕，賈用不售〔二九〕。昔育恐育鞫〔三〇〕，及爾顛覆〔三一〕。既生既育，比予于毒〔三二〕。

六

我有旨蓄〔三三〕，亦以御冬〔三四〕。宴爾新昏，以我御窮。有洸有潰〔三五〕，既詒我肄〔三六〕。不念昔者，伊余來塈〔三七〕。

【注】

〔一〕習習，大風聲。谷風，山谷中的風。

〔二〕此二句以颳風下雨比喻她丈夫發怒，造成家庭的變故。

〔三〕黽（mǐn皿）勉，辛勤努力。

〔四〕葑，蘿蔔。菲，地瓜。

〔五〕無以，不用。下體，指地下莖。此二句以采蘿蔔地瓜者不要它的地下莖，比喻她的丈夫不取她的品德。

〔六〕德音，善言。違，背棄。

〔七〕遲遲，緩慢。她被趕走，心灰意懶，所以走路很慢。

〔八〕中心，即心中。違，借爲愇，恨。

〔九〕伊，是也。表示肯定。邇，近。

〔一〇〕薄，急急忙忙。畿，門坎。

〔一一〕荼，菜名，味苦，又名苦菜。

〔一二〕薺，菜名，味甜。這二句言荼菜雖苦，但和詩主人內心的痛苦來比，它却像薺菜那樣甜了。

〔一三〕宴，快樂。

〔一四〕涇、渭，都是水名。以，猶使也。涇水濁，渭水清，涇水流入渭水，把渭水也弄濁了。一說：涇水清，渭水濁；以，因也。

〔一五〕湜（shí食）湜，水清貌。止，今本《詩經》誤作沚，《説文》引作止，今據改。
〔一六〕不我屑以，不屑要我。不屑有鄙視的意味。
〔一七〕逝，往。梁，魚梁，攔魚的水壩。
〔一八〕笱（gǒu狗），捉魚的器具，編竹成筒形，口有倒刺，魚入即不能出，現在叫作鬚籠。在魚壩上弄一個孔穴，鬚籠安在孔穴裏。
〔一九〕躬，身體。閲，收容。
〔二〇〕遑，何也。恤，憂慮。此二句言我自身還不見容，又何必躭憂以後的事呢？
〔二一〕方，以筏渡。舟，以船渡。
〔二二〕泳游，泳是潛游，游是浮游。以上四句比喻遇到阻礙就想辦法。
〔二三〕亡，通無。
〔二四〕喪，災難。
〔二五〕匍匐，爬行。
〔二六〕慉（xù序），養也。一説：慉，愛也。
〔二七〕讎，同仇。
〔二八〕阻，疑惑。
〔二九〕賈，出賣貨物。售，賣出。此二句言：你懷疑我的美德，所以我這個人在你這兒賣不出去。

〔三〇〕兩育字當作有，形似而誤，通又。鞫，貧窮。

〔三一〕顛，跌倒。覆，翻倒。顛覆指生活中所遭遇的挫折與失敗。二句言以前天天擔心窮日子不易過，同你一起艱苦地生活。

〔三二〕毒，害人之物。

〔三三〕旨，味美。蓄，積藏的菜蔬，如乾菜、鹹菜、泡菜等。夏秋天弄好，以備冬天食用。

〔三四〕御，同禦，擋禦。冬天没有鮮菜，有蓄菜就可以對付過去了。

〔三五〕有，又。洸（guāng 光），兇暴。潰，糊塗。

〔三六〕詒，通貽，給予。肄，勞苦。

〔三七〕伊，猶唯也。塈（jì 既），借爲摡，除去。

【附録】

注〔八〕違，《釋文》引《韓詩》：「違，很也。」馬瑞辰《毛詩傳箋通釋》：「《韓詩》蓋以違爲愇之假借，故訓爲很，很亦恨也。」俞樾《羣經平議》説同。

注〔一〇〕畿，馬瑞辰説：「畿者機之假借，門限也。」陳奂《毛詩傳疏》説同。

注〔一四〕以，裴學海《古書虚字集釋》：「以，猶使也。」

注〔二〇〕遑，裴學海《古書虚字集釋》：「遑，猶胡也，何也。」

注〔三〇〕育，聞一多《詩經通義》：「兩育字爲有之誤。」

注〔三七〕塈，當讀爲摡。《説文》：「摡，滌也。」《檜風・匪風》：「摡之釜鬵。」毛傳：「摡，滌也。」《周禮・世婦》：「帥女官而濯摡。」鄭注：「摡，拭也。」摡有除去之意。伊余來摡，就是把我除去、把我趕走之意。

式微

奴隸們在野外冒霜露、踩泥水，給貴族幹活，天黑了還不能回去，就唱出這首歌。

一

式微式微〔一〕，胡不歸？微君之故〔二〕，胡爲乎中露〔三〕？

二

式微式微，胡不歸？微君之躬〔四〕，胡爲乎泥中？

【注】

〔一〕式，發語詞。微，天黑也。

〔二〕微，非也。君，指奴隸主。

〔三〕中露，即露中。

〔四〕躳，身也。

【附録】

注〔一〕微，借爲黴。《廣雅·釋器》：「黴，黑也。」古語稱日月無光爲黴。《邶風·柏舟》：「日居月諸，胡迭而微。」《小雅·十月之交》：「彼月而微。」「此日而微。」都是借微爲黴。

旄丘

《左傳·宣公十五年》記赤狄潞國事：「潞（在今山西潞城縣）……酆舒爲政……而奪黎氏地（即今山西黎城縣）。……晉荀林父敗赤狄于曲梁，滅潞。」狄人滅黎，黎國君臣逃到衛國，派人求救於晉，晉國拖延不出兵，黎國君臣因作此詩。以後晉國出兵滅了赤狄。

一

旄丘之葛兮〔一〕，何誕之節兮〔二〕！叔兮伯兮〔三〕，何多日也〔四〕！

二

何其處也〔五〕？必有與也〔六〕。何其久也？必有以也。

三

狐裘蒙戎〔七〕。匪車不東〔八〕。叔兮伯兮，靡所與同〔九〕。

四

瑣兮尾兮〔一〇〕，流離之子〔一一〕。叔兮伯兮，褎如充耳〔一二〕。

【注】

〔一〕旄丘，丘名，屬衛國。在今河南濮陽縣。

〔二〕誕，延也，長也。節，植物莖上的節。作者在客地見到葛的長成，感到漂流生活過得很久。

〔三〕叔伯，作者稱晉國君臣爲叔伯。

〔四〕多日，指拖延多日。

〔五〕處，居也。叔伯爲什麼安居不動呢？

〔六〕與，猶以也，即原因。

〔七〕蒙戎，同龙茸，猶蓬鬆。夏秋過去，冬天又來，作者穿上皮襖了。

〔八〕匪，通彼。不東，指晉國兵車不向東去援助黎國。

〔九〕靡，無。同，指同一條心。

〔一〇〕瑣，細小。尾，借爲微，小也。

〔一一〕流離，即黃鸝、黃鶯。離即古鸝字。冬天過去，春天又來，作者見到小黃鶯，同時感到自已像小鳥一般，寄居異國。

〔一三〕褎（yòu誘），聾也。充，堵塞。

簡兮

衛君的公庭大開舞會，一個貴族婦女愛上領隊的舞師，作這首詩來贊美他。

一

簡兮簡兮〔一〕，方將萬舞〔二〕。日之方中〔三〕，在前上處〔四〕。碩人俁俁〔五〕，公庭萬舞。

二

有力如虎〔六〕，執轡如組〔七〕，左手執籥〔八〕，右手秉翟〔九〕，赫如渥赭〔一〇〕。公言錫爵〔一一〕。

三

山有榛〔一二〕，隰有苓〔一三〕。云誰之思〔一四〕，西方美人〔一五〕。彼美人兮，西方之人兮。

【注】

〔一〕簡，威儀堂堂的樣子。又解：簡，鼓聲。《商頌·那》：「奏鼓簡簡。」開舞會前先擊鼓。

〔二〕方將，正要。萬舞，舞名，先是武舞，舞者手拿兵器；後是文舞，舞者手拿鳥羽和樂器。
〔三〕日之方中，日在正午。
〔四〕在前上處，指舞師處于前列的上頭，是領隊者。
〔五〕碩人，身軀高大的人。俁（yǔ語）俁，魁梧的樣子。
〔六〕有力如虎，武舞階段，舞者手拿兵器，象徵作戰，顯出力量如虎。
〔七〕轡，馬繮繩。組，用絲織的寬帶。武舞階段，舞者手拿繮繩，象徵駕車。
〔八〕籥（yuè躍），古管樂器，似後世之排簫。
〔九〕秉，執。翟（dí敵），野雞的尾羽。上二句寫文舞。
〔一〇〕赫，赤色鮮明貌。渥，濕潤。赭，赤土。此寫舞師的面色。
〔一一〕公，衛君。錫，通賜。爵，古代一種酒器，形略似麻雀，用處同於酒杯。錫爵，賞賜一杯酒。
〔一二〕榛，指榛樹的果。
〔一三〕隰（xí習），低濕之地。苓，即甘草。
〔一四〕云，發語詞。
〔一五〕西方美人，指漂亮的舞師是西方人。

泉水

這首詩是許穆公夫人所作。她是衛宣公的老婆宣姜與宣公庶子頑姘居所生，嫁給許穆公。狄人攻破衛國，衛懿公戰死，衛人立戴公於漕邑。她要到衛國去探問，走出不遠，被許國大夫追回，她因作《泉水》和《載馳》。（參見《鄘風·載馳》）

一

毖彼泉水〔一〕，亦流于淇〔二〕。有懷于衛〔三〕，靡日不思〔四〕。孌彼諸姬〔五〕，聊與之謀〔六〕。

二

出宿于泲〔七〕，飲餞于禰〔八〕。女子有行〔九〕，遠父母兄弟。問我諸姑〔一〇〕，遂及伯姊〔一一〕。

三

出宿于干〔一二〕，飲餞于言〔一三〕。載脂載舝〔一四〕，還車言邁〔一五〕。遄臻于衛〔一六〕，不瑕有害〔一七〕。

四

我思肥泉〔一八〕，茲之永歎〔一九〕。思須與漕〔二〇〕，我心悠悠〔二一〕。駕言出遊〔二二〕，以寫我憂〔二三〕。

【注】

〔一〕毖，通泌，水流貌。

〔二〕淇，衛國水名。

〔三〕懷，思念。

〔四〕靡，無也。

〔五〕孌，美好貌。諸姬，許穆夫人姓姬。許君姓姜，多娶姓姬的女子。諸姬指嫁到許國來的幾個姓姬的女子。

〔六〕聊，願也，樂也。又解：聊，姑且。此言作者與同姓女伴計議可否回衛國一次的問題。

〔七〕泲（jǐ擠），地名。

〔八〕餞，以酒宴送行。禰（nǐ你），地名。此二句寫她在返衛途中之事。

〔九〕行，女子出嫁爲行。有行即已經出嫁。

〔一〇〕姑，父的姊妹稱姑。

〔一一〕伯姊，大姐。此二句寫她回到衛國將要問候諸姑伯姊。

〔一二〕干，地名。

〔一三〕言，地名。

〔一四〕載，則也。脂，抹油於車軸上。舝（xiá 轄），車軸頭上的鍵子，此用做動詞，把鍵子加上。古時在車走前，先拿下車軸頭的鍵子，抹上油，然後把鍵子安上。

〔一五〕還車，把車掉轉過來向回走。言，讀爲焉，乃也。邁，行也。此二句寫她被迫回轉許國。

〔一六〕遄（chuán 椽），速。臻，至，到。

〔一七〕瑕，通「胡」，何也。此二句言：很快就到衛國，沒有什麼害處，何必把我追回呢？

〔一八〕肥泉，衛國水名。

〔一九〕茲，通滋，增加。永歎，長歎。

〔二〇〕須、漕，都是衛國邑名。

〔二一〕悠悠，憂也。

〔二二〕言，讀爲焉。

〔二三〕寫，宣泄，通作瀉字。

北門

衛國朝廷的小官吏，俸禄微薄，不够養家，而朝廷的瑣細事務，辛勤的勞役，都要他去擔任。他既受統治者的壓迫，又苦家庭生活的困難，因作此詩。

一

出自北門，憂心殷殷〔一〕。終窶且貧〔二〕，莫知我艱。已焉哉！天實爲之，謂之何哉〔三〕！

二

王事適我〔四〕，政事一埤益我〔五〕。我入自外，室人交徧讁我〔六〕。已焉哉！天實爲之，謂之何哉！

三

王事敦我〔七〕，政事一埤遺我〔八〕。我入自外，室人交徧摧我〔九〕。已焉哉！天實爲之，謂之何哉！

【注】

〔一〕殷殷，憂傷貌。

〔二〕終，既也。窶（jù 巨），困窘。

〔三〕謂之何哉，還説什麽。

〔四〕王，諸侯國中人對諸侯也稱爲王。適，借爲擿，投擲。

〔五〕一埤（pí 皮），猶一并。益，加。

〔六〕交徧，猶普遍。讁，責難。

〔七〕敦，促。

〔八〕遺，交給。

〔九〕摧，譏刺。

【附録】

注〔二〕終，王引之《經義述聞》引王念孫説：「終，猶既也。」

北風

衛國統治者的政治殘暴，百姓相攜逃去，唱出這個歌。

一

北風其涼，雨雪其雱〔一〕。惠而好我〔二〕，攜手同行。其虚其邪〔三〕！既亟只且〔四〕！

二

北風其喈〔五〕，雨雪其霏〔六〕。惠而好我，攜手同歸。其虛其邪！既亟只且！

三

莫赤匪狐〔七〕，莫黑匪烏〔八〕。惠而好我，攜手同車。其虛其邪！既亟只且！

【注】

〔一〕雱(páng旁)，雪盛貌。上二句寫風雪，也用來比喻統治者的暴政。下章同。

〔二〕惠，猶維也。而，爾、你。好，喜歡。

〔三〕虛，通舒。邪，通徐。均爲從容緩慢之意。

〔四〕亟，急。只且(zǔ祖)，語氣詞，猶言也哉。此句言還是快走吧！

〔五〕喈，借爲湝，寒也。

〔六〕霏，雨雪大的樣子。

〔七〕匪，通非。

〔八〕烏，烏鴉。詩以狐比大官，以烏鴉比小官。周代大官穿紅衣，小官穿黑衣。此二句言：穿紅衣的都是狐狸，穿黑衣的都是烏鴉。

静女

詩的主人公是個男子，抒寫他和一個姑娘甜蜜的愛情。

一

静女其姝〔一〕，俟我于城隅〔二〕。愛而不見〔三〕，搔首踟蹰〔四〕。

二

静女其孌〔五〕，貽我彤管〔六〕。彤管有煒〔七〕，説懌女美〔八〕。

三

自牧歸荑〔九〕，洵美且異〔一〇〕。匪女之爲美〔一一〕，美人之貽。

【注】

〔一〕静，貞静，不輕佻。姝，容貌漂亮。

〔二〕俟，等待。城隅，城角。

〔三〕愛，借爲薆，隱蔽。姑娘和他開玩笑，故意躲在他看不見的地方。

〔四〕搔首，用手撓頭。踟蹰，來回走動。

〔五〕孌，容貌俊俏。

〔六〕貽，贈送。彤，紅色。管，樂器。
〔七〕煒（wěi偉），紅而發亮。
〔八〕說，通悅。懌（yì益），喜也。女，通汝，指彤管。
〔九〕牧，郊外野地，牧場所在。歸，借爲饋，贈送。荑（tí題），草名，白茅始生稱荑，三四月間開白花。
〔一〇〕洵（xún旬），真也。異，出奇。
〔一一〕匪，非。女，通汝，指荑草。

【附録】

注〔六〕彤管，歐陽修《毛詩本義》：「古者鍼筆皆有管，樂器亦有管，不知此彤管是何物也。」按：彤管當是樂器，就是紅色的樂管。《詩經》裏的管字，都是指樂管。《周頌・有瞽》：「簫管備舉。」《商頌・那》：「嘒嘒管聲。」又《周頌・執競》：「磬筦將將。」《漢書・禮樂志》、《說文》都引筦作管。所以說此詩的彤管當是樂器。

新臺

衛宣公給他的兒子伋娶齊國之女，爲了迎娶新娘，在經過的黃河邊上築了一座新臺。衛宣公見新娘很美，就把她截下，佔爲己有，這就是宣姜。衛人作此詩諷刺衛宣公。這是《毛詩序》的説法，也講得通。但詩意只是寫一個女子想嫁一個美男子，而却配了一個醜丈夫。

一

新臺有泚〔一〕，河水瀰瀰〔二〕。燕婉之求〔三〕，籧篨不鮮〔四〕。

二

新臺有洒〔五〕，河水浼浼〔六〕。燕婉之求，籧篨不殄〔七〕。

三

魚網之設〔八〕，鴻則離之〔九〕。燕婉之求，得此戚施〔一〇〕。

【注】

〔一〕泚（cǐ此），鮮明貌。

〔二〕河，黄河。瀰瀰，猶漫漫。

〔三〕燕婉，容貌俊俏的人。

〔四〕籧篨（qú-chú渠除），一種病人，腰不能彎，今語呼爲雞胸。不鮮，不漂亮。

〔五〕洒（cuǐ璀），借爲銑（xiǎn顯），金色有光澤。

〔六〕浼（měi每）浼，水盛貌。

〔七〕殄，借爲珍。《爾雅·釋詁》：「珍，美也。」

〔八〕設，置。

〔九〕鴻，不是鴻雁。聞一多《詩經通義》：「鴻即苦蠪之合音，《廣雅·釋魚》：『苦蠪，蝦蟆也。』」離，讀爲罹，魚入網也。詩以設網捕魚而得蝦蟆比喻女子想嫁美男子而配了醜夫。

〔一〇〕戚施（yì易），一種病人，腰不能直，今語呼爲駝背。

二子乘舟

衛宣公誘奸他的父妾夷姜，生子名伋，又霸佔伋的聘妻宣姜，生子名壽、名朔。宣姜要害死伋，好立她的兒子爲衛君。宣公信從她，叫伋出使齊國，預先派一批人假扮盜匪，埋伏在路上，等伋經過時把他殺死。壽把這一陰謀告訴伋，勸他逃往別國。伋不肯。當伋將乘船赴齊時，壽想替他死，來到船上，用酒把他灌醉，自己坐一隻船，載着使者的旗幟，往前走去。假盜把壽殺死。伋醒後，坐船追去，假盜又把伋殺死。衛國有人知道這一陰謀，因作此詩，抒寫爲伋、壽憂的情感。

一

二子乘舟〔一〕，汎汎其景〔二〕。願言思子〔三〕，中心養養〔四〕。

二

二子乘舟，汎汎其逝〔五〕。願言思子，不瑕有害〔六〕。

【注】

〔一〕二子，指伋與壽。

〔二〕汎汎，漂流貌。景，借爲潢（hàng 杭）。《説文》：「潢，以船渡也。」實即航字。

〔三〕願，念也。言，讀爲焉。

〔四〕養養，借爲恙，憂也。

〔五〕逝，往也。

〔六〕瑕，通胡，何也。此言二子不會有什麼災害吧。

鄘

柏舟

這首詩寫一個女子愛上一個青年，她的母親强迫她嫁給別人，她誓死不肯。

一

汎彼柏舟〔一〕，在彼中河〔二〕。髧彼兩髦〔三〕，實維我儀〔四〕。之死矢靡它〔五〕。母也天只〔六〕！不諒人只〔七〕！

二

汎彼柏舟，在彼河側。髧彼兩髦，實維我特〔八〕。之死矢靡慝〔九〕。母也天只！不諒人只！

【注】

〔一〕柏舟，柏木船。
〔二〕中河，即河中。
〔三〕髧（dàn 淡），頭髮下垂的樣子。髦，髮辮。古代未成年的男子頭髮編成兩個辮，或紮成兩綹，左右各一，叫作兩髦。
〔四〕維，是也。儀，配偶，如同後代所謂「伉儷」。
〔五〕之死，至死。矢，借爲誓。靡它，没有别的心思，指不嫁别人。
〔六〕只，語氣詞。
〔七〕諒，原諒。
〔八〕特，配偶。
〔九〕慝（tè 特），更改。

牆有茨

衛宣公死後，其妻宣姜與他的庶子頑公然姘居，生了三個兒子齊子、戴公、文公，兩個女兒宋桓夫人、許穆夫人（見《左傳·閔公二年》）。《毛詩序》認爲這首詩乃衛人諷刺宣姜與公子頑，也講得通。詩意很明顯是諷刺貴族統治階級荒淫無耻的生活。

一

牆有茨〔一〕，不可埽也〔二〕。中冓之言〔三〕，不可道也〔四〕。所可道也〔五〕，言之醜也。

二

牆有茨，不可襄也〔六〕。中冓之言，不可詳也〔七〕。所可詳也，言之長也。

三

牆有茨，不可束也〔八〕。中冓之言，不可讀也〔九〕。所可讀也，言之辱也。

【注】

〔一〕茨，蒺藜，蔓生，細葉，開黄花，子有三角刺。古人種蒺藜於牆上，以防盗賊。

〔二〕埽，同掃。詩以埽蒺藜則刺手比喻説「中冓之言」則污口。

〔三〕中冓，中，宫内。冓，借爲垢，污垢。又解：冓，借爲冓，夜也。中冓即夜中。又解：冓，借爲構，室也。中構即室中。中冓之言指宮内骯髒淫穢之事。

〔四〕道，説。

〔五〕所，若，如。

〔六〕襄，通攘，除去。

〔七〕詳，細説。又解：詳，借爲揚，宣揚。《釋文》：「韓詩作揚。」

〔八〕束，捆束。

〔九〕讀，宣揚。

君子偕老

宣姜是齊君之女，衛宣公之妻，衛惠公之母。宣公死後，她又和宣公的庶子公子頑姘居，生了三男二女。這首詩便是諷刺宣姜的淫穢。

一

君子偕老〔一〕，副笄六珈〔二〕。委委佗佗〔三〕，如山如河〔四〕。象服是宜〔五〕。子之不淑〔六〕。云如之何〔七〕？

二

玼兮玼兮〔八〕，其之翟也〔九〕。鬒髮如雲〔一〇〕，不屑髢也〔一一〕。玉之瑱也〔一二〕。象之揥也〔一三〕。揚且之皙也〔一四〕。胡然而天也？胡然而帝也〔一五〕？

三

瑳兮瑳兮〔一六〕，其之展也〔一七〕。蒙彼縐絺〔一八〕，是紲袢也〔一九〕。子之清揚〔二〇〕，揚且之顔也〔二一〕。展如之人兮〔二二〕，邦之媛也〔二三〕。

【注】

〔一〕君子，指衛宣公。偕老，夫妻偕老並不是同時老死，只是男不更娶，女不改嫁，守貞操，成爲終身伴侣而已。

〔二〕副，借爲鬠，假髻。笄（jī機），簪。珈（jiā加），枝也。六珈即六枝簪子。

〔三〕委佗，顫動摇擺貌。一說：高聳貌。

〔四〕如山如河，簪子有作鳥獸形的，有作魚龍形的，所以説首飾如山如河。又解：河，疑當作阿，大嶺。

〔五〕象，借爲襐（xiàng象），鑲也。襐服，衣的周邊領袖都鑲上花邊。

〔六〕子，指宣姜。淑，賢淑，指品德。

〔七〕云，發語詞。

〔八〕玼（cǐ此），玉色鮮明貌。

〔九〕翟，一種女衣，上面繡成或織成野雞的花紋。翟是野雞的一種，長尾。

〔一〇〕鬒（zhěn 診），黑髮。一說：稠髮。

〔一一〕髢（dí 敵），假髮。

〔一二〕瑱（tiàn），耳旁的垂玉，左右各一，以絲繩繫之，繩的上端聯在首飾上，下端有穗，垂到胸部。

〔一三〕象，象牙。揥（tì 替），搔頭的簪子。

〔一四〕揚且（zǔ 祖），疑當讀爲瑒琡（chàng-chù 暢觸），都是玉名。晳（xī 西），白色。

〔一五〕胡，何也。而，讀爲如。此兩句言品德不淑的宣姜爲什麽像上天那樣崇高？像上帝那樣尊貴呢？

〔一六〕瑳（cuō 搓），玉色鮮明潔白。

〔一七〕展：一種女衣，細紗製成，上有縠粒文，丹紅色，夏天所穿。

〔一八〕蒙，蓋上。縐絺（chī 痴），都是細葛布。縐比絺更細。

〔一九〕紲（xiè 謝），借爲褻（《說文》引作褻），貼身內衣。袢（fán 煩），夏天穿的白色內衣。

〔二〇〕清，清秀。揚，借爲陽，漂亮。

〔二一〕顏，容貌。此句言她有着玉一般的容貌。

〔二二〕展，誠然。

〔三〕媛，美女。

桑中

這是一首民歌，勞動人民（男子們）的集體口頭創作，歌唱他們的戀愛生活。並不是真有這樣的一男三女或三對男女戀愛的故事。

一

爰采唐矣〔一〕？沬之鄉矣〔二〕。云誰之思〔三〕？美孟姜矣〔四〕。期我乎桑中〔五〕，要我乎上宫〔六〕，送我乎淇之上矣〔七〕。

二

爰采麥矣？沬之北矣。云誰之思？美孟弋矣〔八〕。期我乎桑中，要我乎上宫，送我乎淇之上矣。

三

爰采葑矣〔九〕？沬之東矣。云誰之思？美孟庸矣〔一〇〕。期我乎桑中，要我乎上宫，送我乎淇之上矣。

【注】

〔一〕爰，猶焉也，何也。唐當讀爲棠，梨的一種，味甜。采唐就是摘取棠樹的果。

〔二〕沬，衛國的水名，在今河南省北部。

〔三〕云，發語詞。

〔四〕孟，長也。兄弟姊妹中的年長者稱「孟」，其次稱「仲」，其次稱「叔」，最幼稱「季」。姜，是姓。春秋時代，稱女子在她的姓上加上「孟、仲、叔、季」的字様，如孟姜就是姜家大姑娘。

〔五〕期，約會。乎，于也。桑中，桑林裏。又解：桑中，小地名，那裏有一片桑林，適於男女幽會。

〔六〕要，通邀。上宮，衛國的小地名。

〔七〕淇，衛國水名，在今河南省北部。

〔八〕弋（yì亦），也是姓。

〔九〕葑，蘿蔔。

〔一〇〕庸，也是姓。

【附録】

注〔一〕唐，借爲棠。《爾雅・釋木》：「杜，赤棠，白者棠。」樊注：「赤者爲杜，白者爲棠。」（赤白指果實顔色）《山海經・西山經》：「崑崙之邱有木焉，其狀如棠，名曰沙棠。」郭注：「棠，梨也。」據此，棠即白梨的古名。采棠就是摘取白梨的果實。唐與棠古通用。《召南・何彼襛矣》：「唐棣之華。」《御覽》一五二引唐作棠。《論語・子罕》：「唐棣之華，偏其反而。」《春秋繁露・竹林》引唐作棠。《爾雅・釋木》：「唐棣，栘。」《文選・甘泉賦》李注引唐作棠。都是例證。

鶉之奔奔

衛宣公死，其妻宣姜公然與宣公庶子頑姘居，生了三男二女。這首詩是頑的弟弟所作，諷刺頑與宣姜的淫穢行爲。

一

鶉之奔奔〔一〕，鵲之彊彊〔二〕。人之無良〔三〕，我以爲兄〔四〕。

二

鵲之彊彊，鶉之奔奔。人之無良，我以爲君〔五〕。

【注】

〔一〕鶉，鵪鶉，雌雄有固定的配偶。奔奔，《禮記・表記》引作賁賁。奔賁皆借爲翸（bēn 奔），《玉篇・羽部》：「翸，飛貌。」翸翸，猶翩翩。又解：奔奔，跳行貌。

〔二〕鵲，喜鵲，雌雄也有固定的配偶。彊彊，《禮記・表記》引作姜姜。彊姜皆借爲翔，回環飛也。又解：彊彊，鶉鳴聲。詩以鶉鵲均有固定的配偶反比頑與宣姜亂倫姘居。

〔三〕人，指頑。

〔四〕我以爲兄，由此可證作者是頑的弟弟。頑的弟弟有公子黔牟，見《左傳·桓公十六年》，不知此詩是否黔牟所作。

〔五〕君，指宣姜。周代人也稱國君夫人爲君。《衛風·碩人》：「無使君勞。」君就是衛人稱衛莊公夫人莊姜，可證。

定之方中

狄人攻破衛國，殺死衛懿公，衛人立戴公於漕邑。不久戴公死，衛人立文公。齊桓公率諸侯兵替衛築城於楚丘，文公乃遷都於楚丘。這首詩就是敍寫文公遷都於楚丘後建築宮室，經營桑田等事。《左傳·閔公二年》：「衛文公大布之衣，大帛之冠，務材訓農，通商惠工，敬教勸學，授方任能。元年革車三十乘，季年乃三百乘。」據此，文公是一個生活樸素，發展經濟，注重教育，任用賢能，復興衛國的比較開明的統治者。

一

定之方中〔一〕，作于楚宮〔二〕。揆之以日〔三〕，作于楚室。樹之榛栗，椅桐梓漆〔四〕，爰伐琴瑟〔五〕。

二

升彼虛矣〔六〕，以望楚矣〔七〕。望楚與堂〔八〕，景山與京〔九〕，降觀于桑〔一〇〕。卜云其吉〔一一〕，終然允臧〔一二〕。

三

靈雨既零〔一三〕，命彼倌人〔一四〕，星言夙駕〔一五〕，說于桑田〔一六〕。匪直也人〔一七〕，秉心塞淵〔一八〕。騋牝三千〔一九〕。

【注】

〔一〕定，星名，又名營室。方中，黃昏時正在天中。古人在定星正中時建築房屋。

〔二〕于，讀爲爲（《文選·魏都賦》張注引于作爲）。楚宮，楚丘的宮室。

〔三〕揆，度也。古人建築房屋，立一個竿兒，測度日影，以定方向，所以說「揆之以日」。

〔四〕榛、栗、椅、桐、梓、漆，都是樹名。

〔五〕爰，乃，於是。伐，擊也，彈也。又解：伐琴瑟，伐木以造琴瑟。

〔六〕虛，古墟字，丘也。

〔七〕楚，楚丘。

〔八〕堂，衛國邑名。
〔九〕景山，大山。京，高丘也。又解：景山，山名。京，丘名。
〔一〇〕桑，桑林。
〔一一〕卜，把龜甲鑽個孔，用火烤，看它的裂紋以定吉凶，這叫作卜。卜云，卜人説。
〔一二〕允，真也。臧，善也。此句言結果是真好。
〔一三〕靈雨，好雨。零，落也。
〔一四〕命，衛文公下命令。倌人，小臣也，指車夫等。
〔一五〕星，晴也。又解：星，雨止星見。言，讀爲焉。夙，早晨。駕，駕車。
〔一六〕説（shuì 税），停車休息。
〔一七〕匪，通彼。此言他是正直的人。
〔一八〕秉心，猶居心。塞，誠實。淵，深沉。
〔一九〕騋（lái 來），讀爲騭（zhì 質），牡馬也。此句言牡馬牝馬有三千匹。又解：馬七尺以上爲騋，騋牝即高大的牝馬。

蝃蝀

這首詩諷刺一個貴族女子的私奔行爲。

一

蝃蝀在東〔一〕，莫之敢指〔二〕。女子有行〔三〕，遠父母兄弟。

二

朝隮于西〔四〕，崇朝其雨〔五〕。女子有行，遠兄弟父母〔六〕。

三

乃如之人也〔七〕，懷昏姻也〔八〕，大無信也，不知命也〔九〕。

【注】

〔一〕蝃蝀（dì-dōng帝東），即虹。先秦人的迷信意識，認爲虹是天上一種動物，蛇類。天上出虹是這種動物雌雄交配的現象，色明者是雄虹，色暗者是雌虹，緊緊相依，便是雄雌共眠。此詩以虹出東方比喻男女私通。

〔二〕指，用手指。先秦人認爲人用手指虹，虹會使人爛指頭。

〔三〕行，出嫁。此乃指女子私奔。

〔四〕朝，早晨。隮（jī鷄），借爲霋（qī妻），雲行貌。

〔五〕崇，終了。崇朝，即一個早晨。

〔六〕父母，當作母父，傳寫誤倒。父與雨協韻，若作父母則失韻。

〔七〕如之人，像這個人。
〔八〕昏，通婚。此句説她想嫁人。
〔九〕命，天命。説她不知男婚女嫁是天命注定。又解：命，父母之命。

相鼠

衛國貴族統治階級荒淫無恥，不守禮法。衛人作這首詩諷刺他們。

一

相鼠有皮〔一〕，人而無儀〔二〕！人而無儀，不死何爲？

二

相鼠有齒，人而無止〔三〕！人而無止，不死何俟〔四〕？

三

相鼠有體，人而無禮！人而無禮，胡不遄死〔五〕？

【注】

〔一〕相，視也。詩以老鼠有皮比喻貴族也披一張人皮，實際上還不如鼠。

〔二〕儀，讀爲義。

〔三〕止，借爲恥。

〔四〕何俟，等待什麽。

〔五〕遄（chuán 傳），速，快。

【附録】

注〔二〕儀，當讀爲義，即「禮義廉恥」之義。義儀古通用。

注〔三〕止，疑借爲恥。止恥古音同，可通用。又《廣雅·釋詁》：「止，禮也。」可備一解。

干旄

衛國一個貴族乘車去看他的情人，作此詩以寫此事。

一

孑孑干旄〔一〕，在浚之郊〔二〕。素絲紕之〔三〕，良馬四之〔四〕。彼姝者子〔五〕，何以畀之〔六〕？

二

孑孑干旟〔七〕，在浚之都〔八〕。素絲組之〔九〕，良馬五之〔一〇〕。彼姝者子，何以予之？

三

孑孑干旄〔一〕，在浚之城。素絲祝之〔二〕，良馬六之〔三〕。彼姝者子，何以告之〔四〕？

【注】

〔一〕孑孑，特出貌。干，通竿（《左傳·定公九年》引作竿），旗竿。旄，一種旗竿頭上飾有犛牛尾的旗。

〔二〕浚，衛國邑名。郊，城外。

〔三〕紕（pí皮），繩帶也，指馬轡，即馬繮繩。之，語氣詞。此句言用白絲做的馬繮繩。

〔四〕四之，一車駕四匹馬。

〔五〕姝，美好。子，女子，指貴族的情人。

〔六〕畀（bì必），贈予。

〔七〕旟（yú俞），一種畫有或繡有鷹鶻之類的旗。

〔八〕都，城邑也。

〔九〕組，寬帶也，指馬繮繩。

〔一〇〕五之，一車四馬，再加上從人騎的一匹馬。

〔一〕旃，一種竿頭用五色鳥羽以爲飾的旗。

〔二〕祝，讀爲屬（zhǔ），帶也，指馬繮繩。

〔三〕六之，一車四馬，再加上從人騎的兩匹馬。

〔四〕告，講。

載馳

這首詩是許穆公夫人所作。她是衛宣姜和公子頑所生，出嫁於許穆公。狄國攻破衛國，殺死衛懿公，衛人立戴公於漕邑。不久戴公死，衛人又立文公。她知道衛國遭此浩劫，要回衛國去弔問衛君，可是封建教條不許可，許國統治者不准她去。她走到半路上被追回，因作此詩。（見《左傳·閔公二年》）

一

載馳載驅〔一〕，歸唁衛侯〔二〕。驅馬悠悠〔三〕，言至于漕〔四〕。大夫跋涉〔五〕，我心則憂。

二

既不我嘉〔六〕，不能旋反〔七〕。視爾不臧〔八〕，我思不遠〔九〕。既不我嘉，不能旋濟〔一〇〕。視爾不臧，我思不閟〔一一〕。

三

陟彼阿丘〔一二〕，言采其蝱〔一三〕。女子善懷〔一四〕，亦各有行〔一五〕。許人尤之〔一六〕，衆穉且狂〔一七〕。

四

我行其野，芃芃其麥〔一八〕。控于大邦〔一九〕，誰因誰極〔二〇〕。大夫君子〔二一〕，無我有尤〔二二〕！百爾所思〔二三〕，不如我所之〔二四〕。

【注】

〔一〕載，猶乃也，發語詞。馳、驅，車馬疾行。

〔二〕唁，弔問別人的災難或喪事。

〔三〕悠悠，遠行貌。

〔四〕言，猶爰，於是。漕，衛國邑名。

〔五〕跋，登山。涉，渡水。此言許國大夫來追她回去。

〔六〕嘉，贊成。

〔七〕旋，還。反，同返。此句指不能回衛國。

〔八〕臧，善也。此句言我看你們的主張不對。
〔九〕不遠，指不錯。
〔一〇〕濟，渡水。由許國到漕邑，要渡過不少水，所以説旋濟。
〔一一〕悶（bì必），閉也，指止息。又解：悶，讀爲紕謬之紕，錯誤。
〔一二〕陟（zhì至），登也。阿丘，丘名。
〔一三〕蝱（méng萌），一種藥草，今稱貝母。
〔一四〕善懷，多思念，指思念衛國。
〔一五〕行，道路。此句言各人有自己的道路。
〔一六〕許，許國。國都在今河南許昌。尤，指責。
〔一七〕穉，同稚，幼稚。
〔一八〕芃（péng蓬）芃，草木茂盛貌。
〔一九〕控，往告也。
〔二〇〕因，請託。極，至也。此句言衛國向誰求援，誰就能來。
〔二一〕君子，統治階級的通稱。
〔二二〕有，猶或也。此句言不要責備我。
〔二三〕百爾所思，你們有千百個主意。

〔二四〕之，往也。此句言不如我去一趟。

衛

淇奧

這是一首歌頌衛國統治貴族的詩。《毛詩序》説是歌頌衛武公（武公生於西周末年和東周初年），古書無確證。

一

瞻彼淇奧〔一〕，緑竹猗猗〔二〕。有匪君子〔三〕，如切如磋，如琢如磨〔四〕。瑟兮僩兮〔五〕，赫兮咺兮〔六〕。有匪君子，終不可諼兮〔七〕。

二

瞻彼淇奧，緑竹青青〔八〕。有匪君子，充耳琇瑩〔九〕，會弁如星〔一〇〕。瑟兮僩兮，赫兮咺兮，有匪君子，終不可諼兮。

三

瞻彼淇奧，緑竹如簀〔一一〕。有匪君子，如金如錫，如圭如璧〔一二〕。寬兮綽兮〔一三〕，猗重較兮〔一四〕，善戲謔兮，不爲虐兮〔一五〕。

【注】

〔一〕淇，衛國水名。奥（yù郁），水曲處。

〔二〕猗猗，美盛貌。淇水邊上，漢代以前多竹，見《水經注·淇水》。

〔三〕匪，通斐（《禮記·大學》引作斐），有文彩。此句贊美貴族有文學素養。

〔四〕這二句以治骨器、玉器等比喻君子努力進修。切，用刀切斷。瑳，用鎈剉平。琢，用刀雕刻。磨，用物磨光。

〔五〕瑟，莊重。僩（xiàn現），威嚴。

〔六〕赫，明也。咺（xuān宣），借爲烜（xuān宣）（《爾雅·釋訓》引作烜），盛大。

〔七〕諼（xuān宣），忘也。

〔八〕青青，借爲菁菁，茂盛貌。

〔九〕充耳，塞耳。琇，美石。瑩，玉色光潤。古代貴族冠的左右兩邊有絲繩垂到耳旁，當耳之處繫着一塊玉石，就是充耳，玉石下還垂着長穗。

〔一〇〕會（kuài快），借爲璯（《隋書·禮儀志》引作璯），綴玉於冠縫也。弁，古代一種帽子，多以鹿皮製成，皮與皮相接處爲縫，綴玉於縫就是所謂璯弁。玉是圓形，有規則地羅列着，所以説如星。

〔一〕簀（zé 責），當讀爲柵，柵欄也。如柵形容竹密。

〔二〕圭、璧，都是用玉製成，圭是長方形，上端尖。璧是圓形，正中有小圓孔。周代貴族在朝會時，手拿圭璧，上有不同的花紋。

〔三〕寬，寬宏。綽，和緩。此指君子的性格。

〔四〕猗，當作倚，依靠。重，雙也。較，古代的車有廂，前廂名軘（duì 對），左右廂名輢（yǐ 椅），後廂可豎起可放下，名軫（zhěn 診）。人從後面上車。輢上前角伸出一個彎木名較，漢人呼爲車耳，有的用銅包上，呼爲金耳。兩輢雙較，所以説重較。人立於車上，有時用手攀依左較，有時用手攀依右較，所以説猗重較。

〔五〕虐，害也。

考槃

這首詩是贊美一個隱居山林的賢士。

一

考槃在澗〔一〕，碩人之寬〔二〕。獨寐寤言〔三〕，永矢弗諼〔四〕。

二

考槃在阿〔五〕，碩人之薖〔六〕。獨寐寤歌，永矢弗過〔七〕。

三

考槃在陸〔八〕，碩人之軸〔九〕。獨寐寤宿，永矢弗告〔一〇〕。

【注】

〔一〕考，扣也，敲也。槃，同盤。敲盤以歌。

〔二〕碩人，身材高大的人。寬，寬宏。

〔三〕寐，睡也。寤，醒也。言，説話。此句言碩人獨寐獨寤獨言，是個孤獨人。

〔四〕矢，通誓。諼（xuān 宣），欺詐。此句言碩人的誠實。

〔五〕阿，山坡。

〔六〕薖（kē 科），當借爲果，堅決强毅。又解：薖，借爲和。

〔七〕弗過，不犯錯誤。

〔八〕陸，高平之地。

〔九〕軸，當借爲怞（zhòu 妯），明智也。

〔一〇〕告，當借爲嘐（xiào 效）。《廣雅·釋詁》：「嘐，誤也。」弗嘐與弗過同意。

碩人

衛莊公娶齊莊公的女兒莊姜爲妻，當她出嫁初到衛國的時候，衛人唱出這個歌來贊揚她的美麗華貴。

一

碩人其頎〔一〕，衣錦褧衣〔二〕，齊侯之子，衛侯之妻，東宮之妹〔三〕，邢侯之姨〔四〕，譚公維私〔五〕。

二

手如柔荑〔六〕，膚如凝脂〔七〕，領如蝤蠐〔八〕，齒如瓠犀〔九〕，螓首蛾眉〔一〇〕，巧笑倩兮〔一一〕，美目盼兮〔一二〕。

三

碩人敖敖〔一三〕，說于農郊〔一四〕。四牡有驕〔一五〕，朱幩鑣鑣〔一六〕。翟茀以朝〔一七〕。大夫夙退〔一八〕，無使君勞〔一九〕。

四

河水洋洋〔二〇〕，北流活活〔二一〕。施罛濊濊〔二二〕。鱣鮪發發〔二三〕。葭菼揭揭〔二四〕。庶姜孽孽〔二五〕。庶士有朅〔二六〕。

【注】

〔一〕碩人，身材高大的人。頎（qí其），身長貌。

〔二〕褧(jiǒng 炯),古代女子出嫁途中穿在錦衣外面的罩衫,用麻紗做成。

〔三〕東宫,古代國君的太子住在東宫,因而稱太子爲東宫。此指齊國太子得臣。

〔四〕邢侯,邢國(今河北邢台)國君。姨,男子稱妻的姊妹爲姨。

〔五〕譚公,譚國(今山東濟南東龍山鎮附近)國君。維,是也。私,女子稱姊妹的丈夫爲私。

〔六〕荑,初生的白茅嫩芽。

〔七〕凝脂,凝結的猪油。

〔八〕領,脖頸。蝤蠐(qiú-qí 求齊),天牛的幼蟲,身長圓而白。

〔九〕瓠(hù 户)犀,葫蘆的籽,因其潔白整齊,常以比喻女子的牙齒。

〔一〇〕螓(qín 秦),蟲名,似蟬而小,額廣而方正。蛾,蠶蛾,其觸鬚細長而彎。

〔一一〕倩,笑時兩腮出現的酒渦。

〔一二〕盼,眼睛黑白分明。

〔一三〕敖敖,身材高大的樣子。

〔一四〕説(shuì 税),停車卸馬。農郊,城郊。莊姜出嫁到了衛國首都,先停在郊外,然後舉行婚禮。

〔一五〕牡,公馬。驕,馬高大也。

〔一六〕朱,紅色。幩(fén 墳),繫在馬銜兩邊的布巾或綢巾,俗語呼爲飄帶,是一種裝飾。鑣鑣，借爲飄飄。

〔一七〕翟（dí敵），野雞。茀，遮蓋車的竹蓆。車蓆加油漆，畫上野雞，叫作翟茀。又解：翟茀，以野雞羽翎裝飾的車子。以朝，用此車朝見國君。

〔一八〕夙，早也。

〔一九〕君，周代臣對國君的夫人也稱君。此二句言衛國大夫來見莊姜，她的左右説：「大夫早點退去，不要使君太辛勞。」

〔二〇〕洋洋，水大貌。

〔二一〕活（guō郭）活，流水聲。

〔二二〕施，設置。罛（gū孤），魚網。濊（huò或）濊，撒網入水聲。

〔二三〕鱣（zhān氈），大鯉魚。鮪（wěi委），魚名，似鯉。發（bō撥）發，魚跳動貌。

〔二四〕葭，蘆也。菼（tǎn坦），荻也。蘆荻相似，蘆莖較粗而中空，荻莖較細而中實。揭揭，高貌。

〔二五〕庶，衆也。庶姜，齊國陪嫁和送嫁的一些姜姓女子。孽孽，衣飾華貴貌。

〔二六〕庶士，指齊國護送莊姜的諸臣。朅（qiè怯），健武貌。

氓

這首詩的主人是一個勞動婦女。她的丈夫原是農民。他們由戀愛而結婚，過了幾年窮苦的日子，以後家境逐漸寬裕。到她年老色衰的時候，竟被她的丈夫遺棄。詩的主要內容是回憶已往，詛咒現在，怨恨丈夫，慨嘆自己的遭遇。

一

氓之蚩蚩〔一〕，抱布貿絲〔二〕。匪來貿絲〔三〕，來即我謀〔四〕。送子涉淇〔五〕，至于頓丘〔六〕。匪我愆期〔七〕，子無良媒。將子無怒〔八〕，秋以爲期。

二

乘彼垝垣〔九〕，以望復關〔一〇〕。不見復關，泣涕漣漣〔一一〕；既見復關，載笑載言〔一二〕。爾卜爾筮〔一三〕，體無咎言〔一四〕。以爾車來，以我賄遷〔一五〕。

三

桑之未落，其葉沃若〔一六〕。于嗟鳩兮〔一七〕！無食桑葚〔一八〕！于嗟女兮！無與士耽〔一九〕！士之耽兮，猶可說也〔二〇〕；女之耽兮，不可說也。

四

桑之落矣，其黃而隕〔二一〕。自我徂爾〔二二〕，三歲食貧〔二三〕。淇水湯湯〔二四〕，漸車帷裳〔二五〕。女也不爽〔二六〕，士貳其行〔二七〕。士也罔極〔二八〕，二三其德〔二九〕。

五

三歲爲婦〔三〇〕，靡室勞矣〔三一〕。夙興夜寐〔三二〕，靡有朝矣〔三三〕。言既遂矣〔三四〕，至于暴矣〔三五〕。兄弟不知，咥其笑矣〔三六〕。静言思之〔三七〕，躬自悼矣〔三八〕。

六

及爾偕老〔三九〕，老使我怨。淇則有岸，隰則有泮〔四〇〕。總角之宴〔四一〕，言笑晏晏〔四二〕。信誓旦旦〔四三〕，不思其反〔四四〕。反是不思，亦已焉哉〔四五〕！

【注】

〔一〕氓，農民的古稱。蚩蚩，借爲嗤嗤，猶嘻嘻，笑也。

〔二〕貿，交換。

〔三〕匪，通非。

〔四〕即我，到我這裏來。謀，指計議結婚之事。

〔五〕涉，渡水。淇，衛國水名。

〔六〕頓丘，丘名。

〔七〕愆（qiān 牽），錯過，拖延。

〔八〕將，請也。

〔九〕乘，登也。垝（guǐ鬼），壞也。垣，牆也。

〔一〇〕復，返也。關，車廂也。（《墨子·貴義》：「子墨子南遊使衛，關中載書甚多。」關即車廂。）復關，指回來的車。又解：復關，是那個男子的名。

〔一一〕涕，淚也。漣漣，淚流不斷貌。

〔一二〕載，猶則也。

〔一三〕爾，你。卜，占卜。筮（shì誓），用蓍（shī詩）草五十根，依法反覆排比，成卦，根據卦的形狀斷定吉凶，叫作筮。卜和筮都是古人的迷信活動。

〔一四〕體，指兆體和卦體。又解：體，幸也。咎，災也。咎言，不吉利的言辭。

〔一五〕賄，財物。指嫁妝。

〔一六〕沃若，猶沃然，潤澤貌。詩以桑樹茂盛比喻婦女年輕。

〔一七〕于，借爲吁。吁嗟，悲歎聲。鳩，布穀鳥。

〔一八〕桑葚（shèn慎），桑的果實。鳩食桑葚則迷醉，詩以此比喻女子與男人熱戀則昏頭昏腦，辨不清好人壞人。

〔一九〕士，男子的通稱。耽（dān丹），玩樂。

〔二〇〕說，講說。又解：說，讀爲脱，擺脱。

〔二一〕隕（yǔn允），落下。詩以桑樹凋落比喻婦女年老色衰。

〔二二〕徂(cú),往也,指出嫁。

〔二三〕食貧,受窮吃苦。

〔二四〕湯湯,即蕩蕩,水流貌。

〔二五〕漸,水浸濕。帷裳,即現在所謂車圍子。帷,帳也。裳,裙也。車有圍子似床有帳、人有裙,所以叫作帷裳。此二句寫她被趕出後路上渡水的情況。

〔二六〕爽,差錯。

〔二七〕貳,讀爲二。二其行,行爲前後不一致。

〔二八〕罔,無也。極,借爲則,準則也。

〔二九〕二三其德,三心兩意,朝三暮四。

〔三〇〕婦,有公婆在稱婦,即現在所謂媳婦。

〔三一〕靡,無,不。室,當借爲恎(zhì侄),怕也。

〔三二〕夙興,早起。夜寐,晚睡。

〔三三〕朝,當借爲佻,安逸。

〔三四〕言,讀爲焉,乃也。遂,成也,指家業有了成就。

〔三五〕暴,暴虐。

〔三六〕咥(xì戲),大笑貌。

〔三七〕言，讀爲焉。

〔三八〕躬自悼，自己悲傷。

〔三九〕及，與也。

〔四〇〕隰（xí席），低濕之地。泮（pàn判），通畔，邊也。此二句以淇有岸、隰有泮反比她如與這樣的男人偕老將痛苦無邊。

〔四一〕總，束紮。小孩子頭髮束成兩個結，形似牛角，叫作總角。宴，快樂。此言她和他在兒童時代相處的快樂。

〔四二〕晏晏，和悦貌。

〔四三〕旦旦，誠懇貌。

〔四四〕反，另一面，指以往相愛的一面。

〔四五〕已，罷了。

竹竿

衛國一個貴族婦人，離父母家很遠，不能回去探問，因作此詩。

一

籊籊竹竿〔一〕，以釣于淇〔二〕。豈不爾思〔三〕，遠莫致之〔四〕。

二

泉源在左〔五〕，淇水在右。女子有行〔六〕，遠兄弟父母。

三

淇水在右，泉源在左。巧笑之瑳〔七〕，珮玉之儺〔八〕。

四

淇水滺滺〔九〕，檜楫松舟〔一〇〕。駕言出遊〔一一〕，以寫我憂〔一二〕。

【注】

〔一〕籊（tì惕）籊，光滑的樣子。又解：籊籊，細長貌。

〔二〕淇（qí其），衛國水名。

〔三〕爾，你們，指父母兄弟等。

〔四〕致，達到。

〔五〕泉源，衛國水名，多泉水，今名百泉。

〔六〕行，出嫁。

〔七〕之，猶其也。瑳，借爲齜（zī資），開口見齒貌。

〔八〕儺（nuó挪），佩玉動有節奏。此二句寫她强爲歡笑，散步遣愁。

〔九〕潒潒，水流貌。

〔一〇〕檜，木名，松柏之類。楫，船槳。此言檜木的楫，松木的船。

〔一一〕駕，駕船。言，讀爲焉。

〔一二〕寫，宣泄，今字作瀉。

芄蘭

周代統治階級有男子早婚的習慣。這是一個成年的女子嫁給一個約十二三歲的兒童，因作此詩表示不滿。

一

芄蘭之支〔一〕，童子佩觿〔二〕。雖則佩觿，能不我知〔三〕。容兮遂兮〔四〕，垂帶悸兮〔五〕。

二

芄蘭之葉〔六〕，童子佩韘〔七〕。雖則佩韘，能不我甲〔八〕。容兮遂兮，垂帶悸兮。

【注】

〔一〕芄（wán丸）蘭，草名，即蘿藦，多年生蔓草，可入藥。支，通枝。芄蘭的枝是尖頭的，形似古人所佩的角錐。作者以芄蘭的枝比喻她的小女婿所佩的角錐，意在形容角錐之小，以角錐之小表明小女婿身軀之小。

〔二〕觿（xī希），用骨製的小錐，頭尖尾粗，形似牛角，俗語叫作角錐，解繩結的工具，成人所佩。童子結婚，等於成人身份，所以佩角錐。

〔三〕能，猶而。知，《爾雅·釋詁》：「知，匹也。」能不我知，即不能配我。

〔四〕容，一種小刀，刃極鈍，不能割物，俗語叫作樣子刀。童子結婚，只佩容刀，不佩真刀，恐怕真刀割傷他自己。遂，讀爲燧，古代取火的工具，似後代的火鏈。

〔五〕悸，因恐懼而顫動貌。此二句指童子結婚，佩帶容刀火鏈，因不習慣，下垂的帶子都在顫動。

〔六〕葉，芄蘭的葉捲曲成環，形似古人所帶的扳指。

〔七〕韘（shè涉），即扳指，用玉或骨製成，形似環而有缺口，聯以柔皮，帶在右手大拇指上，射箭時用它鉤弦拉弓，成人所佩。童子結婚，等于成人身份，所以佩扳指。

〔八〕甲，借爲狎（《釋文》：「甲，韓詩作狎。」），親昵也。能不我狎，即而不狎我，不懂得和我相親昵成夫婦之好。

河　廣

作者住在衛國，離宋國不遠，僅一河之隔。他想到宋國去，但迫於環境，不能如願，因作此詩。

一

誰謂河廣〔一〕，一葦杭之〔二〕。誰謂宋遠，跂予望之〔三〕。

二

誰謂河廣，曾不容刀〔四〕。誰謂宋遠，曾不崇朝〔五〕。

【注】

〔一〕河，黄河。衞在黄河北，宋在黄河南。

〔二〕一葦，一個葦葉，比喻小船，猶言一葉扁舟。杭，通航，渡河。

〔三〕跂，通企，踮起脚尖。予，我也。此句言踮起脚尖我就看得見。

〔四〕刀，通舠，小船也。

〔五〕崇，終了。此句言一個早晨就可以到宋國。

伯兮

婦人懷念遠出的丈夫，因作此詩。

一

伯兮朅兮〔一〕，邦之桀兮〔二〕。伯也執殳〔三〕，爲王前驅〔四〕。

二

自伯之東〔五〕，首如飛蓬〔六〕。豈無膏沐〔七〕，誰適爲容〔八〕？

三

其雨其雨！杲杲出日〔九〕。願言思伯〔一〇〕，甘心首疾〔一一〕。

四

焉得諼草〔一二〕，言樹之背〔一三〕。願言思伯，使我心痗〔一四〕。

【注】

〔一〕伯，兄弟姊妹中，年長者稱伯，其次稱仲稱叔，最幼者稱季。周代婦女呼丈夫爲伯，等於現在呼哥哥。朅（qiè 怯），健武貌。

〔二〕桀，通傑，傑出的人。

〔三〕殳（shū 殊），一種兵器，長一丈多，略同後代的槊。

〔四〕王，衛人稱其國君爲王。前驅，走在前面的戰士或衛士稱前驅。即先鋒之意。

〔五〕之，往也。

〔六〕蓬，蓬草，葉細長而散亂。

〔七〕膏，潤髮的油。沐，米汁，古人洗頭用之。

〔八〕適，但也。容，修飾容貌。此句言但爲誰打扮呢？

〔九〕杲（gǎo 搞）杲，光明的狀態。此二句言她盼望丈夫回來像旱時盼望雨澤一般，可是天氣老是晴，丈夫老是不歸。

〔一〇〕願，思念殷切貌。言，讀爲焉。

〔一一〕首疾，頭痛。此句言想得頭痛也心甘。

〔一二〕焉，何也。諼（xuān 宣）草，同萱草，古人以爲此草可以忘憂，俗名忘憂草。

〔一三〕言，讀爲焉，乃也。樹，栽種。背，借爲䍌（bù 部），小瓦盆。

〔一四〕痗（mèi 妹），病也。

【附録】

注〔一三〕背，《説文》：「䍌，小缶也。」背䍌古通用。《莊子·養生主》：「是遁天倍情。」《釋文》：「倍本作背。」便是佐證。

有狐

貧苦的婦人看到剥削者穿着華貴衣裳，在水邊逍遥散步，而自己的丈夫光着身子在田野勞動，滿懷憂憤，因作此詩。

一

有狐綏綏〔一〕，在彼淇梁〔二〕。心之憂矣，之子無裳〔三〕。

二

有狐綏綏，在彼淇厲〔四〕。心之憂矣，之子無帶。

三

有狐綏綏，在彼淇側。心之憂矣，之子無服。

【注】

〔一〕綏綏，遲遲，慢慢地走。

〔二〕淇，衛國水名。梁，橋梁。詩以狐象徵剥削者。這是寫一個剥削者穿着華貴衣裳，在淇水邊逍遥散步，不是寫真狐。

〔三〕之子，這個人，指作者的丈夫。裳，下身的衣服。

〔四〕厲，借爲瀨（lài 賴），河邊水淺的地方。

【附録】

注〔一〕狐，周代人認爲狐是妖淫的獸，作者用狐比喻蹂躪自己的奴隸主。《説文》：「狐，妖獸也。」《周易·未濟》：「小狐汔濟，濡其尾。」《集解》引干寶曰：「狐，野獸之妖者。」《邶風·北風》：「莫赤匪狐，莫黑非烏。」這是用狐狸和烏鴉比喻統治者，也因爲狐是妖淫的獸，才這樣比。《詩經》中最顯著的是《齊風·南山》：「南山崔崔，雄狐綏綏。魯道有蕩，齊子由歸。」這首詩是用妖淫的狐狸比喻私通他的同父異母妹妹文姜的齊襄公。試看《南山》的「雄狐綏綏」和此詩的「有狐綏綏」差不多字句全同，以《南山》爲例，可見此詩的狐當是比喻妖淫的奴隸主。此詩的作者及其丈夫，都是奴隸，奴隸主對於奴隸的妻子，是可以任意蹂躪的。

注〔四〕厲，俞樾《羣經平議》：「厲者瀨之假字，《說文》：『瀨，水流沙上也。』」

木瓜

這首詩是說，有人贈我以小物，我報他（她）以珍品，並不是報答，而是永結恩情的表示。可能是男女的戀歌。

一

投我以木瓜〔一〕，報之以瓊琚〔二〕。匪報也〔三〕，永以爲好也。

二

投我以木桃〔四〕，報之以瓊瑶〔五〕。匪報也，永以爲好也。

三

投我以木李〔六〕，報之以瓊玖〔七〕。匪報也，永以爲好也。

【注】

〔一〕投，給予。木瓜，木瓜樹的果實，似小瓜，淡黄色，味酸帶澀，有香氣。

〔二〕瓊，美玉。琚，一種佩玉。瓊琚，珍美的琚。

〔三〕匪，通非。

〔四〕木桃，即桃子。

〔五〕瑶，一種佩玉。

〔六〕木李，即李子。

〔七〕玖，一種佩玉。

王

黍離

周幽王殘暴無道，犬戎攻破鎬京，殺死幽王。平王東遷洛邑，是爲東周。東周初年，有王朝大夫到鎬京來，見到宗廟宫殿均已毁壞，長了莊稼，不勝感慨，因作此詩。

一

彼黍離離〔一〕，彼稷之苗〔二〕。行邁靡靡〔三〕，中心摇摇〔四〕。知我者，謂我心憂；不知我者，謂我何求〔五〕。悠悠蒼天〔六〕，此何人哉〔七〕？

二

彼黍離離，彼稷之穗。行邁靡靡，中心如醉。知我者，謂我心憂；不知我者，謂我何求。悠悠蒼天，此何人哉？

三

彼黍離離，彼稷之實。行邁靡靡，中心如噎〔八〕。知我者，謂我心憂；不知我者，謂我何求。悠悠蒼天，此何人哉？

【注】

〔一〕離離，繁茂貌。

〔二〕稷，俗稱穀子，其實稱小米。

〔三〕邁，也是行。靡靡，步行遲緩貌。

〔四〕摇摇，心神不定。

〔五〕何求，找什麼東西。

〔六〕悠悠，遥遠。　蒼天，青天。

〔七〕此，指把宗廟宫殿變爲黍稷這件事，即是使西周王朝滅亡這件事。又解：此，借爲訾，指責。訾何人哉，指責什麼人呢？

〔八〕噎，食物堵住喉間。

君子于役

這首詩抒寫了妻子懷念在外服役的丈夫的心情。

一

君子于役〔一〕，不知其期。曷至哉〔二〕？雞棲于塒〔三〕，日之夕矣，羊牛下來。君子于役，如之何勿思！

二

君子于役，不日不月〔四〕。曷其有佸〔五〕？雞棲于桀〔六〕，日之夕矣，羊牛下括〔七〕。君子于役，苟無飢渴〔八〕。

【注】

〔一〕于，往也。于役，去服徭役。

〔二〕曷，何也。此言何時回來。

〔三〕塒，雞窩。

〔四〕不日不月，指没有限定日數月數。

〔五〕佸（huó 活），相會。

〔六〕桀，雞棲的木架。

〔七〕括，至，來。

〔八〕苟，或也。

君子陽陽

這是寫統治階級奏樂跳舞的詩。

一

君子陽陽〔一〕，左執簧〔二〕，右招我由房〔三〕。其樂只且〔四〕。

二

君子陶陶〔五〕，左執翿〔六〕，右招我由敖〔七〕。其樂只且。

【注】

〔一〕君子，統治階級的通稱。陽陽，即洋洋，喜也。

〔二〕左，指左手。簧，樂器名，疑是摇鼓，有柄可執，摇而鼓之。《秦風·車鄰》：「並坐鼓簧。」《小雅·鹿鳴》：「吹笙鼓簧。」可證簧是可鼓的樂器。

〔三〕右，指右手。由，從也。房，房屋。

〔四〕只且，猶也哉，均是語氣詞。

〔五〕陶陶，樂也。

〔六〕翿（dào道），一種舞具，以鳥羽編成，形似扇子。

〔七〕敖，舞的位置。

揚之水

周平王東遷以後，楚國强大起來，時時侵犯申、吕、許等小國。平王因爲和申國等有裙帶關係，（平王的母親是申侯的女兒，吕與許不詳。）强迫徵發東周境内人民，到這三個國家去幫助守邊。擔任這種兵役的勞動人民唱出這個歌，以示反抗。

一

揚之水〔一〕，不流束薪〔二〕。彼其之子〔三〕，不與我戍申〔四〕。懷哉懷哉〔五〕！曷月予還歸哉〔六〕？

二

揚之水，不流束楚〔七〕。彼其之子，不與我戍甫〔八〕。懷哉懷哉！曷月予還歸哉？

三

揚之水，不流束蒲〔九〕。彼其之子，不與我戍許〔一〇〕。懷哉懷哉！曷月予還歸哉？

【注】

〔一〕揚，當借爲滎，《説文》：「滎，絶小水也。」即小水溝。

〔二〕不流，流不動。束薪，一捆柴。詩以小水流不動束薪比喻東周國弱無力幫助别國。下兩章同。

〔三〕彼其之子，他們這些人，指統治階級。其是語助詞。

〔四〕戍，守衛。申，國名，國君姓姜。國都在今河南唐河縣境内。

〔五〕懷，思念。又解：懷，悲傷。

〔六〕曷，何也。

〔七〕楚，叢木，即荆條。

〔八〕甫，讀爲吕，國名，國君姓姜，國都在今河南南陽縣境内。

〔九〕蒲，草名，今語叫作蒲草。

〔一〇〕許，國名，國君姓姜，國都即今河南許昌。

中谷有蓷

婦人被丈夫遺棄，作此詩以自悼，或是有人作此詩以悼之。

一

中谷有蓷〔一〕，暵其乾矣〔二〕。有女仳離〔三〕，嘅其嘆矣〔四〕。嘅其嘆矣，遇人之艱難矣〔五〕。

二

中谷有蓷，暵其脩矣〔六〕。有女仳離，條其歗矣〔七〕。條其歗矣，遇人之不淑矣〔八〕。

三

中谷有蓷，暵其濕矣〔九〕。有女仳離，啜其泣矣〔一〇〕。啜其泣矣，何嗟及矣〔一一〕。

【注】

〔一〕中谷，谷中。蓷（tuī推），草名，又名益母草。

〔二〕暵（hàn漢），乾枯。其，語助詞，下文均同。詩以蓷草生於谷中濕地而乾枯比喻女子被棄處於困境而顦顇。

〔三〕仳（pǐ痞），別離，離也。

〔四〕嘅，同慨，感慨。

〔五〕遇人之艱難，指嫁夫得到的痛苦。

〔六〕脩，乾也。

〔七〕條，嘯聲。歗，同嘯。此是悲嘯。

〔八〕淑，善也，良也。

〔九〕濕，借爲㬤（qì泣），乾也。

〔一〇〕啜，哭泣時的抽噎。

〔一一〕何嗟及矣，當作嗟何及矣。嗟，悲歎聲。

兔爰

周王朝東遷以後，社會進入戰爭變亂的時代，統治階級與被統治階級的矛盾鬥爭，統治階級内部的矛盾鬥爭，都異常尖銳。在鬥爭中，有的統治者失去爵位土地而没落。這首詩就是一個没落貴族的哀吟。

一

有兔爰爰〔一〕，雉離于羅〔二〕。我生之初尚無爲〔三〕，我生之後逢此百罹〔四〕。尚寐無吪〔五〕。

二

有兔爰爰，雉離于罦〔六〕。我生之初尚無造〔七〕，我生之後逢此百憂。尚寐無覺。

三

有兔爰爰，雉離于罿〔八〕。我生之初尚無庸〔九〕，我生之後逢此百凶。尚寐無聰〔一〇〕。

【注】

〔一〕爰爰，猶緩緩，慢慢走。

〔二〕雉，野雞。離，遭逢，碰到。羅，網。

〔三〕無爲，無所作爲，清閑自在。

〔四〕罹，憂患。

〔五〕寐，睡着。吪（é訛），動也。此句言但願從此睡去不動。

〔六〕罦（fú浮），一種裝設機關的網，能自動掩捕鳥獸，又稱覆車網。

〔七〕造，作也，爲也。
〔八〕罿（tóng童），捕鳥網。
〔九〕庸，勞也。
〔一〇〕聰，聽也。

葛藟

這是一首流浪他鄉的乞人歌。

一

緜緜葛藟〔一〕，在河之滸〔二〕。終遠兄弟〔三〕，謂他人父〔四〕。謂他人父，亦莫我顧〔五〕。

二

緜緜葛藟，在河之涘〔六〕。終遠兄弟，謂他人母。謂他人母，亦莫我有〔七〕。

三

緜緜葛藟，在河之漘〔八〕。終遠兄弟，謂他人昆〔九〕。謂他人昆，亦莫我聞〔一〇〕。

【注】

〔一〕緜緜，連綿不斷的樣子。葛藟（lěi壘），葛藤。

〔二〕滸，水邊。

〔三〕終，既也。

〔四〕謂，呼也。

〔五〕顧，看也。此句言富人們都不看我一眼。

〔六〕涘（sì似），水邊。

〔七〕有，借爲佑，助也。

〔八〕漘（chún唇），水邊。

〔九〕昆，兄也。

〔一〇〕莫我聞，指假裝聽不見我的呼聲。

采葛

這是一首勞動人民的戀歌，它寫男子對於采葛、采蕭、采艾的女子，懷着無限的熱愛。

一

彼采葛兮〔一〕，一日不見，如三月兮。

二

彼采蕭兮〔二〕，一日不見，如三秋兮〔三〕。

三

彼采艾兮〔四〕，一日不見，如三歲兮。

【注】

〔一〕彼，她也。葛，葛的纖維可以織布。

〔二〕蕭，一種蒿子，白莖白葉，有香氣，可以包墊肉食，古人祭祀時用之。

〔三〕三秋，猶言三年。

〔四〕艾，可以做藥品，燃起可薰蚊子。

大車

這首詩的主人是個婦女，她們夫妻被迫離異。詩中寫她和丈夫同車而行，（當是他送她回娘家去）她鼓勵丈夫同她逃往別處，並自誓決不改嫁。

一

大車檻檻〔一〕，毳衣如菼〔二〕。豈不爾思〔三〕，畏子不敢〔四〕。

二

大車啍啍〔五〕，毳衣如璊〔六〕。豈不爾思，畏子不奔〔七〕。

三

穀則異室〔八〕，死則同穴〔九〕。謂予不信，有如皦日〔一〇〕。

【注】

〔一〕檻檻，車行聲。

〔二〕毳（cuì脆），細毛。毳衣，細毛織的上衣。菼（tǎn坦），初生的蘆荻。如菼言衣是嫩緑色，指女子所穿。

〔三〕爾，你，指她的丈夫。此句是説：難道是不想你。

〔四〕子，你，指她的丈夫。此句是説：怕你有所不敢。

〔五〕啍（tūn吞）啍，車行顛簸貌，即因路不平，車走一頓一頓的樣子。

〔六〕璊，借爲穈（mén門），穀之一種，苗是赤色。如穈言衣是紅色，指男子所穿。古代女子穿緑衣，男子穿紅衣，所以説「紅男緑女」。

〔七〕奔，逃走。

〔八〕穀，活着。異室，不得同居一室。

〔九〕同穴，合葬一個墓穴。夫妻離異，不得同居，但男不另娶，女不改嫁，死後仍得合葬。

〔一〇〕如，猶彼也。皦，同皎，白也。此二句是説：你如果説我不能實踐諾言，有那白日作證。

丘中有麻

一個没落貴族因生活貧困，向有親友關係的貴族劉氏求助，得到一點小惠，因作此詩述其事。

一

丘中有麻〔一〕，彼留子嗟〔二〕。彼留子嗟，將其來施施〔三〕。

二

丘中有麥，彼留子國〔四〕。彼留子國，將其來食〔五〕。

三

丘中有李，彼留之子〔六〕。彼留之子，貽我佩玖〔七〕。

【注】

〔一〕丘，土丘。

〔二〕留，讀爲劉。劉原是邑名，周王封其宗族於劉邑，因而以劉爲氏。劉氏是東周王朝的一個貴族，世襲爲大夫，有人被封爲公。清人阮元所著《積古齋鐘鼎款識》載有「留公簠」，留公就是劉公。子嗟，劉氏有一人字子嗟。

〔三〕將，請也。一說：將，發語詞。施施，疑衍一個施字。《顏氏家訓·書證》：「江南舊本悉單爲施。」應據改。施，施捨也。將其來施，請求子嗟來資助他。

〔四〕子國，劉氏另有一人字子國。

〔五〕食（sì四），通飼，給人以食物吃。

〔六〕彼留之子，那劉氏的人們，指子嗟和子國。

〔七〕貽，贈予。玖，一種似玉的淺黑色石，可以琢磨成佩飾。

鄭

緇衣

鄭國某一統治貴族遇有賢士來歸，則爲他安排館舍，供給衣食，並親自去看他。這首詩就是敍寫此事，所以《禮記·緇衣》說：「好賢如《緇衣》。」

一

緇衣之宜兮[一]，敝，予又改爲兮[二]。適子之館兮[三]，還，予授子之粲兮[四]。

二

緇衣之好兮，敝，予又改造兮。適子之館兮，還，予授子之粲兮。

三

緇衣之蓆兮[五]，敝，予又改作兮。適子之館兮，還，予授子之粲兮。

【注】

〔一〕緇，黑色。宜，稱身，合體。

〔二〕敝，破也。改爲，另製新衣。

〔三〕適，往也。館，同舘，宿舍。此句言我到你的舘舍來。

〔四〕還，回去。授，給予。粲，讀爲餐。

〔五〕蓆，寬大。

將仲子

這是一首戀歌，寫一個女子勸告她的戀人不要夜裏跳牆來和她相會，怕她的父母和哥哥們會指責她，也怕旁人會議論她。

一

將仲子兮〔一〕！無踰我里〔二〕！無折我樹杞〔三〕！豈敢愛之〔四〕，畏我父母。仲可懷也〔五〕，父母之言，亦可畏也。

二

將仲子兮！無踰我牆！無折我樹桑！豈敢愛之，畏我諸兄。仲可懷也，諸兄之言，亦可畏也。

三

將仲子兮！無踰我園！無折我樹檀〔六〕！豈敢愛之，畏人之多言。仲可懷也，人之多言，亦可畏也。

【注】

〔一〕將，請。一說：將，發語詞。仲，兄弟行列在第二的稱仲。

〔二〕踰，跳過。里，廬也，即宅院。

〔三〕折，踩斷。杞，木名，柳屬。

〔四〕之，指杞樹。

〔五〕懷，思念。

〔六〕檀，木名。

叔于田

鄭莊公的弟弟太叔段，勇敢有才能，莊公封他於京，他要進攻莊公，奪取統治寶座。莊公發兵討伐，他戰敗後逃往别國（事見《左傳·隱公元年》）。段的擁護者作此詩讚諛他。

一

叔于田〔一〕，巷無居人。豈無居人，不如叔也，洵美且仁〔二〕。

二

叔于狩〔三〕，巷無飲酒〔四〕。豈無飲酒，不如叔也，洵美且好〔五〕。

三

叔適野〔六〕，巷無服馬〔七〕。豈無服馬，不如叔也，洵美且武。

【注】

〔一〕叔，鄭人稱段爲叔。于，往。田，打獵。

〔二〕洵，確實，真的。

〔三〕狩，打獵。

〔四〕飲酒，指飲酒的人。

〔五〕好，指品德好。

〔六〕適，往也。

〔七〕服馬，指駕馭馬的人。

大叔于田

這是太叔段的擁護者讚諛段打獵的詩。（參看前篇《叔于田》。鄭人也稱段爲大叔，所以篇名加個大字以區別前篇。大通太。）

一

叔于田〔一〕，乘乘馬〔二〕。執轡如組〔三〕，兩驂如舞〔四〕。叔在藪〔五〕，火烈具舉〔六〕。襢裼暴虎〔七〕，獻于公所〔八〕。將叔無狃〔九〕，戒其傷女〔一〇〕。

二

叔于田，乘乘黄〔一一〕。兩服上襄〔一二〕，兩驂雁行〔一三〕。叔在藪，火烈具揚。叔善射忌〔一四〕，又良御忌〔一五〕，抑磬控忌〔一六〕，抑縱送忌〔一七〕。

三

叔于田，乘乘鴇〔一八〕。兩服齊首〔一九〕，兩驂如手〔二〇〕。叔在藪，火烈具阜〔二一〕。叔馬慢忌，叔發罕忌〔二二〕，抑釋掤忌〔二三〕，抑鬯弓忌〔二四〕。

【注】

〔一〕叔，鄭人稱段爲叔。于，往。田，打獵。

〔二〕乘乘馬，上乘字，駕也。下乘字，馬四匹爲一乘。

〔三〕轡，馬繮繩。組，用絲織的帶子。

〔四〕驂，周代的車，當中一個獨轅，叫作輈。輈的左右各套兩馬，共四馬。內兩馬稱服，外兩馬稱驂。

〔五〕藪，有淺水和茂草的大澤。

〔六〕火列，火炬。一說：烈，借爲列。火列，火的行列。具，通俱。獵人舉起火炬，焚燒草木，則鳥獸驚駭而出。

〔七〕襢（《釋文》：「襢本又作袒。」）裼（xī錫），赤膊。暴虎，空手搏虎。

〔八〕公，指鄭莊公。所，處所。

〔九〕將，請也。狃（niǔ 紐），習以爲常，掉以輕心。
〔一〇〕女，通汝。
〔一一〕黄，指黄馬。
〔一二〕襄，借爲驤，馬頭昂起。
〔一三〕雁行，指馬排成横列如雁飛成行。
〔一四〕忌，語氣詞。
〔一五〕御，駕車。
〔一六〕抑，發語詞。磬，借爲勁，力也。控，引轡以制馬爲控。勁控即用力勒馬。
〔一七〕縱送，縱轡放馬而行。
〔一八〕鴇（bǎo 保），通駂，黑白雜毛的馬。
〔一九〕齊首，齊頭並進。
〔二〇〕如手，指兩旁的驂馬如人之左右手。
〔二一〕阜，旺盛。
〔二二〕發，射箭。罕，少也。
〔二三〕釋，解下。掤（bīng 冰），箭筒的蓋子。
〔二四〕鬯（chàng 唱），通韔，盛弓的袋。鬯弓，把弓放進袋中。

清人

狄人攻破衛國，鄭文公憎惡他的大臣高克，以防備狄寇爲名，命高克領兵駐扎黄河邊上。經過很長時間，不調軍隊回來，士兵們整天無事，玩樂遨遊，乃唱出這首歌，來諷刺統治者。後來這個軍隊潰散了，高克也逃亡去陳國。事見《左傳·閔公二年》。

一

清人在彭〔一〕，駟介旁旁〔二〕，二矛重英〔三〕，河上乎翱翔〔四〕。

二

清人在消〔五〕，駟介麃麃〔六〕，二矛重喬〔七〕，河上乎逍遥。

三

清人在軸〔八〕，駟介陶陶〔九〕，左旋右抽〔一〇〕，中軍作好〔一一〕。

【注】

〔一〕清，鄭國邑名，在今河南中牟縣西。當是高克所封之地。清人，高克所領的清邑士兵。彭，鄭國地名，在黄河邊上。

〔二〕駟，一車駕四馬。介，甲也。此指馬披甲。旁旁，同彭彭，馬强壯有力貌。

〔三〕英，纓也。車上插着兩矛，矛上各有兩層纓。
〔四〕河，黄河。翱翔，指士兵們駕車遨遊。
〔五〕消，鄭國地名，在黄河邊上。
〔六〕麃（biāo標）麃，勇武貌。
〔七〕喬，借爲鷮（《釋文》：「喬韓詩作鷮。」），野雞的一種。此言以鷮羽爲矛纓。
〔八〕軸，鄭國地名。
〔九〕陶陶，驅馳貌。
〔一〇〕旋，轉也。抽，借爲迪，進也。旋進都是寫車馬競走。又解：抽，借爲搯，《説文》引作搯，云：「抽刃以習擊刺也。」
〔一一〕中軍，軍中。好，玩也。作好，戲玩。

羔裘

這是讚諛貴族統治者的詩。

一

羔裘如濡〔一〕，洵直且侯〔二〕。彼其之子〔三〕，舍命不渝〔四〕。

二

羔裘豹飾〔五〕，孔武有力〔六〕。彼其之子，邦之司直〔七〕。

三

羔裘晏兮〔八〕，三英粲兮〔九〕。彼其之子，邦之彥兮〔一〇〕。

【注】

〔一〕羔裘，羔羊皮襖。如，乃也。濡，柔而有光澤。

〔二〕洵，確實，真的。侯，美也。侯與好是一聲的轉變。

〔三〕彼其之子，他這個人。其是語助詞。

〔四〕舍，借爲捨。渝，改變。此句言捨出生命也不變節。一說：舍，施也。命，命令。言執行君上的命令不改樣。

〔五〕豹飾，以豹皮爲飾。古人的皮襖毛在外面，有的袖口用豹皮爲飾。

〔六〕孔，甚也。

〔七〕司，主也。司直，即主持直道的人。一說：司直，官名，諫止君上過失的官。

〔八〕晏，鮮豔。

〔九〕英，纓也。古人的皮襖是對襟，中間兩邊各縫上三條絲繩，穿時結上，等於現在的紐扣，有一邊的三條絲繩有穗，結後則垂下，即此處的三英。粲，鮮明也。

〔一〇〕彥，美士稱彥，俊傑也。

遵大路

這是一首戀歌，男子（或女子）請求女子（或男子）不要與他（或她）絶交。

一

遵大路兮〔一〕，摻執子之袪兮〔二〕。無我惡兮〔三〕，不寁故也〔四〕。

二

遵大路兮〔五〕，摻執子之手兮。無我魗兮〔六〕，不寁好也〔七〕。

【注】

〔一〕遵，循。

〔二〕摻執，拉住。子，你。袪（qū區），袖口。

〔三〕無，勿。惡，憎惡。

〔四〕寁（jié捷），借爲接。故，故人。此二句實一句，言你不要憎惡我就不接近故人。

〔五〕王引之《經傳釋詞》：「路，當作道，與下文魗、好協韻。」

〔六〕魗（chóu 籌），通醜，棄也。

〔七〕好，好友。

女曰雞鳴

這首詩敍寫士大夫階層中一對夫婦的生活。通篇用對話形式。

一

女曰雞鳴。士曰昧旦〔一〕。子興視夜〔二〕。明星有爛〔三〕。將翺將翔〔四〕，弋鳧與雁〔五〕。

二

弋言加之〔六〕，與子宜之〔七〕。宜言飲酒，與子偕老〔八〕。琴瑟在御〔九〕，莫不靜好〔一〇〕。

三

知子之來之〔一一〕，雜佩以贈之〔一二〕。知子之順之〔一三〕，雜佩以問之〔一四〕。知子之好之〔一五〕，雜佩以報之。

【注】

〔一〕士，男子的通稱。昧旦，天將明而猶昧。又解：昧，當作未。未旦，天未亮。

〔二〕子，你。興，起來。視夜，察看夜色。此句是女子所說。

〔三〕爛，明亮。此句是男子所說，言天上尚有星光。

〔四〕翱翔，此指人的行動。

〔五〕弋，射之一種，箭尾繫有絲繩。鳧，野鴨。

〔六〕言，讀爲焉，而也。加，箭加於鳥身，即射中。

〔七〕宜，烹調食物。

〔八〕偕，同也。

〔九〕御，用也。琴瑟在用，言夫婦彈琴鼓瑟。

〔一〇〕静好，指生活安静美好。

〔一一〕來，借爲勑。《説文》：「勑，勞也。」勤勞，此句言知道你打獵勤勞。

〔一二〕雜佩，古代貴族腰間佩帶珠玉等物，所以説雜佩。女子弄好雜佩，給男子繫上，做爲贈品。

〔一三〕順，柔順，指男子的性格。

〔一四〕問，饋贈。

〔一五〕好，喜愛雜佩，指男子的愛好。

有女同車

一個貴族男子與一個姓姜的貴族美女同車而行，作這首詩來讚揚她。

一

有女同車，顔如舜華〔一〕。將翱將翔〔二〕，佩玉瓊琚〔三〕。彼美孟姜〔四〕，洵美且都〔五〕。

二

有女同行，顔如舜英〔六〕。將翱將翔，佩玉將將〔七〕。彼美孟姜，德音不忘〔八〕。

【注】

〔一〕舜，木名，又名木槿，葉互生，開大形五瓣花，有白紅淡紫等色。華，古花字。

〔二〕翱翔，指遨遊。

〔三〕瓊，美玉。琚，一種佩玉名。此指女子身上的佩玉。

〔四〕孟，長女稱孟。姜，姓也。

〔五〕洵，確實，真的。都，文雅。

〔六〕英，花也。
〔七〕將將，同鏘鏘，象聲詞。
〔八〕德音，好聲譽。

山有扶蘇

一個姑娘到野外去，没見到自己的戀人，却遇着一個惡少來調戲她。又解：此乃女子戲弄她的戀人的短歌，笑駡之中含蘊着愛。

一

山有扶蘇〔一〕，隰有荷華〔二〕。不見子都〔三〕，乃見狂且〔四〕。

二

山有橋松〔五〕，隰有游龍〔六〕。不見子充〔七〕，乃見狡童。

【注】

〔一〕扶蘇，木名，又名樸樕，一種不成材的小樹。詩以扶蘇比喻惡少。
〔二〕隰（xí席），低濕之地。華，古花字。詩以荷花比喻戀人。
〔三〕子都，鄭國的美男子。此代指戀人。

〔四〕且，借爲狙（jū居），獮猴。狂狙，代指惡少。

〔五〕橋，通喬，高也。

〔六〕游，游動。龍，借爲蘢，水草名，即水葒。

〔七〕子充，鄭國的美男子。此代指戀人。

【附録】

注〔四〕且，借爲狙。且狙同聲系，古通用，《説文》：「狙，玃屬，玃，母猴也。」《廣雅・釋獸》：「狙，獮猴也。」

蘀兮

詩的主人公是女子，她要求男人們一起唱歌。青年人常有這種事情，不一定有戀愛的意味。

一

蘀兮蘀兮〔一〕，風其吹女〔二〕。叔兮伯兮〔三〕，倡！予和女〔四〕。

二

蘀兮蘀兮，風其漂女〔五〕。叔兮伯兮，倡！予要女〔六〕。

【注】

〔一〕蘀，借爲檡（tuò 拓），木名，質堅硬，落葉晚。（《豳風·七月》、《小雅·鶴鳴》均有蘀字，義同。）

〔二〕女，通汝。指檡木。

〔三〕叔、伯，均同輩之稱，叔猶弟弟，伯猶哥哥。

〔四〕倡，亦作唱。始歌爲唱，隨歌爲和。

〔五〕漂，通飄。

〔六〕要，邀請。

狡童

一對戀人偶而產生矛盾，女方爲之寢食不安。

一

彼狡童兮〔一〕，不與我言兮。維子之故〔二〕，使我不能餐兮。

二

彼狡童兮，不與我食兮〔三〕。維子之故，使我不能息兮。

【注】

〔一〕彼，那個。

〔二〕子，指狡童。

〔三〕不與我食，指不和我在一起吃飯。

褰裳

一個女子告誡她的戀人説，你不愛我，我就愛别人。這是情人之間的戲謔之詞。

一

子惠思我〔一〕，褰裳涉溱〔二〕；子不我思〔三〕，豈無他人。狂童之狂也且〔四〕！

二

子惠思我，褰裳涉洧〔五〕；子不我思，豈無他士〔六〕。狂童之狂也且！

【注】

〔一〕子，你。惠，讀爲維。一説：惠，愛也。

〔二〕褰，用手提起。裳，裙子。涉，徒步過河。溱，鄭國水名，源出河南密縣，下與洧水合流。

〔三〕我思，思我。

〔四〕也且，猶也哉，語氣詞。
〔五〕洧（wěi委），鄭國水名。即今河南雙洎河。
〔六〕士，男子的通稱。

丰

一個男子向女的求婚，她不睬理。不久，她後悔了，表示願意嫁他。

一

子之丰兮〔一〕，俟我乎巷兮〔二〕。悔予不送兮〔三〕。

二

子之昌兮〔四〕，俟我乎堂兮。悔予不將兮〔五〕。

三

衣錦褧衣，裳錦褧裳〔六〕。叔兮伯兮〔七〕，駕予與行〔八〕。

四

裳錦褧裳，衣錦褧衣。叔兮伯兮，駕予與歸。

【注】

〔一〕子，你。丰，容貌豐滿。

〔二〕俟，等待。乎，於也。

〔三〕予，我。

〔四〕昌，盛壯美好貌。

〔五〕將，迎也。又解：將，送也。

〔六〕褧（jiǒng 炯），用麻紗做的單罩衣。此二句言她穿好衣裳，準備出嫁。

〔七〕叔、伯，均是同輩之稱，叔猶弟弟，伯猶哥哥。

〔八〕駕予與行，我和這個人一同坐車走。

東門之墠

女的和男的住處很近，而不常見面，女方希望男子到她家裏來。

一

東門之墠〔一〕，茹藘在阪〔二〕。其室則邇〔三〕，其人甚遠。

二

東門之栗〔四〕，有踐家室〔五〕。豈不爾思，子不我即〔六〕。

【注】

〔一〕之，猶有。墠（shàn 善），平地也。

〔二〕茹藘，即茜草，其根可以作絳紅色染料。阪，坡也。

〔三〕其，指男子。邇，近。

〔四〕栗，栗樹。

〔五〕踐，排列整齊。家室，房屋。

〔六〕子，你，指男子。即，到這裏來。此句言你不到我這裏來。一般情況，男女戀愛，男到女家相會，因而知道這詩的主人公是女子。

風雨

在一個風雨如晦、雞鳴不已的早晨，妻子與丈夫久別重逢，不禁流露出無限喜悦的心情。

又解：這是寫女子與情人夜間幽會的詩。

一

風雨淒淒，雞鳴喈喈〔一〕。既見君子〔二〕，云胡不夷〔三〕！

二

風雨瀟瀟〔四〕，雞鳴膠膠〔五〕。既見君子，云胡不瘳〔六〕！

三

風雨如晦〔七〕，雞鳴不已〔八〕。既見君子，云胡不喜！

【注】

〔一〕喈喈，雞鳴聲。

〔二〕君子，統治階級的婦人稱丈夫爲君子。

〔三〕云胡，如何。夷，通怡，喜悦。

〔四〕瀟瀟，形容風雨急驟。

〔五〕膠膠，雞鳴聲。

〔六〕瘳（chōu 抽），借爲憀，樂也。

〔七〕晦，黑暗。

〔八〕已，止也。

子衿

這是一首女子思念戀人的短歌。

一

青青子衿〔一〕，悠悠我心〔二〕。縱我不往〔三〕，子寧不嗣音〔四〕？

二

青青子佩〔五〕，悠悠我思。縱我不往，子寧不來？

三

挑兮達兮〔六〕，在城闕兮〔七〕。一日不見，如三月兮。

【注】

〔一〕子，你。衿，古代衣服的交領。

〔二〕悠悠，憂思貌。

〔三〕縱，雖然。

〔四〕寧，讀爲能，難道，何不。嗣，借爲貽（《釋文》引《韓詩》作詒），給予。此句言你爲何不給我寄個音信？

〔五〕佩，佩玉。男子佩着青玉。

〔六〕挑達，借爲跳躂，歡躍貌。

〔七〕闕，城門兩邊的高臺。此二句寫她望見男子在城闕上遊玩。

揚之水

兄弟二人，弟聽信别人挑撥離間的謊言，與兄發生衝突；兄作此詩來勸告他。（或作者是弟。）

一

揚之水〔一〕，不流束楚〔二〕。終鮮兄弟〔三〕，維予與女〔四〕。無信人之言，人實迋女〔五〕。

二

揚之水，不流束薪〔六〕。終鮮兄弟，維予二人。無信人之言，人實不信〔七〕。

【注】

〔一〕揚，當借爲滎，小水溝。

〔二〕楚，叢木，即荆條。

〔三〕終，既也。鮮，少也。

〔四〕女，通汝。

〔五〕迋（kuáng狂），借爲誑，欺騙。

〔六〕薪，柴也。

〔七〕不信，不誠實。

出其東門

這首詩是一個男子對愛情忠貞不二的自白。

一

出其東門，有女如雲〔一〕。雖則如雲，匪我思存〔二〕。縞衣綦巾〔三〕，聊樂我員〔四〕。

二

出其闉闍〔五〕，有女如荼〔六〕。雖則如荼，匪我思且〔七〕。縞衣茹藘〔八〕，聊可與娱。

【注】

〔一〕如雲，比喻衆多。

〔二〕匪，通非。此句言不是我思念之所在。

〔三〕縞，白色的絹。綦（qí其）巾，淺緑色的圍裙。此句以女子的衣裝代表其人。

〔四〕聊，且也。員，同云，語氣詞。

〔五〕闉闍（yīn-dū因都），城門外再築上半環形的牆，叫作闉闍，又名曲城，今語叫作甕城。

〔六〕荼，茅、蘆之類的白花，野地多有。如荼也是比喻衆多。

〔七〕且（cú），往也。此句言不是我思念之所往。

〔八〕茹藘，疑當作藘茹，傳寫誤倒。藘借爲纑，麻也。茹借爲帤（rú如），大巾也。待考。

野有蔓草

一個男子在野外遇到一個思慕已久的姑娘，就唱出這支歌。

一

野有蔓草〔一〕，零露漙兮〔二〕。有美一人，清揚婉兮〔三〕。邂逅相遇〔四〕，適我願兮〔五〕。

二

野有蔓草，零露瀼瀼〔六〕。有美一人，婉如清揚〔七〕。邂逅相遇，與子偕臧〔八〕。

【注】

〔一〕蔓，蔓延。

〔二〕零露，降露。又解：一顆一顆的露珠。漙（tuán團），露珠圓圓的狀態。一說：漙，露多貌。

〔三〕清揚，眉目清秀。婉，美好。

〔四〕邂逅，不期而遇。
〔五〕適，適合。
〔六〕瀼（ráng 攘）瀼，露多貌。
〔七〕如，而也。
〔八〕子，你。臧，通藏，隱藏。

溱洧

鄭國風俗，每逢春季的一個節日（舊説是夏曆三月初三日的上巳節），在溱洧二河的邊上，舉行一個盛大的集會，男男女女人山人海地來遊玩。這首詩正是敍寫這個集會。

一

溱與洧〔一〕，方涣涣兮〔二〕。士與女〔三〕，方秉蕑兮〔四〕。女曰「觀乎〔五〕！」士曰「既且〔六〕。」「且往觀乎〔七〕！洧之外，洵訏且樂〔八〕。」維士與女，伊其相謔〔九〕，贈之以勺藥〔一〇〕。

二

溱與洧，瀏其清矣〔一一〕。士與女，殷其盈矣〔一二〕。女曰「觀乎！」士曰「既且。」「且往觀乎！洧之外，洵訏且樂。」維士與女，伊其將謔〔一三〕，贈之以勺藥。

【注】

〔一〕溱、洧（wěi委），均是鄭國水名。

〔二〕方，正。渙渙，水流貌。

〔三〕士，男子的通稱。

〔四〕秉，拿。蕑（jiān間），蘭也。

〔五〕觀乎，去看看吧。

〔六〕既，已經。且（cú），借爲徂，往也。

〔七〕且，再也。此下三句仍是女子説的話。

〔八〕洵，真也。訏（xū虚），大也。

〔九〕伊，發語詞。謔，開玩笑。

〔一〇〕勺藥，香草名。

〔一一〕瀏，水流清澈貌。

〔一二〕殷，衆多。盈，滿也。

〔一三〕將，當作相，傳寫而誤，上章可證。

齊

雞鳴

這首詩寫國君的妻子在早晨勸促國君早去上朝，而國君却戀牀不肯起來。

一

雞既鳴矣，朝既盈矣〔一〕。匪雞則鳴〔二〕，蒼蠅之聲〔三〕。

二

東方明矣，朝既昌矣〔四〕。匪東方則明，月出之光。

三

蟲飛薨薨〔五〕，甘與子同夢〔六〕。會且歸矣〔七〕，無庶予子憎〔八〕。

【注】

〔一〕朝，朝廷。盈，滿也，指上朝的人已滿。這二句是國君的妻子所説。

〔二〕匪，通非。

〔三〕蒼蠅之聲，遠處雞鳴，音細似蒼蠅聲。上二句是國君所説。

〔四〕昌，盛多也，指上朝的人已多。這二句是國君的妻子所説。
〔五〕薨薨，蟲子羣飛的聲音，這是天亮的景象。
〔六〕同夢，同入夢鄉。
〔七〕會，上朝與羣臣相會。
〔八〕此句當作「庶無予子憎」，庶無二字傳寫誤倒。（《大雅·生民》：「庶無罪悔。」《抑》：「庶無大悔。」可證。）庶，希望的意思。予，我。子，你。

還

這一首詩敍寫兩個獵人相遇於山間，共同逐獸，互相贊揚。

一

子之還兮〔一〕，遭我乎猺之閒兮〔二〕。並驅從兩肩兮〔三〕。揖我謂我儇兮〔四〕。

二

子之茂兮〔五〕，遭我乎猺之道兮。並驅從兩牡兮〔六〕。揖我謂我好兮。

三

子之昌兮〔七〕，遭我乎猺之陽兮〔八〕。並驅從兩狼兮。揖我謂我臧兮〔九〕。

【注】

〔一〕之，是也。還，借爲趧（huán還），敏捷。
〔二〕峱（náo撓），齊國山名，在今山東臨淄南。
〔三〕驅，急走。從，追逐。肩，獸三歲稱肩。兩肩即下文的兩狼。
〔四〕揖我，向我作揖。儇，靈巧。還與儇含義略同。
〔五〕茂，美也。
〔六〕牡，雄獸。兩牡即下文的兩狼。
〔七〕昌，盛壯。
〔八〕陽，山南稱陽。
〔九〕臧，借爲壯。

著

詩的主人公是個女子，寫一個闊少爺來到她家，在等待她，將與她同行。舊説：這是寫男女結婚時，男到女家來迎娶。也講得通。

一

俟我於著乎而〔一〕，充耳以素乎而〔二〕，尚之以瓊華乎而〔三〕。

二

俟我於庭乎而，充耳以青乎而，尚之以瓊瑩乎而。

三

俟我於堂乎而，充耳以黃乎而，尚之以瓊英乎而。

【注】

〔一〕俟，等待。著，古代富貴者的宅院，大門內有屏風，大門和屏風之間叫作著。屏風和正房之間一塊平地叫作庭。正房的中間寬大明敞叫作堂。堂的左右或後面才是室。乎而，語氣詞。

〔二〕充，塞也。素，白色。古代富貴者，男子帽的左右兩邊各繫一條絲繩，繩的下端有穗，垂到胸部。絲繩用白、青、黃三色的三股絲編成，在當耳的地方，絲繩打成一個圓結，左右各一，正好塞着兩耳，即所謂充耳。充耳以素，以青，以黃，乃是分別描寫三色的三股絲的圓結。

〔三〕尚，加也。瓊，美玉。華，光華。男子充耳的圓結上各穿上一塊圓玉，叫作瑱（tiàn）。尚之以瓊華、瓊瑩、瓊英，都是描寫玉瑱。

東方之日

這是一首男女幽會的詩。詩主人公是男子，寫他的情人到他家來，在他家留宿。

一

東方之日兮〔一〕。彼姝者子〔二〕，在我室兮。在我室兮，履我即兮〔三〕。

二

東方之月兮。彼姝者子，在我闥兮〔四〕。在我闥兮，履我發兮〔五〕。

【注】

〔一〕東方之日，指白天。

〔二〕姝，美麗。子，女子。

〔三〕履，踩踏。即，借爲笫（zǐ子），席子。古人無病不設牀，就地鋪上席子，人坐卧在席上。

〔四〕闥，夾室也，寢室左右的小屋。此句言女子已進入秘室。

〔五〕發，借爲䕠（fèi廢），葦席。

東方未明

這是一首農奴們唱出的歌，敍述他們給奴隸主服徭役的情況。

一

東方未明，顛倒衣裳〔一〕。顛之倒之，自公召之〔二〕。

二

東方未晞〔三〕，顛倒裳衣。倒之顛之，自公令之〔四〕。

三

折柳樊圃〔五〕。狂夫瞿瞿〔六〕。「不能辰夜〔七〕，不夙則莫〔八〕！」

【注】

〔一〕衣，上身的衣服。裳，下身的衣服。農奴天未亮就起來，把衣裳都穿顛倒了。

〔二〕公，指農奴主。召，呼喚。

〔三〕晞，破曉。

〔四〕令，命令。

〔五〕樊，編籬笆。圃，菜園子。

〔六〕狂夫，瘋漢。指奴隸主派來監工的人。瞿瞿，瞪眼怒視貌。

〔七〕辰，看伺。辰夜，看伺夜裏的時間。

〔八〕夙，早也。莫，古暮字，晚也。此句言不是來早就是來晚。上二句是狂夫斥責農奴的話。

【附録】

注〔七〕辰，與晨古通用，《左傳·僖公五年》：「丙之辰。」《漢書·律曆志》引辰作晨，就是明證。《論語·憲問》：「子路宿於石門。晨門曰……」《集解》「晨門者閽人也」。晨門是説看伺門户的人。《淮南子·説山》：「見卵而求晨夜。」晨夜指伺夜的雞。以上采自馬瑞辰《毛詩傳箋通釋》。

南山

齊襄公原來和他的同父異母妹文姜通奸。魯桓公三年，桓公娶文姜爲妻，十八年和文姜到齊國去，發覺了他們兄妹的奸情，斥責文姜。文姜告訴了襄公，襄公羞惱成怒，派公子彭生殺死桓公（事見《左傳》）。齊人唱出這首歌，諷刺襄公、文姜和桓公。

一

南山崔崔〔一〕，雄狐綏綏〔二〕。魯道有蕩〔三〕，齊子由歸〔四〕。既曰歸止〔五〕，曷又懷止〔六〕？

二

葛屨五兩〔七〕，冠緌雙止〔八〕。魯道有蕩，齊子庸止〔九〕。既曰庸止，曷又從止〔一〇〕？

三

蓺蔴如之何〔一一〕？衡從其畝〔一二〕。取妻如之何〔一三〕？必告父母〔一四〕。既曰告止，曷又鞠止〔五〕？

四

析薪如之何〔六〕？匪斧不克〔七〕。取妻如之何？匪媒不得。既曰得止，曷又極止〔八〕？

【注】

〔一〕崔崔，山高大貌。

〔二〕綏綏，慢慢走。詩以南山之狐喻荒淫之齊襄公。

〔三〕魯道，往魯國去的大道。蕩，平坦。

〔四〕齊子，齊國的女兒，指文姜。歸，出嫁。

〔五〕止，語氣詞。

〔六〕曷，何，爲什麽。懷，回來。

〔七〕葛屨(jù據)，葛布做的鞋。兩，鞋一雙爲兩。五字未詳，疑此句當作「葛屨兩止」和下句「冠緌雙止」句法一樣。傳寫兩止誤爲止兩，又改爲五兩。

〔八〕緌(ruí)，帽帶下垂部分。帽穗以絲繩製成，下垂胸前，左右各一，所以説雙。詩以葛鞋成兩、帽穗成雙比喻夫妻成對，不可以亂。

〔九〕庸，用也。

〔一〇〕從，由也。指由此大道返齊。以上兩章是指責文姜不應回齊國來。

〔一一〕蓺，古藝字，種也。

〔一二〕衡從，通横縱，東西爲横，南北爲縱。畝，壟也。詩以種蔴必有壟比喻娶妻必有稟告父母的禮節。

〔一三〕取，通娶。

〔一四〕古人娶妻，父母在則告其人；父母死則告其廟或神主。魯桓公娶文姜時，他的父母已死。

〔一五〕鞠，借爲造，至也，來到。

〔一六〕析薪，劈柴。

〔一七〕匪，通非。克，能也。詩以劈柴必須用斧比喻娶妻必須有媒人。

〔一八〕極，至也，來到。以上兩章是指責桓公不應到齊國來。

甫田

農家的兒子，尚未成年，竟被統治者抓去當兵派往遠方。他的親人想念他，唱出這首歌。

一

無田甫田〔一〕，維莠驕驕〔二〕。無思遠人〔三〕，勞心忉忉〔四〕。

二

無田甫田，維莠桀桀〔五〕。無思遠人，勞心怛怛〔六〕。

三

婉兮孌兮〔七〕，總角丱兮〔八〕。未幾見兮〔九〕，突而弁兮〔一〇〕。

【注】

〔一〕無，勿，不要。田，上田字是動詞，種田；下田字是名詞。甫，大。

〔二〕莠（yǒu有），一種草，似穀非穀，今語呼做穀莠子。驕驕，借爲喬喬，草盛而高的樣子。

〔三〕遠人，到遠方去的人，指從軍者。

〔四〕忉忉，憂念貌。

〔五〕桀桀，讀爲揭揭，也是高的意思。

〔六〕怛（dá達）怛，憂傷不安貌。

〔七〕婉孌，年少而美好的樣子。

〔八〕總角，總是束紮，古代未成年的人，頭髮束成兩個髻，左右各一，形似牛角，叫作總角。

丱（guàn 慣），兩髻對稱竪起的樣子。

〔九〕未幾，不久。

〔一〇〕突而，突然。弁（biàn 辨），一種帽子，圓頂，用布帛或革做成，士兵們戴這種帽子。這一章寫她的兒子是個總角童子，可是竟被統治者抓去當兵，戴上弁帽了。

盧令

這是一首贊美獵人的短歌。

一

盧令令〔一〕，其人美且仁〔二〕。

二

盧重環〔三〕，其人美且鬈〔四〕。

三

盧重鋂〔五〕，其人美且偲〔六〕。

【注】

〔一〕盧，獵犬名。令令，借爲獜獜（《説文》引作獜獜），犬健壯貌。一説：令令，借爲鈴鈴，環聲。

〔二〕其人，指獵人。仁，仁慈。

〔三〕重環，兩個環，一個大環套在犬的脖子上，一個小環聯在大環上，牽犬的繩子繫在小環上。

〔四〕鬈，讀爲拳勇之拳，健勇也。

〔五〕鋂（méi 枚），環也。

〔六〕偲（cāi 猜），多才。

敝笱

魯桓公在齊國被殺（事見《南山》篇解題）以後，魯國立文姜生的兒子爲君，是爲莊公。文姜做了寡婦，時時由魯國到齊國去，和齊襄公幽會。齊人唱出這首歌，加以諷刺。

一

敝笱在梁〔一〕，其魚魴鰥〔二〕。齊子歸止〔三〕，其從如雲〔四〕。

二

敝笱在梁，其魚魴鱮〔五〕。齊子歸止，其從如雨。

三

敝笱在梁，其魚唯唯〔六〕。齊子歸止，其從如水。

【注】

〔一〕敝，破也。笱（gǒu狗），捕魚的竹籠。梁，魚壩，似水中堤，中穿孔，置笱於孔內。

〔二〕魴，魚名。鰥，魚名。詩以破魚籠不能捉住魚比喻魯國禮法破壞不能約束文姜。

〔三〕齊子，文姜。歸，回齊國。止，語氣詞。

〔四〕從，僕從。如雲，比喻盛多。

〔五〕鱮（xù序），魚名。即鰱魚。

〔六〕唯唯，《釋文》引《韓詩》作遺遺。疑唯、遺均借爲⿰魚遺（wěi唯），⿰魚遺也是魚名。舊説：唯唯，魚出入自如貌。

載驅

這首也是齊人諷刺文姜的詩（事見《南山》、《敝笱》兩篇解題）。

一

載驅薄薄〔一〕，簟茀朱鞹〔二〕。魯道有蕩〔三〕，齊子發夕〔四〕。

二

四驪濟濟〔五〕，垂轡濔濔〔六〕。魯道有蕩，齊子豈弟〔七〕。

三

汶水湯湯〔八〕，行人彭彭〔九〕。魯道有蕩，齊子翱翔〔一〇〕。

四

汶水滔滔，行人儦儦〔一一〕。魯道有蕩，齊子遊敖〔一二〕。

【注】

〔一〕載，乃也。驅，車馬急走。薄薄，馬蹄聲。

〔二〕簟（diàn店）茀，遮蔽車子的竹席。朱，紅色。鞹，去毛的熟皮。朱鞹蓋在車箱前面。此句寫文姜所坐的車子。

〔三〕魯道，往魯國去的大道。蕩，平坦。

〔四〕齊子，文姜。發夕，早晨出行爲發，晚上停宿爲夕。

〔五〕驪，黑色馬。濟濟，即齊齊，整齊，毛色一樣，高長一樣。

〔六〕轡，馬繮繩。濔（nǐ你）濔，柔輭貌。

〔七〕豈弟，同愷悌，和樂近人。

〔八〕汶水，水名，流經齊魯兩國。湯湯，猶蕩蕩，水流貌。
〔九〕行人，跟着文姜走的侍從人員。彭彭，盛多貌。
〔一〇〕翺翔，指遨遊。
〔一一〕儦(biāo 標)儦，衆多的樣子。
〔一二〕敖，古遨字，遊也。

猗嗟

這首詩是齊國貴族所作，贊揚魯莊公體壯貌美，能舞善射。這時莊公隨其母文姜到齊國來了。

一

猗嗟昌兮〔一〕，頎而長兮〔二〕，抑若揚兮〔三〕，美目揚兮〔四〕，巧趨蹌兮〔五〕，射則臧兮〔六〕。

二

猗嗟名兮〔七〕，美目清兮〔八〕，儀既成兮〔九〕，終日射侯，不出正兮〔一〇〕。展我甥兮〔一一〕。

三

猗嗟孌兮〔一三〕，清揚婉兮〔一三〕，舞則選兮〔一四〕，射則貫兮〔一五〕。四矢反兮〔一六〕，以禦亂兮〔一七〕。

【注】

〔一〕猗嗟，贊歎聲。昌，身體强壯。

〔二〕頎（qí 其），身長貌。

〔三〕抑，讀爲懿，美也。若，而也。揚，神氣昂揚。

〔四〕揚，借爲陽，明也。此句言眼睛明亮。

〔五〕趨，急走。蹌，步履有節奏的樣子。

〔六〕臧，善也。此句言善於射箭。

〔七〕名，借爲明，面色明净。

〔八〕清，眼睛黑白分明。

〔九〕儀，指射箭的儀式。成，完畢。

〔一〇〕侯，射侯。正，射的。古代貴族舉行射儀時，立一木架，架上加一塊方形獸皮，叫作侯。侯上加一塊小的圓形的白布，叫作正或的。射者向正發箭，箭穿正上，叫作中。此二句説他整天射侯，箭没有離開正，都射中了。

〔一〕展，真也。甥，外甥。

〔二〕孌，俊俏。

〔三〕清揚，眉目清秀。婉，嫵媚。

〔四〕選，善也。

〔五〕貫，穿透。箭穿透侯皮，説明力量大。

〔六〕反，回到原處，就是把箭收回來。

〔七〕禦，防禦。此句是説將用這箭防禦暴亂。

魏

葛屨

女奴不甘受主人的虐待，唱出這首歌予以諷刺。

一

糾糾葛屨〔一〕，可以履霜〔二〕！摻摻女手〔三〕，可以縫裳〔四〕！要之襋之〔五〕，好人服之〔六〕。

二

好人提提〔七〕，宛然左辟〔八〕，佩其象揥〔九〕。維是褊心〔一〇〕，是以爲刺〔一一〕。

【注】

〔一〕糾糾，糾纏交錯貌。葛屨，用葛草編的鞋。

〔二〕可，讀爲何。第四句可字同。履，脚踏。女奴在有寒霜的秋天，還穿着葛草鞋。

〔三〕摻（xiān仙）摻，形容女子手的纖美。此有瘦細之意。

〔四〕裳，裙子。

〔五〕要，讀爲腰，用爲動詞，即縫裙子的腰。襋（jí棘），底襟，用爲動詞，即縫裙子的底襟。

〔六〕好人，美人，指女主人或她的女兒。

〔七〕提提，借爲偍（tí題）偍，走路一蹩一踮的樣子。

〔八〕宛，彎曲的樣子。辟，借爲躄，足跛也。這個好人左脚彎曲而跛。

〔九〕佩，戴在頭上。象，象牙。揥（tì替），搔頭的簪子。

〔一〇〕褊，狹小。

〔一一〕刺，諷刺。

【附録】

注〔二〕可，俞樾《羣經平議》：「此兩可字皆當讀爲何。」

注〔五〕襋，當是衣裳下邊的名稱。現在叫作下擺，下擺古人也叫作齎（見《説文》），又叫作緝（見《儀禮・喪服傳》），又叫作緁（見《説文》）。此襋字和齎、緝、緁聲音都相近，是一音的轉變，但此襋字却用做動詞。

注〔七〕提，借爲徥，古通用。《説文》：「徥，徥徥行貌。」《方言》六：「徥，行也。」徥當是跛子走路一蹷一踮的狀態。

注〔八〕辟，借爲躄。《史記・平原君虞卿列傳》：「民家有躄者。」《正義》「躄，跛也」。古書常用辟爲躄，《荀子・正論》：「不能以辟馬毀輿致遠。」楊注：「辟與躄同。」便是例證。

汾沮洳

這是一首婦女贊美男子的詩。她是他的妻子或戀人，無從論定。

一

彼汾沮洳〔一〕，言采其莫〔二〕。彼其之子〔三〕，美無度〔四〕；美無度，殊異乎公路〔五〕。

二

彼汾一方〔六〕，言采其桑。彼其之子，美如英〔七〕；美如英，殊異乎公行〔八〕。

三

彼汾一曲〔九〕，言采其藚〔一〇〕。彼其之子，美如玉；美如玉，殊異乎公族〔一一〕。

【注】

〔一〕汾，水名。在今山西中部。沮洳，水旁窪濕之地。

〔二〕言，讀爲焉，乃也。莫，草名，可做藥材，嫩葉可食，味酸。

〔三〕彼其之子，他那個人。

〔四〕無度，猶無比。兩物相比量爲度。

〔五〕殊，甚也。殊異，很不同。又解：殊異，同義詞。路，借爲輅（lù路），車也。公路，官名，掌管國君用的車。此句言這個人與那公路官不同。

〔六〕一方，一邊。

〔七〕英，花也。

〔八〕公行，官名，掌管國君衛兵的行伍，即衛隊長。

〔九〕曲，灣處。

〔一〇〕藚（xù續），草名，又名澤蕮，多生淺水中，可做藥材，也可食。

〔一一〕公族，官名，掌管國君宗族的事務。

園有桃

士階層對於統治貴族不滿，作這首詩加以諷刺。

一

園有桃，其實之殽〔一〕。心之憂矣，我歌且謡〔二〕。不知我者，謂我士也驕〔三〕。彼人是哉〔四〕？子曰何其〔五〕。心之憂矣，其誰知之。其誰知之，蓋亦勿思〔六〕。

二

園有棘〔七〕，其實之食。心之憂矣，聊以行國〔八〕。不知我者，謂我士也罔極〔九〕。彼人是哉？子曰何其。心之憂矣，其誰知之。其誰知之，蓋亦勿思。

【注】

〔一〕之，猶是。殽，借爲肴，吃也。
〔二〕歌、謡，唱有曲調爲歌，唱無曲調爲謡。
〔三〕驕，驕傲。此句言不了解我的人説我這個士人驕傲。
〔四〕彼人，指統治貴族。是哉，對嗎。
〔五〕子，你，指不知我者。其，語氣詞。子曰何其，你説怎麼樣，你説彼人是不是。

〔六〕蓋，讀爲盍，何不。一說：蓋，猶今語所謂大概。此句言人們怎麼不想一想呢。
〔七〕棘，棗也。
〔八〕行國，周游於國中。
〔九〕罔，無也。極，借爲則，法則。此句言不了解我的人説我這個士人目無法紀，敢於反對上級。

陟岵

征人在遠方服勞役，唱出這首歌，抒發思念家人的心情。

一

陟彼岵兮〔一〕，瞻望父兮。父曰：「嗟！予子行役，夙夜無已〔二〕。上慎旃哉〔三〕！猶來無止〔四〕！」

二

陟彼屺兮〔五〕，瞻望母兮。母曰：「嗟！予季行役〔六〕，夙夜無寐〔七〕。上慎旃哉！猶來無棄〔八〕！」

三

陟彼岡兮，瞻望兄兮。兄曰：「嗟！予弟行役，夙夜必偕〔九〕。上慎旃哉！猶來無死！」

【注】

〔一〕陟（zhè至），登也。岵（hù户），有草木的山爲岵。

〔二〕夙，早晨。已，止也，休息。

〔三〕上，讀爲尚。旃（zhān占），之也。此句言還要小心謹慎呀！

〔四〕止，指留在外地。此句言還要回來，不會老留在外地。

〔五〕屺（qǐ起），無草木的山爲屺。

〔六〕季，兄弟中年齡最小的稱季。

〔七〕寐，睡覺。

〔八〕棄，指棄家不歸。

〔九〕偕，勤勉努力。

【附録】

注〔九〕偕，俞樾《羣經平議》：「偕，强也。」

十畝之間

這是勞動婦女唱出的采桑歌。

一

十畝之間兮，桑者閑閑兮〔一〕，行與子還兮〔二〕。

二

十畝之外兮，桑者泄泄兮〔三〕，行與子逝兮〔四〕。

【注】

〔一〕桑者，采桑人。閑閑，從容不迫貌。

〔二〕子，你，指同伴。此句言走吧，我和你一同回家。

〔三〕泄泄，和樂貌。

〔四〕逝，往也。此句言走吧，我和你一同走吧。

伐檀

勞動人民在給剝削者砍樹的勞動中唱出這首歌，諷刺剝削者不勞而獲，過着寄生蟲的生活。

一

坎坎伐檀兮〔一〕，寘之河之干兮〔二〕，河水清且漣猗〔三〕。不稼不穡〔四〕，胡取禾三百廛兮〔五〕？不狩不獵〔六〕，胡瞻爾庭有縣貆兮〔七〕？彼君子兮，不素餐兮〔八〕？

二

坎坎伐輻兮〔九〕，寘之河之側兮，河水清且直猗。不稼不穡，胡取禾三百億兮〔一〇〕？不狩不獵，胡瞻爾庭有縣特兮〔一一〕？彼君子兮，不素食兮？

三

坎坎伐輪兮，寘之河之漘兮〔一二〕，河水清且淪猗〔一三〕。不稼不穡，胡取禾三百囷兮〔一四〕？不狩不獵，胡瞻爾庭有縣鶉兮〔一五〕？彼君子兮，不素飧兮〔一六〕？

【注】

〔一〕坎坎，伐木聲。檀，木名，可用造車。

〔二〕寘，同置。干，岸。

〔三〕漣，水面波紋。猗，語氣詞，如啊。

〔四〕稼，耕種。穡，收割。

〔五〕胡，何也。禾，百穀的通名。廛，一百畝田，略同後來的頃。

〔六〕狩獵，稍有區別，大概集體打獵圍守山林而打鳥獸叫作狩，單人打獵追尋蹤跡而打鳥獸叫作獵。

〔七〕縣，古懸字。貆（huān歡），獸名，即貛。

〔八〕素餐，白吃飯。此句也是質問。

〔九〕輻，車輪的輻條。

〔一〇〕億，周代十萬爲億，此指糧食之多。又解：億與庾一音之轉。糧穀堆在場上爲庾。

〔一一〕特，大獸。

〔一二〕漘，河邊。

〔一三〕淪，水的漩渦。

〔一四〕囷（qūn），圓形糧倉。

〔一五〕鶉（chún淳），鵪鶉。

〔一六〕飧（sūn孫），熟食。

碩鼠

這首詩當是佃農所作。周王朝東遷以後，奴隸制與農奴制都逐漸破壞，出現了新興地主，他們把土地租給佃農耕種，而收實物地租，對佃農的剥削也很殘酷。這首詩正是佃農對地主殘酷剥削的控訴。

一

碩鼠〔一〕，碩鼠，無食我黍〔二〕！三歲貫女〔三〕，莫我肯顧〔四〕。逝將去女〔五〕，適彼樂土〔六〕；樂土，樂土〔七〕，爰得我所〔八〕。

二

碩鼠，碩鼠，無食我麥！三歲貫女，莫我肯德〔九〕。逝將去女，適彼樂國；樂國，樂國〔一〇〕，爰得我直〔一一〕。

三

碩鼠，碩鼠，無食我苗！三歲貫女，莫我肯勞〔一二〕。逝將去女，適彼樂郊；樂郊，樂郊〔一三〕，誰之永號〔一四〕！

【注】

〔一〕碩鼠，即田鼠，好在田裏吃莊稼。

〔二〕無，勿也。黍，穀之一種。詩以吃莊稼的田鼠比喻剥削糧穀的地主。

〔三〕貫，養也。女，通汝。

〔四〕顧，照顧。

〔五〕逝，通誓。去，離開。

〔六〕適，往也。樂土，作者想像中没有剥削的地方。

〔七〕樂土樂土，《韓詩外傳》引作「適彼樂土」，較好。

〔八〕爰，乃，于是。所，處所。

〔九〕德，感德。

〔一〇〕樂國樂國，《新序·節士》引作「適彼樂國」。

〔一一〕直，通值，即代價。

〔一二〕勞，慰勞。

〔一三〕樂郊樂郊，《新序·節士》引作「適彼樂郊」。

〔一四〕永，長也。號，哭。此句言到了樂郊，還有誰會整天哭叫呢。

【附録】

注〔三〕貫，漢石經殘碑作宦，漢石經是用《魯詩》。按：貫、宦並借爲豢。

注〔七〕《韓詩外傳》二兩次引《詩》云「逝將去汝，適彼樂土；適彼樂土，爰得我所」。又一次引《詩》云「逝將去汝，適彼樂國；適彼樂國，爰得我值。」俞樾説：「當以《韓詩》爲正。」（《羣經平議》）

注〔一一〕直，借爲價值的值。直、值古通用。《史記・匈奴傳》：「值上谷」，《索隱》引姚氏曰：「古字例以直爲值。」

唐

蟋蟀

這是統治階級的作品，宣揚人生及時行樂的思想，但又自警不要享樂太過，以免自取滅亡。

一

蟋蟀在堂〔一〕，歲聿其莫〔二〕。今我不樂，日月其除〔三〕。無已大康〔四〕，職思其居〔五〕。好樂無荒〔六〕，良士瞿瞿〔七〕。

二

蟋蟀在堂，歲聿其逝〔八〕。今我不樂，日月其邁〔九〕。無已大康，職思其外〔一〇〕。好樂無荒，良士蹶蹶〔一一〕。

三

蟋蟀在堂，役車其休〔一二〕。今我不樂，日月其慆〔一三〕。無已大康，職思其憂〔一四〕。好樂無荒，良士休休〔一五〕。

【注】

〔一〕蟋蟀在堂，蟋蟀進入堂屋表示將近天寒歲暮。

〔二〕聿，同曰，語助詞。莫，古暮字。其莫，將盡。

〔三〕日月，指時光。除，去也。

〔四〕無已，不要。大，通太。康，安樂。此句言不要太安樂。

〔五〕職，常也。居，處也，指所處的地位。

〔六〕好樂，喜歡享樂。荒，荒淫。

〔七〕良士，賢士。瞿瞿，驚視貌，指警惕在心，多所顧慮。

〔八〕逝，往也，過去。

〔九〕邁，行也。

〔一〇〕外，指外界的關係。

〔一一〕蹶（guì貴）蹶，急遽貌。引申爲勤奮的樣子。

〔二〕役車，擔任勞役的車。休，休息。冬季天寒，役車不出行了。

〔三〕慆（tāo 滔），逝去也。

〔四〕憂，憂患。

〔五〕休休，安閑自得、樂而有節貌。

山有樞

這首詩是貴族作品，作者勸告貴族們活一天就享樂一天，不要吝惜財物；否則，你死後，財物就被別人佔有了。

一

山有樞〔一〕，隰有榆〔二〕。子有衣裳，弗曳弗婁〔三〕。子有車馬，弗馳弗驅〔四〕。宛其死矣〔五〕，他人是愉〔六〕。

二

山有栲〔七〕，隰有杻〔八〕。子有廷內〔九〕，弗洒弗埽。子有鍾鼓，弗鼓弗考〔一〇〕。宛其死矣，他人是保。

三

山有漆〔一一〕，隰有栗。子有酒食，何不日鼓瑟，且以喜樂，且以永日〔一二〕。宛其死矣，他人入室。

【注】

〔一〕樞，木名，榆樹的一種，又名刺榆，似榆，有刺。

〔二〕隰（xí席），低濕之地。

〔三〕曳，扯也。婁，借爲摟，拉也。穿衣裳必須扯拉。

〔四〕馳、驅，都是車馬急走。

〔五〕宛，病枯也。

〔六〕愉，快樂。

〔七〕栲，木名，皮厚數寸，葉如櫟樹，木質堅硬，可做車的輻條等。

〔八〕杻，木名，可做車輞、弓幹等。

〔九〕內，指堂和室。

〔一〇〕考，敲也，指敲鐘。

〔一一〕漆，漆樹。

〔一二〕永日，指終日享樂。

揚之水

春秋前二十三年（前七四五），晉昭侯封他的弟弟桓叔於曲沃。曲沃勢力較强，自此以後，桓叔一系與昭侯一系展開争奪君位的鬥争，甚至於興兵打仗。經過六十七年，桓叔一系立爲晉君。這首詩作者是昭侯一系的貴族，他到曲沃去，投靠桓叔一系，作這首詩表示對桓叔一系的忠誠。

一

揚之水〔一〕，白石鑿鑿〔二〕。素衣朱襮〔三〕，從子于沃〔四〕。既見君子〔五〕，云何不樂。

二

揚之水，白石皓皓〔六〕。素衣朱繡〔七〕，從子于鵠〔八〕。既見君子，云何其憂。

三

揚之水，白石粼粼〔九〕。我聞有命，不敢以告人〔一〇〕。

【注】

〔一〕揚，當借爲滎。《説文》：「滎，絶小水也。」即小水溝。

〔二〕鑿鑿，鮮明貌。

〔三〕襮（bó博），繡有花紋的衣領。

〔四〕子，指曲沃君。沃，曲沃的省稱。曲沃，晉國的大邑，在今山西省。

〔五〕君子，指曲沃君。

〔六〕皓皓，潔白貌。

〔七〕繡，繡花。

〔八〕鵠（gǔ谷），地名，屬於曲沃。

〔九〕粼粼，清澈貌。

〔一〇〕不敢以告人，指聽到曲沃君有什麼命令，不敢拿來告訴別人，一定保守機密。

椒聊

這首詩是贊美一個男子。

一

椒聊之實〔一〕，蕃衍盈升〔二〕。彼其之子〔三〕，碩大無朋〔四〕。椒聊且〔五〕！遠條且〔六〕！

二

椒聊之實，蕃衍盈匊〔七〕。彼其之子，碩大且篤〔八〕。椒聊且！遠條且！

【注】

〔一〕椒聊，叢木，今名花椒，長條，綠葉，白花，暗紅色小球形的果實，有香氣。

〔二〕蕃衍，繁盛衆多。升，指量器。

〔三〕其，語氣詞。彼其之子，他這個人。

〔四〕碩大，巨大，指身體。朋，比也。

〔五〕且，猶哉，語氣詞。

〔六〕遠條，長的枝條。

〔七〕匊，古掬字，兩手合捧。

〔八〕篤，忠厚。

綢繆

這首詩寫一對相愛的男女在夜間相會的情景。

一

綢繆束薪〔一〕，三星在天〔二〕。今夕何夕？見此良人〔三〕！子兮子兮！如此良人何〔四〕！

二

綢繆束芻〔五〕，三星在隅〔六〕。今夕何夕？見此邂逅〔七〕！子兮子兮！如此邂逅何！

三

綢繆束楚〔八〕，三星在户。今夕何夕？見此粲者〔九〕！子兮子兮！如此粲者何！

【注】

〔一〕綢繆，纏繞。束，捆也。

〔二〕三星，古代也稱參星，現在仍呼爲三星。

〔三〕良人，好人，女對男的稱呼。

〔四〕如此良人何，把這個好人怎麽樣？

〔五〕芻，餵牲口的草。

〔六〕隅，牆角。

〔七〕邂逅，不期而遇的人。

〔八〕楚，叢木名，現在叫作荊條。

〔九〕粲，美麗，鮮明。粲者當指女人。

杕杜

一個孤獨無靠的人，處境窮困，希望得到別人的援助，因此唱出這首詩。

一

有杕之杜〔一〕，其葉湑湑〔二〕。獨行踽踽〔三〕。豈無他人，不如我同父〔四〕。嗟行之人〔五〕，胡不比焉〔六〕？人無兄弟〔七〕，胡不佽焉〔八〕？

二

有杕之杜，其葉菁菁〔九〕。獨行睘睘〔一〇〕。豈無他人，不如我同姓〔一一〕。嗟行之人，胡不比焉？人無兄弟，胡不佽焉？

【注】

〔一〕杕（dì弟），樹木孤立貌。杜，一種果木，梨屬，果實紅色，味澀。

〔二〕湑（xǔ 胥）湑，茂盛貌。

〔三〕踽（jǔ 舉）踽，孤獨貌。

〔四〕同父，指兄弟。

〔五〕嗟，悲歎聲。行之人，道路上的人。

〔六〕比，親也。此句言何不親近我呢？

〔七〕人，作者自指。

〔八〕佽（cì 次），幫助。

〔九〕菁菁，茂盛貌。

〔一〇〕睘（qióng 瓊）睘，孤獨無依貌。

〔一一〕同姓，同族的人。

羔裘

這是統治階級作品。作者和一個貴族原是好朋友，但是由於他的地位卑賤，處境貧困，貴族看不起他了。他作這首詩，諷刺貴族。

一

羔裘豹祛〔一〕，自我人居居〔二〕。豈無他人，維子之故〔三〕。

二

羔裘豹褎〔四〕，自我人究究〔五〕。豈無他人，維子之好〔六〕。

【注】

〔一〕羔裘，羔皮襖。袪（qū區），袖也。周代人的皮襖，毛在外面，貴族們用豹皮鑲上袖口，以爲美觀。

〔二〕自，對於。我人，猶今語所謂「吾人」、「我個人」。居居，借爲倨倨，驕傲。

〔三〕之，是也。故，故人。此句言唯你是我的故人。

〔四〕褎，古袖字。

〔五〕究究，當讀爲仇仇，《爾雅·釋訓》：「仇仇，傲也。」

〔六〕好，好友。此句言唯你是我的好友。

鴇羽

勞動人民長期在外爲統治者擔任徭役，唱出這首詩，抒發他們的痛苦心情。

一

肅肅鴇羽〔一〕，集于苞栩〔二〕。王事靡盬〔三〕，不能蓺稷黍〔四〕，父母何怙〔五〕？悠悠蒼天〔六〕！曷其有所〔七〕？

二

肅肅鴇翼，集于苞棘〔八〕。王事靡盬，不能蓺黍稷，父母何食？悠悠蒼天！曷其有極〔九〕？

三

肅肅鴇行〔一〇〕，集于苞桑。王事靡盬，不能蓺稻粱〔一一〕，父母何嘗？悠悠蒼天！曷其有常〔一二〕？

【注】

〔一〕肅肅，鳥飛聲。鴇（bǎo 保），鳥名，似雁而大。

〔二〕苞，茂盛。栩（xǔ 許），亦稱杼，即柞木。

〔三〕王事，指國君之事。靡盬（gǔ 古），無休止。

〔四〕蓺，古藝字，種也。稷、黍，同類的穀物，黍黏，稷不黏。

〔五〕怙（hù 户），借爲餬，餬口。父母年老，不能種地，只有挨餓。

〔六〕悠悠，遥遠也。

〔七〕曷，何也。所，處所。此句言何時才能安居。

〔八〕棘，棗樹。
〔九〕極，終了。
〔一〇〕行（háng 杭），鳥的羽莖。
〔一一〕梁，高粱。
〔一二〕常，正常。

【附録】

注〔五〕怙，俞樾《羣經平議》：「怙乃餬之假字。餬，食也。」
注〔一〇〕行，毛傳：「行，翮也。」《説文》：「翮，羽莖也。」

無衣

這是統治階級作品。有人賞賜或贈送作者一件衣服，作者作這首詩，表示感謝。

一

豈曰無衣，七兮〔一〕，不如子之衣安且吉兮〔二〕。

二

豈曰無衣，六兮，不如子之衣安且燠兮〔三〕。

【注】

〔一〕七，指七件衣服。

〔二〕子，指賞賜或贈送衣服的人。安，舒服。吉，善也，好也。

〔三〕燠，暖也。

有杕之杜

這是統治階級歡迎客人的短歌。

一

有杕之杜〔一〕，生于道左。彼君子兮，噬肯適我〔二〕。中心好之，曷飲食之〔三〕？

二

有杕之杜，生于道周〔四〕。彼君子兮，噬肯來遊。中心好之，曷飲食之？

【注】

〔一〕杕（dì弟），樹木孤立貌。杜，一種果木，梨屬，果實紅色，味澀。

〔二〕噬，猶斯，發語詞。適，往也。適我，來到我這裏。

〔三〕曷，何也。此句言拿什麼招待他呢？

〔四〕周，邊也。一說：周，曲也。道周，道路曲折之處。

葛生

這是男子追悼亡妻的詩篇，即古人所謂悼亡詩。

一

葛生蒙楚〔一〕，蘞蔓于野〔二〕。予美亡此〔三〕，誰與？獨處〔四〕。

二

葛生蒙棘，蘞蔓于域〔五〕。予美亡此，誰與？獨息。

三

角枕粲兮〔六〕，錦衾爛兮〔七〕。予美亡此，誰與？獨旦〔八〕。

四

夏之日，冬之夜〔九〕。百歲之後，歸于其居〔一〇〕。

五

冬之夜，夏之日。百歲之後，歸于其室。

【注】

〔一〕蒙，覆蓋。楚，叢木，今名荆條。

〔二〕蘞（liǎn 臉），草名，蔓生，似瓜，葉盛而細，子有黑有赤，不可食。蔓，蔓延。

〔三〕予美，指妻子。亡此，死在此地，即埋在此地。

〔四〕與，共處。

〔五〕域，塋地。

〔六〕角枕，方枕，有八角，所以説角枕。粲，鮮明。

〔七〕衾，被也。爛，鮮明。

〔八〕獨旦，獨處到天明。

〔九〕日、夜，夏天日長，冬天夜長，愁人更覺得如此。

〔一〇〕其居，指妻之墳。

采苓

這是勞動人民的作品，勸告伙伴不要聽信別人的謊話，走錯了路。

一

采苓采苓〔一〕，首陽之顛〔二〕。人之爲言〔三〕，苟亦無信〔四〕。舍旃舍旃〔五〕，苟亦無然〔六〕。人之爲言胡得焉〔七〕。

二

采苦采苦〔八〕，首陽之下。人之爲言，苟亦無與〔九〕。舍旃舍旃，苟亦無然。人之爲言胡得焉。

三

采葑采葑〔一〇〕，首陽之東。人之爲言，苟亦無從。舍旃舍旃，苟亦無然。人之爲言胡得焉。

【注】

〔一〕苓，草名，又名甘草，可以做藥材。

〔二〕首陽，山名，在今山西省。顛，頂也。

〔三〕爲，通僞。僞言，假話，謊話。

〔四〕苟，姑且。無，勿也。

〔五〕舍，同捨，抛棄。旃（zhān 毡），之也。此句言抛棄那謊話吧。

〔六〕然，是也。無然，不要以爲是。

〔七〕得，猶對。此句言别人的謊話哪會對呢。

〔八〕苦，野菜名，可食。
〔九〕與，以也，用也。
〔一〇〕葑，蘿蔔。

秦

車鄰

這是貴族婦人所作的詩，詠唱她們夫妻的享樂生活。

一

有車鄰鄰〔一〕，有馬白顛〔二〕。未見君子〔三〕，寺人之令〔四〕。

二

阪有漆〔五〕，隰有栗〔六〕。既見君子，並坐鼓瑟。今者不樂，逝者其耋〔七〕。

三

阪有桑，隰有楊。既見君子，並坐鼓簧〔八〕。今者不樂，逝者其亡。

【注】
〔一〕鄰鄰，車鈴聲。
〔二〕顛，頂也。白顛，馬額正中有塊白毛。
〔三〕君子，指她的丈夫。
〔四〕寺人，官名。寺讀爲侍，侍候王侯貴族的人，所以叫作侍人。之，是也。寺人是令是説命令寺人，即叫寺人去看看她的丈夫。
〔五〕阪，山坡。漆，漆樹。
〔六〕隰，低濕之地。栗，栗樹。
〔七〕逝，前往也。逝者，指將來的時期。耋（dié迭），老也。
〔八〕簧，樂器名，疑是摇鼓，有柄可執，摇而鼓之。

駟驖

這是統治階級的作品，敍寫秦君帶着兒子去打獵。

一

駟驖孔阜〔一〕，六轡在手〔二〕。公之媚子〔三〕，從公于狩〔四〕。

二

奉時辰牡〔五〕，辰牡孔碩〔六〕。公曰：「左之〔七〕！」舍拔則獲〔八〕。

三

遊于北園，四馬既閑〔九〕。輶車鸞鑣〔一〇〕，載獫歇驕〔一一〕。

【注】

〔一〕駟，四馬。驖（tiě 鐵），黑色馬。孔，甚也。阜，肥大也。

〔二〕轡，馬繮繩。周代的車，獨輈在中，内兩馬稱服，外兩馬稱驂，服馬各一轡，驂馬各兩轡，以便左右牽引，所以有六轡。

〔三〕公，秦君。媚子，愛子。

〔四〕狩，打獵。

〔五〕奉，借爲逢，遇也。時，是也，這個。辰，借爲麎（chén 辰），大鹿也。麎牡，大公鹿。

〔六〕碩，大也。

〔七〕左之，向左去。命令車夫的話。

〔八〕舍，同捨，放也。拔，箭的末端。射箭是放開箭的末端，所以説捨拔，捨拔意即放矢。一説：拔，借爲發，放矢也。獲，得也。

〔九〕閑，熟練。

〔一〇〕輶車，輕車。鸞，車鈴。鑣，馬口中含的鐵具，今呼爲馬口鐵或馬嚼子。

〔一一〕獫（xiǎn 險），長嘴巴的犬。歇驕，《説文》引歇作猲，驕作獢。猲獢，短嘴巴的犬。此句言獵畢把獵犬載在車上。

小戎

秦君或其他貴族坐着車，帶着兵到外地去了（或者出征）。他的夫人思念他，因作這首詩。

一

小戎俴收〔一〕，五楘梁輈〔二〕，游環脅驅〔三〕，陰靷鋈續〔四〕，文茵暢轂〔五〕，駕我騏馵〔六〕。言念君子〔七〕，温其如玉〔八〕。在其板屋〔九〕，亂我心曲〔一〇〕。

二

四牡孔阜〔一一〕，六轡在手〔一二〕，騏駵是中〔一三〕，騧驪是驂〔一四〕，龍盾之合〔一五〕，鋈以觼軜〔一六〕。言念君子，温其在邑〔一七〕。方何爲期〔一八〕，胡然我念之〔一九〕？

三

俴駟孔羣〔二〇〕，厹矛鋈錞〔二一〕，蒙伐有苑〔二二〕，虎韔鏤膺〔二三〕，交韔二弓〔二四〕，竹閉緄膝〔二五〕。言念君子，載寢載興〔二六〕。厭厭良人〔二七〕，秩秩德音〔二八〕。

【注】

〔一〕小戎，一種兵車。戎，兵也，引申兵車也稱戎。輕小的兵車稱小戎，重大的兵車稱元戎。俴（jiǎn建），淺也。收，軫也。周代的車，左右前後均有箱板，後箱板可以竪起，可以放下，以便人從後上車，名軫又名收。俴收是後箱板矮一些。

〔二〕楘（mù木），箍也，環形，纏革做成，或用銅做成。梁，即樑字。輈，車轅，周代的車一個曲轅，叫作輈。輈似木樑，所以説梁輈。輈上有五個箍，所以説五楘。

〔三〕游環，游動的小銅環。脅，肋骨的兩旁部分。驅，借爲摳（kōu），繩套或革套，今語呼扣。馬的脅部加上摳，聯在靷上，叫作脅摳。游環穿入摳內，可以游動。繮繩穿過游環，以免遠離馬身。

〔四〕陰，借爲黔，黑色。靷（yǐn引），引車前行的皮帶，前端繫在馬頸的皮套上，後端繫在車軸上，馬行則牽引車走（周代的車是輪轉而軸不轉）。鋈（wù勿），白銅。續，疑借爲鐲，鈴也。一個鈴（或一串鈴）用繩繫在馬脖上，作爲裝飾。鋈鐲，用白銅做的鐲。

〔五〕文茵，有花紋的席子，鋪在車上。暢，長也。轂，車軸伸到車輪外的部分名轂。

〔六〕騏，青黑色有如棋盤格子紋的馬。馵（zhù住），自膝以上是白色的馬。

〔七〕言，乃也。君子，指作者的丈夫。

〔八〕温，好玉以手按之並不涼。此句指丈夫態度温和。

〔九〕板屋，用木板修建的房屋，秦國民房多是如此。國君和貴族出外也住民房。

〔一〇〕心曲，心坎，心窩。

〔一一〕孔，甚也。阜，肥大。

〔一二〕轡，馬繮繩。一車四馬，内兩馬各一轡，外兩馬各二轡，共六轡。

〔一三〕駠，與騮同，赤紅色的馬，今呼石榴紅。中，中間的兩馬，也稱服。

〔一四〕騧（guā 瓜），身白嘴黑的馬。按騧和馵是同一匹白馬，因其自膝以下不白，所以叫作馵；又因其嘴黑，所以叫作騧。驪，黑馬。驂，車轅外邊兩馬稱驂。據上文，君子的車駕四馬：騏，駠，騧，驪。可見前章的馵就是騧。

〔一五〕龍盾，畫着龍的盾。合，掛在一起。

〔一六〕以，之也。觼（jué 決），有舌的環。軜（nà 納），當借爲枘（ruì 鋭）。檕柱，或圓或方，似現在的釘子。鋈以觼軜，是説白銅的觼和枘。古代貴族的龍盾上加個白銅環，環有舌鉗入盾上。車箱裏釘上白銅檕柱，盾就掛在上面。古代兵車載三人，一人趕車，兩人作戰，所以車上掛兩個盾，以備戰時使用。

〔一七〕邑，秦國的屬邑。

〔一八〕方，始也。期，指回來的日期。

〔一九〕胡，何也。此二句言當初約定的歸期是哪天呢，爲什麽我現在想念他呢？

〔二〇〕俴駟，不披甲的四匹馬。羣，多也。

〔二一〕厹（qiú 求）矛，即酋矛，矛頭三棱形。錞（duì 兑），即鐏，矛戟柄下端的平底金屬套。鋈鐏，用白銅做的鐏。

〔二二〕蒙，讀爲厖（páng 旁），龐大。伐，通瞂（fá 伐），盾也。苑（yūn 氳），花紋。

〔二三〕韔（chàng 唱），裝弓的袋，用虎皮做成的是爲虎韔。鏤，雕刻。膺，胸也。此指弓袋的正面。弓袋正面雕有花紋，是爲鏤膺。

〔二四〕交，互也。韔，此韔字是動詞，藏也。此句言兩張弓一個弓背向左，一個弓背向右，裝在袋裏。

〔二五〕閉，借爲柲（bì 必），正弓之器，形與弓同，用竹（或木）做成。緄（gǔn 滚），捆也。縢（téng 藤），繩也。竹柲緄縢，不用弓時，把柲緊貼在弓内，用繩把弓和柲捆在一起，以免弓變形。

〔二六〕載，讀爲再。興，起來。此句言作者睡下又起來，不能入睡。

〔二七〕厭厭，安静柔和貌。良人，好人。

〔二八〕秩秩，有次序，有禮節。一説：秩秩，聰明多智貌。德音，好聲譽。

蒹葭

這篇似是愛情詩。詩的主人公是男是女，看不出來。敘寫他（或她）在大河邊追尋戀人，但未得會面。

一

蒹葭蒼蒼〔一〕，白露爲霜。所謂伊人〔二〕，在水一方〔三〕。遡洄從之〔四〕，道阻且長〔五〕；遡游從之〔六〕，宛在水中央〔七〕。

二

蒹葭淒淒〔八〕，白露未晞〔九〕。所謂伊人，在水之湄〔一〇〕。遡洄從之，道阻且躋〔一一〕；遡游從之，宛在水中坻〔一二〕。

三

蒹葭采采〔一三〕，白露未已〔一四〕。所謂伊人，在水之涘〔一五〕。遡洄從之，道阻且右〔一六〕；遡游從之，宛在水中沚〔一七〕。

【注】

〔一〕蒹，草名，又名荻。葭，蘆也。蒼蒼，青色。一說：蒼蒼，盛也。

〔二〕伊人，是人，意中所指之人。

〔三〕一方，一邊。

〔四〕遡洄，逆着河流向上走。下文説「道阻且長，道阻且躋，道阻且右」可證「遡洄」「遡游」是陸行，不是水行。

〔五〕阻，險阻。

〔六〕遡游，順着河流向下走。

〔七〕宛，分明。

〔八〕淒淒，借爲萋萋，茂盛貌。

〔九〕晞，曬乾。

〔一〇〕湄，水邊。

〔一一〕躋，登高。

〔一二〕坻(chí遲)，水中的小沙洲。

〔一三〕采采，茂盛。

〔一四〕已，完。

〔一五〕涘，水邊。

〔一六〕右，迂迴彎曲。

〔一七〕沚，水中的沙灘。

終南

這是秦國貴族歌頌秦君的詩。

一

終南何有〔一〕？有條有梅〔二〕。君子至止〔三〕，錦衣狐裘，顔如渥丹〔四〕，其君也哉！

二

終南何有？有紀有堂〔五〕。君子至止，黻衣繡裳〔六〕，佩玉將將〔七〕，壽考不忘〔八〕。

【注】

〔一〕終南，秦國山名，在今陝西省。

〔二〕條，借爲槄，木名，即山楸。梅，又名楠，高大的喬木，可做器材。一說：即梅花之梅。

〔三〕君子，指秦君。止，語氣詞。此句言秦君到終南山來。

〔四〕渥，濕潤。丹，一種紅色石，可以染紅。此石濕潤後顔色更鮮。

〔五〕紀，借爲杞，木名，柳屬。堂，借爲棠，木名，梨樹屬。

〔六〕黻（fú弗），古代禮服上黑與青相間的花紋。繡，五色俱備的花紋。

〔七〕將將，同鏘鏘，象聲詞。

〔八〕忘，借爲亡。

黄鳥

公元前六二一年，秦穆公死，康公立，遵照穆公的遺囑，殺了一百七十七人爲他殉葬，其中有姓子車的三兄弟，一名奄息，一名仲行，一名鍼虎。秦人痛恨秦國統治者的殘暴，哀悼子車氏兄弟的屈死，因作這首詩。

一

交交黄鳥〔一〕，止于棘〔二〕。誰從穆公〔三〕？子車奄息。維此奄息，百夫之特〔四〕。臨其穴〔五〕，惴惴其慄〔六〕。彼蒼者天，殲我良人〔七〕！如可贖兮，人百其身〔八〕。

二

交交黄鳥，止于桑。誰從穆公？子車仲行。維此仲行，百夫之防〔九〕。臨其穴，惴惴其慄。彼蒼者天，殲我良人！如可贖兮，人百其身。

三

交交黄鳥，止于楚〔一〇〕。誰從穆公？子車鍼虎。維此鍼虎，百夫之禦〔一一〕。臨其穴，惴惴其慄。彼蒼者天，殲我良人！如可贖兮，人百其身。

【注】

〔一〕交交，讀爲咬咬，鳥鳴聲。黄鳥，即黄雀。

〔二〕棘，棗樹。

〔三〕穆公，姓嬴，名任好，春秋時秦國國君。

〔四〕特，傑出。

〔五〕穴，指墓穴。

〔六〕惴（zhuì綴）惴，恐懼貌。慄，因恐懼而發抖。

〔七〕良人，猶善人。

〔八〕人百其身，承上句省動詞贖字。用一百人贖他一人。

〔九〕防，抵擋。一人可以抵擋百人。

〔一〇〕楚，叢木名，今稱作荊條。

〔一一〕禦，猶防。

【附録】

（解題）《左傳·文公六年》：「秦伯任好卒，以子車氏之三子奄息、仲行、鍼虎爲殉，皆秦之良也。國人哀之，爲之賦《黄鳥》。」

晨風

這是女子被男子拋棄後所作的詩。（也可能是臣見棄於君，士見棄於友，因作這首詩。）

一

鴥彼晨風〔一〕，鬱彼北林〔二〕。未見君子〔三〕，憂心欽欽〔四〕。如何如何，忘我實多。

二

山有苞櫟〔五〕，隰有六駮〔六〕。未見君子，憂心靡樂。如何如何，忘我實多。

三

山有苞棣〔七〕，隰有樹檖〔八〕。未見君子，憂心如醉。如何如何，忘我實多。

【注】

〔一〕鴥（yù玉），鳥疾飛貌。晨風，鸇鷹。

〔二〕鬱，茂盛貌。

〔三〕君子，統治階級的男子稱君子。

〔四〕欽欽，憂思難忘貌。

〔五〕苞，叢生。櫟（lì力），木名。

〔六〕隰（xí席），低濕之地。六駮，木名，梓榆之屬。駮即駁字。

〔七〕棣，梨樹。

〔八〕檖（suì遂），木名。

無衣

這是秦國勞動人民的參軍歌。

一

豈曰無衣，與子同袍〔一〕。王于興師〔二〕，脩我戈矛〔三〕，與子同仇〔四〕。

二

豈曰無衣，與子同澤〔五〕。王于興師，脩我矛戟，與子偕作〔六〕。

三

豈曰無衣，與子同裳〔七〕。王于興師，脩我甲兵〔八〕，與子偕行。

【注】

〔一〕袍，古代所謂袍也是長袍，但士兵的袍只稍短而已。士兵穿一樣的軍服，所以説「同袍」、「同澤」、「同裳」。

〔二〕王，秦國人稱秦君爲王。于，猶曰。

〔三〕脩，同修，整治。

〔四〕同仇，共同對敵人。

〔五〕澤，借爲襗（zé 澤），貼身的内衣。

〔六〕偕作，同幹。

〔七〕裳，褲子。

〔八〕兵，兵器的總名。

【附録】

（解題）《左傳·定公四年》：「吴入郢……申包胥如秦乞師……立依於庭牆而哭，日夜不絶聲，勺飲不入口，七日。秦哀公爲之賦《無衣》。九頓首而坐。秦師乃出。」古代作詩叫作賦，誦詩也叫作賦。據詩意明明是參加兵役的勞動人民所歌，而非秦哀公所作。故「賦《無衣》」當是誦此詩。

渭陽

秦穆公的夫人是晉獻公之女，生太子名罃。晉公子重耳被迫逃離晉國，在齊、宋、楚等國寄居多年，最後來到秦國。秦穆公派兵護送他回到晉國，立爲晉君，是爲晉文公。當重耳離秦去晉時，太子罃去送他，並作此詩。

一

我送舅氏〔一〕，曰至渭陽〔二〕。何以贈之？路車乘黄〔三〕。

二

我送舅氏，悠悠我思〔四〕。何以贈之？瓊瑰玉佩〔五〕。

【注】

〔一〕舅氏，重耳是罃的舅舅。
〔二〕曰，發語詞。渭，渭水。陽，水的北面。
〔三〕路車，貴族用的一種車。乘，馬四匹爲一乘。黄，黄馬。
〔四〕悠悠，憂思貌。
〔五〕瓊瑰，美玉。瓊瑰玉佩，以瓊瑰做的玉佩。

權輿

這是没落階級自悲自歎的詩。

一

於我乎夏屋渠渠〔一〕。今也每食無餘〔二〕。于嗟乎不承權輿〔三〕！

二

於我乎每食四簋〔四〕。今也每食不飽。于嗟乎不承權輿！

【注】

〔一〕於我乎，即嗚呼我。夏，大也。渠渠，大的樣子。

〔二〕食，當作宿，傳寫而誤。餘，借爲舍，房屋。

〔三〕于，借爲吁。吁嗟，悲歎聲。承，繼承。權輿，始也，當初。此句指不能繼續當初的盛況了！

〔四〕簋（guǐ鬼），古代食器，圈足，兩耳。也有四耳，方座，帶蓋的。青銅或陶製。

陳

宛丘

陳國巫風盛行。這是一篇諷刺女巫的詩。

一

子之湯兮〔一〕，宛丘之上兮〔二〕，洵有情兮〔三〕，而無望兮〔四〕。

二

坎其擊鼓〔五〕，宛丘之下。無冬無夏，值其鷺羽〔六〕。

三

坎其擊缶〔七〕，宛丘之道。無冬無夏，值其鷺翿〔八〕。

【注】

〔一〕子，指女巫。湯，讀爲蕩，搖擺，形容舞姿。

〔二〕宛丘，丘名，在陳國都城南三里。（陳國都城在今河南淮陽縣。）

〔三〕洵，真也。

〔四〕望，即德望、威望、名望、之望。爲人所敬仰，叫作望。

〔五〕坎，鼓聲。

〔六〕值，借爲持。鷺羽，用白鷺羽製的舞具。

〔七〕缶，瓦盆。古人有時以缶爲樂器。

〔八〕翿（dào 道），一種舞具，用鳥羽編成，形似扇子或似雨傘。

東門之枌

這篇也是諷刺女巫的詩。

一

東門之枌〔一〕，宛丘之栩〔二〕。子仲之子〔三〕，婆娑其下〔四〕。

二

穀旦于差〔五〕，南方之原〔六〕。不績其麻，市也婆娑〔七〕。

三

穀旦于逝〔八〕，越以鬷邁〔九〕。視爾如荍〔一〇〕，貽我握椒〔一一〕。

【注】

〔一〕枌，木名，榆之一種，皮色白，所以又名白榆。

〔二〕栩（xǔ許），柞木。

〔三〕子仲之子，子仲氏的女兒。

〔四〕婆娑，舞貌。

〔五〕穀，善也。穀旦，即吉日。于，猶而。差，讀爲徂，往也。

〔六〕原，高平之地。

〔七〕市，市場。（《潛夫論·浮侈》引市作女，比今本《毛詩》更好。）

〔八〕逝，往也。

〔九〕越，發語詞，猶維。以，拿着。鬷（zōng宗），一種鍋。邁，遠行。帶着鍋走，以備在路上做飯。

〔一〇〕荍（qiáo橋），草名，花淡紫紅色，少葉，又名錦葵。

〔一一〕貽，贈。握，一把。椒，即花椒，味香。巫者用椒供神。此句言女巫以椒贈送人。

衡門

春秋時代，社會上有少數知識分子，甘於貧賤，不求富貴，後人稱之爲隱士。這首詩就是隱士所作，抒寫他的志趣。

一

衡門之下〔一〕，可以棲遲〔二〕。泌之洋洋〔三〕，可以樂飢〔四〕。

二

豈其食魚，必河之魴〔五〕？豈其取妻〔六〕，必齊之姜〔七〕？

三

豈其食魚，必河之鯉〔八〕？豈其取妻，必宋之子〔九〕？

【注】

〔一〕衡，通横。横門，横木爲門，指簡陋的房屋。

〔二〕棲遲，遊息。

〔三〕泌，疑借爲鮅（bì必），魚名，即赤眼鱒，形似鱔魚。洋洋，多貌。一説：泌，泉水。洋洋，水大貌。又一説：泌，丘名。洋洋，廣大貌。均通而不切詩意。

〔四〕樂，借爲療（《列女傳·賢明》引作療）。此二句言鯫魚很多，可以治療飢餓。所以下文說：「豈其食魚，必河之魴？」「豈其食魚，必河之鯉？」

〔五〕河，黄河。魴，魚名。黄河的魴魚味特美。

〔六〕取，通娶。

〔七〕齊之姜，齊國貴族的女兒。齊君姓姜，因而這個宗族的女兒均稱姜。

〔八〕此句言黄河的鯉魚很有名。

〔九〕宋之子，宋國貴族的女兒。宋君姓子，因而這個宗族的女兒均稱子。

東門之池

這是一首情歌，表達了男子對女方的愛慕之情。

一

東門之池，可以漚麻〔一〕。彼美淑姬〔二〕，可與晤歌〔三〕。

二

東門之池，可以漚紵〔四〕。彼美淑姬，可與晤語。

三

東門之池，可以漚菅〔五〕。彼美淑姬，可與晤言。

【注】

〔一〕漚麻，把麻浸入水中。麻要經過幾天水泡，才能剥下麻皮。

〔二〕淑，當作叔（《釋文》本作叔）。長子或長女稱孟稱伯，次女稱仲，再次稱叔，最幼稱季。一説：淑，善良。姬，姓也。叔姬，姬家三姑娘。

〔三〕晤歌，相對而歌。

〔四〕紵，《釋文》：「紵字又作苧。」麻之一種，今呼青麻。

〔五〕菅（jiān肩），禾本科植物，稈高近三米，開白花。漚之使柔，可以織席編筐。

東門之楊

二人約定黄昏時相會於東門，而對方久久不來，作者唱出這首情歌。

一

東門之楊，其葉牂牂〔一〕。昏以爲期，明星煌煌〔二〕。

二

東門之楊，其葉肺肺〔三〕。昏以爲期，明星晢晢〔四〕。

【注】

〔一〕牂（zāng 髒）牂，茂盛貌。

〔二〕煌煌，明亮的樣子。

〔三〕肺（pèi 配）肺，茂盛貌。

〔四〕晢（zhé 哲）晢，明亮。

墓門

這是陳國人民諷刺一個品行惡劣的統治者的詩。（《毛詩序》：「《墓門》，刺陳佗也。」按陳佗是陳國一個公子，他在陳桓公病中殺死桓公的太子。桓公死後他又自立爲君。事見《左傳・桓公五年》。序説也通。）

一

墓門有棘〔一〕，斧以斯之〔二〕。夫也不良〔三〕，國人知之。知而不已〔四〕，誰昔然矣〔五〕。

二

墓門有梅，有鴞萃止〔六〕。夫也不良，歌以訊之〔七〕。訊予不顧〔八〕，顛倒思予〔九〕。

【注】

〔一〕墓門，陳國都城的一個門名。一説：墓門，墓地的門。貴族墓地有牆有門。棘，棗樹。

〔二〕斯，劈也，砍也。

〔三〕夫，彼也，指作者所諷刺的人。

〔四〕已，當借爲改。此句言國人都知道他做的壞事，而他不改正。

〔五〕誰，讀爲唯。此句言他從前就是這樣。

〔六〕鴞（xiāo 囂），俗名貓頭鷹。萃，棲也。止，以上下文推斷，止當作之，指梅樹。

〔七〕訊，借爲誶（suì 歲）（《釋文》：「訊又作誶。」），責駡。

〔八〕予，似當作子，形似而誤。子，指貴族。訊子不顧，言我指責你，你也不管。

〔九〕顛，跌下。顛倒，即跌倒。予，我也。此句言等到你跌倒在地，就想起我了。

防有鵲巢

此詩作者是個男子，因爲他丢失愛妻，尋找不着，心情十分憂懼。

一

防有鵲巢〔一〕。邛有旨苕〔二〕，誰侜予美〔三〕？心焉忉忉〔四〕！

二

中唐有甓〔五〕。邛有旨鷊〔六〕。誰侜予美？心焉惕惕〔七〕！

【注】

〔一〕防，借爲枋，木名，或説即檀樹，或説即白榆樹。

〔二〕邛（qióng 窮），土丘。旨，味美也。苕（tiáo 條），草名，豆類，可以生吃，又名苕饒。

〔三〕侜（zhōu 舟），掩蔽，隱藏。予美，我的美人，指作者的妻子。

〔四〕忉忉，憂愁貌。

〔五〕唐，借爲塘，池塘。甓，借爲鷿，鷿鷉（pì tī 辟梯）的簡稱，水鳥名，一種野鴨子。

〔六〕鷊（yì 益），借爲虉，草名，又名綬草，開雜色花。

〔七〕惕惕，憂懼。

【附録】

注〔一〕防，借爲枋，《説文》：「枋，木也，可作車。」《莊子·逍遥遊》：「我決起而飛，搶榆枋。」《釋文》：「枋，李云，檀也。」奚侗説：「榆枋即榆枌。枌，白榆。」（《莊子補注》）

注〔二〕邛，毛傳：「邛，丘也。」按邛是土丘的通名。舊儒認爲邛是丘名，是錯誤的。

注〔三〕誰侜予美？「予美」是説我的美人，即作者指他的妻子。《唐風・葛生》：「予美亡此，誰與？獨處。」「予美亡此，誰與？獨息。」「予美亡此，誰與？獨旦。」那是一首悼亡詩；「予美亡此」是我的美人死在此地。可證此詩的「予美」也是此意。《説文》：「侜，有擁蔽也。」那麽是有人把作者的妻子掩蔽隱藏起來，作者失掉妻子，才憂愁恐懼了。

注〔五〕唐，當是借爲塘。《國語・周語》：「陂唐污卑。」韋注：「唐，隄也。」《吕氏春秋・尊師》：「治唐圃。」高注：「唐，隄，以壅水。」《晏子・問》下：「治唐園。」都是借唐爲塘。

注〔六〕鷊，毛傳：「鷊，綬草也。」《玉篇》引詩鷊作虉。《爾雅・釋草》：「虉，綬。」郭注：「小草有雜色似綬。」甓應該是鳥名，《方言》八：「野鳧，其小而没水中者南楚之外謂之鷿鷉。」《玉篇》：「鷿鷉，水鳥也。」《廣韻》：「鷿鷉，鳥名，似鳧而小，足近尾。」此詩的甓當是借爲鷿，即鷿鷉的簡稱，如鶺鴒簡稱爲鴒，鵜鶘簡稱爲鵜，鴝鵒簡稱爲鵒，鴛鴦簡稱爲鴛之比。

月出

陳國的統治者，殺害了一位英俊人物。作者目覩這幕慘劇，唱出這首短歌，來哀悼被害者。

一

月出皎兮〔一〕！佼人僚兮〔二〕！舒窈糾兮〔三〕！勞心悄兮〔四〕！

二

月出皓兮〔五〕！佼人懰兮〔六〕！舒懮受兮〔七〕！勞心慅兮〔八〕！

三

月出照兮〔九〕！佼人燎兮〔一〇〕！舒夭紹兮〔一一〕！勞心慘兮！

【注】

〔一〕皎，月光潔白。

〔二〕佼，壯美。僚，借爲繚，束縛纏繞，即所謂「五花大綁」。

〔三〕舒，讀爲杼，木名，即柞樹。窈糾，借爲蚴蟉（yǒu-qiú 幽求），老樹枝幹盤曲貌。

〔四〕悄，憂慯。

〔五〕皓，月光潔白。

〔六〕懰，古本作劉。按劉是《詩經》原字，心旁爲後人所加。劉，殺戮。

〔七〕懮受，當是風吹老樹的聲音，懮如同飀，受如同颼。

〔八〕慅（sāo 騷），憂愁心跳。

〔九〕照，讀爲昭，光明。

〔一〇〕燎，用火燒。統治者燒化「佼人」的屍體。

〔一一〕夭紹，風吹樹木動搖的狀態。

【附録】

注〔二〕僚，第二章的「懰」本作「劉」，是殺意。第三章的「燎」是火燒。那麽，此章的僚當爲繚之借字。《説文》：「繚，纏也。」《廣雅・釋詁》同。古人所謂繚就是現在所謂綑、綁了。

注〔三〕舒，由窈糾、夭紹等字觀察，舒當是樹名。《爾雅・釋木》：「栩，杼。」舒即借爲杼。《楚辭・九章・惜誦》：「發憤以杼情。」《釋文》：「杼，一作舒。」可證舒杼古通用。

注〔六〕懰，《釋文》：「劉，本又作懰。」《爾雅・釋詁》：「劉，殺也。」《方言》一同。《周頌・武》：「勝殷遏劉。」毛傳：「劉，殺也。」

注〔一一〕夭紹，當借作榣柖。《説文》：「榣，樹動也。柖，樹搖貌。」

株林

陳國大夫夏御叔的妻子夏姬美麗而淫蕩，生子名徵舒字子南。御叔死，陳靈公和大夫孔寧、儀行父均與夏姬私通。三人常坐着車子到夏姬家去。後來靈公被徵舒殺死，孔寧、儀行父也逃往楚國。（見《左傳・宣公九年、十年》）這首歌是諷刺靈公、孔寧、儀行父的。作者似乎是給他們趕車的御人。

一

胡爲乎株林〔一〕？從夏南〔二〕。匪適株林〔三〕，從夏南。

二

駕我乘馬〔四〕，説于株野〔五〕。乘我乘駒〔六〕，朝食于株〔七〕。

【注】

〔一〕胡，何也。爲，作爲也。乎，於也。株，邑名，夏氏的封邑。邑外有林，所以説株林。此句問靈公三人在株林幹什麽？

〔二〕從，追隨。夏南，夏徵舒字子南，所以稱夏南。靈公三人到株林來，本是追隨夏姬。詩言從夏南，是隱晦其辭。

〔三〕匪，通彼，那些人，指靈公等三人。適，往也。

〔四〕我，趕車的人自稱。乘馬，四匹馬爲一乘。

〔五〕説（shuì稅），停車休息。

〔六〕乘，上乘字，坐也。駒，借爲驕（《釋文》本作驕），高大的馬稱驕。乘駒，坐騎。

〔七〕朝食，吃早飯。

澤陂

一個男子暗暗愛上一個美女，但是不得親近，因作此詩以抒憂思。

一

彼澤之陂〔一〕，有蒲與荷〔二〕。有美一人，傷如之何〔三〕。寤寐無爲〔四〕，涕泗滂沱〔五〕。

二

彼澤之陂，有蒲與蕑〔六〕。有美一人，碩大且卷〔七〕。寤寐無爲，中心悁悁〔八〕。

三

彼澤之陂，有蒲菡萏〔九〕。有美一人，碩大且儼〔一〇〕。寤寐無爲，輾轉伏枕。

【注】

〔一〕澤，湖澤。陂，坡也，指澤邊的坡。

〔二〕蒲，蒲草。荷，荷花。

〔三〕傷，借爲陽（《爾雅·釋詁》郭注引作陽）。《爾雅·釋詁》：「陽，予也。」予，我也。此句言我將怎麼辦呢？無可奈何之意。

〔四〕寤寐，寤是醒着，寐是睡着。無爲，無所作爲，没有心幹事。

〔五〕涕，眼淚。泗，鼻液。

〔六〕蕑（jiān 肩），鄭箋：「蕑當作蓮。」蓮與荷是一物，詩文换字以協韻。

〔七〕碩大，身體高大。卷（quán 權），通婘，美好貌。

〔八〕悁悁，憂悶貌。

〔九〕菡萏（hàn-dàn 憾旦），荷花的别稱。

〔一〇〕儼，端莊。

檜

羔裘

一個貴族婦女因失寵而獨處。她思念丈夫，黯然自傷，因作此詩，獻給丈夫，希望他回心轉意。

一

羔裘逍遥〔一〕，狐裘以朝〔二〕。豈不爾思〔三〕，勞心忉忉〔四〕。

二

羔裘翱翔〔五〕，狐裘在堂〔六〕。豈不爾思，我心憂傷。

三

羔裘如膏〔七〕，日出有曜〔八〕。豈不爾思，中心是悼。

【注】

〔一〕逍遥，指在家自由自在。
〔二〕朝，上朝。此二句寫作者之夫。
〔三〕爾思，想你。
〔四〕忉忉，憂念貌。
〔五〕翱翔，比人的遨遊。
〔六〕堂，朝堂。
〔七〕膏，脂也。此句言羔裘柔滑潔白似油脂一般。
〔八〕曜，同耀，光也。

素冠

周王朝的禮制，父母死，其子服喪三年，穿孝服，吃粗食，悲哀哭泣，甚至扶杖才能行走。

但是統治階級多不遵行。檜國統治階級中有一人獨能守此古禮。他的朋友或親戚乃作這首詩，對他的喪親表示哀悼，對他的守禮表示贊同。可以説這是一首贊美孝子的詩。

一

庶見素冠兮〔一〕，棘人欒欒兮〔二〕，勞心慱慱兮〔三〕。

二

庶見素衣兮，我心傷悲兮，聊與子同歸兮〔四〕。

三

庶見素韠兮〔五〕，我心藴結兮〔六〕，聊與子如一兮。

【注】

〔一〕庶，幸也。素，白色。素冠、素衣、素韠都是孝服。當時差不多没人服喪三年，今得一見，所以稱幸。

〔二〕棘，瘦也。欒欒，瘦瘠貌。此句寫居喪者很瘦，表明他遵守古禮，悲傷愁苦，粗衣惡食。

〔三〕慱慱，悲苦不安貌。（此章的「勞心」指居喪者，下兩章的「我心」指作者。）

〔四〕聊，樂也。子，指居喪者。同歸，共同歸於古禮。此句作者言願意和居喪者一樣守禮。

〔五〕韠（bì畢），即蔽膝，古代官服上的裝飾，革製，長方形，上仄下寬，縫在肚下膝上，大官紅色，小官青黑色，居喪者白色。

〔六〕蘊結，鬱結，心裏憂鬱似結個疙瘩。

隰有萇楚

這是女子對男子表示愛情的短歌。

一

隰有萇楚〔一〕，猗儺其枝〔二〕。夭之沃沃〔三〕，樂子之無知〔四〕。

二

隰有萇楚，猗儺其華〔五〕。夭之沃沃，樂子之無家。

三

隰有萇楚，猗儺其實〔六〕。夭之沃沃，樂子之無室。

【注】

〔一〕隰（xí席），低濕之地。萇楚，木名，又名羊桃、獼猴桃。

〔二〕猗儺（ē-nuó），同婀娜。

〔三〕夭，草木之初生者。沃沃，肥茂而有光澤。

〔四〕知，配偶的古稱。無知即無妻。

〔五〕華，古花字。

〔六〕實，果實。

【附録】

注〔四〕知，鄭箋：「知，匹也。」《爾雅·釋詁》：「知，匹也。」無知就是没有配偶。《衞風·芄蘭》：「能不我知。」知字也是此意。

匪風

此詩的作者當是檜人，而有親友在西方。他目覩官道上車馬往來奔馳，引起對親友的懷念，因作此詩。從他望周道而傷悼看來，似乎作于西周末年犬戎侵周的時候，有感傷周王朝衰微的意味。

一

匪風發兮〔一〕，匪車偈兮〔二〕。顧瞻周道〔三〕，中心怛兮〔四〕。

二

匪風飄兮，匪車嘌兮〔五〕。顧瞻周道，中心弔兮〔六〕。

三

誰能亨魚〔七〕？溉之釜鬵〔八〕。誰將西歸？懷之好音〔九〕。

【注】

〔一〕匪，通彼。發，猶發發，象疾風聲。
〔二〕偈，疾馳貌。
〔三〕顧瞻，回頭遠望。周道，大道。
〔四〕怛（dá 達），悲悼。
〔五〕嘌（piào 鏢），借爲趮，走路輕快的樣子。
〔六〕弔，悲傷。
〔七〕亨，烹的本字。
〔八〕溉，洗也。又解：溉，讀爲乞，借予。釜，鍋也。鬵（xín），大鍋。
〔九〕懷，讀爲餽，送給。此二句言誰到西方去，替我帶個好消息給親友們。

曹

蜉蝣

詩的作者咒駡曹國統治貴族死在眼前而依然奢侈享樂，並慨歎自己將來不知何所歸宿。當作于曹國衰亂危險甚至亡在旦夕的時期。

一

蜉蝣之羽〔一〕，衣裳楚楚〔二〕。心之憂矣，於我歸處〔三〕！

二

蜉蝣之翼，采采衣服〔四〕。心之憂矣，於我歸息！

三

蜉蝣掘閱〔五〕，麻衣如雪〔六〕。心之憂矣，於我歸說〔七〕！

【注】

〔一〕蜉蝣，蟲名，體軟弱，觸角短，翅半透明，能飛，腹部末端有等於體長的尾鬚兩條。常在夏天日落後成羣飛舞。成蟲壽命不長，一般均朝生暮死。

〔二〕楚楚，鮮明整潔貌。詩把貴族們比作蜉蝣，把他們的華貴衣服比作蜉蝣的羽翅。
〔三〕於，古烏字。烏，何也。此句言哪裏是我歸宿的地方呢！
〔四〕采采，華美。
〔五〕掘，挖。閲，穴。詩以蜉蝣穿穴比喻貴族們營造宫室。
〔六〕貴族們夏天穿白麻衣，其白如雪。
〔七〕説（shuì 税），止息。

候人

這是一首同情下級小吏，譴責貴族官僚的諷刺詩。

一

彼候人兮〔一〕，何戈與祋〔二〕。彼其之子〔三〕，三百赤芾〔四〕。

二

維鵜在梁〔五〕，不濡其翼〔六〕。彼其之子，不稱其服〔七〕。

三

維鵜在梁，不濡其咮〔八〕。彼其之子，不遂其媾〔九〕。

四

薈兮蔚兮〔一〇〕，南山朝隮〔一一〕。婉兮孌兮〔一二〕，季女斯飢〔一三〕。

【注】

〔一〕候人，看守邊境和道路的小吏。

〔二〕何，通荷，扛在肩。祋（duì對），即殳（shū書），一種撞擊用兵器，竹製，長一丈二尺，頭上不用金屬爲刃，八棱而尖。

〔三〕其，語氣詞。彼其之子，他這個人。

〔四〕芾（fú扶），通韍，古代官服上的蔽膝，革製，長方形，上仄下寬，縫在肚下膝上，大官紅色，小官青黑色。三百赤芾，一個人有赤芾的官服三百件。

〔五〕鵜（tí啼），即鵜鶘，水鳥，羽多白色，嘴長尺餘，下頷聯有皮囊，食魚。梁，築在水中用以捕魚的壩。

〔六〕濡，沾濕。魚被壩所阻，不能下游，鵜鶘在壩上，伸下長嘴，就撈到魚吃，翅膀都不沾水。詩以此比喻大官處於統治地位，不用費事，就奪得勞動人民創造的財富。

〔七〕不稱其服，不配穿那種官服。

〔八〕咮（zhòu咒），鳥嘴。魚浮在水面，或跳在壩上，鵜鶘取來吃，嘴都不沾水。

〔九〕遂，終也。媾，婚姻。不遂其媾，指中途拋棄他的妻妾。

〔一〇〕薈、蔚，陰雲黑暗的樣子。

〔一一〕隮（jī雞），借爲霋（qī妻），升雲也。

〔一二〕婉、孌，均是美好的樣子。

〔一三〕季女，少女，指被大官先霸佔後拋棄的貧家少女。從全篇詩意來看，這個少女似即候人的女兒。

鳲鳩

這是歌頌貴族統治者的詩，是統治階級文人的作品。

一

鳲鳩在桑〔一〕，其子七兮〔二〕。淑人君子〔三〕，其儀一兮〔四〕。其儀一兮，心如結兮〔五〕。

二

鳲鳩在桑，其子在梅。淑人君子，其帶伊絲〔六〕。其帶伊絲，其弁伊騏〔七〕。

三

鳲鳩在桑，其子在棘〔八〕。淑人君子，其儀不忒〔九〕。其儀不忒，正是四國〔一〇〕。

四

鳲鳩在桑，其子在榛〔一一〕。淑人君子，正是國人。正是國人，胡不萬年。

【注】

〔一〕鳲（shī尸）鳩，鳥名，即布穀鳥。

〔二〕傳説布穀鳥哺餵小鳥，平均如一，作者以此比喻這個貴族對待兒子的始終如一。

〔三〕淑人，賢人。君子，統治階級的通稱。均指這個貴族。

〔四〕儀，指態度。此句言貴族的態度始終一致。

〔五〕心如結，比喻用心的專一，未曾二三其德。

〔六〕伊，是也。貴族的腰帶是絲的。

〔七〕弁（biàn變），一種帽子，圓頂，布帛或革製。騏，借爲綦，青黑的綢帛。貴族的弁帽是青黑綢子做的。

〔八〕棘，棗樹。

〔九〕忒（tè特），差誤。

〔一〇〕正是四國，四方之國以此爲準則。

〔一一〕榛，榛樹。

下　泉

春秋末期，周景王死，王朝貴族一派立王子猛爲王，是爲悼王。過了七個月悼王死，又立王子匄爲王，是爲敬王。另一派擁護王子朝。（猛、匄、朝都是景王的兒子。）兩派争奪王位，打了五年内戰。晉國大夫荀躒領兵打敗王子朝一派，並留下一部分晉兵幫助守衛。王子朝逃往楚國，敬王的地位才得鞏固。曹國人懷念東周王朝，慨歎王朝的戰亂，贊許荀躒的功勞，因作這首詩。

一

洌彼下泉〔一〕，浸彼苞稂〔二〕。愾我寤嘆〔三〕，念彼周京〔四〕。

二

洌彼下泉，浸彼苞蕭〔五〕。愾我寤嘆，念彼京周〔六〕。

三

洌彼下泉，浸彼苞蓍〔七〕。愾我寤歎，念彼京師。

四

芃芃黍苗〔八〕，陰雨膏之〔九〕。四國有王〔一〇〕，郇伯勞之〔一一〕。

【注】

〔一〕洌，寒涼。下泉，低地的泉水。

〔二〕苞，茂盛。稂（láng 郎），草名，叢生，又名狼尾草。

〔三〕愾（xì 戲），歎息。寤，睡不着。

〔四〕周京，東周王朝的京城。

〔五〕蕭，一種蒿子，有香氣。

〔六〕京周，周京的倒文，爲了協韻。

〔七〕蓍（shī 詩），草名，一本多莖，高三四尺。

〔八〕芃（péng 蓬）芃，茂盛貌。

〔九〕膏，潤澤。

〔一〇〕四國，四方諸侯之國。王子朝與敬王相爭的時期，王位未定，等於無王；王子朝失敗，敬王勝利，才算有王。

〔一一〕郇伯，即荀伯，指荀躒（luò 洛）。勞之，指荀躒領兵幫助敬王，打敗王子朝，爲周王立下功勞。

豳

七月

這首詩是西周時代豳地農奴們的集體創作，敘寫他們在一年中的勞動過程與生活情況。

一

七月流火〔一〕，九月授衣〔二〕。一之日觱發〔三〕，二之日栗烈〔四〕。無衣無褐〔五〕，何以卒歲〔六〕？三之日于耜〔七〕，四之日舉趾〔八〕，同我婦子，饁彼南畝〔九〕。田畯至喜〔一〇〕。

二

七月流火，九月授衣。春日載陽〔一一〕，有鳴倉庚〔一二〕。女執懿筐〔一三〕，遵彼微行〔一四〕，爰求柔桑〔一五〕。春日遲遲〔一六〕，采蘩祁祁〔一七〕。女心傷悲，殆及公子同歸〔一八〕！

三

七月流火，八月萑葦〔一九〕。蠶月條桑〔二〇〕，取彼斧斨〔二一〕，以伐遠揚〔二二〕，猗彼女桑〔二三〕。七月鳴鵙〔二四〕，八月載績〔二五〕。載玄載黃〔二六〕，我朱孔陽〔二七〕，爲公子裳。

四

四月秀葽〔二八〕，五月鳴蜩〔二九〕。八月其穫〔三〇〕，十月隕蘀〔三一〕。一之日于貉〔三二〕，取彼狐狸，爲公子裘。二之日其同〔三三〕，載纘武功〔三四〕，言私其豵〔三五〕，獻豜于公〔三六〕。

五

五月斯螽動股〔三七〕，六月莎雞振羽〔三八〕。七月在野，八月在宇〔三九〕，九月在户，十月蟋蟀入我牀下〔四〇〕。穹窒熏鼠〔四一〕，塞向墐户〔四二〕。嗟我婦子，曰爲改歲〔四三〕，入此室處〔四四〕。

六

六月食鬱及薁〔四五〕，七月亨葵及菽〔四六〕。八月剥棗〔四七〕，十月穫稻。爲此春酒〔四八〕，以介眉壽〔四九〕。七月食瓜，八月斷壺〔五〇〕。九月叔苴〔五一〕，采荼薪樗〔五二〕，食我農夫。

七

九月築場圃〔五三〕，十月納禾稼〔五四〕，黍、稷、重、穋〔五五〕，禾、麻、菽、麥〔五六〕。嗟我農夫！我稼既同〔五七〕，上入執宫功〔五八〕。晝爾于茅〔五九〕，宵爾索綯〔六〇〕，亟其乘屋〔六一〕，其始播百穀〔六二〕。

八

二之日鑿冰沖沖〔六三〕，三之日納于凌陰〔六四〕。四之日其蚤〔六五〕，獻羔祭韭〔六六〕。九月肅霜〔六七〕，十月滌場〔六八〕。朋酒斯饗〔六九〕，曰殺羔羊，躋彼公堂〔七〇〕，稱彼兕觥〔七一〕，萬壽無疆！

【注】

〔一〕七月，周代各地存在着幾種曆法，如夏曆、殷曆、周曆等，豳曆也是一種。豳曆七月即夏曆七月，自四月至十月都與夏曆相同。流，向下去。火，星名，又名大火，即心宿。豳曆五月裏黄昏時候，火星正在天空的當中，六月裏便向西斜，七月裏更向下去了。

〔二〕授衣，拿衣服給人穿。農奴的衣服由奴隸主發給。

〔三〕一之日，豳曆一之日即夏曆十一月，周曆正月。豳曆此月爲歲始，與周曆同。觱（bì必）發，《説文》引作「滭冹」，風寒冷。

〔四〕二之日，即夏曆十二月。栗烈，借爲凛冽，寒氣刺骨。

〔五〕褐，粗毛或粗麻織的短衣。

〔六〕卒，終了。此句言怎麽過完這一年呢？

〔七〕三之日，即夏曆正月。于，取出。耜（sì飼），農具，頭形如犂，有曲柄，用以耕田翻土。

西周時氣候較現在暖，北方正月便開始犁地。

〔八〕四之日，即夏曆二月。趾，鋤也。

〔九〕饁（yè葉），給耕作者送飯。

〔一〇〕田畯，奴隸主所設的田官，掌管監督農奴的農事工作。

〔一一〕載，則也。陽，温暖。

〔一二〕倉庚，又作鶬鶊，即黄鶯。

〔一三〕懿，深也。

〔一四〕遵，沿着。微行，小道。

〔一五〕爰，乃，於是。

〔一六〕遲遲，猶緩緩。

〔一七〕蘩，蒿名，又名白蒿，用它墊蠶筐或做蠶山，以便蠶在上結繭。祁祁，衆多貌。

〔一八〕殆，壓迫。此句言農奴的女兒被奴隸主强行帶走。

〔一九〕萑（huán環），當借爲刓（wán完），割也，指割葦子。

〔二〇〕蠶月，即夏曆三月，養蠶的月份，所以叫蠶月。條，借爲挑（《玉篇》引作挑），選取，挑選。

〔二一〕斨（qiāng槍），與斧是同類的工具，斧的柄孔橢圓，斨孔方。

〔二二〕遠揚，指長得長而高的桑枝。手摘不到桑葉，所以砍下桑枝。

〔二三〕猗，借爲掎，摘取。女桑，嫩桑。

〔二四〕鵙（jué 決），即鶗鴂，鳥名，又名伯勞、子規、杜鵑。

〔二五〕載，則也。績，織也。

〔二六〕玄，赤黑色。

〔二七〕朱，紅色。孔，甚也。陽，鮮明。

〔二八〕秀，生穗。葽，大概是油菜，油菜秋末生苗，春天抽莖，三月開花，四月生穗。舊説：葽，藥草名，即遠志。

〔二九〕蜩（tiáo 條），蟬也。

〔三〇〕穫，收穫莊稼。

〔三一〕隕，落下。蘀（tuò 拓），借爲檡，木名，落葉最晚。

〔三二〕于，取也。貉，獸名，形似狐，但體較胖，尾較短，毛深厚温暖。

〔三三〕同，會合。農奴們結隊去給農奴主打獵。

〔三四〕纘，繼續。武功，武事。農奴打獵也是爲了繼續練習武事。

〔三五〕言，讀爲焉，乃也。豵（zōng 宗），六個月至一歲的小猪。此指小獸。

〔三六〕豜（jiān 肩），三歲的大猪。此指大獸。二句言小獸歸己，大獸獻給農奴主。

〔三七〕斯螽，即阜螽，蚱蜢。動股，跳也。

〔三八〕莎雞，即紡織娘。振羽，兩翼鼓動而飛。

〔三九〕宇，屋檐。

〔四〇〕以上四句均寫蟋蟀，隨着天氣轉冷，蟋蟀也由在野、在宇、在户而鑽到牀底過冬。

〔四一〕穹，借爲烘。窒，當作室，形近而誤。此句是説用火烘乾屋子，同時煙氣把老鼠熏走。

〔四二〕塞，用磚堵上。向，朝北的窗子。墐，用泥抹上。農奴的房門是用竹或木編的，冬天用泥抹上，以避風寒。

〔四三〕曰，發語詞。改歲，改换一年，即過年。

〔四四〕處，居也。此句言進入這屋子裏居住。

〔四五〕鬱，梨的一種。薁（yù郁），李的一種。

〔四六〕亨，烹的本字。葵，即冬葵，古代重要蔬菜之一。菽，豆。

〔四七〕剥，通扑，擊。

〔四八〕春酒，用棗或稻子釀酒，冬釀春熟，所以叫作春酒。

〔四九〕介，借爲丐，祈求。眉壽，長壽也。

〔五〇〕壺，借爲瓠，葫蘆之類。摘葫蘆要弄斷它的蔓，所以説斷壺。

〔五一〕叔，收拾也。苴（qū區），一種麻，現在稱青蔴。

〔五二〕荼，苦菜。薪，動詞，砍柴。樗（chū初），木名，似椿，葉臭，又名臭椿。

〔五三〕場圃，農人秋天把菜園子弄平，用來打穀，古代叫作場圃。圃即菜園的古名。

〔五四〕納，收進場圃。禾稼，五穀的通稱。

〔五五〕黍，糜子。稷，即粟，亦稱穀子。重、穋（lù陸），都是穀名。重，大概是秫，今稱高粱；穋，大概是旱稻，今稱粳子。

〔五六〕禾，穀之一種。

〔五七〕同，收齊。

〔五八〕上入，指到奴隸主家裏去。宫功，建築宫室，修繕房屋。

〔五九〕爾，助詞。于，取也。茅，茅草。

〔六〇〕宵，夜間。索，用手搓。綯，繩也。

〔六一〕亟，急也。乘，登也。登上房屋，加以修繕。一説：乘即修繕。

〔六二〕其，借爲稘，歲也。稘始即歲始。

〔六三〕冲冲，鑿冰的聲音。冲古讀爲通。

〔六四〕凌陰，冰窖。凌，冰也。陰借爲窨，地窖稱窨。農奴要給奴隸主鑿冰藏冰，以備夏天用。

〔六五〕蚤，借爲早。古代稱月初爲月朝，月早即月朝。

〔六六〕韭，古韮字。古代在四月初用小羊和韮菜祭司寒之神。（見《左傳·昭公四年》）

〔六七〕肅霜，即下霜。

〔六八〕滌場，把場園打掃乾净，一年農事結束。

〔六九〕朋酒，兩壺酒。饗，以酒食款待人。

〔七〇〕躋，登也。

〔七一〕稱，舉起。兕觥（sì-gōng 寺肱），一種飲酒器，形似伏着的兕牛。

【附録】

注〔一〕七月流火，《左傳·昭公七年》：「梓慎曰：『火出於夏爲三月，於商爲四月，於周爲五月。』」可見周代及其以前確有過不同的曆法。豳曆又是一種，由此篇觀察，豳曆是用十個數目記十二個月份，因而在記月上不得不採用兩種形式：一種是「某之日」，如「一之日」、「二之日」等；一種是「某月」如「四月」、「五月」等。這是很特殊的很古拙的一種記月方法。豳曆的歲始是「一之日」，歲終是「十月」，一歲的始終與周曆相當，可能是周曆的前身，但我們不能根據這一點斷定《七月》篇是武王滅殷以前的作品，因爲周曆頒行以後，各地方的別種曆法，還是長期存在着。現列夏殷周豳四曆對照表如下：

月建	夏曆	殷曆	周曆	豳曆
寅	正月	二月	三月	三之日
卯	二月	三月	四月	四之日
辰	三月	四月	五月	蠶月
巳	四月	五月	六月	四月
午	五月	六月	七月	五月
未	六月	七月	八月	六月
申	七月	八月	九月	七月
酉	八月	九月	十月	八月
戌	九月	十月	十一月	九月
亥	十月	十一月	十二月	十月
子	十一月	十二月	正月	一之日
丑	十二月	正月	二月	二之日

注〔八〕趾，于省吾《詩經新證》：「趾乃鎡錤之合音。鎡錤，鋤也。」

注〔一九〕萑，是動詞，當借做刓。《廣雅·釋詁》：「刓，斷也。」萑、刓古通用。《儀禮·公食大夫禮》：「加萑席。」鄭注：「今文萑皆爲芫。」就是例證。

注〔二八〕葽，《大戴禮·夏小正》：「四月秀幽。」葽、幽，可能是現在所謂油菜。葽、幽、油是一音的轉變。

注〔三二〕蘀，當是名詞，一種植物。《鄭風·蘀兮》：「蘀兮蘀兮，風其吹女。蘀兮蘀兮，風其漂女。」《小雅·鶴鳴》：「爰有樹檀，其下維蘀；爰有樹檀，其下維穀。」可證蘀是木名。考《儀禮·士喪禮》：「決用正，王棘若檡棘。」鄭注：「正，善也。王棘與檡棘，善理堅韌者。」檡是棘之一種，木質堅韌。《詩經》中的蘀字皆借做檡。

注〔四一〕穹，借爲焪。《廣雅·釋詁》：「焪，乾也。」焪即烘字。窒，當作室，形似而誤。焪室即燃火把屋子烘乾。《豳風·東山》：「洒掃穹窒。」穹窒二字與此同。

注〔五九〕于，《孟子·滕文公》引此句，趙注：「晝取茅草。」正用取字解于字。本篇「三之日于耜」，「一之日于貉」，于也都是取意。《尚書·康誥》：「殺越人于貨。」僞孔傳：「殺人，顛越人，以取貨利。」也是用取字解于字。

鴟　鴞

這是一首寓言詩，描寫大鳥在鴟鴞抓去她的一兩個雛兒之後，爲了防禦外來的侵害，保護自己的小鳥，不辭辛勞，不避艱苦，修築窩巢的事。《尚書·金縢》：「武王既喪，管叔及其羣弟乃流言于國曰：『公（周公）將不利于孺子（指成王）。』周公乃告二公（召公奭、太公望）曰：『我之弗辟（避），無以告我先王。』周公居東二年，則罪人斯得。于後，公乃爲詩以貽王，名之曰《鴟鴞》。」據此，這首詩乃周公所作。詩中的大鳥比自己，「鴟鴞」比殷武庚，「既取我子」的「子」比管叔蔡叔，「鬻子」比成王，「室家」比周國。與詩意也相合。這是最古的説法。

一

鴟鴞鴟鴞〔一〕！既取我子，無毁我室〔二〕！恩斯勤斯〔三〕，鬻子之閔斯〔四〕。

二

迨天之未陰雨〔五〕，徹彼桑土〔六〕，綢繆牖户〔七〕。今女下民，或敢侮予〔八〕？

三

予手拮据〔九〕，予所捋荼〔一〇〕，予所蓄租〔一一〕，予口卒瘏〔一二〕。曰予未有室家。

四

予羽譙譙〔一三〕，予尾翛翛〔一四〕。予室翹翹〔一五〕，風雨所漂摇。予維音嘵嘵〔一六〕。

【注】

〔一〕鴟鴞（chī-xiāo 痴消），貓頭鷹。

〔二〕室，指鳥巢。

〔三〕恩勤，即殷勤，勤勞也。斯，語氣詞。

〔四〕鬻，稚也，鬻子即幼子，孩子。閔，憐恤。

〔五〕迨，及，趁。

〔六〕徹，通撤，取也。桑土，桑枝和泥土，築巢所用。一説：土借爲⿱艹坡（dù杜），木皮也。桑⿱艹坡即桑樹皮。

〔七〕綢繆，製造。牖，窗。

〔八〕侮，侵害。人們也許打落鳥巢，傷害小鳥。鳥巢堅固就不怕這種侵害了。

〔九〕拮据，手病不能屈伸自如。

〔一〇〕捋，用手自上而下抹取。荼，蘆葦花。

〔一一〕蓄，積也。租，讀爲苴，乾草。鳥兒用蘆葦花和乾草築巢並墊窩。

〔一二〕卒，借爲瘁。瘁瘏（tú屠），勞累致病。此句似當在「予手拮据」句下。

〔一三〕譙，讀爲焦。焦焦，枯黃的樣子。

〔一四〕翛（xiāo消）翛，羽毛凋敝的樣子。

〔一五〕翹翹，高而危險的樣子。

〔一六〕嘵（xiāo囂）嘵，因恐懼而發的叫聲。

東山

這是士兵出征三年後回家而作的詩。寫他們在途中及到家後的景況和心情。

一

我徂東山〔一〕，慆慆不歸〔二〕。我來自東，零雨其濛〔三〕。我東曰歸，我心西悲〔四〕。制彼裳衣，勿士行枚〔五〕。蜎蜎者蠋〔六〕，烝在桑野〔七〕。敦彼獨宿〔八〕，亦在車下〔九〕。

二

我徂東山，慆慆不歸。我來自東，零雨其濛。果贏之實〔一〇〕，亦施于宇〔一一〕。伊威在室〔一二〕，蠨蛸在户〔一三〕。町畽鹿場〔一四〕，熠燿宵行〔一五〕。不可畏也，伊可懷也〔一六〕！

三

我徂東山，慆慆不歸。我來自東，零雨其濛。鸛鳴于垤〔一七〕，婦歎于室〔一八〕。洒掃穹窒〔一九〕，我征聿至〔二〇〕。有敦瓜苦〔二一〕，烝在栗薪〔二二〕。自我不見，于今三年。

四

我徂東山，慆慆不歸。我來自東，零雨其濛。倉庚于飛〔二三〕，熠燿其羽。之子于歸〔二四〕，皇駁其馬〔二五〕。親結其縭〔二六〕，九十其儀〔二七〕。其新孔嘉〔二八〕，其舊如之何〔二九〕？

【注】

〔一〕徂（cú），往也。東山，東方的一個山名，具體地點無可考。

〔二〕慆慆，猶悠悠，時間長久。

〔三〕零雨，又慢又細的小雨。

〔四〕西悲，指想念在西方之家而悲傷。

〔五〕士，事也。勿士即不用。行，讀爲銜，含在口裏。枚，木片。古代行軍，爲了禁止出聲，叫士兵們口裏都含着枚。至于軍隊勝利還鄉，就不用含枚了。

〔六〕蜎（yuān 冤）蜎，蟲子盤曲蠕動貌。蠋（zhú 燭），蟲名，似蠶，有毒，咬人立腫，多生在桑樹上。

〔七〕烝，讀爲曾，副詞，與現在的正相當。

〔八〕敦，借爲團，把身子蜷縮成一團。

〔九〕車下，指獨宿在兵車下。

〔一〇〕果臝（luǒ 裸），一種攀援植物，又名栝樓、瓜蔞。

〔一一〕施（yì 易），蔓延。宇，屋檐。

〔一二〕伊威，生在牆根甕底潮濕處的扁圓多足小蟲，今名地鼈蟲。又解：伊威似即蠍虎，又名守宮。

〔一三〕蠨蛸，長脚蜘蛛。以上四句是作者描寫家裏的荒涼情景。

〔一四〕町畽（tǐng-tuǎn），田地劃成區，區間有界，一塊一塊的連着，古名町畽，今名畦田。此句言田地因農人出征而荒蕪，都變成鹿遊的場所了。

〔一五〕熠（yì意）燿，光亮鮮明貌。宵行（háng杭），螢火蟲的一種。因爲田地生了荒草，所以才有螢火蟲。

〔一六〕伊，是也。懷，悲傷。兩句言家室田園雖如此荒廢，也並不可怕，只是可悲。

〔一七〕鸛（guàn灌），鳥名，形似鶴亦似鷺，大型涉禽，食魚。垤（dié疊），小土堆。

〔一八〕婦，指出征者的妻。

〔一九〕穹窒，當作穹室。穹，借爲烘，用火烤。

〔二〇〕聿（yù玉），猶乃也。

〔二一〕敦，借爲團，形容苦瓜之圓。

〔二二〕烝，也讀爲曾。栗，堆積也。

〔二三〕倉庚，黄鶯。于，在也。

〔二四〕之子，此子，指出征者將娶的妻。于歸，出嫁。

〔二五〕皇，黄色。駁，雜色。

〔二六〕縭，佩巾。女子出嫁，由她的母親把佩巾結在她的帶上。

〔二七〕九、十，言其多。儀，儀式。嫁時有種種禮節。

〔二八〕孔，甚也。嘉，美好。

〔二九〕此句連上句，言新夫妻很美好，老夫妻又怎樣呢？

【附録】

注〔五〕行，《釋文》：「行，鄭音銜。」《御覽》引作銜。

注〔七〕烝，馬瑞辰《毛詩傳箋通釋》：「烝當爲曾之借字。」

注〔一五〕宵行，朱熹《詩集傳》：「宵行，蟲名，如蠶，夜行，喉下有光如螢。」李時珍《本草綱目》：「螢火有一種，長如蠶，尾後有光，無翼，亦名宵行。」

破斧

這首詩是西周初期的作品。武王滅殷殺紂，封紂子武庚於殷國，而令管叔、蔡叔、霍叔監視武庚。武王死，成王立，武庚、管、蔡及徐國、奄國等都背叛了周王朝。周公帶兵東征三年，才把背叛者征服，班師回朝。在回來的時候，士兵們唱出這首詩。

一

既破我斧，又缺我斨〔一〕。周公東征〔二〕，四國是皇〔三〕。哀我人斯〔四〕，亦孔之將〔五〕！

二

既破我斧，又缺我錡〔六〕。周公東征，四國是吪〔七〕。哀我人斯，亦孔之嘉〔八〕！

三

既破我斧，又缺我銶〔九〕。周公東征，四國是遒〔一〇〕。哀我人斯，亦孔之休〔一一〕！

【注】

〔一〕缺，缺口。斨（qiāng 槍）與斧是同類工具，斧孔橢圓，斨孔方。

〔二〕周公，武王的弟弟，文王的兒子，姓姬名旦。

〔三〕四國指殷、東、徐、奄。皇，當借爲惶，恐慌。

〔四〕斯，語氣詞。回憶激烈的戰爭，追悼陣亡的伙伴，思念久别的家人，都足以引起哀傷。

〔五〕將，借爲壯。

〔六〕錡，一種兵器，形如鍬，兩面有刃，長柄。

〔七〕吪（é 訛），借爲化，變也。四國在武力征討之下，改變了對周王朝的態度，由背叛而順服了。

〔八〕嘉，慶幸。

〔九〕銶，矛屬，三面有鋒，又名酋矛。

〔一〇〕遒，順服。

〔一一〕休，美也。士兵們經歷百戰，九死一生，此身還在，自然覺得「孔將、孔嘉、孔休」了。

【附録】注〔九〕銶，當讀爲厹（qiú求）。《秦風·小戎》：「厹矛鋈錞。」毛傳：「厹，三隅矛也。」（矛頭三面有鋒。）銶厹古通用，《周南·關雎》：「君子好逑。」《禮記·緇衣》引逑作仇。《説文》：「朹讀若求。」都是例證。

注〔一〇〕遒，讀爲猷，《廣雅·釋詁》：「猷，順也。」

伐柯

這是男人請媒人吃飯委託他介紹對象的詩。

一

伐柯如何〔一〕？匪斧不克〔二〕。取妻如何〔三〕？匪媒不得。

二

伐柯伐柯，其則不遠〔四〕。我覯之子〔五〕，籩豆有踐〔六〕。

【注】

〔一〕伐，砍也。柯，斧柄。

〔二〕匪，通非。克，能也。

〔三〕取，通娶。

〔四〕則，準則，榜樣。手拿的斧柄就是要砍的斧柄的榜樣，榜樣在眼前，所以說其則不遠。

〔五〕覯，見也。之子，此子，指媒人。

〔六〕籩（biān 邊），古代祭祀和宴會時盛果脯的竹器。豆，食器，用來盛肉和熟菜，木或陶製，也有銅製的。踐，陳列整齊。

九　罭

這首詩當作於西周國人暴動趕跑厲王的時候，或犬戎入侵殺死幽王，鎬京正在大亂的時候。豳邑某公在這樣的時候往鎬京去，路上在一家吃飯留宿。主人認爲鎬京危險，作這首詩勸告他不要去。

一

九罭之魚鱒魴〔一〕。我覯之子〔二〕，袞衣繡裳〔三〕。

二

鴻飛遵渚〔四〕。公歸無所〔五〕，於女信處〔六〕？

三

鴻飛遵陸〔七〕。公歸不復〔八〕，於女信宿？

四

是以有袞衣兮〔九〕！無以我公歸兮〔一〇〕！無使我心悲兮！

【注】

〔一〕九，疑借爲糾，三股繩。罭（yù域），魚網。糾罭，用三股繩做的魚網。鱒、魴，都是鯉科魚類。

〔二〕覯，見。之子，此子，指某公。

〔三〕袞（gǔn滾）衣，衣上繡着龍爲袞衣，王和公侯所穿。繡裳，繡有花紋的裙子。

〔四〕鴻，雁也。遵，遵循。渚，水中沙灘。

〔五〕無所，無處可住。因爲鎬京正在大亂。

〔六〕於，古烏字，何也。女，通汝，指某公。信，兩宿爲信。此句言有什麼地方可供你住兩宿呢？意爲無處可住。

〔七〕陸，高平之地。
〔八〕復，返也。此句言公回鎬京就不能回來。是説有去無返。
〔九〕以，通已，已經。此句言公是已經有衰衣穿着的大官了，到鎬京去做什麽？
〔一〇〕以，與也。此句言不要與我公回鎬京。是勸告某公僕從的話。

狼跋

這首詩當是西周末期的作品。周幽王是個暴君，又信任一個名叫虢石甫的奸臣，所以對勞動人民的剥削與壓迫更殘酷了。幽王當時可能封虢石甫於豳地，豳地勞動人民唱出這首歌來諷刺他。

一

狼跋其胡〔一〕，載疐其尾〔二〕。公孫碩膚〔三〕，赤舄几几〔四〕！

二

狼疐其尾，載跋其胡。公孫碩膚，德音不瑕〔五〕！

【注】
〔一〕跋，脚踩。胡，獸頷下下垂的肉。獸的胡上總是生着較長的毛，所以字變爲鬍，胡本含

有髯意。老狼的胡肉長，胡毛也長，行走時，兩脚就踩着了。

〔二〕載，通再。疐（zhì至），踐踩。老狼前進踩着胡，後面又踩着長尾。詩以狼比虢石甫。

〔三〕碩膚，當讀爲石甫，公孫碩膚即虢石甫。虢石甫是虢君的孫子，虢君是公爵，所以稱公孫石甫。馬瑞辰説，碩膚是大胖子（《毛詩傳箋通釋》）。聞一多説，碩膚是大肚子（《匡齋尺牘》）。均可。

〔四〕舄（xì戲），鞋。几几，彎曲貌。古人的鞋頭尖而向上翹。周代作大官的人才穿紅鞋。這句表現虢石甫是個大官。

〔五〕德音，指言詞。瑕，借爲嘉，美也，善也。

【附録】

注〔三〕公孫石膚，即虢石甫。《國語·晉語》：「周幽王伐有褒。褒人以褒姒女焉。褒姒有寵，生伯服，於是乎與虢石甫比，逐太子宜臼，而立伯服。太子出奔申，申人、鄫人召西戎以伐周。周於是乎亡。」《鄭語》：「夫虢石父讒諂巧從之人也，而立以爲卿士。」據此，虢石甫是周幽王的大臣。碩與石古通用，不須舉證。膚與甫、父古也通用。《周易·剥卦》：「剥牀以膚。」《釋文》：「膚京作簠。」就是例證。虢君是公爵，虢石甫當是虢國的公孫，所以也稱公孫石甫。石甫是他的字或名。

注〔五〕瑕，當讀爲假。《爾雅·釋詁》：「假，嘉也。」《説文》：「嘉，善也。」《邶風·日月》：「德音無良。」「不瑕」與「無良」同意。

诗经今注

高亨注

下

上海古籍出版社

小雅

鹿鳴之什

鹿鳴

《毛詩》序：「鹿鳴，燕（宴）羣臣嘉賓也。」可從。周代國君宴會羣臣和賓客，要奏樂爲娱，所以特撰《鹿鳴》詩，以備歌唱。

一

呦呦鹿鳴〔一〕，食野之苹〔二〕。我有嘉賓，鼓瑟吹笙。吹笙鼓簧〔三〕，承筐是將〔四〕。人之好我〔五〕，示我周行〔六〕。

二

呦呦鹿鳴，食野之蒿〔七〕。我有嘉賓，德音孔昭〔八〕。視民不恌〔九〕，君子是則是傚〔一〇〕。我有旨酒〔一一〕，嘉賓式燕以敖〔一二〕。

三

呦呦鹿鳴，食野之芩〔一三〕。我有嘉賓，鼓瑟鼓琴。鼓瑟鼓琴，和樂且湛〔一四〕。我有旨酒，以燕樂嘉賓之心！

【注】

〔一〕呦呦，鹿鳴聲。

〔二〕苹，《大戴禮·夏小正傳》：「苹也者，馬帚也。」馬帚今名掃帚草，草本，形似小樹。

〔三〕簧，一種樂器，形似摇鼓。

〔四〕承，捧也。將，獻也。此句言以筐中禮品獻給嘉賓。

〔五〕之，猶其，語助詞。好我，猶愛我。

〔六〕周行（háng杭），周國的大道，用來比喻周朝的制度禮義。

〔七〕蒿，蒿之一種，又名青蒿，有香味。

〔八〕孔，很。昭，明也，著也。

〔九〕視，讀爲示（三家詩視均作示）。恌，與佻同。《爾雅·釋言》：「佻，偷也。」偷是輕佻、奸巧之意。此句言嘉賓能够以不佻的榜樣，昭示人民。

〔一〇〕則，法也。傚，同效。此言人民都效法君子。

〔一一〕旨酒，美酒。

〔一二〕式、以，均是從而之意。燕，通宴，宴飲。敖，古遨字，遊也。

〔一三〕芩，草名。

〔一四〕湛，深厚。

四牡

這首詩描述爲統治者在外服役的人的辛勤與思家情緒。

一

四牡騑騑〔一〕，周道倭遲〔二〕。豈不懷歸，王事靡盬〔三〕，我心傷悲。

二

四牡騑騑，嘽嘽駱馬〔四〕。豈不懷歸，王事靡盬，不遑啓處〔五〕。

三

翩翩者鵻〔六〕，載飛載下〔七〕，集于苞栩〔八〕。王事靡盬，不遑將父〔九〕。

四

翩翩者鵻，載飛載止，集于苞杞〔一〇〕。王事靡盬，不遑將母。

五

駕彼四駱，載驟駸駸〔一一〕。豈不懷歸，是用作歌，將母來諗〔一二〕。

【注】

〔一〕牡，公獸也，此指公馬。騑騑，馬行不停貌。

〔二〕倭遲，道路紆迴遥遠貌。

〔三〕盬（gǔ古），停息。靡盬即没完没了。

〔四〕嘽（tān攤）嘽，喘息貌。駱，黑尾黑鬃的白馬。

〔五〕遑，閑暇。啓，跪。古人席地而坐，兩膝跪着，臀部坐在脚掌上。啓處，安居休息。

〔六〕鵻（zhuī追），鳥名，即鵓子。

〔七〕載，猶則。

〔八〕苞，茂盛。栩（xǔ許），木名，即柞樹。

〔九〕將，養也。

〔一〇〕杞，木名，即枸杞。

〔一一〕駸駸，馬速行貌。

〔一二〕諗（shěn 審），思念。

皇皇者華

這首詩是寫使者出外訪問中的片段生活和情緒。

一

皇皇者華〔一〕，于彼原隰〔二〕。駪駪征夫〔三〕，每懷靡及〔四〕。

二

我馬維駒〔五〕，六轡如濡〔六〕。載馳載驅，周爰咨諏〔七〕。

三

我馬維騏〔八〕，六轡如絲〔九〕。載馳載驅，周爰咨謀〔一〇〕。

四

我馬維駱〔一一〕，六轡沃若〔一二〕。載馳載驅，周爰咨度〔一三〕。

五

我馬維駰〔一四〕，六轡既均〔一五〕。載馳載驅，周爰咨詢〔一六〕。

【注】

〔一〕皇皇，猶煌煌，顏色鮮明貌。華，同花。

〔二〕原，廣平之地。隰（xí席），低濕之地。此二句寫使臣在路上所見的景物。

〔三〕駪（shēn身）駪，急急忙忙。

〔四〕靡及，没有做到，即没有完成任務。

〔五〕駒，馬高六尺名駒。

〔六〕轡，馬繮繩。古代一車駕四馬，六條繮繩。濡，沾濕。如濡是形容轡的柔輭。

〔七〕周，忠實。爰，于也。咨，問也。諏（zōu鄒），問事爲諏。

〔八〕騏，《説文》：「騏，馬青，驪（黑色）文如博棊也。」即馬青色而有像黑色棋子的花紋。

〔九〕如絲，馬轡用麻繩編成，而其白柔如絲。

〔一〇〕謀，計謀。

〔一一〕駱，黑尾黑鬃的白馬。

〔一二〕沃，潤澤。若，助詞。沃若猶沃然。

〔一三〕度（duó奪），衡量。

〔一四〕駰，淺黑色與白色相雜的馬。

〔一五〕均，六轡一樣爲均。

〔一六〕咨詢，詢問。

常棣

這是一首申述兄弟應該互相友愛的詩。

一

常棣之華〔一〕，鄂不韡韡〔二〕。凡今之人，莫如兄弟。

二

死喪之威〔三〕，兄弟孔懷〔四〕。原隰裒矣〔五〕，兄弟求矣〔六〕。

三

脊令在原〔七〕，兄弟急難〔八〕。每有良朋〔九〕，況也永歎〔一〇〕。

四

兄弟鬩于牆〔一一〕，外御其務〔一二〕。每有良朋，烝也無戎〔一三〕。

五

喪亂既平，既安且寧。雖有兄弟，不如友生〔一四〕。

六

儐爾籩豆〔一五〕，飲酒之飫〔一六〕。兄弟既具〔一七〕，和樂且孺〔一八〕。

七

妻子好合，如鼓瑟琴〔一九〕。兄弟既翕〔二〇〕，和樂且湛〔二一〕。

八

宜爾室家〔二二〕，樂爾妻帑〔二三〕。是究是圖〔二四〕，亶其然乎〔二五〕！

【注】

〔一〕常，借爲棠。常棣即棠梨樹。

〔二〕鄂，借爲萼，即花托。不，是萼的足。韡（wěi偉）韡，猶煒煒，光明貌。此用花萼的相依，比喻兄弟的親密關係。

〔三〕威，通畏，可怕之事。

〔四〕孔懷，很悲傷。

〔五〕原隰，指野地。裒（póu抔），聚土成墳爲裒。

〔六〕求，尋找。此二句指到墳上祭祀哭叫。

〔七〕脊令，即鶺鴒，鳥名。脊令成羣而飛，好比兄弟成羣共處。

〔八〕急難，兄弟有災難就急於相救。

〔九〕每，雖也。

〔一〇〕況，增加。永歎，長歎。此二句言：雖有好友，當我有災難時，只是增加他們的長歎而已。

〔一一〕鬩（xì細），鬪也。鬩于牆即在牆内争吵。

〔一二〕御，同禦。務，通侮（《左傳・僖公二十四年》引正作侮）。此言兄弟雖然在家中不和，可是遇有外人欺凌，則共同起而抵抗。

〔一三〕烝，猶曾也。戎，相助。此指雖有好友，曾不能助我禦侮。

〔一四〕友生，友人。此二句指人在平安的時候，都感到兄弟不如朋友。

〔一五〕儐，陳列。爾，你。籩（biān邊），盛乾肉、水果的食器，竹製。豆，盛肉菜的食器，陶、銅或木製。

〔一六〕之，猶則也。飫（yù玉），滿足。

〔一七〕具，同俱。

〔一八〕孺，借爲愉。

〔一九〕如鼓瑟琴，以琴瑟音調的諧和比喻夫妻和好。

〔二〇〕翕（xì細），聚合。

〔二一〕湛（zhàn蘸），深厚。

〔二三〕宜，猶善也，即對待合適，恰到好處。室家，指家中的人。
〔二四〕帑，通孥，子也。此二句教人善處家人和妻子。
〔二五〕究，研究。圖，考慮。
〔二六〕亶（dǎn 胆），誠然，信然。此二句言：你研究、考慮一下，上面所説的真是這樣吧！

伐木

這是貴族宴會親友所奏的樂歌。

一

伐木丁丁〔一〕，鳥鳴嚶嚶〔二〕。出自幽谷，遷于喬木。嚶其鳴矣，求其友聲。相彼鳥矣〔三〕，猶求友聲；矧伊人矣〔四〕，不求友生〔五〕！神之聽之，終和且平〔六〕。

二

伐木許許〔七〕，釃酒有藇〔八〕。既有肥羜〔九〕，以速諸父〔一〇〕。寧適不來〔一一〕，微我弗顧〔一二〕。於粲洒埽〔一三〕，陳饋八簋〔一四〕。既有肥牡，以速諸舅〔一五〕。寧適不來，微我有咎〔一六〕。

三

伐木于阪〔一七〕，釃酒有衍〔一八〕。籩豆有踐〔一九〕，兄弟無遠〔二〇〕。民之失德，乾餱以愆〔二一〕。有酒湑我〔二二〕，無酒酤我〔二三〕。坎坎鼓我〔二四〕，蹲蹲舞我〔二五〕。迨我暇矣〔二六〕，飲此湑矣〔二七〕。

【注】

〔一〕丁（zhēng 争）丁，砍樹聲。

〔二〕嚶嚶，鳥鳴聲。

〔三〕相，視也，看也。

〔四〕矧（shěn 審），何況。伊，是。

〔五〕友生，朋友。

〔六〕終，既也。此二句指神聽到人之相互友愛，也會賜以和平之福。

〔七〕許（hǔ 虎）許，鋸木聲。

〔八〕釃（shī 尸），濾酒。藇（xù 敍），猶溢也。

〔九〕羜（zhù 住），五個月的小羊。

〔一〇〕速，延請。諸父，同宗中的長一輩都稱父。

〔一一〕寧，願也。適，往請也。此句言：寧願我去請他，而他不來。

〔一二〕微，非也。弗顧，不去看他，意謂不去請他。

〔一三〕於（wū烏），發語詞。粲，明淨貌。

〔一四〕饋，食物。簋（guǐ鬼），古代一種食器名。

〔一五〕諸舅，親戚中的長一輩都稱舅，如母之兄弟、妻之父輩等。

〔一六〕咎，過失。

〔一七〕阪，山坡。

〔一八〕衍，溢出。

〔一九〕踐，陳列整齊。

〔二〇〕無，讀爲毋。無遠，即不要疏遠。

〔二一〕乾餱，即乾糧。這裏用以代表普通食物。愆（qiān牽），過失。此句指因一點飲食小事而失和。

〔二二〕湑（xū序），濾酒使清。或曰：此乃「有酒我湑」的倒裝句。亨按：我當作𢦏，形似而誤。𢦏借爲哉。下三句同。

〔二三〕酤，買酒。

〔二四〕坎坎，擊鼓聲。

〔二五〕蹲（cún存）蹲，舞貌。

〔二六〕迨，及，趁。

〔二七〕湑，指清酒。

天保

這是一首給貴族祝福的詩。

一

天保定爾〔一〕，亦孔之固〔二〕。俾爾單厚〔三〕，何福不除〔四〕。俾爾多益〔五〕，以莫不庶〔六〕。

二

天保定爾，俾爾戩穀〔七〕。罄無不宜〔八〕，受天百祿。降爾遐福〔九〕，維日不足〔一〇〕。

三

天保定爾，以莫不興〔一一〕。如山如阜〔一二〕，如岡如陵〔一三〕，如川之方至〔一四〕，以莫不增。

四

吉蠲爲饎〔一五〕，是用孝享〔一六〕。禴祠烝嘗〔一七〕，于公先王〔一八〕。君曰卜爾〔一九〕，萬壽無疆。

五

神之弔矣〔二〇〕，詒爾多福〔二一〕。民之質矣〔二二〕，日用飲食〔二三〕。羣黎百姓〔二四〕，徧爲爾德〔二五〕。

六

如月之恒〔二六〕，如日之升，如南山之壽，不騫不崩〔二七〕，如松柏之茂。無不爾或承〔二八〕。

【注】

〔一〕定，安也。

〔二〕孔，甚也。

〔三〕俾，使也。單，厚也。單厚猶言富有。

〔四〕除（zhù 注），給予。此句言：上帝把什麼福都給了你。

〔五〕益，增加。

〔六〕庶，多也。此句言：任何財富你都很多。

〔七〕戩（jiǎn 剪），福也。穀，禄也。

〔八〕罄，盡也。此句言：你的一切，没有不好、不合適的。

〔九〕遐福，長遠之福。一説：遐讀爲嘏（gǔ古），大也。遐福即大福（馬瑞辰《毛詩傳箋通釋》）。

〔一〇〕維日不足，指天天享樂，只覺得時間不足。

〔一一〕以莫不興，指事業無不興隆。

〔一二〕阜，土山。

〔一三〕陵，嶺也。此二句比喻事業廣大堅固。

〔一四〕如川之方至，指財富如大川滚滚而來。

〔一五〕吉，善。蠲（juān捐），潔也。饎，酒食也。

〔一六〕用，指用酒食。享，祭祀的通名。祭祀祖先乃對祖先的孝敬，所以説孝享。

〔一七〕禴（yuè躍），春祭名祠，夏祭名禴，秋祭名嘗，冬祭名烝。

〔一八〕于公先王，作者稱此貴族爲公，可見他是公侯。公先王，即公的先王。

〔一九〕君，先君。卜，借爲付，給予。

〔二〇〕弔，至也。弔與到，一音之轉。

〔二一〕詒，通貽，予也。

〔二二〕質，常也。

〔二三〕此二句言：日用飲食是人民的生活之常。
〔二四〕黎，衆也。
〔二五〕爲，借爲化。此二句言人民都被你的德行所感化。
〔二六〕恒，久也，言如月之長在。
〔二七〕騫，虧也。山的小部分虧毁爲騫。
〔二八〕承，奉也，意謂擁護。此乃「無或不承爾」的倒裝句，言没有人不擁護你。

采薇

這首詩當是西周宣王時期的作品。宣王時北方玁狁侵周，宣王命將領兵出征，打退玁狁。戍邊的士兵就唱出這首歌。（夷王時也伐過玁狁，此詩也可能作于彼時。）

一

采薇采薇〔一〕，薇亦作止〔二〕。曰歸曰歸，歲亦莫止〔三〕。靡室靡家〔四〕，玁狁之故〔五〕。不遑啓居〔六〕，玁狁之故。

二

采薇采薇，薇亦柔止。曰歸曰歸，心亦憂止。憂心烈烈〔七〕，載飢載渴〔八〕！我戍未定〔九〕，靡使歸聘〔一〇〕。

三

采薇采薇，薇亦剛止〔一一〕。曰歸曰歸，歲亦陽止〔一二〕。王事靡盬〔一三〕，不遑啓處。憂心孔疚〔一四〕，我行不來〔一五〕。

四

彼爾維何〔一六〕？維常之華〔一七〕。彼路斯何〔一八〕？君子之車〔一九〕。戎車既駕〔二〇〕，四牡業業〔二一〕。豈敢定居，一月三捷。

五

駕彼四牡，四牡騤騤〔二二〕。君子所依〔二三〕，小人所腓〔二四〕。四牡翼翼〔二五〕，象弭魚服〔二六〕。豈不日戒〔二七〕，玁狁孔棘〔二八〕。

六

昔我往矣〔二九〕，楊柳依依〔三〇〕。今我來思〔三一〕，雨雪霏霏〔三二〕。行道遲遲〔三三〕，載渴載飢。我心傷悲，莫知我哀。

【注】

〔一〕薇，野菜名，又名野豌豆，冬天發芽，春天長大。可食。

〔二〕作，生出也。止是語氣詞，下同。

〔三〕莫，古暮字。此句言：快要過年了。

〔四〕靡，無。此句指抛開了家庭。

〔五〕玁（xiǎn險）狁，我國古代北方一個民族。

〔六〕遑，閑暇也。啓與跪同意，周代人跪坐。啓居即安居。

〔七〕憂心烈烈，憂心如焚。

〔八〕載，猶則也。

〔九〕戍，守邊。定，停止。

〔一〇〕使，使者。聘，探問。士兵們在服役期間没有專使替他們回家探問。

〔一一〕剛，堅硬。薇菜長大，莖葉就比較堅硬。

〔一二〕陽，天暖。

〔一三〕盬（gǔ古），休止。

〔一四〕孔，很。疚，病痛。

〔一五〕來，指歸來。

〔一六〕爾，借爲薾，花盛貌。

〔一七〕常，借爲棠，即棠梨樹，花有紅有白。華，古花字。

〔一八〕路，即道路。一説：《爾雅·释詁》：「路，大也。」指車的高大。斯，猶是也。

〔一九〕君子，此指領兵的將帥。

〔二〇〕戎車，即兵車、戰車。

〔二一〕業業，高大貌。

〔二二〕騤（kuí 葵）騤，馬强壯貌。

〔二三〕依，猶乘載。

〔二四〕小人，指士兵。腓（féi 肥），覆庇。周代戰爭中，將官在兵車上，步卒藉兵車以遮蔽矢石。

〔二五〕翼翼，整齊貌。

〔二六〕弭，弓的兩端縛弦處爲弭，鑲上象牙叫作象弭。服，借爲箙，箭袋，外面蒙上一層魚皮，叫作魚箙。或説箭袋是魚形，或説箭袋上畫有魚鱗，或説魚是獸名，皮有斑點花紋，古人用它做箭袋。象弭魚服是作者刻劃將帥們的闊綽，也是和自己的載飢載渴作對比。

〔二七〕戒，即警惕。

〔二八〕棘，荆棘。此指扎手，厲害而難于制服之意。

〔二九〕往，指當初出征時。

〔三〇〕依依，指柳條迎風披拂的樣子。一説：依借爲殷，殷殷，茂盛貌。

〔三一〕思，語氣詞。

〔三二〕霏霏，形容雨雪之密。

〔三三〕遲遲，緩緩。

【附録】

注〔五〕玁狁，古本當作嚴允，犬旁是後人所加。古銅器銘文作「𠪚允」（不嬰敦），又作「𠪚[illegible]」（虢季子白盤）。

注〔一六〕爾，《説文》引《詩》此句作薾。

注〔二四〕腓，鄭箋：「腓當作芘。」芘與庇同。《説文》：「庇，蔭也。」引申即保護之意。《大雅・生民》：「牛羊腓字之。」也是借腓爲庇。

出車

周宣王時代，北方玁狁侵犯周國。宣王派大將南仲領兵出征，擊退玁狁，勝利回朝。這首詩就是敍寫這次戰役的。

一

我出我車，于彼牧矣〔一〕。自天子所〔二〕，謂我來矣〔三〕。召彼僕夫，謂之載矣。王事多難〔四〕，維其棘矣〔五〕。

二

我出我車，于彼郊矣。設此旐矣〔六〕，建彼旄矣〔七〕。彼旟旐斯〔八〕，胡不旆旆〔九〕！憂心悄悄〔一〇〕，僕夫況瘁〔一一〕。

三

王命南仲〔一二〕，往城于方〔一三〕。出車彭彭〔一四〕，旂旐央央〔一五〕。天子命我，城彼朔方〔一六〕。赫赫南仲〔一七〕，玁狁于襄〔一八〕。

四

昔我往矣，黍稷方華〔一九〕；今我來思〔二〇〕，雨雪載塗〔二一〕。王事多難，不遑啓居〔二二〕。豈不懷歸，畏此簡書〔二三〕。

五

喓喓草蟲〔二四〕，趯趯阜螽〔二五〕。未見君子〔二六〕，憂心忡忡；既見君子，我心則降〔二七〕。赫赫南仲，薄伐西戎〔二八〕。

六

春日遲遲，卉木萋萋。倉庚喈喈〔二九〕，采蘩祁祁〔三〇〕。執訊獲醜〔三一〕，薄言還歸〔三二〕。赫赫南仲，玁狁于夷〔三三〕。

【注】

〔一〕牧，郊外放牧牲畜之地。

〔二〕所，處所。

〔三〕謂，猶命，口頭命令。

〔四〕難，危難。

〔五〕維，發語詞。其，指王事。棘，急也，緊張。

〔六〕旐（zhào兆），一種畫有龜蛇的旗。

〔七〕旄，一種旗竿頭曲，上飾旄牛尾的旗。

〔八〕旟（yú余），一種畫有鷹鳥的旗。斯，語氣詞。

〔九〕旆旆，風吹旗動貌。此句言：旗幟怎會不隨風飄動呢。

〔一〇〕悄悄，憂愁不安貌。

〔一一〕況，病也，金文作㾄。

〔一二〕南仲，周宣王的大臣。
〔一三〕城，築城。方，指朔方。一説：于，地名，在周國北邊。
〔一四〕彭彭，馬强壯貌。
〔一五〕旂，一種畫有蛟龍的旗。央央，鮮明貌。
〔一六〕朔，古語稱北方爲朔。
〔一七〕赫赫，顯耀盛大貌。
〔一八〕于，猶以也。襄，借爲攘，排除。
〔一九〕黍、稷，同爲粟類，黍黏，稷不黏。華，開花。
〔二〇〕思，語氣詞。
〔二一〕雨雪，即下雪。載，借爲在。塗，與途同。
〔二二〕遑，閑暇。啓居，安居。
〔二三〕簡書，指寫在簡册上的法令。
〔二四〕喓喓，蟲鳴聲。草蟲，即蟈蟈。
〔二五〕趯（tì惕）趯，跳躍貌。阜螽（zhōng終），即蚱蜢。
〔二六〕君子，婦女稱丈夫爲君子。
〔二七〕降，放下。

〔二八〕薄，借爲搏，擊也。西戎，玁狁的一個部落。
〔二九〕倉庚，黄鶯。喈喈，鳥鳴聲。
〔三〇〕蘩，一種蒿子，又名白蒿，可紮蠶山供蠶結繭。此采蘩指采蘩的婦女。祁祁，衆多貌。
〔三一〕執，捉住。訊，疑借爲奚，女俘虜名奚。醜，周人稱異國敵人爲醜，如今語呼之爲鬼子，此指男俘虜。
〔三二〕薄，急忙。言，讀爲焉。
〔三三〕夷，平也。此句指玁狁被掃平。

杕杜

這是在外擔任徭役的人們思念父母妻子而唱出的一首歌。

一

有杕之杜〔一〕，有睆其實〔二〕。王事靡盬，繼嗣我日〔三〕。日月陽止〔四〕，女心傷止〔五〕，征夫遑止〔六〕。

二

有杕之杜，其葉萋萋。王事靡盬，我心傷悲。卉木萋止，女心悲止，征夫歸止。

三

陟彼北山，言采其杞〔七〕。王事靡盬，憂我父母〔八〕。檀車幝幝〔九〕，四牡痯痯〔一〇〕，征夫不遠。

四

匪載匪來〔一一〕，憂心孔疚〔一二〕。期逝不至〔一三〕，而多爲恤〔一四〕。卜筮偕止〔一五〕，會言近止〔一六〕，征夫邇止〔一七〕。

【注】

〔一〕杕（dì弟），樹木孤立貌。杜，果木名，棠梨樹的一種，果色赤而味澀。

〔二〕睆（huǎn緩），顔色鮮明貌，或果實渾圓貌。

〔三〕嗣，與繼同意。此句指延長我們的服役時間。

〔四〕陽，暖也。杜結果在夏季，天氣正暖。止，語氣詞，下同。

〔五〕女心傷止，與下文「女心悲止」都是寫征夫想象其妻的憂傷。

〔六〕遑，忙也。

〔七〕杞，落葉小灌木，又名枸杞，果實小而紅，可食。

〔八〕憂我父母，愁我的父母無人奉養。一説：使我的父母發愁。

〔九〕幝（chǎn 産）幝，破舊貌。
〔一〇〕痯（guǎn 管）痯，疲勞貌。
〔一一〕匪，通非。此句猶言不上車歸來。
〔一二〕孔，很。疚，病痛。
〔一三〕期，約定時間。逝，連詞，與乃同意。
〔一四〕恤，憂也。
〔一五〕卜，用龜甲占卜。筮，用蓍草算卦。偕，合也。此句言：卜與筮的結果均一致。
〔一六〕會，離人相會。言，讀爲焉。
〔一七〕邇，近也。這一章寫征夫想象家人對他們的盼望。

魚　麗

這是一首吹噓貴族統治者有很多可供享受的鮮魚美酒的讚美詩。

一

魚麗于罶〔一〕，鱨鯊〔二〕。君子有酒，旨且多〔三〕。

二

魚麗于罶，魴鱧〔四〕。君子有酒，多且旨。

三

魚麗于罶，鰋鯉〔五〕。君子有酒，旨且有〔六〕。

四

物其多矣，維其嘉矣〔七〕。

五

物其旨矣，維其偕矣〔八〕。

六

物其有矣，維其時矣〔九〕。

【注】

〔一〕麗，通罹，遭遇，落入。罶（liǔ柳），捕魚的竹籠，長筒形，今名鬚籠。

〔二〕鱨，魚名，頭似燕，魚身，形厚而長，大頰骨，黃色，又名黃頰魚。鯊，小魚名，圓而有點文，常張口吹沙。

〔三〕旨，味美也。

〔四〕魴，又名鯿魚。鱧，即黑魚。

〔五〕鰋，即鮎魚。

〔六〕有，猶多也。
〔七〕嘉，美也。
〔八〕偕，合也。飲食物品能配合得很好。一説：偕，猶嘉也。
〔九〕時，得時也。飲食物品應時而有。一説：時，善也。

南有嘉魚之什

南有嘉魚

這也是一首貴族宴會賓客的詩。

一

南有嘉魚〔一〕，烝然罩罩〔二〕。君子有酒，嘉賓式燕以樂〔三〕。

二

南有嘉魚，烝然汕汕〔四〕。君子有酒，嘉賓式燕以衎〔五〕。

三

南有樛木〔六〕，甘瓠纍之〔七〕。君子有酒，嘉賓式燕綏之〔八〕。

四

翩翩者鵻〔九〕，烝然來思〔一〇〕。君子有酒，嘉賓式燕又思〔一一〕。

【注】

〔一〕嘉，美也。

〔二〕烝，衆也。然，助詞。罩罩，《説文》作䲊䲊，當是魚兒擺尾的狀態。䲊猶掉也，《説文》：「掉，搖也。」

〔三〕式，猶以也。燕，通宴。

〔四〕汕汕，羣魚游水貌。

〔五〕衎（kàn看），樂也。

〔六〕樛（jiū究），高木也。

〔七〕瓠，葫蘆之屬的總名。纍，繫掛。

〔八〕綏，安也。

〔九〕鵻（zhuī追），鵓子。

〔一〇〕思，語氣詞。下同。

〔一一〕又，讀爲侑，侑，勸也。

南山有臺

這是一首爲貴族頌德祝壽的詩。

一

南山有臺〔一〕，北山有萊〔二〕。樂只君子〔三〕，邦家之基〔四〕。樂只君子，萬壽無期。

二

南山有桑，北山有楊。樂只君子，邦家之光〔五〕。樂只君子，萬壽無疆。

三

南山有杞〔六〕，北山有李。樂只君子，民之父母。樂只君子，德音不已〔七〕。

四

南山有栲〔八〕，北山有杻〔九〕。樂只君子，遐不眉壽〔一〇〕。樂只君子，德音是茂〔一一〕。

五

南山有枸〔一二〕，北山有楰〔一三〕。樂只君子，遐不黄耇〔一四〕。樂只君子，保艾爾後〔一五〕。

【注】

〔一〕臺，通薹，草名，又名莎草，今名蓑衣草，可以製蓑衣。

〔二〕萊，草名，又名藜，嫩葉可煮食。

〔三〕只，猶哉，語氣詞。

〔四〕邦家，國家。

〔五〕光，光榮。

〔六〕杞，枸杞。

〔七〕不已，不絕。

〔八〕栲，木名，其材可製車輪的輻條。

〔九〕杻，木名，其材可製車輪外周。

〔一〇〕遐，通何。眉壽，長壽。此句猶言豈不長壽。

〔一一〕茂，美也。

〔一二〕枸，木名，即枳椇，有果生在枝頭，狀如雞爪，長數寸，味甜可食。

〔一三〕楰（yú于），木名，山楸之類，其材可製家具等。

〔一四〕黃耇（gǒu苟），老壽也。年老則髮黃。

〔一五〕艾，養育。後，後人，子孫。此句言：保護並撫養你的子孫。

蓼蕭

這首詩的作者受到貴族的恩惠，因寫此詩向貴族表示感謝，並爲貴族頌德祝福。

一

蓼彼蕭斯〔一〕，零露湑兮〔二〕。既見君子，我心寫兮〔三〕。燕笑語兮〔四〕，是以有譽處兮〔五〕。

二

蓼彼蕭斯，零露瀼瀼〔六〕。既見君子，爲龍爲光〔七〕。其德不爽〔八〕，壽考不忘〔九〕。

三

蓼彼蕭斯，零露泥泥〔一〇〕。既見君子，孔燕豈弟〔一一〕。宜兄宜弟，令德壽豈〔一二〕。

四

蓼彼蕭斯，零露濃濃。既見君子，鞗革沖沖〔一三〕。和鸞雝雝〔一四〕，萬福攸同〔一五〕。

【注】

〔一〕蓼（lù路），長大貌。蕭，即艾蒿。斯，語氣詞。

〔二〕零，落也。湑（xǔ序），露珠清明的樣子；一說：露盛貌。

〔三〕寫，猶愉，喜悦。

〔四〕燕，猶歡，樂也。

〔五〕譽，通豫，歡樂。此指作者受君子的豢養或扶植，就有了安樂窩。

〔六〕瀼（ráng 攘）瀼，露盛貌。

〔七〕龍，通寵，榮也。

〔八〕爽，差也。

〔九〕考，老也。忘，借爲亡。不亡，猶不死也。

〔一〇〕泥泥，沾濡貌。

〔一一〕豈弟，同愷悌，和易近人。

〔一二〕令，善也，美也。豈，借爲磑（wéi 違），堅固。

〔一三〕鞗（tiáo 條），《說文》作鋚。《詩經》的鋚革即古金文的鋚勒。鋚，銅也。勒，馬絡頭。貴族的勒，用革製成，勒上裹以銅，即所謂鋚勒。沖沖，金色閃光的樣子。

〔一四〕和鸞，古代車馬上的鈴鐺。掛在車前橫木上的稱和，掛在車架上的稱鸞。雝（yōng 雍）雝，鈴聲諧和。

〔一五〕攸，所也。同，猶聚也。

湛露

貴族舉行宫廟落成之禮，宴請賓客，賓客作此詩來阿諛主人，並表示感恩之意。

一

湛湛露斯〔一〕，匪陽不晞〔二〕。厭厭夜飲〔三〕，不醉無歸。

二

湛湛露斯，在彼豐草。厭厭夜飲，在宗載考〔四〕。

三

湛湛露斯，在彼杞棘〔五〕。顯允君子〔六〕，莫不令德〔七〕。

四

其桐其椅〔八〕，其實離離〔九〕。豈弟君子〔一〇〕，莫不令儀〔一一〕。

【注】

〔一〕湛湛，露盛貌。斯，語氣詞。

〔二〕匪，通非。陽，太陽。晞，乾也。

〔三〕厭厭，滿足。

〔四〕宗，宗廟。載，猶則也。考，《左傳・隱公五年》：「考仲子之宮。」服虔注：「宮廟初成，祭之，名爲考。」按考即所謂落成之禮，行此禮時，必宴請賓客。在宗載考，言在宗廟中舉行宮廟落成之禮。

〔五〕杞，枸杞。棘，棗樹。

〔六〕顯，高貴，顯赫。允，誠信；一説：允借爲駿，大也；又一説：允借爲俊，英俊也。

〔七〕令德，美德。此句指君子之德無往不善。

〔八〕桐，梧桐。椅，椅樹，即山桐子。

〔九〕離離，茂盛繁多。

〔一〇〕豈弟，同愷悌，和易近人。

〔一一〕儀，容止禮節。

彤弓

諸侯有功于天子，天子賜給他彤弓等物，並設宴招待他。這首詩正是敍寫此事。

一

彤弓弨兮〔一〕，受言藏之〔二〕。我有嘉賓〔三〕，中心貺之〔四〕。鍾鼓既設，一朝饗之。

二

彤弓弨兮，受言載之〔五〕。我有嘉賓，中心喜之。鍾鼓既設，一朝右之〔六〕。

三

彤弓弨兮，受言櫜之〔七〕。我有嘉賓，中心好之。鍾鼓既設，一朝醻之〔八〕。

【注】

〔一〕彤（tóng同），朱紅色。弨（chāo超），放鬆弓弦。

〔二〕言，讀爲焉。此句的主語是諸侯。

〔三〕我，天子的自稱。嘉賓，指有功的諸侯。

〔四〕貺（kuàng況），讀爲皇；皇，美也。中心皇之猶言中心嘉之。

〔五〕載，裝在車上。

〔六〕右，通侑，勸也，勸人進食。

〔七〕櫜（gāo高），囊也。此指用囊裝起。

〔八〕醻，同酬，勸酒。

菁菁者莪

作者深受貴族的扶植與恩賜，寫此詩來表示感激和喜悅的心情。

一

菁菁者莪〔一〕，在彼中阿〔二〕。既見君子，樂且有儀〔三〕。

二

菁菁者莪，在彼中沚〔四〕。既見君子，我心則喜。

三

菁菁者莪，在彼中陵〔五〕。既見君子，錫我百朋〔六〕。

四

汎汎楊舟〔七〕，載沈載浮〔八〕。既見君子，我心則休〔九〕。

【注】

〔一〕菁菁，茂盛貌。莪，蒿之一種，又名蘿蒿。

〔二〕中阿，阿中也。大的丘陵稱阿。

〔三〕儀，猶禮也。

〔四〕沚，水中小洲。

〔五〕陵，大土山。

〔六〕錫，賜。朋，古代以貝殼爲貨幣，五貝爲一串，兩串爲一朋。

〔七〕楊舟，楊木製的船。
〔八〕載，猶則也。沈，今字作沉。
〔九〕休，喜也。

六月

這首詩敍寫尹吉甫奉周宣王的命令，北伐玁狁，獲致勝利的事迹。

一

六月棲棲〔一〕，戎車既飭〔二〕。四牡騤騤〔三〕，載是常服〔四〕。玁狁孔熾〔五〕，我是用急〔六〕。王于出征〔七〕，以匡王國〔八〕。

二

比物四驪〔九〕，閑之維則〔一〇〕。維此六月〔一一〕，既成我服。我服既成，于三十里〔一二〕。王于出征，以佐天子。

三

四牡脩廣〔一三〕，其大有顒〔一四〕。薄伐玁狁〔一五〕，以奏膚公〔一六〕。有嚴有翼〔一七〕，共武之服〔一八〕。共武之服，以定王國。

四

玁狁匪茹〔一九〕，整居焦穫〔二〇〕。侵鎬及方〔二一〕，至于涇陽〔二二〕。織文鳥章〔二三〕，白旆央央〔二四〕。元戎十乘〔二五〕，以先啓行〔二六〕。

五

戎車既安，如輊如軒〔二七〕。四牡既佶〔二八〕，既佶且閑。薄伐玁狁，至于大原〔二九〕。文武吉甫〔三〇〕，萬邦爲憲〔三一〕。

六

吉甫燕喜〔三二〕，既多受祉〔三三〕。來歸自鎬，我行永久。飲御諸友〔三四〕，炰鱉膾鯉〔三五〕。侯誰在矣〔三六〕？張仲孝友〔三七〕。

【注】

〔一〕棲棲，猶忙忙，忙于出征。一説：棲借爲淒。淒淒，多雨貌。

〔二〕戎車，戰車。飭（chì赤），修整。

〔三〕騤（kuí葵）騤，馬强壯貌。

〔四〕載，裝在車上。常，一種繪有日月的旗。服，軍服。

〔五〕熾，盛也。

〔六〕是用，猶是以。急，緊張。
〔七〕于，借爲呼。一説：于，曰也。
〔八〕匡，救助。
〔九〕比，猶配也。物，指馬。同色的馬配在一起，即是比物。驪，黑色馬。
〔一〇〕閑，練習，熟練。維，猶以也。則，法則。戰車四馬必須練習作戰的法則，而後可用。
〔一一〕維，發語詞。
〔一二〕于，往也。軍行一日三十里，以免過度疲勞。
〔一三〕脩，同修，長也。廣，大也。
〔一四〕有，助詞。顒（yóng 庸），大貌。
〔一五〕薄，借爲搏，擊也。
〔一六〕奏，進獻也。膚，大也。公，通功。
〔一七〕嚴，威嚴。翼，整齊。
〔一八〕武之服，軍人的服裝。此句言：大家都穿軍人的服裝。
〔一九〕匪，通非。茹，柔弱。此句言玁狁不弱。
〔二〇〕整居，列隊而居。焦穫，澤名，在今陝西涇陽縣西北。
〔二一〕鎬，通鄗（hào 號），地名，不是周的鎬京。方，地名。

〔一二〕涇，水名，下游在今陝西境，入於渭水。陽，水的北面稱陽。

〔一三〕織，通幟，即旗幟。文、章，花紋。此句言旗幟上繪有鳥形花紋。

〔一四〕旆，旗也。央央，鮮明貌。

〔一五〕元，大也。元戎，大的戰車。

〔一六〕啓行，開道。此言元戎做開路先鋒。

〔一七〕如，猶乃也。輊，車向下俯。軒，車向上仰。此言車可以隨意使它下俯上仰。

〔一八〕佶，壯健貌。

〔一九〕大，通太。太原，地名，不是現在山西的太原。

〔二〇〕吉甫，姓尹，字吉甫，周宣王的大臣，領兵的主帥。此句言尹吉甫才兼文武。

〔二一〕爲，猶之也。憲，法則。此句言吉甫是萬國的榜樣。

〔二二〕燕，猶歡也。

〔二三〕祉，福也。此句言吉甫多受上天之福。

〔二四〕御，進也，進獻飲食也。吉甫班師還朝，請衆友宴飲。

〔二五〕炰（páo 袍），與炮同，用火燒肉。膾，細切魚肉。

〔二六〕侯，維也，發語詞。

〔二七〕張仲，人名。此句言參加宴會的張仲，有孝友的美德。

采芑

西周宣王時代，大臣方叔領兵征伐楚國。這首詩便是敘寫此事。

一

薄言采芑〔一〕，于彼新田〔二〕，于此菑畝〔三〕。方叔涖止〔四〕，其車三千，師干之試〔五〕。方叔率止〔六〕，乘其四騏〔七〕，四騏翼翼〔八〕。路車有奭〔九〕，簟茀魚服〔一〇〕，鉤膺鞗革〔一一〕。

二

薄言采芑，于彼新田，于此中鄉〔一二〕。方叔涖止，其車三千，旂旐央央〔一三〕。方叔率止，約軝錯衡〔一四〕，八鸞瑲瑲〔一五〕。服其命服〔一六〕，朱芾斯皇〔一七〕，有瑲葱珩〔一八〕。

三

鴥彼飛隼〔一九〕，其飛戾天〔二〇〕，亦集爰止〔二一〕。方叔涖止，其車三千，師干之試。方叔率止，鉦人伐鼓〔二二〕，陳師鞠旅〔二三〕。顯允方叔〔二四〕，伐鼓淵淵〔二五〕，振旅闐闐〔二六〕。

四

蠢爾蠻荆〔二七〕，大邦爲讎〔二八〕。方叔元老〔二九〕，克壯其猶〔三〇〕。方叔率止，執訊獲醜〔三一〕。戎車嘽嘽〔三二〕，嘽嘽焞焞〔三三〕，如霆如雷〔三四〕。顯允方叔，征伐玁狁〔三五〕，蠻荊來威〔三六〕。

【注】

〔一〕薄，急忙。言，讀爲焉。芑（qǐ起），野菜名，味苦。

〔二〕新田，新墾的田。

〔三〕菑（zī資），初耕的田地。此二句寫兵士採芑菜以爲副食。

〔四〕方叔，周宣王的大臣。涖，同莅，臨也。止，語氣詞。

〔五〕師，衆也。干，盾也，用干代表武器。試，用也。此句言要利用戰士和武器，從事戰爭。

〔六〕率，領也。

〔七〕乘，猶駕也。騏，青底黑紋的馬。

〔八〕翼翼，整齊貌。

〔九〕路，大也。路車，即大車，方叔所乘。奭（shì式），紅色。古代貴族的車常塗紅色。

〔一〇〕簟（diàn店）茀，遮蔽車子的竹席。魚服，即魚箙，外蒙魚皮的箭袋。

〔一一〕鉤膺，馬的一種裝具，用寬帶製成，套在馬胸前頸上，上面有鉤，以便扣緊，下面飾有垂纓，又名繁纓。車軛即加在鉤膺上面，以免摩傷馬頸。鞗革，革質飾銅的馬籠頭。

〔一二〕中鄉，即鄉中。

〔一三〕旂，畫有蛟龍的旗。旐，畫有龜蛇的旗。央央，鮮明貌。

〔一四〕約，纏束。軝（qí其），車轂末端部分。軝用革纏束，塗上紅色，叫作約軝。舊説：兵車，轂長三尺二寸，軝長爲轂的五分之三。錯，畫上花紋；一説：錯，塗上金色。古代的車，一個獨轅，名輈，在車中；輈的前端，有個横木，叫衡。衡上有四個木杈，在輈的左右，名軛，軛扣在四馬的頸上。錯衡即有花紋的衡或塗有金色的衡。

〔一五〕鸞，車鈴。瑲瑲，鈴聲。

〔一六〕前一個服字，動詞，穿。命服，古代衣服有一定的制度，貴族由天子下令，賜以某種爵位，才准穿某種衣服，這叫作命服。

〔一七〕芾（fú扶），通韍，皮製的蔽膝。斯，是也。皇，輝煌。

〔一八〕有，助詞。葱，綠色。珩（héng衡），古人佩玉，佩上有兩塊長方的玉，叫作珩。古制：爵位高的佩葱珩，其次佩幽（黑色）珩。此句言方叔的葱珩瑲然有聲。

〔一九〕鴥（yù玉），鳥疾飛貌。隼，鷹鷂屬。

〔二〇〕戾，至也。

〔二一〕爰，猶而也。止，休息。

〔二二〕鉦，鐸也，形似小鐘，内有舌，上有柄，摇之則鳴。古代行軍，有鉦有鼓。但此鉦人似是官名，掌管鳴鉦擊鼓之事者。伐鼓，即擊鼓。

〔二三〕陳師，陳列軍隊。鞫，告也。鞫旅，對軍隊講話。

〔二四〕顯，高貴。允，借爲駿，大也。

〔二五〕淵淵，鼓聲。

〔二六〕振旅，訓練軍隊。闐闐，兵勢衆盛貌。

〔二七〕蠢，蟲蠕動貌。又解：蠢，愚蠢。荆，古代楚國的别稱。蠻，周人對南方民族的蔑稱。

〔二八〕大邦，指周國。讎，仇也。此句指責楚國與周國爲仇。

〔二九〕元老，老臣。

〔三〇〕克，能也。猶，通猷，謀也。此句言方叔有宏大的計謀。

〔三一〕執訊獲醜，擒獲男女戰俘。

〔三二〕嘽（tān 攤）嘽，車行聲。

〔三三〕焞（tūn 吞）焞，盛貌。

〔三四〕霆，劈雷。

〔三五〕征伐玁狁，指方叔在此以前曾征伐過玁狁。

〔三六〕來，猶乃也。威，通畏。此句言楚國因而畏懼。

車攻

這是一首敘寫周王到東方打獵的詩。西周都鎬京，又有洛邑爲東都，所以周王常到東方去。

一

我車既攻〔一〕，我馬既同〔二〕。四牡龐龐〔三〕，駕言徂東〔四〕。

二

田車既好〔五〕，四牡孔阜〔六〕。東有甫草〔七〕，駕言行狩〔八〕。

三

之子于苗〔九〕，選徒囂囂〔一〇〕。建旐設旄〔一一〕，搏獸于敖〔一二〕。

四

駕彼四牡，四牡奕奕〔一三〕。赤芾金舄〔一四〕，會同有繹〔一五〕。

五

決拾既佽〔一六〕，弓矢既調〔一七〕。射夫既同〔一八〕，助我舉柴〔一九〕。

六

四黃既駕〔二〇〕，兩驂不猗〔二一〕。不失其馳〔二二〕，舍矢如破〔二三〕。

七

蕭蕭馬鳴〔二四〕，悠悠旆旌〔二五〕。徒御不驚〔二六〕，大庖不盈〔二七〕。

八

之子于征〔二八〕，有聞無聲〔二九〕。允矣君子〔三〇〕，展也大成〔三一〕。

【注】

〔一〕攻，堅固精緻。

〔二〕同，整齊。

〔三〕龐龐，高大强壯貌。

〔四〕言，讀爲焉。徂（cú），往。

〔五〕田車，狩獵之車。

〔六〕阜，肥壯。

〔七〕甫，甫田的簡稱；甫田，也作圃田，湖澤名。一說：甫，大也，面積廣大。

〔八〕狩，打獵。

〔九〕之子，此人。指負責狩獵之官。于，往也。苗，夏獵曰苗。

〔一〇〕選徒，經過選擇的獵士。囂囂，喧鬧聲。

〔一一〕旐，畫有龜蛇的旗。旄，飾有旄牛尾的旗。

〔一二〕搏獸，打野獸。又：搏獸古本也作薄狩；則薄當是急忙之意。敖，山名。

〔一三〕奕奕，高大美盛貌。

〔一四〕赤芾（fú扶），紅色蔽膝。舄（xì戲），鞋。此句以赤芾金舄代表貴族。

〔一五〕會同，猶會合也。繹，有順序的樣子。

〔一六〕決，通抉，古代射箭時套在右手大拇指上的骨製套子，射箭時用它鉤弓弦。拾，古代射箭時套在左臂上的皮製護袖。佽（cì次），便利也。

〔一七〕調，和也。

〔一八〕同，會合。射夫在獵罷時聚在一起。

〔一九〕舉，擡起。柴（zì自），借爲胔，打死的禽獸。

〔二〇〕黄，黄馬。

〔二一〕驂，駕車四馬中的兩旁兩匹。猗，偏也。

〔二二〕不失其馳，指馬步伐協調，馳驅得法。

〔二三〕舍，放出。如，猶則也。破，射傷鳥獸。

〔二四〕蕭蕭，馬鳴聲。

〔二五〕悠悠，旌旗擺動貌。旆旌，旗幟。

〔二六〕徒，步卒。御，車夫。不，通丕，大也，甚也。下句同。驚，古本也作警，機警，機靈。獵人車夫都很機靈，所以打得很多的鳥獸。

〔二七〕庖，廚房。

〔二八〕征，行也。言其歸來。

〔二九〕此句言但聞車馬人夫的行聲，没有人夫諠譁的聲音。一説：有，助詞。聞無聲，言聽之無聲。

〔三〇〕允，讀爲駿，大也。此句猶言大哉君子。

〔三一〕展，誠然，真的。大成，很成功。

吉日

這是一首敍寫周王打獵的詩。

一

吉日維戊〔一〕，既伯既禱〔二〕。田車既好〔三〕，四牡孔阜〔四〕。升彼大阜，從其羣醜〔五〕。

二

吉日庚午，既差我馬〔六〕。獸之所同〔七〕，麀鹿麌麌〔八〕。漆沮之從〔九〕，天子之所〔一〇〕。

三

瞻彼中原〔一一〕，其祁孔有〔一二〕。儦儦俟俟〔一三〕，或羣或友〔一四〕。悉率左右，以燕天子〔一五〕。

四

既張我弓〔一六〕，既挾我矢。發彼小豝〔一七〕，殪此大兕〔一八〕。以御賓客〔一九〕，且以酌醴〔二〇〕。

【注】

〔一〕戊，古人以甲、乙、丙、丁、戊、己、庚、辛、壬、癸十個天干和子、丑、寅、卯、辰、巳、午、未、申、酉、戌、亥十二個地支順序配合以記日。從第二章「吉日庚午」看，此戊日系戊辰日，且是一月中逢單的日子。古人逢單日則從事征戰、田獵等外事。

〔二〕伯，祭祀馬神。禱，祈禱。

〔三〕田車，獵車。

〔四〕阜，肥壯。

〔五〕從，猶逐也。羣醜，指野獸。

〔六〕差（chāi 釵），選擇。

〔七〕同，猶聚也。

〔八〕麀（yōu 憂），牝鹿。麌（yǔ 雨）麌，鹿羣聚貌。

〔九〕漆、沮，都是西周境内的水名，在今陝西境内。從，指逐獸。此言由漆沮兩旁以逐獸。

〔一〇〕所，處所。此句言該地宜爲天子田獵之所。

〔一一〕中原，即原中。

〔一二〕祁，大也，指大獸。有，猶多也。

〔一三〕儦儦，跑貌。俟俟，行貌。

〔一四〕羣，獸三隻以上在一起爲羣。友，兩隻在一起爲友。

〔一五〕燕，安也，保也。此二句言在行獵時，盡率左右之人保護天子，以防天子被猛獸所傷。

〔一六〕張，加弦于弓也。古人用弓則加弦，是爲張；不用弓則解弦，是爲弛。

〔一七〕發，射也。豝，小獸也。

〔一八〕殪，死。兕（sì 寺），古代犀牛一類的獸名。

〔一九〕御，進獻飲食。

〔二〇〕酌醴，飲酒。

鴻鴈之什

鴻鴈

此篇當是一首民歌。一個奴隸主下令徵集他的農奴、工匠來給他建築城邑或莊園。勞動人民在徭役中唱出這首歌。

一

鴻鴈于飛〔一〕，肅肅其羽〔二〕；之子于征〔三〕，劬勞于野〔四〕。爰及矜人〔五〕，哀此鰥寡〔六〕。

二

鴻鴈于飛，集于中澤〔七〕；之子于垣〔八〕，百堵皆作〔九〕。雖則劬勞，其究安宅〔一〇〕？

三

鴻鴈于飛，哀鳴嗸嗸〔一一〕；維此哲人〔一二〕，謂我劬勞。維彼愚人，謂我宣驕〔一三〕。

【注】

〔一〕鴻鴈，即雁。于，在也。

〔二〕肅肅，鳥羽振動聲。

〔三〕之子，指被徵集的一些人。征，與行同意。

〔四〕劬勞，勞苦，勞累。

〔五〕爰，猶乃也。矜人，貧苦可憐的人。言奴隸主的徭役都加到可憐的人們身上。

〔六〕鰥，老而無妻的男子。寡，死掉丈夫的婦人。

〔七〕中澤，即澤中。

〔八〕垣，牆也。此指築牆。

〔九〕百，言其多。堵，一面牆。

〔一〇〕究，究竟。安，何也。宅，居住。農奴們雖然辛苦築牆，而結果是自己住不上房子。一説：安宅，安居。言大家終究可以安居了。

〔一一〕嗸，同嗷。嗷嗷，雁哀鳴聲。

〔一二〕哲人，即明白人。

〔一三〕宣，當借爲喧，多言也。驕，驕傲。四句言了解情況者説奴隸們勞累，黯昧者反而責備奴隸們心懷不滿。

庭燎

這是一首贊美官僚早晨乘車上朝的詩。

一

夜如何其〔一〕？夜未央〔二〕！庭燎之光〔三〕。君子至止〔四〕，鸞聲將將〔五〕。

二

夜如何其？夜未艾〔六〕！庭燎晣晣〔七〕。君子至止，鸞聲噦噦〔八〕。

三

夜如何其？夜鄉晨〔九〕！庭燎有煇〔一〇〕。君子至止，言觀其旂〔一一〕。

【注】

〔一〕其（jī基），表疑問的語氣詞。

〔二〕未央，未盡。

〔三〕庭燎，庭中用以照明的火炬。之，有也。古人早朝，庭上燃有麻稭等紮成的大燭。

〔四〕君子，指大臣。止，語氣詞。此句言君子來上朝。

〔五〕鸞，車鈴。將將，同鏘鏘，鈴聲。

〔六〕艾，止，盡。

〔七〕晣（zhì制）晣，明亮。

〔八〕噦（huì滙）噦，有節奏的鈴聲。

〔九〕鄉，通嚮。嚮晨，近曉。

〔一〇〕煇，同輝。

〔一一〕言，猶爰也，乃也。旂，旌旗。

沔水

這首詩似作于東周初年。平王東遷以後，王朝衰弱，諸侯不再擁護。鎬京一帶，危機四伏。作者憂之，因作此詩。

一

沔彼流水〔一〕，朝宗于海〔二〕。鴥彼飛隼〔三〕，載飛載止〔四〕。嗟我兄弟〔五〕，邦人諸友〔六〕，莫肯念亂〔七〕，誰無父母〔八〕？

二

沔彼流水，其流湯湯〔九〕。鴥彼飛隼，載飛載揚。念彼不蹟〔一〇〕，載起載行〔一一〕，心之憂矣，不可弭忘〔一二〕。

三

鴥彼飛隼，率彼中陵〔一三〕。民之訛言〔一四〕，寧莫之懲〔一五〕。我友敬矣〔一六〕，讒言其興〔一七〕。

【注】

〔一〕沔，水滿。

〔二〕朝宗，諸侯朝見天子，春見曰朝，夏見曰宗。後借指百川入海。

〔三〕鴥（yù玉），鳥疾飛貌。隼，鷹鷂之屬。

〔四〕載，猶則也。

〔五〕兄弟，指周王同姓的諸侯和大臣。

〔六〕邦人諸友，指周王異姓的諸侯和大臣。

〔七〕莫肯念亂，無人肯考慮王朝的亂事。

〔八〕誰無父母，指人人都有父母，能不考慮父母因亂而受難嗎？

〔九〕湯（shāng傷）湯，猶蕩蕩，大水急流貌。

〔一〇〕蹟，同迹，道也。不蹟即無道之意。念彼不蹟，想起那些不遵守法度的諸侯和大臣。

〔一〕載起載行，言憂愁在心，坐卧不寧。
〔二〕弭，停止。忘，忘掉。一說：忘借爲亡。亡，已也。
〔三〕率，循也。中陵，即陵中。陵，嶺也。
〔四〕訛言，謡言。
〔五〕寧，乃也。懲，戒也。
〔六〕敬，警戒小心。
〔七〕興，起也。此二句言讒言已起，朋友宜加小心。

鶴鳴

這首詩的主旨是勸告王朝最高統治者應該任用在野的賢人。

一

鶴鳴于九皋〔一〕，聲聞于野。魚潛在淵，或在于渚〔二〕。樂彼之園〔三〕，爰有樹檀〔四〕，其下維蘀〔五〕。它山之石，可以爲錯〔六〕。

二

鶴鳴于九皋，聲聞于天。魚在于渚，或潛在淵。樂彼之園，爰有樹檀，其下維轂〔七〕。它山之石，可以攻玉〔八〕。

【注】

〔一〕九是虛數。臯，沼澤。九臯，言一連串的小湖澤。

〔二〕渚，借爲瀦，水停聚的地方。

〔三〕彼，指賢人。

〔四〕爰，發語詞。檀，一種珍貴的樹木。

〔五〕其，指檀樹。蘀（tuò拓），借爲檡（shì釋），軟棗，又叫梬（yǐng影）棗，一種矮樹。

〔六〕錯，磨物的工具。古代的錯或以硬石製成，或以金屬製成。此二句比喻在野的賢人可與商討國事，輔佐國政。

〔七〕轂，一種惡木。

〔八〕攻，治也。治玉須用石錯磨之。

祈父

此篇是西周王朝的武士所作。作者受到上司迫害，弄得流離失所，因而唱出這首詩，表示反抗。

一

祈父〔一〕，予王之爪牙〔二〕。胡轉予于恤〔三〕？靡所止居〔四〕。

二

祈父，予王之爪士〔五〕。胡轉予于恤？靡所厎止〔六〕。

三

祈父，亶不聰〔七〕。胡轉予于恤？有母之尸饔〔八〕。

【注】

〔一〕祈父，官名，即司馬，職掌兵甲。祈借爲圻，邊境叫作圻。司馬主管保衛邊境的事務，所以叫作圻父。《尚書·酒誥》作圻父。

〔二〕王之爪牙，即王的衛士。王有衛士如同獸有爪牙。

〔三〕恤，憂患。

〔四〕所，處所。止居，即居住之意。作者的田宅被没收，所以無處可住。

〔五〕士，衛士。

〔六〕厎（zhǐ紙），終也。

〔七〕亶（dǎn膽），誠也，如同現在的真。

〔八〕之，猶而也。尸，主也，即主管之意。饔，熟飯。尸饔就是主管煮飯。此句是説作者没有妻，家中没有奴僕，他的母親自己煮飯。

白駒

這是一首貴族挽留客人的詩。

一

皎皎白駒〔一〕，食我場苗〔二〕；縶之維之〔三〕，以永今朝〔四〕。所謂伊人〔五〕，於焉逍遥〔六〕。

二

皎皎白駒，食我場藿〔七〕；縶之維之，以永今夕。所謂伊人，於焉嘉客〔八〕。

三

皎皎白駒，賁然來思〔九〕。爾公爾侯〔一〇〕，逸豫無期〔一一〕。慎爾優游〔一二〕，勉爾遁思〔一三〕。

四

皎皎白駒，在彼空谷。生芻一束〔一四〕，其人如玉〔一五〕。毋金玉爾音〔一六〕，而有遐心〔一七〕。

【注】

〔一〕皎皎，潔白。駒，馬六尺爲駒。白駒是客人所乘。

〔二〕場，園圃。

〔三〕縶，用繩子把馬足絆上。維，把馬繮繩拴上。絆馬繫馬表示留客。

〔四〕永，延長。永今朝，延長到今朝，即留客人多住一天。

〔五〕伊人，此人，即客人。

〔六〕於，《廣雅·釋詁二》：「於，尻（居）也。」逍遥，優游自得貌。

〔七〕藿，豆葉。

〔八〕嘉，美也。言在這裏做個好客人。

〔九〕賁，通奔。思，語氣詞。

〔一〇〕爾公爾侯，即你們公侯。

〔一一〕逸，安閑。豫，借爲娱，娱樂。無期，没有期限。此句言公侯在外游樂，時間可長可短，無妨在這裏多住幾天。

〔一二〕優游，猶遨游。慎爾優游是規勸公侯在出游中小心謹慎，加强護衛，以防發生意外。

〔一三〕勉，讀爲免。遁，逃也。思，想法。免爾遁思，打消你離去的想法。

〔一四〕生芻，餵牲畜的草。

〔一五〕如玉，指客人的品德似玉潔白。

〔一六〕毋金玉爾音，指不要把你的聲音看成金玉般的珍貴，不肯多賜教言。

〔一七〕遐，遠也。遐心，遠離我們的想法。

黄鳥

此篇是一首民歌，當作於東周時期。西周亡後，開始有了新興地主和佃農，産生實物地租制度。詩的作者是個佃農，他從别地到西周王畿來，租種地主的土地。可是西周王畿的地主們的剥削比原住地區的地主更殘酷一些，而且他舉目無親，在生活上更感困難，所以仍想回到原住的地區去。他唱出這首詩，來表達他的憎恨地主、想回家鄉的思想感情。此詩與《魏風·碩鼠》有相似的地方。

一

黄鳥，黄鳥〔一〕，無集于穀〔二〕！無啄我粟〔三〕！此邦之人〔四〕，不我肯穀〔五〕。言旋言歸〔六〕，復我邦族〔七〕！

二

黄鳥，黄鳥，無集于桑！無啄我粱〔八〕！此邦之人，不可與明〔九〕。言旋言歸，復我諸兄！

三

黄鳥，黄鳥，無集于栩〔一〇〕！無啄我黍！此邦之人，不可與處〔一一〕。言旋言歸，復我諸父〔一二〕！

【注】

〔一〕黄鳥，即黄雀。

〔二〕穀，木名，即楮木，皮可造紙。

〔三〕粟，糧食的通稱。此用鳥的吃糧食比喻地主的剥削。

〔四〕此邦之人，主要是指地主們。

〔五〕不我肯穀，不肯穀我。穀，良善。此指善意待人。

〔六〕言，猶乃，于是。旋，回還。

〔七〕復，返。

〔八〕粱，高粱。

〔九〕明，借爲盟。不可與盟，指不能與之訂立約言。

〔一〇〕栩（xǔ許），柞樹。

〔一一〕處，相處。

〔一二〕諸父，伯父叔父等的總稱。

【附録】

注〔九〕明，鄭箋：「明當作盟。」馬瑞辰《毛詩傳箋通釋》：「明盟古通用。」

我行其野

一個貧苦漢子投靠（或出贅）在他的岳家，而他的妻子嫌貧愛富，想另嫁人，把他逐出。這首詩乃抒寫他的憤懣。

一

我行其野，蔽芾其樗〔一〕。昏姻之故〔二〕，言就爾居〔三〕。爾不我畜〔四〕，復我邦家〔五〕。

二

我行其野，言采其蓫〔六〕。昏姻之故，言就爾宿。爾不我畜，言歸斯復〔七〕。

三

我行其野，言采其葍〔八〕。不思舊姻，求爾新特〔九〕。成不以富〔一〇〕，亦祇以異〔一一〕。

【注】

〔一〕蔽芾（fèi 費），樹葉初生貌。樗（chū 初），惡木，今名臭椿。

〔二〕姻，馬瑞辰《毛詩傳箋通釋》：「姻謂夫也。」按古語妻稱夫爲姻，例如本詩「不思舊姻」。夫稱妻爲婚，例如《邶風・谷風》：「宴爾新昏，如兄如弟。」

〔三〕言，猶乃也。就，從，歸。爾，夫稱其妻。

〔四〕畜，養也。

〔五〕復，返。

〔六〕蓫（zhú 逐），惡菜，又名羊蹄菜，似蘿蔔，莖赤，煮食，滑而不美，多吃令人下痢。

〔七〕斯，猶乃也。

〔八〕葍（fú 福），多年生蔓草，花相連，根白色，可蒸食。

〔九〕新特，新夫也。《説文》：「特，朴特，牛父也。」古語稱公牛爲特，因而妻稱丈夫爲特。

〔一〇〕成，成就。

〔一一〕祇，只也，僅也。異，奇異。此二句言：人有成就不在于他有錢財，而只在于他有奇異的才德。

斯干

這是一首歌頌貴族建築宮室的詩。

一

秩秩斯干〔一〕，幽幽南山〔二〕。如竹苞矣〔三〕，如松茂矣。兄及弟矣，式相好矣〔四〕，無相猶矣〔五〕。

二

似續妣祖〔六〕，築室百堵〔七〕，西南其户〔八〕。爰居爰處〔九〕，爰笑爰語。

三

約之閣閣〔一〇〕，椓之橐橐〔一一〕。風雨攸除〔一二〕，鳥鼠攸去〔一三〕，君子攸芋〔一四〕。

四

如跂斯翼〔一五〕，如矢斯棘〔一六〕，如鳥斯革〔一七〕，如翬斯飛〔一八〕，君子攸躋〔一九〕。

五

殖殖其庭〔二〇〕，有覺其楹〔二一〕，噲噲其正〔二二〕，噦噦其冥〔二三〕，君子攸寧。

六

下莞上簟〔二四〕，乃安斯寢〔二五〕。乃寢乃興，乃占我夢。吉夢維何？維熊維羆〔二六〕，維虺維蛇〔二七〕。

七

大人占之[二八]：維熊維羆，男子之祥[二九]；維虺維蛇，女子之祥[三〇]。

八

乃生男子[三一]，載寢之牀[三二]，載衣之裳，載弄之璋[三三]。其泣喤喤[三四]。朱芾斯皇[三五]，室家君王[三六]。

九

乃生女子，載寢之地[三七]，載衣之裼[三八]，載弄之瓦[三九]。無非無儀[四〇]，唯酒食是議[四一]，無父母詒罹[四二]。

【注】

〔一〕秩秩，水流貌。斯，猶之。干，通澗。

〔二〕幽幽，深遠貌。南山，即終南山。

〔三〕如，猶彼也。苞，與茂同意。一説：如，似也。言貴族家庭的興旺如松竹的茂盛。

〔四〕式，發語詞。

〔五〕猶，欺詐。此三句指兄弟和睦，不必分家，宜擴建房屋。

〔六〕似，通嗣，繼也。妣，母已死之稱。此句言繼承先祖之家業。

〔七〕堵，一面牆爲一堵。此以一堵代表一間。

〔八〕户，指開門。此句指向西向南都開有門。

〔九〕爰，于是。

〔一〇〕約，捆束。之，指築牆板。閣閣，象聲詞，捆板的聲音。一説：閣閣，牢固貌。

〔一一〕椓，擊也，即打牆土。橐橐，夯土聲。一説：橐橐，用力或堅實貌。

〔一二〕攸，于是。

〔一三〕鳥鼠攸去，指鳥鼠不能穿牆入屋爲害。

〔一四〕芋，借爲宇。宇，居也。

〔一五〕跂，疑借爲雉（zhī支），鳥名，喜鵲之屬。斯，猶之也。

〔一六〕棘，借爲翮，羽翎。此指箭的羽翎。

〔一七〕革，借爲鞠（gé革），翅膀。

〔一八〕翬，即野雞。此四句比喻新屋的伸展平直。

〔一九〕躋，登也。

〔二〇〕殖殖，平正貌。

〔二一〕覺，通梏，高大，正直。楹，柱子。

〔二二〕噲噲，寬敞明亮貌。正，白晝。

〔二三〕噦（huì 滙）噦，深暗貌。冥，黑夜。

〔二四〕莞（guān 關），蒲草，此指蒲草席。簟（diàn 店），竹席。

〔二五〕斯，猶乃也。

〔二六〕羆，熊的一種，比熊大。

〔二七〕虺，毒蛇。

〔二八〕大人，對占夢官的稱呼。《周禮》有太卜之官，掌占夢。

〔二九〕祥，吉兆。熊羆是猛獸，所以象徵男子。

〔三〇〕女子之祥，虺蛇是陰類，所以象徵女子。

〔三一〕乃，如果。

〔三二〕載，猶則也。

〔三三〕璋，玉製的禮器，半圭爲璋。

〔三四〕喤喤，形容嬰兒哭聲洪亮。

〔三五〕朱芾（fú 扶），紅色蔽膝。皇，輝煌。

〔三六〕家室君王，指男孩長大後將是一家的家長、一家的統治者。

〔三七〕地，周代住室不設牀，地上鋪席，人寢在席上，所以養女孩也寢在地上。因爲重視男孩，所以養男孩寢在特設的牀上。

〔三八〕裼（ㄊㄧˊ惕），包嬰兒的被。
〔三九〕瓦，原始的陶製紡錘。
〔四〇〕非，錯誤。儀，當讀爲俄。俄，邪僻。
〔四一〕議，商討。此言婦女只需講究做酒飯等家事。
〔四二〕詒，通貽，留給。罹，憂也。此句言不給父母帶來憂愁。

無羊

這首詩是敍寫奴隸主畜牧牛羊的情況，反映出他們佔有大量的牲畜，并有奴隸替他們放牧。

一

誰謂爾無羊？三百維羣；誰謂爾無牛？九十其犉〔一〕。爾羊來思〔二〕，其角濈濈〔三〕。爾牛來思，其耳濕濕〔四〕。

二

或降于阿〔五〕，或飲于池，或寢或訛〔六〕。爾牧來思〔七〕，何蓑何笠〔八〕，或負其餱〔九〕。三十維物〔一〇〕，爾牲則具〔一一〕。

三

爾牧來思，以薪以蒸〔一二〕，以雌以雄〔一三〕。爾羊來思，矜矜兢兢〔一四〕，不騫不崩〔一五〕。麾之以肱〔一六〕，畢來既升〔一七〕。

四

牧人乃夢，衆維魚矣〔一八〕，旐維旟矣〔一九〕。大人占之〔二〇〕：衆維魚矣，實維豐年；旐維旟矣，室家溱溱〔二一〕。

【注】

〔一〕犉，身長七尺的大牛。
〔二〕思，語氣詞。
〔三〕濈（ㄐㄧˊ輯）濈，衆多聚集貌。
〔四〕濕濕，牛反芻時耳動貌。
〔五〕阿，山崗。
〔六〕訛，通吪，動。
〔七〕牧，牧人。
〔八〕何，通荷。

〔九〕餱，乾糧。

〔一○〕物，指牛羊的毛色。三十是虛數，表示牛羊毛色多種多樣。

〔一一〕牲，用於祭祀的家畜。具，具備。古代因祭祀的對象不同而用不同毛色的家畜。

〔一二〕薪，粗柴。蒸，細柴，草類。

〔一三〕雌雄，指鳥獸。二句指牧人在放牧時還兼打柴狩獵。

〔一四〕矜矜，走路伶俐迅速的樣子。兢兢，争着前進的樣子。

〔一五〕騫，借爲蹇（jiǎn 簡），跛足。崩，跌倒。

〔一六〕麾，指揮。肱，手臂。

〔一七〕畢與既均當訓盡。升，進入圈裏。

〔一八〕衆，借爲螽，蝗蟲。維，與也。下句同。

〔一九〕旐（zhào 兆），一種畫有龜蛇的旗。旟（yú 于），一種畫有鷹隼的旗。二句言牧人夢見螽和魚、旐和旟。

〔二○〕大人，占夢的官，或者管卜筮的官。占之即占卜夢的吉凶。

〔二一〕溱，借爲蓁。蓁蓁，茂盛衆多的樣子。指人丁興旺。最後四句是占夢的話。

【附録】

注〔一五〕騫，借爲蹇，《説文》：「蹇，尳也。」尳，古跛字。

注〔一八〕衆，丁希曾說：「衆借爲螺。螺，古螽字，即蝗蟲。」（盧文弨《鍾山札記》引）又按：衆或借爲潀，《說文》：「潀，小水入大水曰潀。」《大雅·鳧鷖》：「鳧鷖在潀。」《毛傳》：「潀，水會也。」小水入大水正是小水和大水相會，許說和毛說是一致的。

節南山之什

節南山

這首詩是家父所作，諷刺周王朝執政大官尹氏，似作於西周亡後不久。西周亡後，平王東遷，鎬京仍有統治機構。尹氏當是這個機構的執政者。

一

節彼南山〔一〕，維石巖巖〔二〕。赫赫師尹〔三〕，民具爾瞻〔四〕。憂心如惔〔五〕，不敢戲談。國既卒斬〔六〕，何用不監〔七〕？

二

節彼南山，有實其猗〔八〕。赫赫師尹，不平謂何〔九〕？天方薦瘥〔一〇〕，喪亂弘多〔一一〕。民言無嘉〔一二〕，憯莫懲嗟〔一三〕。

三

尹氏大師，維周之氐〔一四〕，秉國之均〔一五〕，四方是維〔一六〕，天子是毗〔一七〕，俾民不迷〔一八〕。不弔昊天〔一九〕，不宜空我師〔二〇〕。

四

弗躬弗親〔二一〕，庶民弗信。弗問弗仕〔二二〕，勿罔君子〔二三〕。式夷式已〔二四〕，無小人殆〔二五〕。瑣瑣姻亞〔二六〕，則無膴仕〔二七〕。

五

昊天不傭〔二八〕，降此鞠訩〔二九〕。昊天不惠〔三〇〕，降此大戾〔三一〕。君子如屆〔三二〕，俾民心闋〔三三〕。君子如夷〔三四〕，惡怒是違〔三五〕。

六

不弔昊天，亂靡有定。式月斯生〔三六〕，俾民不寧。憂心如酲〔三七〕，誰秉國成〔三八〕？不自爲政，卒勞百姓〔三九〕。

七

駕彼四牡，四牡項領〔四〇〕。我瞻四方，蹙蹙靡所騁〔四一〕。

八

方茂爾惡〔四二〕，相爾矛矣〔四三〕。既夷既懌〔四四〕，如相醻矣〔四五〕。

九

昊天不平，我王不寧。不懲其心〔四六〕，覆怨其正〔四七〕。

十

家父作誦〔四八〕，以究王訩〔四九〕。式訛爾心〔五〇〕，以畜萬邦〔五一〕。

【注】

〔一〕節，山高峻貌。

〔二〕巖巖，山石堆積貌。

〔三〕赫赫，顯耀盛大貌。師尹，太師尹氏的簡稱。太師，周王朝執政的大臣之一。尹氏，周王朝貴族之一，姓尹，作者未舉其名。

〔四〕具，通俱。此言人民都在看着你。

〔五〕惔（tán談），借爲炎，火燒。

〔六〕卒，同猝，突然。斬，斷也。此句指周王朝突然滅亡。當指犬戎滅周而言。

〔七〕何用，猶何以。監，察也。此句言爲什麼不檢查政治上的錯誤。

〔八〕實、猗，王引之《經義述聞》：「實，大貌。猗借爲阿。」按實猶碩也，實與碩雙聲相轉。阿，山坡。

〔九〕謂，通爲。

〔一〇〕薦，進也。進猶加也。瘥，災疫。此句言上天正在加重人民的災難。

〔一一〕弘，大也。

〔一二〕嘉，善也。此句指人民對於尹氏，只有諷刺和咒罵，没有一句贊美的好話。

〔一三〕憯（cǎn 慘），猶曾、乃。懲，戒也。嗟，歎也。此句指尹氏還不知警戒駭歎。

〔一四〕氐，根本。又解：氐借爲榰（zhī 支），《爾雅·釋言》：「榰，柱也。」此言尹氏處于執政的地位如同國家的柱石。

〔一五〕秉，掌握。均，通鈞，製陶器模子下面的圓盤。尹氏掌握政權來治國，好比陶人掌握圓盤來製器，所以説秉國之鈞。

〔一六〕維，維持。此句言尹氏有維持四方之責。

〔一七〕毗，輔助。

〔一八〕俾，使也。

〔一九〕弔，通淑，善也。昊天，皇天。

〔二〇〕空，窮也。師，衆也。此言上天不宜使我們羣衆陷于窮困。

〔一一〕躬親，親自。此句言尹氏不親身管理政事。

〔一二〕仕，審察。此句言尹氏不去詢察政事。

〔一三〕罔，欺也。君子，指官吏。此句言尹氏你不要欺騙官吏。

〔一四〕式，發語詞。夷，平也。已，讀爲怡。《説文》：「怡，和也。」此句言你要公平，要和善。

〔一五〕小人，指勞動人民。殆，危也，引申爲迫害之意。此句言你不要迫害老百姓。

〔一六〕瑣瑣，卑微渺小貌。姻，兒女親家。亞，通婭，姐妹之夫相互的稱謂。

〔一七〕膴，當讀爲謨，膴謨古通用。《説文》：「膴讀若謨。」《集韻》：「謨古作譕。」可證。謨，謀也。仕借爲士。言尹氏的親戚没有計謀之士。

〔一八〕傭，當讀爲庸。《小爾雅·廣言》：「庸，善也。」「昊天不庸」與「不弔昊天」同意。

〔一九〕鞫訩，窮凶，極凶，最大的災凶。

〔二〇〕惠，仁也。

〔二一〕戾，借爲癘，災難。

〔二二〕届，《毛傳》：「届，極也。」《小雅·菀柳》：「後予極焉。」鄭箋：「極，誅也。」此届字當訓爲誅。《魯頌·閟宫》：「致天之届。」義同。

〔二三〕闋，當讀爲睽。《周易·序卦》：「睽者，乖也。」《左傳·僖公十五年》：「歸妹之睽。」杜注：「睽，乖離之象。」心睽，猶心離也。上兩句言：統治者如果一味誅殺，就會使民心叛離。

〔三四〕夷，平也。

〔三五〕惡，憎惡。違，去也。此二句言：統治者如果公平，人民對他們的憎惡、憤怒就去掉了。

〔三六〕斯，是也。此句指每月都有亂事發生。

〔三七〕酲，飲酒多而病也。

〔三八〕成，疑借爲程。《荀子·致仕篇》：「程者，物之凖也。」《小雅·小旻》：「匪先民是程。」《毛傳》：「程，法也。」程即法度。

〔三九〕卒，借爲瘁，病也。

〔四〇〕項，肥大。領，脖頸。

〔四一〕蹙蹙，局促不得舒展之意。此句指四方雖然遼闊，但到處有亂，無地可去。

〔四二〕茂，盛也。惡，憎惡。

〔四三〕相，視也。此二句言：當你們互相憎恨正强烈的時候，則看你們的矛，勢將用武。

〔四四〕夷，和平。懌，喜悦。

〔四五〕如，猶乃也，則也。醻，同酬。此二句言：當你們都很喜悦的時候，就一起飲酒互相酬答了。此章寫貴族之間反覆無常。

〔四六〕懲，改也。

〔四七〕覆，反也。二句言：非但不改過，反而怨恨規正他的人。

〔四八〕家父，人名。《小雅·十月之交》有「家伯維宰」，疑是一人。誦，詩歌。

〔四九〕究，追究。訩，借爲兇。追究周王朝兇惡的根源。意在歸咎于尹氏。

〔五〇〕訛，改變。爾，指尹氏。

〔五一〕畜，養也。此二句言：望你改變心腸，以治理天下。

正月

作者是西周王朝的官吏。他指責統治貴族的昏庸腐朽與殘暴，悲悼王朝的淪亡，怨恨上天給人民帶來災難，憂傷自己的遭受讒毁，處於孤立無援的境地。

一

正月繁霜〔一〕，我心憂傷。民之訛言〔二〕，亦孔之將〔三〕。念我獨兮〔四〕，憂心京京〔五〕。哀我小心，癙憂以痒〔六〕。

二

父母生我，胡俾我瘉〔七〕？不自我先，不自我後〔八〕。好言自口，莠言自口〔九〕。憂心愈愈〔一〇〕，是以有侮〔一一〕。

三

憂心惸惸〔一二〕，念我無祿〔一三〕。民之無辜，并其臣僕〔一四〕。哀我人斯〔一五〕，于何從祿？瞻烏爰止〔一六〕，于誰之屋〔一七〕？

四

瞻彼中林，侯薪侯蒸〔一八〕。民今方殆〔一九〕，視天夢夢〔二〇〕。既克有定，靡人弗勝〔二一〕。有皇上帝〔二二〕，伊誰云憎〔二三〕！

五

謂山蓋卑〔二四〕？爲岡爲陵〔二五〕。民之訛言，寧莫之懲〔二六〕！召彼故老〔二七〕，訊之占夢〔二八〕。具曰「予聖」〔二九〕，誰知烏之雌雄〔三〇〕！

六

謂天蓋高？不敢不局〔三一〕。謂地蓋厚？不敢不蹐〔三二〕。維號斯言〔三三〕，有倫有脊〔三四〕。哀今之人，胡爲虺蜴〔三五〕？

七

瞻彼阪田〔三六〕，有菀其特〔三七〕。天之扤我〔三八〕，如不我克〔三九〕。彼求我，則如不我得〔四〇〕；執我仇仇〔四一〕，亦不我力〔四二〕。

八

心之憂矣，如或結之〔四三〕。今茲之正〔四四〕，胡然厲矣〔四五〕？燎之方揚〔四六〕，寧或滅之〔四七〕。赫赫宗周〔四八〕，褒姒威之〔四九〕。

九

終其永懷〔五〇〕，又窘陰雨〔五一〕。其車既載，乃棄爾輔〔五二〕。載輸爾載〔五三〕，「將伯助予」〔五四〕！

十

無棄爾輔，員于爾輻〔五五〕。屢顧爾僕〔五六〕，不輸爾載。終踰絶險〔五七〕，曾是不意〔五八〕！

十一

魚在于沼，亦匪克樂；潛雖伏矣，亦孔之炤〔五九〕。憂心慘慘，念國之爲虐。

十二

彼有旨酒，又有嘉殽；洽比其鄰〔六〇〕，昏姻孔云〔六一〕。念我獨兮，憂心慇慇〔六二〕。

十三

佌佌彼有屋〔六三〕，蔌蔌方有穀〔六四〕。民今之無禄，天夭是椓〔六五〕。哿矣富人〔六六〕，哀此惸獨〔六七〕。

【注】

〔一〕正月，毛傳：「正月，夏之四月。」亨按：夏、殷、周三曆，正月多霜，都是正常。殷、周正月均不是夏之四月。經文與傳文之正均當作四，形似而誤。繁，多也。

〔二〕訛言，猶謡言。

〔三〕孔，很。將，大也。是説謡言很盛。

〔四〕獨，孤獨。

〔五〕京京，憂愁無法解除的樣子。

〔六〕癙(shǔ鼠)，幽悶。痒，病也。

〔七〕瘉，病也，指受災難。

〔八〕不自我先，不自我後，指變亂不先不後正發生在我的時代。

〔九〕莠言，壞話。此二句言：好話壞話都從人口説出。反覆無常之意。

〔一〇〕愈愈，猶鬱鬱，煩悶也。

〔一一〕以，因也。此句言憂悶是因爲受人欺侮。

〔一二〕惸(qióng瓊)惸，心中忐忑不安的樣子。

〔一三〕禄，福也。無禄，不幸。

〔一四〕并，皆也。臣僕，奴隸。此二句言：人民無罪，亡國後都將淪爲奴隸。

〔一五〕我人，我們。斯，語氣詞。

〔一六〕瞻，視也。爰，猶之也。

〔一七〕于，在。此二句言：瞧那烏鴉不知將落在何家。比喻自己將無處棲止。

〔一八〕侯，維也。薪，柴。蒸，草。此二句以林中都是柴草，没有大材，比喻朝廷都是小人，没有賢臣。

〔一九〕殆，危也。

〔二〇〕夢夢，昏憒不明。

〔二一〕靡，無也。此二句指上帝能有所決定，没有人他戰不勝。即天定勝人之意。

〔二二〕皇，輝煌。

〔二三〕伊，維也。云，句中助詞。此句問上帝究竟憎恨什麽人。

〔二四〕謂，猶惟也。蓋，通盍，何也。山爲什麽低了呢？

〔二五〕岡，古崗字。陵，即嶺。《國語·周語》：「幽王二年，岐山崩。」《小雅·十月之交》：「山冢崒崩。」此二句指岐山崩一事而言。

〔二六〕寧，猶乃也。懲，戒也。

〔二七〕召，當讀爲詔，告也。故老，老臣。

〔二八〕訊，問也。占夢，官名，掌占卜夢的吉凶及災異之事。此二句指以訛言與山崩二事請教老臣與占夢官。

〔二九〕具，通俱。此句的主語是故老與占夢，言他們都自稱聖明。

〔三〇〕此句嘲笑故老占夢們知識的淺少。

〔三一〕局，毛傳：「局，曲也。」即曲身、彎腰。此二句言：天是何等高，可是站着不敢不彎腰曲背。刻畫作者行動的小心謹慎。

〔三二〕蹐，用小步走路。即輕輕地走路。此二句言：地是何等厚，可是走路不敢不輕輕下脚。亦刻畫作者行動的小心謹慎。

〔三三〕號，喊叫。斯，猶則也。此句指有人喊我，我才講話。

〔三四〕倫、脊，毛傳：「倫，道；脊，理也。」倫是條理，脊是中心論點，如人身之脊。上二句刻畫作者言談的小心謹慎。

〔三五〕虺蜴，毒蛇和四脚蛇。此二句指今日的掌權貴族都是害人的虺蜴，所以作者不能不小心謹慎。

〔三六〕阪田，山坡上的田。

〔三七〕菀，疑借爲甈（yuè月），黄黑色。特，公牛。

〔三八〕扤（wù誤），借爲抈（yuè月）。《説文》：「抈，折也。」即挫折之義。

〔三九〕克，勝也。言其用盡方法以求勝我。

〔四〇〕不我得，不得我，指用盡方法以求得我。

〔四一〕仇仇，同执执，緩也。

〔四二〕不我力，不以爲我有能力。以上四句言掌權貴族曾經百計求我，但已得我，則又不加任用。

〔四三〕結，結疙瘩。

〔四四〕正，通政。

〔四五〕厲，虐也。

〔四六〕燎，野火與火炬均稱燎。揚，盛旺。

〔四七〕寧，猶乃也。或，有人也。

〔四八〕宗周，周人稱鎬京爲宗周，也稱西周爲宗周。宗，主也。因其爲天下所宗，故稱宗周。

〔四九〕褒姒，西周最末一代君主周幽王的寵妃。幽王因寵她而朝政昏亂，終於導致亡國。烕（miè 滅），本義爲滅火，引申爲滅亡。此二句言褒姒將滅亡西周。一説：此詩作于西周初亡之時，這二句言褒姒已經滅亡周國。

〔五〇〕終，既也。永懷，深憂。

〔五一〕窘，困也。

〔五二〕輔，俞樾《羣經平議》：「輔讀爲轉（bó 博），車下索也。」即聯結車身與車軸的繩索，作者用以比喻賢人。

〔五三〕輸，墮落，即掉下車來。載，前載字是語助詞，後載字指所載之物。

〔五四〕將，請也。伯，猶今語的大哥。

〔五五〕員于爾輻，俞樾説：「員，旋也。輻當作輹，即伏兔也。」員即將繩索盤上。輹是車箱下面鈎住車軸的木頭，狀似伏兔，用轉緊縛在軸上。

〔五六〕僕，車夫。

〔五七〕踰，越過。

〔五八〕不意，不在意。此句言：對此事不以爲意，即不放在心上。

〔五九〕炤，同昭，明也。上四句言：魚在池中也不能快樂，雖潛藏於深水，仍舊明白可見。比喻被壓迫者無可逃避。

〔六〇〕洽，融洽。比，親近。

〔六一〕昏姻，指親戚。云，友善。

〔六二〕慇慇，心痛貌。

〔六三〕佌（cǐ 此）佌，卑微渺小。

〔六四〕蔌蔌，形容鄙陋。有穀，有糧食。二句言鄙陋小官都有吃有住，生活很好。

〔六五〕夭，借爲妖。天妖，天上的妖魔，指統治貴族。椓，擊也。即摧殘剥削。

〔六六〕哿（kě可），嘉，樂。

〔六七〕惸獨，孤獨無助的人。

十月之交

這首詩作於周幽王六年，當是周王朝一個大官所作，諷刺掌權貴族亂政殃民，遇到日食、地震、山崩、河沸等巨大災異，也不知警惕，並慨嘆自己的無辜遭受迫害。

一

十月之交〔一〕，朔月辛卯〔二〕。日有食之〔三〕，亦孔之醜〔四〕。彼月而微〔五〕，此日而微〔六〕。今此下民，亦孔之哀。

二

日月告凶〔七〕，不用其行〔八〕。四國無政〔九〕，不用其良。彼月而食，則維其常〔一〇〕。此日而食，于何不臧〔一一〕！

三

爗爗震電〔一二〕，不寧不令〔一三〕。百川沸騰，山冢崒崩〔一四〕。高岸爲谷〔一五〕，深谷爲陵〔一六〕。哀今之人，胡憯莫懲〔一七〕！

四

皇父卿士〔一八〕，番維司徒〔一九〕。家伯維宰〔二〇〕，仲允膳夫〔二一〕。聚子内史〔二二〕，蹶維趣馬〔二三〕。楀維師氏〔二四〕，豔妻煽方處〔二五〕。

五

抑此皇父〔二六〕，豈曰不時〔二七〕？胡爲我作〔二八〕，不即我謀〔二九〕？徹我牆屋〔三〇〕，田卒汙萊〔三一〕。曰予不戕〔三二〕，禮則然矣〔三三〕。

六

皇父孔聖〔三四〕，作都于向〔三五〕。擇三有事〔三六〕，亶侯多藏〔三七〕。不憖遺一老〔三八〕，俾守我王〔三九〕。擇有車馬〔四〇〕，以居徂向〔四一〕。

七

黽勉從事〔四二〕，不敢告勞。無罪無辜，讒口囂囂〔四三〕。下民之孽〔四四〕，匪降自天。噂沓背憎〔四五〕，職競由人〔四六〕。

八

悠悠我里〔四七〕，亦孔之痗〔四八〕。四方有羨〔四九〕，我獨居憂〔五〇〕。民莫不逸，我獨不敢休。天命不徹〔二五〕，我不敢傚我友自逸。

【注】

〔一〕十月之交，猶言十月之際，十月之間。

〔二〕朔月，朱氏《集傳》作朔日。汲古閣毛氏本也作朔日（見阮元校勘記）。按當作朔日。朔日，初一日。

〔三〕有，通又。據古曆學家推算，周幽王六年十月初一日日食。（周曆十月，等於夏曆八月。這次日食發生在公元前七七六年九月六日。）

〔四〕孔，很。醜，惡也，猶凶。

〔五〕彼，指往日。微，幽昧不明。此句指不久前發生過月食。

〔六〕此，指今天。

〔七〕告凶，示人以災凶。

〔八〕行（háng杭），道也，軌道。此句言日月没有遵循常軌運行。

〔九〕四國，四方的國家，指天下。無政，没有善政。

〔一〇〕常，正常。此二句言：上次月食還算是常事。

〔一一〕于，猶如也。臧，善也。此二句言：這次日食却是多麽不吉利啊！

〔一二〕爗爗，同燁燁，光閃爍貌。震電，雷電。

〔一三〕寧，安也。令，善也。

〔一四〕冢，山頂。崒，借爲猝，即突然之意。一説：崒借爲碎。兩説均通。《國語·周語》：「幽王二年，西周三川皆震。……是歲也，三川竭，岐山崩。」韋注：「三川，涇、渭、洛也。」此二句正寫此事。

〔一五〕岸，山崖。

〔一六〕陵，即嶺。此二句言：高崖變成深谷，深谷變成大嶺。

〔一七〕憯（cǎn 慘），曾，乃。此句言：爲何不引起警惕！

〔一八〕皇父，人名。卿士，官名，總管王朝的政事，類似《周禮》的冢宰與後代的丞相。

〔一九〕番，人名。維，是。司徒，官名，主管地政和教育。

〔二〇〕家伯，疑即《小雅·節南山》中的家父。宰，官名。《周禮》天官冢宰的屬官有小宰和宰夫，都是冢宰的輔佐。此詩的宰大概類似小宰和宰夫。

〔二一〕仲允，人名。膳夫，官名。《周禮》天官冢宰的屬官有膳夫，主管國王和后妃等的飲食。

〔二二〕棸（zōu 鄒）子，人名。內史，官名。《周禮》春官大宗伯的屬官有內史，主管國王法令文件和封賞的策命。

〔二三〕蹶（guì 貴），人名，即《大雅·韓奕》中的蹶父。趣馬，官名。《周禮》夏官大司馬的屬官有趣馬，主管豢養國王的馬匹。

〔一四〕 楀(jǔ舉),人名。師氏,官名。《周禮》地官大司徒的屬官有師氏,主管教導國王和貴族的子弟。

〔一五〕 豔妻,指幽王的寵妃褒姒。此句指褒姒處于幽王左右,從旁吹風鼓動幽王幹壞事。一說:言褒姒是如火般熾盛的紅人,處于幽王的左右。

〔一六〕 抑,發語詞。

〔一七〕 時,善也。此句言:難道皇父不是好人?

〔一八〕 作,借爲詐,欺也,或借爲迮,逼迫。

〔一九〕 即,就也。此句言:不來和我商量。

〔二〇〕 徹,通撤,拆毁。

〔二一〕 卒,盡也。汙,池也。萊,長滿雜草的荒田。此句言:我的田地都荒蕪成池淖和荒野了。皇父曾侵奪作者的田宅。

〔二二〕 戕(qiāng腔),《釋文》:「戕,王(肅)本作臧。臧,善也。」

〔二三〕 禮,制度。此二句言:皇父硬説我不良善,按制度應該没收我的田宅。

〔二四〕 孔聖,很聖明。此乃譏刺的話。

〔二五〕 都,城也。向,地名,在今河南濟源縣南。

〔二六〕 有事,即有司。三有司當指司徒、司馬、司空。皇父爲卿士,有權選人而用之。

〔三七〕亶，《説文》：「亶，多穀也，从㐭（廩），旦聲。」按：亶與篙本一字。《説文》：「篙，判竹圜以盛穀也。」《倉頡篇》：「篙，圜倉也。」篙即今語囤，用竹或木作的圓米倉。侯，維也。亶侯多藏，言囤中藏米很多。皇父所選的三個有司，只是貪官受賄，囤積糧米。

〔三八〕慭（yìn印），願也。遺，留也。一老，當指作者自己。

〔三九〕守，猶保也。此二句言：皇父不願留下我這個老人來輔保國王。

〔四〇〕有，猶其也。

〔四一〕居，猶儲也，指儲蓄的財物。徂，往也。皇父因鎬京不安，所以把財物都遷到向邑。

〔四二〕黽（mǐn敏）勉，努力，盡力。

〔四三〕囂囂，衆口讒毀貌。

〔四四〕孽，妖也，災也。

〔四五〕噂沓，聚語貌，議論紛紜。背，背叛。

〔四六〕職，猶只也。競，争也。

〔四七〕里，通悝（lǐ里），憂愁。

〔四八〕痗（mèi妹），憂病。

〔四九〕羨，餘也。

〔五〇〕居憂，在家憂悶。此二句言：四方大有餘地，我獨坐在家裏發愁。

〔五一〕徹，道，軌轍。此句言天命没有規律，即天命無常。

雨無正

北宋劉安世説：「嘗讀《韓詩》，有《雨無極篇》。……其詩之文則比《毛詩》篇首多『雨無其極，傷我稼穡』八字。」（朱熹《詩集傳》引）據此，《毛詩》篇首當脱「雨無其止，傷我稼穡」二句，而篇名《雨無正》當作《雨無止》。止正形近而誤。止與極古字通。這首詩是西周王朝的官吏所作，諷刺王朝腐朽貴族的昏憒荒淫、自私自利，以致把政治搞亂；並憂傷自己雖辛勤王事，却受到忌妒讒毁。

一

浩浩昊天〔一〕，不駿其德〔二〕。降喪饑饉，斬伐四國〔三〕。旻天疾威〔四〕，弗慮弗圖〔五〕。舍彼有罪，既伏其辜〔六〕。若此無罪，淪胥以鋪〔七〕。

二

周宗既滅〔八〕，靡所止戾〔九〕。正大夫離居〔一〇〕，莫知我勩〔一一〕。三事大夫〔一二〕，莫肯夙夜〔一三〕。邦君諸侯，莫肯朝夕〔一四〕。庶曰式臧〔一五〕，覆出爲惡〔一六〕。

三

如何昊天？辟言不信〔一七〕。如彼行邁〔一八〕，則靡所臻〔一九〕。凡百君子〔二〇〕，各敬爾身〔二一〕。胡不相畏，不畏于天〔二二〕？

四

戎成不退〔二三〕，飢成不遂〔二四〕。曾我暬御〔二五〕，憯憯日瘁〔二六〕。凡百君子，莫肯用訊〔二七〕。聽言則答〔二八〕，譖言則退〔二九〕。

五

哀哉不能言，匪舌是出〔三〇〕，維躬是瘁〔三一〕。哿矣能言〔三二〕，巧言如流，俾躬處休〔三三〕。

六

維曰于仕〔三四〕，孔棘且殆〔三五〕。云不可使，得罪于天子；亦云可使，怨及朋友〔三六〕。

七

謂爾遷于王都〔三七〕，曰予未有室家〔三八〕。鼠思泣血〔三九〕，無言不疾〔四〇〕。昔爾出居〔四一〕，誰從作爾室〔四二〕？

【注】

〔一〕浩浩，廣大貌。昊天，皇天。

〔二〕駿，讀爲俊，美也。此乃怨天的話。

〔三〕斬伐，殘害也。四國，指天下四方。

〔四〕旻(mín民)天，猶昊天。疾威，暴虐。

〔五〕慮、圖，都是考慮。此二句言：上天降災，而統治集團却不措意，不考慮臣民的是非。

〔六〕既，盡。伏，隱藏。此二句言：統治者放過那些有罪的人，完全隱瞞他們的罪狀。

〔七〕淪胥，淹没，陷溺。鋪，通痡，病也。此二句言：無罪之人被迫害而淪於痛苦之中。

〔八〕周宗，當作宗周，鎬京也。《左傳·昭公十六年》引作宗周。此指犬戎攻破鎬京而言。

〔九〕戾，安定。此句言無處可以安居。

〔一〇〕正大夫，當即上大夫。離居，離開原來的住處，逃難他方。

〔一一〕勩(yì義)，疲勞。

〔一二〕三事，即三司，司徒、司馬、司空。

〔一三〕夙，早。此二句言：三公大夫們不肯早起晚睡盡心王事。

〔一四〕朝夕，與夙夜同意。

〔一五〕庶，衆也。一説：《爾雅·釋言》：「庶，幸也。」式，乃也。臧，善也。此句言：衆人説大夫諸侯等都會好點了。

〔一六〕覆，反也。

〔一七〕辟，法也。此句指合乎法度的話，而掌權者不相信。

〔一八〕行邁，行走也。

〔一九〕臻，至也。此二句言：掌權者好像那走路無目的的人一般，不知將走到什麼地方去。

〔二〇〕凡百君子，指王朝羣臣。

〔二一〕各敬爾身，意同各修爾身。

〔二二〕天，指天命。此二句言：爲何彼此不相戒懼，也不畏天命？

〔二三〕戎，兵也。此句言兵禍已成，尚未退去。作者寫此詩時，大概犬戎還未退出鎬京一帶。

〔二四〕遂，亡也。此句言飢荒之災已成，沒有消除。

〔二五〕曾，疑爲增。暬（xiè泄）御，侍御也。侍御即侍候。此句言在兵亂年荒的時期增加了我侍候君王的工作。

〔二六〕憯憯，憂傷。瘁，憔悴。

〔二七〕用，猶聽也。訊，讀爲誶，諫也。

〔二八〕聽，似當讀爲聖，明智也。答，鄭箋：「答猶拒也。」此句言有聖言則拒絕。

〔二九〕譖（zèn）言，猶讒言。退，《說文》：「退重文作衲。」衲可讀爲納，採納也。此句言有譖言則採納。

〔三〇〕出，當讀爲拙。

〔三一〕躬，自身。此句言：只是自身會受毀損。

〔三二〕哿（kě可），嘉，樂。此句指會講話的人真快樂。

〔三三〕休，吉慶，福祿。此句言使自己享有高官厚祿。

〔三四〕于，往也。于仕，前去做官。

〔三五〕孔，很。棘，猶急也，即緊張。殆，危險。此二句言：說起做官，那是很緊張而又危險的。

〔三六〕此四句意爲：（君王要某臣擔任職事）我如果說他不可役使，則得罪于天子；如果說他可以役使，則朋友會怨恨我。

〔三七〕王都，當指東都洛陽，平王已遷于此。

〔三八〕予，當權貴族自稱。此二句言：向他說：「你遷到東都去吧！」他說：「東都沒有我的房屋。」

〔三九〕鼠思，憂思。

〔四〇〕疾，通嫉，妒恨。此句指作者說的每句話都引起腐朽貴族的妒恨。

〔四一〕出居，指腐朽貴族當犬戎攻佔鎬京的時候，逃難離去鎬京，居於別處。

〔四二〕作室，造屋也。作者因爲腐朽貴族以没有房屋爲理由，不肯隨王東遷，從而質問他們：往日你們逃難出居的時候，誰跟着你去造房屋呢？

小旻

這首詩是周王朝的官吏所作，主要是指責王朝掌權者策謀的錯誤，似是反對王朝東遷的計劃。

一

旻天疾威〔一〕，敷于下土〔二〕。謀猶回遹〔三〕，何日斯沮〔四〕。謀臧不從〔五〕，不臧覆用〔六〕。我視謀猶，亦孔之邛〔七〕。

二

潝潝訿訿〔八〕，亦孔之哀。謀之其臧〔九〕，則具是違〔一〇〕。謀之不臧，則具是依。我視謀猶，伊于胡底〔一一〕。

三

我龜既厭〔一二〕，不我告猶〔一三〕。謀夫孔多，是用不集〔一四〕。發言盈庭，誰敢執其咎〔一五〕？如匪行邁〔一六〕，謀是用不得于道〔一七〕。

四　哀哉爲猶〔一八〕，匪先民是程〔一九〕，匪大猶是經〔二〇〕。維邇言是聽〔二一〕，維邇言是爭。如彼築室于道，謀是用不潰于成〔二二〕。

五　國雖靡止〔二三〕，或聖或否〔二四〕。民雖靡膴〔二五〕，或哲或謀〔二六〕，或肅或艾〔二七〕。如彼泉流，無淪胥以敗〔二八〕。

六　不敢暴虎〔二九〕，不敢馮河〔三〇〕，人知其一，莫知其他〔三一〕。戰戰兢兢，如臨深淵，如履薄冰。

【注】

〔一〕旻天，皇天。疾威，暴虐。

〔二〕敷，布也，施也。此二句言：上天已降下災難。

〔三〕猶，與猷同，謀也。謀猷爲同義詞。回遹（yù玉），邪僻。此句言王朝的謀劃都是不正確的。

〔四〕沮，止也。

〔五〕臧，善也。從，聽從，采用。

〔六〕覆，反也。

〔七〕孔，很。邛（qióng窮），毛病。

〔八〕潝（xì細），借爲喋。《玉篇》：「喋，便語也。」便語即巧言之意。潝喋古通用。《老子》：「歙歙爲天下渾其心。」《釋文》：「歙歙一本作惵惵。」可證。訿（zǐ紫）訿，同呰呰。詆毀，誹謗。

〔九〕之，猶若也。

〔一〇〕具，通俱。違，違背。

〔一一〕伊，推。《逸周書·大匡篇》：「展盡不伊。」孔注：「伊，推也。」底，物的下部，此指最後境地。此句言：將弄到什麼地步？

〔一二〕龜，占卜用的龜甲。厭，厭惡。言靈龜已經厭惡我們。

〔一三〕此句指用龜甲已占卜不出策謀的吉凶。

〔一四〕用，以也。集，成就，成功。

〔一五〕執其咎，抓他的過錯。

〔一六〕匪，通彼。行邁，行走。

〔一七〕是用，所以。此二句言：好像那走路的人，在路上是得不到正確的計謀的。

〔一八〕爲猶，指掌權者所作出的策謀。

〔一九〕匪，非。先民，古人。程，效法。

〔二〇〕經，經營。此二句指掌權者既不效法古人，也不經營遠大的計劃。

〔二一〕維，唯，只也。邇言，膚淺的話。

〔二二〕潰，達到。此二句言：就如把房屋造在大路上必將遭人拆毀，其謀劃是不能成功的。

〔二三〕止，鄭箋：「止，禮。」靡止，没有禮法。

〔二四〕或，猶有也。此二句言：國家雖無禮法，然而有聖人，有非聖人。

〔二五〕膴，肥也。此句指人民貧苦，没有肥胖者。

〔二六〕哲，明哲。謀，有計謀。

〔二七〕肅，艾（yì乂），《尚書·洪範》：「貌曰恭。言曰從。恭作肅。從作乂。」艾通乂。據此，容貌莊敬爲肅，言有條理爲艾。

〔二八〕淪胥，沉没也。以，猶於也。此二句指掌權者處理國家大事，不要像泉水那樣放任自流，以至淪於失敗之中。

〔二九〕暴，借爲搏。搏虎，空手打虎。

〔三〇〕馮，借爲淜（píng憑）。淜河即徒步渡河。

〔三一〕人知其一，莫知其他，指人們只知不敢暴虎馮河是不勇敢，而不知這是謹慎小心。

小宛

這首詩的作者當是周王朝的一個小官吏。他生在黑暗時代，爲生活而奔忙，但常受到統治者的迫害，因作此詩以自傷，並勸告他的兄弟。

一

宛彼鳴鳩〔一〕，翰飛戾天〔二〕。我心憂傷，念昔先人〔三〕。明發不寐〔四〕，有懷二人〔五〕。

二

人之齊聖〔六〕，飲酒温克〔七〕。彼昏不知，壹醉日富〔八〕。各敬爾儀〔九〕，天命不又〔一〇〕。

三

中原有菽〔一一〕，庶民采之。螟蛉有子〔一二〕，蜾蠃負之〔一三〕。教誨爾子〔一四〕，式穀似之〔一五〕。

四

題彼脊令〔一六〕，載飛載鳴。我日斯邁〔一七〕，而月斯征〔一八〕。夙興夜寐〔一九〕，毋忝爾所生〔二〇〕。

五

交交桑扈〔二一〕，率場啄粟〔二二〕。哀我填寡〔二三〕，宜岸宜獄〔二四〕。握粟出卜〔二五〕，自何能穀〔二六〕？

六

温温恭人，如集于木〔二七〕。惴惴小心，如臨于谷〔二八〕。戰戰兢兢，如履薄冰。

【注】

〔一〕宛，小貌。鳴鳩，斑鳩。

〔二〕翰飛，高飛。戾，到達。

〔三〕先人，毛傳認爲指周文王周武王。言作者在追念周朝開國的君王，可通。亨按：先人指作者的父母，下文「毋忝爾所生」可證。

〔四〕明發，天亮。《廣雅·釋詁四》：「發，明也。」

〔五〕二人，指父母。

〔六〕之，猶有也。齊，王引之説：「齊者，知慮之敏也。」（王念孫《讀書雜志·荀子一》引）聖，智慧特絶。

〔七〕温克，指喝醉了還能自加克制，保持温和恭敬的態度。

〔八〕壹醉日富，義不可通。亨按：富當讀爲愊（bì 璧），憤怒也。此句言喝酒一醉之後，則整天對人發怒。

〔九〕儀，容貌舉止。

〔一〇〕天命不又，即天命不再之意。言天命一去，不可再得。

〔一一〕菽，豆也。

〔一二〕螟蛉，螟蛾的幼蟲。

〔一三〕蜾蠃（luǒ 裸），一種青黑色的細腰土蜂，常捕螟蛉以喂幼蟲，古人誤以爲蜾蠃養螟蛉爲子，因把「螟蛉」或「螟蛉子」作爲養子的代稱。

〔一四〕爾，作者稱他的兄弟。

〔一五〕式，猶乃也。穀，善也。善似，即好像。作者無子（下文「哀我填寡」可證），抱養他兄弟的兒子以爲己子。此二句言：我將教誨你的兒子，這個孩子才能好好地像我。

〔一六〕題，通睼，視也。脊令，鳥名，即鶺鴒。

〔一七〕斯，則也。邁，行也。

〔一八〕而，通爾，你也。征，行也。此二句指兄弟二人都在爲生活而奔忙。

〔一九〕夙興夜寐，早起晚睡，形容勤奮不懈。

〔二〇〕忝，辱也。所生，指父母。此句言不要辱没了你的父母。

〔二一〕交交，通咬咬，鳥鳴聲。一説：交交，小貌。桑扈，鳥名，又名青雀，青色，頸有花紋。

〔二二〕率，沿着。場，打穀場。

〔二三〕填，通殄，窮困。寡，《小爾雅·廣義》：「凡無妻無夫通謂之寡。」又馬瑞辰《毛詩傳箋通釋》：「填，病也。寡，貧也。填寡猶言貧病交加。」也通。但訓寡爲貧，古書少見。

〔二四〕宜，馬瑞辰説：「二宜字皆且字形近之譌。」其説可從。岸，毛傳：「岸，訟也。」岸獄義同，均訴訟之意。且岸且獄，猶言又訴又訟，多受訴訟之累。岸借爲訐。《説文》：「訐，面相斥辠相告訐也。」訟人正是這樣。

〔二五〕握粟出卜，抓一把粟米出去求人占卜。（以粟米酬謝卜人）

〔二六〕自，從也。此句言：從何處能得到吉利呢？

〔二七〕集于木，棲在樹上。

〔二八〕谷，深谷。

小弁

周幽王寵愛褒姒，廢申后，逐太子宜臼（即周平王），立褒姒爲后，褒姒之子伯服爲太子。這首詩當是宜臼所作，諷刺幽王，斥責讒人，並以自傷。

一

弁彼鸒斯〔一〕，歸飛提提〔二〕。民莫不穀〔三〕，我獨于罹〔四〕。何辜于天〔五〕，我罪伊何〔六〕？心之憂矣，云如之何？

二

踧踧周道〔七〕，鞫爲茂草〔八〕。我心憂傷，惄焉如擣〔九〕。假寐永歎〔一〇〕，維憂用老〔一一〕。心之憂矣，疢如疾首〔一二〕。

三

維桑與梓，必恭敬止〔一三〕。靡瞻匪父，靡依匪母〔一四〕。不屬于毛〔一五〕，不罹于裏〔一六〕。天之生我，我辰安在〔一七〕？

四

菀彼柳斯〔一八〕，鳴蜩嘒嘒〔一九〕。有漼者淵〔二〇〕，萑葦淠淠〔二一〕。譬彼舟流，不知所届〔二二〕。心之憂矣，不遑假寐〔二三〕。

五

鹿斯之奔，維足伎伎〔二四〕。雉之朝雊〔二五〕，尚求其雌。譬彼壞木〔二六〕，疾用無枝〔二七〕。心之憂矣，寧莫之知〔二八〕。

六

相彼投兔〔二九〕，尚或先之〔三〇〕。行有死人〔三一〕，尚或墐之〔三二〕。君子秉心〔三三〕，維其忍之〔三四〕。心之憂矣，涕既隕之。

七

君子信讒，如或醻之〔三五〕。君子不惠〔三六〕，不舒究之〔三七〕。伐木掎矣〔三八〕，析薪扡矣〔三九〕。舍彼有罪，予之佗矣〔四〇〕。

八

莫高匪山，莫浚匪泉〔四一〕。君子無易由言〔四二〕，耳屬于垣〔四三〕。無逝我梁〔四四〕，無發我笱〔四五〕。我躬不閱〔四六〕，遑恤我後〔四七〕。

【注】

〔一〕弁（pán盤），借爲翻，鳥飛貌。鸒（yù譽），鳥名，鴉類，比鴉小而腹下白。斯，語氣詞。

〔二〕提（shí時）提，羣飛貌。

〔三〕民，猶人也。穀，善也，指生活好。

〔四〕罹，憂患。

〔五〕辜，罪也。

〔六〕伊，是也。

〔七〕踧（dí 敵）踧，平坦貌。

〔八〕鞫（jū 居），窮，盡也。此句言周道盡成茂草。

〔九〕惄（nì 匿），憂思傷痛。擣，舂也。

〔一〇〕假寐，不脱衣帽打盹。永歎，長歎。

〔一一〕維，因也。用，猶而。

〔一二〕疢（chèn 趁），病也。此句指内心痛苦如有頭痛之疾。

〔一三〕桑、梓，桑樹和梓樹，古人宅旁常栽的樹。此二句指桑梓二木是先人所栽，做兒子的對它恭敬，正是尊敬先人。

〔一四〕瞻，尊仰。依，依戀。匪，通非。此二句指做兒子的没有不尊敬父親、依戀母親的。

〔一五〕屬，連也。毛，猶表也。衣外爲表，此以表比父。

〔一六〕罹，讀爲麗，附也。衣内爲裏，此以裏比母。此二句指宜臼既見逐于父，而母又被貶，自己不得依靠于父，又不得依靠于母。

〔一七〕辰，時也，即後人的所謂時運。

〔一八〕菀，茂盛貌。斯，語氣詞。

〔一九〕蜩（tiáo 條），蟬也。嘒，蟬鳴聲。

〔一〇〕漼（cuǐ），水深貌。

〔一一〕萑（huán 環），蘆類植物。淠（pèi 配）淠，茂盛貌。

〔一二〕届，至也。此二句指宜臼不知流落到什麼地方去。

〔一三〕不遑，不暇。

〔一四〕伎（qí 淇）伎，四足急動貌。

〔一五〕雊（gòu 够），雉鳴也。

〔一六〕壞，借爲瘣，病也。

〔一七〕用，以也，而也。此二句言：有病的樹木正因其有病所以没有樹枝，勢將枯死。

〔一八〕寧，猶乃也。一説：寧，何也。

〔一九〕相，視也。

〔二〇〕先，借爲堙，埋也。此二句言：看那被棄的死兔，可能還有人把它埋掉。

〔二一〕行，道也。

〔二二〕墐，埋也。

〔二三〕君子，指幽王。秉心，猶居心。

〔二四〕忍，忍心，殘忍。此句指責幽王居心太忍。

〔二五〕醻，同酬，勸酒。舊説言幽王聽信讒言，好像有人向他獻酒，欣然接受。亨按：醻疑借爲㑞。《説文》：「㑞，有所廱蔽也。」此二句言：幽王輕信讒言，好像有人遮蔽他的眼睛。

〔三六〕惠，通慧。

〔三七〕舒，徐也。究，考察。此句言：幽王對于讒言不從容考察。

〔三八〕掎，拉住。伐木時用繩拉樹身以控制下倒方向。

〔三九〕析薪，劈柴。扡（chǐ 齒），順着木材的紋理剖析。

〔四〇〕佗，同他。此言把罪加在他人身上。

〔四一〕匪，通彼。浚，深也。此二句言：没有高於那個山的，没有深於那個泉的。

〔四二〕君子，指明智的人。由，于也。無易于言即不輕易發言。

〔四三〕屬，相連。此句指讒人的耳緊貼着牆，我有所言，則被他們聽去，以致招禍。

〔四四〕逝，往也。一説：逝借爲折，拆毁。梁，攔魚的水壩。

〔四五〕笱，捕魚的鬚籠。

〔四六〕閲，收容。

〔四七〕遑，何也。恤，憂慮。此二句言：我自身還不能見容，又何必躭憂今後之事。

巧言

這首詩是周王朝的官吏所作，諷刺周王聽信讒言，釀成亂事；同時斥責讒人厚顔無恥。

舊説作于幽王時代，可從。

一

悠悠昊天〔一〕，曰父母且〔二〕。無罪無辜，亂如此幠〔三〕。昊天已威〔四〕，予慎無罪〔五〕。昊天泰幠〔六〕，予慎無辜。

二

亂之初生，僭始既涵〔七〕。亂之又生，君子信讒〔八〕。君子如怒，亂庶遄沮〔九〕。君子如祉〔一〇〕，亂庶遄已。

三

君子屢盟〔一一〕，亂是用長。君子信盜，亂是用暴。盜言孔甘〔一二〕，亂是用餤〔一三〕。匪其止共〔一四〕，維王之邛〔一五〕。

四

奕奕寢廟〔一六〕，君子作之〔一七〕。秩秩大猷〔一八〕，聖人莫之〔一九〕。他人有心〔二〇〕，予忖度之〔二一〕。躍躍毚兔〔二二〕，遇犬獲之〔二三〕。

五

荏染柔木〔二四〕，君子樹之。往來行言〔二五〕，心焉數之〔二六〕。蛇蛇碩言〔二七〕，出自口矣。

巧言如簧〔二八〕，顏之厚矣。

六

彼何人斯〔二九〕，居河之麋〔三〇〕。無拳無勇〔三一〕，職爲亂階〔三二〕。既微且尰〔三三〕，爾勇伊何？爲猶將多〔三四〕，爾居徒幾何〔三五〕？

【注】

〔一〕悠悠，遥遠貌。昊天，皇天。

〔二〕曰，猶維也。且(jū居)，語氣詞。此句指上天是人的父母。

〔三〕幠(hū呼)，大也。

〔四〕已，太，甚。威，猶虐也。

〔五〕慎，誠，確實。

〔六〕泰，太。幠，怠慢，疏忽。引申爲荒亂之意。

〔七〕僭，通譖，讒也。既，盡也。涵，容也。此二句言：亂事初生的時候，讒言開始盡被容納。

〔八〕君子，指周幽王。

〔九〕庶，差不多。遄，速也。沮，終止。此二句言：統治者如果怒責讒人，則亂事庶幾可以終止。

〔一〇〕祉，疑當讀爲止，禁也。

〔一一〕屢盟，屢次訂盟。盟多而不算數。

〔一二〕孔甘，很甜。

〔一三〕餤，本義爲進食，引申爲增多或加甚。

〔一四〕匪，通非。止，禮也。共，借爲恭。止恭猶禮敬。匪其止恭，言以禮敬爲非。

〔一五〕邛（qióng 窮），毛病。

〔一六〕奕奕，高大美盛貌。寢廟，指西周王朝的宫殿宗廟。

〔一七〕君子，此指周武王、周公等人。

〔一八〕秩秩，宏偉也；一說：明智也。猷，謀略。

〔一九〕聖人，也指武王、周公等人。莫，通謨，謀劃。

〔二〇〕他人，指一些小人。

〔二一〕忖度，猶揣度也。

〔二二〕毚（chán 讒），狡猾。

〔二三〕獲，擒獲。此二句以狡兔終被犬捉住比喻小人終將受到懲治。

〔二四〕荏染，柔弱貌。

〔二五〕往來行言，指小人們往來于道上，邊走邊説。

〔二六〕數，計算。此句指小人們心裏在計算如何進讒害人。

〔二七〕蛇（yí夷）蛇，馬瑞辰《毛詩傳箋通釋》：「蛇借爲訑（tuō拖），欺也。」碩，大也。訑訑碩言即騙人的大話。

〔二八〕巧言如簧，言花言巧語似音樂般好聽。

〔二九〕彼，指小人。

〔三〇〕麋，通湄，水邊。

〔三一〕拳，力也。

〔三二〕職，只也。此句指小人只是亂事的階梯，亂事由小人而生。

〔三三〕微，小腿生濕瘡。尰（zhǒng腫），脚浮腫。

〔三四〕爲，通僞。僞猷，即陰謀。將，大。

〔三五〕居，猶其也。此句是問你的同伙究竟有多少？

亨按：最後一章當是下篇《何人斯》的首章，《何人斯》的第一章、第三章、第四章的第一句均是「彼何人斯」，是其明證。

何人斯

《毛詩》序：「何人斯，蘇公刺暴公也。暴公爲卿士，而譖蘇公焉，故蘇公作是詩以絶之。」

此說與詩意尚合，未知是否。

一

彼何人斯，其心孔艱〔一〕。胡逝我梁〔二〕，不入我門。伊誰云從〔三〕？維暴之云〔四〕。

二

二人從行〔五〕，誰爲此禍〔六〕？胡逝我梁，不入唁我〔七〕。始者不如〔八〕，今云不我可〔九〕。

三

彼何人斯，胡逝我陳〔一〇〕。我聞其聲，不見其身。不愧于人，不畏于天。

四

彼何人斯，其爲飄風〔一一〕。胡不自北，胡不自南〔一二〕？胡逝我梁，祇攪我心〔一三〕。

五

爾之安行〔一四〕，亦不遑舍〔一五〕。爾之亟行〔一六〕，遑脂爾車〔一七〕。壹者之來〔一八〕，云何其盱〔一九〕！

六

爾還而入〔二〇〕，我心易也〔二一〕。還而不入，否難知也〔二二〕。壹者之來，俾我祇也〔二三〕。

七

伯氏吹壎〔二四〕，仲氏吹篪〔二五〕。及爾如貫〔二六〕，諒不我知。出此三物〔二七〕，以詛爾斯〔二八〕。

八

爲鬼爲蜮〔二九〕，則不可得。有靦面目〔三〇〕，視人罔極〔三一〕。作此好歌，以極反側〔三二〕。

【注】

〔一〕孔艱，很險惡。

〔二〕逝，往也。梁，橋也。周代莊園主的莊園四邊有牆，牆外往往繞以濠溝，南面開門，門外濠上有可吊起放下的橋。

〔三〕伊，是也。云，語助詞。

〔四〕暴，暴公的省稱。云，朋友。（《小雅・正月》：「昏姻孔云。」鄭箋：「云，猶友也。」《廣雅・釋詁》：「云，友也。」云有友愛之義，也有朋友之義。）此句指暴公的朋友跟着暴公。

〔五〕二人，暴公的兩個朋友。

〔六〕誰爲此禍，作者問：我的災禍是誰搞出來的呢？此所謂禍大概是指失掉職位。

〔七〕唁，慰問遭災者。

〔八〕如，《爾雅·釋詁》：「如，謀也。」此句指暴公最初不與我謀。

〔九〕云，謂也，説也。不我可，即不以我爲可。指不配擔任某種官職。

〔一〇〕陳，由堂下至院門的通道。觀下文，暴公此次進入作者的莊園，似奉國王命令，有所調查。

〔一一〕飄風，旋風。旋風亂颳，不可捉摸。

〔一二〕自，裴學海《古書虚字集釋》：「自，猶在也。」此二句問：旋風爲何不在北方颳，爲何不在南方颳，而偏在我家颳呢？

〔一三〕祇，只也。攪，亂也。

〔一四〕爾，指暴公。之，猶若也。安行，慢走。

〔一五〕遑，暇也。舍，停止。

〔一六〕亟，急也。亟行，快走。

〔一七〕脂，加油。上四句指暴公在慢走的時候，猶不暇休息；在快走的時候，則反而抽暇給車轂加油。意爲不願見我而藉口要趕路。

〔一八〕壹者，猶一次。

〔一九〕云，發語詞。盱，通吁，憂也。二句指這次暴公之來，給作者增憂添愁。

〔二〇〕還，由朝廷回來。入，進入作者家中。

〔二一〕易，和悦。

〔二二〕否，不。此二句言：你由朝廷回來而不進入我的家中，則前途不難預知了。

〔二三〕俾，使也。祇，借爲疧（qí淇），病也。

〔二四〕伯氏，大哥。壎，古代吹奏樂器，陶製，大如鵝卵，鋭上平底，音孔一至三五個不等。

〔二五〕仲氏，二弟。篪（chí池），古管樂器，竹製，單管横吹。

〔二六〕及，與也。貫，錢貝穿在一條繩上爲貫。此句指我和你像兩個錢貝穿在一條繩上，官位相等，常在一起，應該互助。

〔二七〕三物，指豕、犬、雞。

〔二八〕詛，祈求鬼神降災禍于敵對的人。斯，語氣詞。

〔二九〕蜮，古代相傳爲一種能含沙射影使人得病的動物。

〔三〇〕靦，面目可見貌。

〔三一〕視，通示。罔極，没有準則。此二句指暴公既有可見的面貌，則非鬼非魅，而是人了；然而所表示于人的是没有準則，不可測度。

〔三二〕極，借爲諔，《説文》：「諔，誡也。」即警告。反側猶反覆也。

巷伯

這是西周王朝寺人孟子因遭人讒毁，發洩怨憤的詩。巷伯是孟子的官名，所以篇名巷伯。

一

萋兮斐兮〔一〕，成是貝錦〔二〕。彼譖人者〔三〕，亦已大甚〔四〕！

二

哆兮侈兮〔五〕，成是南箕〔六〕。彼譖人者，誰適與謀〔七〕？

三

緝緝翩翩〔八〕，謀欲譖人。慎爾言也，謂爾不信〔九〕。

四

捷捷幡幡〔一〇〕，謀欲譖言。豈不爾受〔一一〕，既其女遷〔一二〕。

五

驕人好好〔一三〕，勞人草草〔一四〕。蒼天蒼天！視彼驕人，矜此勞人〔一五〕！

六

彼譖人者，誰適與謀？取彼譖人，投畀豺虎〔一六〕；豺虎不食，投畀有北〔一七〕；有北不受，投畀有昊〔一八〕。

七

楊園之道〔一九〕，猗于畝丘〔二〇〕。寺人孟子〔二一〕，作爲此詩。凡百君子，敬而聽之。

【注】

〔一〕萋、斐，花紋錯雜貌。

〔二〕貝錦，織成貝形花紋的錦緞。此用人們織成貝錦比喻譖人羅織的罪狀。

〔三〕譖（zèn），説別人的壞話。

〔四〕大，通太。

〔五〕哆（chǐ 齒），張口貌。侈，大也。此描寫箕星的形狀像張開大口。

〔六〕箕，星宿名，在南方，所以説南箕。箕宿四星聯成梯形，形似簸箕，所以名箕。古説箕星主口舌（見《史記·天官書》），象徵譖人。

〔七〕適，往也。此句問誰去和他計議的？

〔八〕緝，通咠，附耳私語也。翩，讀爲諞（pián 駢），花言巧語。

〔九〕爾，指譖人。這二句是警告譖人今後説話要當心，否則聽者會説你是不可信而暴露真相。

〔一〇〕捷捷，同諓諓，巧言貌。幡幡，猶翩翩，反覆翻動貌。

〔一一〕受，指聽信讒言。

〔一二〕女，通汝。遷，遷官也。此句指統治者已經提升你的官爵。

〔一三〕驕人，指譖人得志而驕。好好，喜也。

〔一四〕勞人，猶憂人，指被讒者。草草，憂貌。
〔一五〕矜，憐憫。
〔一六〕畀（bì幣），給予。
〔一七〕有，語氣詞。北，北方荒涼之地。
〔一八〕昊，昊天。交給上天來判他的罪。
〔一九〕楊園，園名。
〔二〇〕猗，加也。畝丘，有田的丘。此用邪徑敗良田比喻譖人亂國政。
〔二一〕寺人，宦官。孟子，寺人的名。

谷風之什

谷風

這是一個被丈夫拋棄的婦人指責她的丈夫忘恩負義的詩。

一

習習谷風〔一〕，維風及雨。將恐將懼〔二〕，維予與女〔三〕。將安將樂，女轉棄予〔四〕。

二

習習谷風，維風及穨〔五〕。將恐將懼，寘予于懷〔六〕。將安將樂，棄予如遺〔七〕。

三

習習谷風，維山崔嵬〔八〕。無草不死，無木不萎。忘我大德，思我小怨。

【注】

〔一〕習習，大風聲。谷風，山谷中的風。

〔二〕將，猶正也。

〔三〕維，唯，只也。與，助也。女，汝。

〔四〕棄，遺棄。此四句言：正當憂患之時，只有我助你；到了安樂時，你反而拋棄了我。

〔五〕穨，疑借爲⿱雨追（tuí頹）。《玉篇》：「⿱雨追，雷也。」

〔六〕寘，同置。此句言：把我抱在懷裏。

〔七〕遺，當借爲蕢，草筐也。

〔八〕崔嵬，山高峻貌。

蓼莪

詩人在統治者的剝削壓迫下（或在徭役中），不得奉養父母，父母不幸死去，因而寫出這首詩來抒發內心的哀痛。

一

蓼蓼者莪〔一〕，匪莪伊蒿〔二〕。哀哀父母，生我劬勞〔三〕。

二

蓼蓼者莪，匪莪伊蔚〔四〕。哀哀父母，生我勞瘁〔五〕。

三

缾之罄矣〔六〕，維罍之恥〔七〕。鮮民之生〔八〕，不如死之久矣！無父何怙〔九〕，無母何恃。出則銜恤〔一〇〕，入則靡至〔一一〕。

四

父兮生我，母兮鞠我〔一二〕。拊我畜我〔一三〕，長我育我。顧我復我〔一四〕，出入腹我〔一五〕。欲報之德，昊天罔極〔一六〕。

五

南山烈烈〔一七〕，飄風發發〔一八〕。民莫不穀〔一九〕，我獨何害〔二〇〕。

六

南山律律〔二一〕，飄風弗弗〔二二〕。民莫不穀，我獨不卒〔二三〕。

【注】

〔一〕蓼（lù陸）蓼，長大貌。莪，蒿之一種，莖抱根而生，有細毛。李時珍《本草綱目》：「莪抱根叢生，俗謂之抱孃（娘）蒿。」

〔二〕匪，非。伊，是也。蒿，又名青蒿，又名香蒿。

〔三〕劬勞，勞累。

〔四〕蔚，蒿之一種，又名牡蒿，莖高二三尺，葉互生，花褐色。幹莖燃烟可以驅蚊。

〔五〕瘁，病也。

〔六〕缾，瓶。

〔七〕罍，形似酒罈，大肚小口。酒瓶空了，是酒罈的恥辱。比喻人民窮了，是統治者的恥辱。

〔八〕鮮，斯也。

〔九〕怙（hù户），依靠。

〔一〇〕銜，含也。恤，憂也。

〔一一〕至，疑借爲咥（xì戲），笑也。一說：靡至猶今語没有着落。

〔一二〕鞠，養育。

〔一三〕拊，猶撫也。畜，好也。畜我，猶愛我也。

〔一四〕顧，照顧。復借爲覆，庇護之意。

〔一五〕腹，抱也。

〔一六〕罔，無也。極，借爲則，準則也。二句指上天沒有準則，不保佑我，使我不得養父母。

〔一七〕烈烈，山高峻險阻貌。

〔一八〕飄風，旋風。發發，疾風聲。

〔一九〕穀，善也。此句指他人都過得很好。

〔二〇〕何，通荷，蒙受。

〔二一〕律律，山高峻貌。

〔二二〕弗弗，風疾貌。

〔二三〕不卒，不得終養父母。

大東

此篇是一首民歌。西周王朝的奴隸主們，爲了公事或私事，常常到東都洛邑來，東都統治者當然要竭力奉迎，供給他們的飲食、住處等等，並强迫勞動人民侍候他們，因而加重了對勞動人民的剥削。此詩作者正是擔任侍候他們的辛苦徭役，因作此詩以抒洩怨憤之情，並歷舉天上星宿徒具空名毫無實用，以喻西周貴族徒居高位却不能解決東方人民的苦難。

一

有饛簋飧〔一〕，有捄棘匕〔二〕。周道如砥〔三〕，其直如矢。君子所履〔四〕，小人所視〔五〕。睠言顧之〔六〕，潸焉出涕〔七〕。

二

小東大東〔八〕，杼柚其空〔九〕。糾糾葛屨〔一〇〕，可以履霜〔一一〕？佻佻公子〔一二〕，行彼周行〔一三〕，既往既來，使我心疚〔一四〕。

三

有洌氿泉〔一五〕，無浸穫薪〔一六〕！契契寤歎〔一七〕，哀我憚人〔一八〕。薪是穫薪〔一九〕，尚可載也〔二〇〕。哀我憚人，亦可息也。

四

東人之子，職勞不來〔二一〕；西人之子〔二二〕，粲粲衣服〔二三〕。舟人之子〔二四〕，熊羆是裘〔二五〕；私人之子〔二六〕，百僚是試〔二七〕。

五

或以其酒〔二八〕，不以其漿〔二九〕；鞙鞙佩璲〔三〇〕，不以其長〔三一〕。維天有漢〔三二〕，監亦有光〔三三〕。跂彼織女〔三四〕，終日七襄〔三五〕。

六

雖則七襄，不成報章〔三六〕。睆彼牽牛〔三七〕，不以服箱〔三八〕。東有啓明〔三九〕，西有長庚〔四〇〕。有捄天畢〔四一〕，載施之行〔四二〕。

七

維南有箕〔四三〕，不可以簸揚〔四四〕。維北有斗〔四五〕，不可以挹酒漿〔四六〕。維南有箕，載翕其舌〔四七〕。維北有斗，西柄之揭〔四八〕。

【注】

〔一〕饛，飲食滿器貌。簋（guǐ鬼），古代食器，圓形，圈足。飧，熟食。

〔二〕捄（qiú求），長而彎曲貌。棘，棗木。匕，飯勺或湯匙。此二句是寫周王朝的飲食豐盛。

〔三〕周道，往西周京畿的大道。砥，磨刀石。

〔四〕君子，貴族。

〔五〕小人，平民。由此二句可見當時的交通要道，只供奴隸主們使用，不准勞動人民行走。

〔六〕睠，回顧貌。之，指周道。

〔七〕潸，流淚貌。

〔八〕小東和大東當是東都兩個地區的俗名，今不可考。

〔九〕杼柚(zhù-zhú 柱竹)，梭子和機軸。緯線加在杼上，經綫纏在柚上。此句指織布的原料被搜括一空。

〔一〇〕糾糾，繩索纏繞貌。葛屨，用葛草織成的鞋，勞動者夏天所穿。

〔一一〕可，讀爲何。作者穿不起布鞋，秋天還穿葛草鞋。

〔一二〕佻佻，安逸貌。或說：佻即輕佻；或說：佻是美好。

〔一三〕周行，周道也，古代道路也叫作行。

〔一四〕疚，憂慮。此二句指搜括貢賦的公子往來不絶，故使詩人心憂。

〔一五〕冽，寒冷。氿(guǐ 軌)泉，泉水從側面流出的叫作氿泉。

〔一六〕穫薪，砍下的柴草。木柴被水浸濕，就不易燃燒了。比喻人民不堪再受剥削。

〔一七〕契契，愁苦也。寤，醒着。

〔一八〕憚，通癉，勞苦也。

〔一九〕上薪字借爲新。《説文》：「新，取木也。」是，此。

〔二〇〕載，裝在車上。把木柴運走以免繼續被水浸。

〔二一〕職，猶只也。來，借爲賚，賞賜也。

〔二二〕西人，指西周王朝的貴族。

〔二三〕粲粲，鮮明漂亮。

〔二四〕舟，讀爲疇。疇人，世世代代相承做同樣的官稱疇人。

〔二五〕羆，獸名，似熊而大。裘，同求。此句言疇人失掉職位，以打獵維持生活。

〔二六〕私人，指貴族們自己的人，就是他們的宗族親戚朋友等。

〔二七〕試，即任用。

〔二八〕或，借爲惑，精神錯亂。

〔二九〕漿，醬汁、醋、茶水等均稱漿。

〔三〇〕鞙（juān 捐）鞙，佩玉貌。璲，瑞玉名，可以爲佩。

〔三一〕長，《廣雅·釋詁一》：「長，善也。」此二句是説貴族佩寶玉，不是因爲他們良善。

〔三二〕漢，天漢，即銀河。

〔三三〕監，觀覽。

〔三四〕跂，通歧，分歧。織女，織女星。織女有三顆星，聯成等邊三角形，三角分出，所以用跂字形容它。

〔三五〕七襄，不可解。七疑當作才，形似而誤。才，古在字。襄可能是織布機的古名。

〔三六〕報，借爲紨，古代布和綢都稱紨。章，花紋。二句指織女雖然天天在織布機上，然而織不成布匹，徒具虚名。

〔三七〕睆（huǎn 緩），星光明亮貌。牽牛，牽牛星。

〔三八〕服，駕也。箱，車箱。

〔三九〕啓明，即金星，日出前出現在東方。

〔四〇〕長庚，也是金星，日落後出現在西方。上古時人不知金星運行軌道，因其出現方位不同而分別稱之爲啓明、長庚。

〔四一〕天畢，星宿名，也省稱畢，有星八顆，形似古時田獵用的長柄網。畢是這種網的古名。

〔四二〕載，猶則也。施（yí夷），斜行。行，行列。天畢星的柄，直列成行，在天空斜着。

〔四三〕箕，星宿名，四星聯成梯形，形似簸箕。

〔四四〕簸揚，揚米去糠。

〔四五〕斗，北斗星，有星七顆，形似斗，有柄。古代的量斗有柄。

〔四六〕挹，舀。古代用斗挹取酒漿。

〔四七〕翕（xì細），縮也。箕的前面部分叫作舌，箕的舌是向裏縮的。

〔四八〕西柄，柄向西方。揭，高舉。貴族們把自己比作天上星宿，作者指出星宿也無益于人。

【附録】

注〔三六〕報，借爲紨，《説文》：「紨，布也，一曰粗紬。」《廣雅·釋詁》：「紨，紬也。」據此布和綢都叫作紨。

四月

西周王朝的小官吏，行役到南方去，遭遇變亂，久不得歸，寫出此詩，來表達自己的痛苦心情。

一

四月維夏，六月徂暑。先祖匪人〔一〕，胡寧忍予〔二〕？

二

秋日淒淒，百卉具腓〔三〕。亂離瘼矣〔四〕，爰其適歸〔五〕？

三

冬日烈烈〔六〕，飄風發發〔七〕。民莫不穀〔八〕，我獨何害〔九〕。

四

山有嘉卉，侯栗侯梅〔一〇〕。廢爲殘賊〔一一〕，莫知其尤〔一二〕。

五

相彼泉水〔一三〕，載清載濁〔一四〕。我日構禍〔一五〕，曷云能穀〔一六〕。

六

滔滔江漢，南國之紀〔一七〕。盡瘁以仕〔一八〕，寧莫我有〔一九〕！

七

匪鶉匪鳶〔二〇〕，翰飛戾天〔二一〕。匪鱣匪鮪〔二二〕，潛逃于淵。

八

山有蕨薇〔二三〕，隰有杞桋〔二四〕。君子作歌，維以告哀。

【注】

〔一〕先祖，指祖先的神靈。匪，非。

〔二〕寧，乃也。此二句言：先祖豈非人乎，爲何忍心使我受苦？

〔三〕腓，草木枯萎。

〔四〕瘼，疾苦。

〔五〕爰，與焉同義，何也。（《孔子家語·辨政》篇引爰作奚。奚，何也。）適，往也。

〔六〕烈烈，即冽冽，寒冷貌。

〔七〕飄風，旋風。發發，疾風聲。

〔八〕穀，善。此句指他人都過得很好。

〔九〕何，通荷，蒙受。

〔一〇〕侯，猶維也。

〔一一〕廢，毛傳：「廢，大也。」賊，害也。此指王朝權貴。

〔一二〕尤，罪也。此句指殘害人而不自知其罪。

〔一三〕相，看也。

〔一四〕載，猶則也。

〔一五〕構，借爲遘，遭遇。

〔一六〕曷，何也。此句指怎能説命運會好呢。

〔一七〕紀，紀綱，法制。此二句指長江漢水容納南國諸水，諸水悉受江漢之約束。

〔一八〕盡瘁，即憔悴。仕，任職。

〔一九〕寧，而也。有，通友，親善。此二句言：己雖盡瘁於王事，却得不到善遇。

〔二〇〕匪，彼也。鶉（tuán 團），鵰也。

〔二一〕翰飛，高飛。戾，至也。

〔二二〕鱣（zhān 毡）、鮪（wěi 委），並大魚名。

〔二三〕蕨、薇，並野菜名。

〔二四〕隰，低濕之地。杞，枸杞。桋，木名。上六句指出人不如鳥魚草木。

北山

這首詩是統治階級下層即士的作品。在周代等級制度下，士當然也剥削勞動人民，但他們又受上層天子、諸侯、大夫等的壓迫，擔任徭役也很繁重。作者寫作此詩，申述了自己的痛苦與不平。

一

陟彼北山〔一〕，言采其杞〔二〕。偕偕士子〔三〕，朝夕從事。王事靡盬〔四〕，憂我父母。

二

溥天之下〔五〕，莫非王土；率土之濱〔六〕，莫非王臣。大夫不均〔七〕，我從事獨賢〔八〕。

三

四牡彭彭〔九〕，王事傍傍〔一〇〕。嘉我未老〔一一〕，鮮我方將〔一二〕，旅力方剛〔一三〕，經營四方。

四

或燕燕居息〔一四〕，或盡瘁事國〔一五〕。或息偃在牀〔一六〕，或不已于行。

五

或不知叫號〔一七〕，或慘慘劬勞〔一八〕。或棲遲偃仰〔一九〕，或王事鞅掌〔二〇〕。

六

或湛樂飲酒〔二一〕，或慘慘畏咎〔二二〕。或出入風議〔二三〕，或靡事不爲。

【注】

〔一〕陟（zhì至），登也。

〔二〕言，語助詞。杞，枸杞。

〔三〕偕偕，健壯貌。

〔四〕盬（gǔ古），休止。

〔五〕溥，通普，即普遍。

〔六〕率，循也，即沿着。濱，邊界。

〔七〕大夫不均，指掌權的大夫分派士階層的工作往往勞逸不均。

〔八〕賢，多也。

〔九〕牡，指公馬。彭彭，强壯有力貌。

〔一〇〕傍傍，緊急貌。

〔一一〕嘉，誇獎。

〔一二〕鮮，善也。此指稱善。將，强壯。

〔一三〕旅，通膂。膂力，體力。

〔一四〕或，有的人。燕燕，安逸貌。

〔一五〕盡瘁，憔悴。

〔一六〕偃，卧也。

〔一七〕號，放聲大哭。此句指有的人不知痛苦哭號是怎麽回事。

〔一八〕劬勞，勞累。

〔一九〕棲遲，游息。偃仰，即安居。

〔二〇〕鞅掌，忙忙碌碌。

〔二一〕湛樂，過度的享樂。

〔二二〕咎，災殃。

〔二三〕風，通諷，諷刺也。

【附録】

注〔二〇〕鞅掌，忙忙碌碌。《莊子·庚桑楚》：「鞅掌之爲使。」《在宥》：「遊者鞅掌。」都是此意。此酌採馬敍倫先生《莊子義證》。

無將大車

勞動者推着大車，想起自己的憂患，唱出這個歌。

一

無將大車〔一〕，祇自塵兮〔二〕。無思百憂，祇自疧兮〔三〕。

二

無將大車，維塵冥冥〔四〕。無思百憂，不出于熲〔五〕。

三

無將大車，維塵雝兮〔六〕。無思百憂，祇自重兮〔七〕。

【注】

〔一〕將，扶進也。將車即用手推車。

〔二〕祇，只也。塵，動詞，招惹塵土。

〔三〕疧(qí淇)，病也。古讀疧如振，與塵協韻。

〔四〕冥冥，猶濛濛也，塵土飛揚貌。

〔五〕熲，馬瑞辰《毛詩傳箋通釋》：「熲，音義與耿同。」按心煩耳熱爲耿。

〔六〕雝，通壅，遮蔽。

〔七〕重，借爲恫，痛也。

小明

這首詩是周王朝的官吏所作。他被派到遠方辦事，經年不歸，因作此詩，抒寫他的辛苦生活和思家情緒，並對上級統治者提出勸告。

一

明明上天，照臨下土。我征徂西〔一〕，至于艽野〔二〕。二月初吉〔三〕，載離寒暑〔四〕。
心之憂矣，其毒大苦〔五〕。念彼共人〔六〕，涕零如雨。豈不懷歸，畏此罪罟〔七〕。

二

昔我往矣，日月方除〔八〕。曷云其還〔九〕？歲聿云莫〔一〇〕。念我獨兮，我事孔庶〔一一〕。
心之憂矣，憚我不暇〔一二〕。念彼共人，睠睠懷顧〔一三〕。豈不懷歸，畏此譴怒。

三

昔我往矣，日月方奧〔一四〕。曷云其還？政事愈蹙〔一五〕。歲聿云莫，采蕭穫菽〔一六〕。
心之憂矣，自詒伊戚〔一七〕。念彼共人，興言出宿〔一八〕。豈不懷歸，畏此反覆〔一九〕。

四

嗟爾君子〔一〇〕，無恒安處。靖共爾位〔一一〕，正直是與〔一二〕。神之聽之，式穀以女〔一三〕。

五

嗟爾君子，無恒安息。靖共爾位，好是正直。神之聽之，介爾景福〔一四〕。

【注】

〔一〕征，行也。徂，往也。

〔二〕艽（qiú求），遠荒也。

〔三〕初吉，王國維説：「古者蓋分一月之日爲四分：一曰初吉，謂自一日至七八日也；二曰既生霸，謂自八九日以降至十四五日也；三曰既望，謂自十五六日以後至二十二三日也；四曰既死霸，謂自二十三四日以後至于晦也。」（見《觀堂集林》卷一《生霸死霸考》）二月初吉是作者到艽野的時間。

〔四〕載，猶則也。離，歷也。此句指到艽野已經過一個寒暑，即一年。

〔五〕毒，災難。大，太也。

〔六〕共，通恭。恭人，恭敬的人，此指作者的妻。

〔七〕罪罟，馬瑞辰《毛詩傳箋通釋》：「《説文》：『罪，捕魚竹網。罟，網也。』罪罟猶云網罟。」

按罪罟指統治者的法網。

〔八〕除，除舊也。此句指舊歲剛辭新年正到。

〔九〕曷，何時也。云，語助詞。

〔一〇〕聿，猶則也。莫，暮。

〔一一〕孔，很。庶，多也。

〔一二〕憚，通癉，勞也。

〔一三〕睠睠，即眷眷。

〔一四〕奧，通燠，暖也。

〔一五〕蹙，急促。

〔一六〕蕭，一種香蒿。菽，豆也。

〔一七〕詒，通貽，留下。伊，是也，此也。戚，憂苦。此句指心裏發愁，是自尋煩惱。

〔一八〕興，起來。言，焉。此二句指想念妻子，睡不着覺，起來到外邊去過夜。

〔一九〕反覆，指統治者的反覆無常。

〔二〇〕君子，指掌權貴族。

〔二一〕靖，猶敬也。共，奉也。位，猶職也。此句言敬奉汝職。

〔二二〕與，猶親也。

〔三〕式，猶乃也。穀，善也。以，猶于也。女，汝。

〔四〕介，借爲匄。《廣雅·釋詁》：「匄，予也。」景，大也。

鼓鍾

這首詩寫作者住在淮水旁邊，在奏樂的場合中，思念君子而悲傷。

一

鼓鍾將將〔一〕，淮水湯湯〔二〕，憂心且傷。淑人君子〔三〕，懷允不忘〔四〕。

二

鼓鍾喈喈〔五〕，淮水湝湝〔六〕，憂心且悲。淑人君子，其德不回〔七〕。

三

鼓鍾伐鼛〔八〕，淮有三洲，憂心且妯〔九〕。淑人君子，其德不猶〔一〇〕。

四

鼓鍾欽欽〔一一〕，鼓瑟鼓琴，笙磬同音。以雅以南〔一二〕，以籥不僭〔一三〕。

【注】

〔一〕鼓，敲也。將將，同鏘鏘，象聲詞。

〔二〕湯湯，猶蕩蕩，大水急流貌。

〔三〕淑，善也。

〔四〕懷，思念。允，信也，真也。

〔五〕喈喈，鐘聲和諧。

〔六〕湝湝，水流貌。

〔七〕回，邪也。

〔八〕伐，擊也。鼛（gāo高），大鼓。

〔九〕妯，鄭箋：「妯之言悼也。」乃讀妯爲悼。悼，悲也。

〔一〇〕猶，《方言》十三：「猶，詐也。」其德不猶，言君子之德誠實無欺。

〔一一〕欽欽，鐘聲。

〔一二〕雅，樂器名，狀如漆筩，兩頭蒙以羊皮，以手拍之作聲。南，樂器名，形似鐘。

〔一三〕籥（yuè躍），樂器名，似排簫。僭，猶亂也。

楚茨

這首詩是貴族祭祀祖先的樂歌。

一

楚楚者茨〔一〕，言抽其棘〔二〕。自昔何爲？我蓺黍稷〔三〕。我黍與與〔四〕，我稷翼翼〔五〕。我倉既盈，我庾維億〔六〕。以爲酒食，以享以祀〔七〕。以妥以侑〔八〕，以介景福〔九〕。

二

濟濟蹌蹌〔一〇〕，絜爾牛羊〔一一〕。以往烝嘗〔一二〕，或剥或亨〔一三〕，或肆或將〔一四〕。祝祭于祊〔一五〕，祀事孔明〔一六〕。先祖是皇〔一七〕，神保是饗〔一八〕。孝孫有慶，報以介福〔一九〕，萬壽無疆。

三

執爨踖踖〔二〇〕，爲俎孔碩〔二一〕，或燔或炙〔二二〕。君婦莫莫〔二三〕，爲豆孔庶〔二四〕，爲賓爲客〔二五〕。獻醻交錯〔二六〕，禮儀卒度〔二七〕，笑語卒獲〔二八〕。神保是格〔二九〕，報以介福，萬壽攸酢〔三〇〕。

四

我孔熯矣〔三一〕，式禮莫愆〔三二〕。工祝致告〔三三〕：徂賚孝孫〔三四〕，苾芬孝祀〔三五〕，神嗜飲食〔三六〕，卜爾百福〔三七〕。如幾如式〔三八〕，既齊既稷〔三九〕，既匡既勑〔四〇〕，永錫爾極〔四一〕，時萬時億〔四二〕。

五

禮儀既備〔四三〕，鍾鼓既戒〔四四〕。孝孫徂位〔四五〕，工祝致告。神具醉止〔四六〕，皇尸載起〔四七〕。鼓鍾送尸，神保聿歸〔四八〕。諸宰君婦〔四九〕，廢徹不遲〔五〇〕。諸父兄弟，備言燕私〔五一〕。

六

樂具入奏〔五二〕，以綏後禄〔五三〕。爾殽既將〔五四〕，莫怨具慶。既醉既飽，小大稽首〔五五〕。神嗜飲食，使君壽考〔五六〕。孔惠孔時〔五七〕，維其盡之〔五八〕。子子孫孫，勿替引之〔五九〕。

【注】

〔一〕楚楚，植物叢生貌。茨，蒺藜，草本植物，莖有硬毛，平卧地面，夏季開黄色小花，果實有刺。

〔二〕言，猶爰也，於是。抽，除也。棘，刺也。除其棘即剷去蒺藜。

〔三〕蓺，種也。黍稷同類，黍黏，稷不黏。

〔四〕與與，茂盛貌。

〔五〕翼翼，整齊貌。

〔六〕庾，糧穀堆在場圃，以物圍起，上面加蓋爲庾。億，盈也。

〔七〕享，獻祭。

〔八〕妥，安坐也。侑，勸酒。周代祭祀祖先的禮制，有人裝神，其名爲尸。當尸進入宗廟走到他的位置上的時候，由主祭者跪拜，請尸安坐，這叫作妥。當獻上酒食的時候，有人勸尸飲酒吃飯，這叫作侑。

〔九〕介，求也。景，大也。

〔一〇〕濟濟，莊嚴恭敬貌。蹌蹌，步趨有節貌。

〔一一〕絜，同潔。又解：絜借爲挈，即拿着。

〔一二〕烝嘗，都是祭名，冬祭稱烝，秋祭稱嘗。

〔一三〕剥，宰割。亨，同烹，燒煮食物。

〔一四〕肆，陳設，指陳肉于案上。將，古金文作鬺，裝肉于鼎。

〔一五〕祝，祠廟中司祭禮的人。祊（bēng 崩），宗廟門内設祭的地方。

〔一六〕明，讀爲孟。《爾雅·釋詁》：「孟，勉也。」即勤勉。

〔一七〕皇，讀爲迋。《廣雅·釋詁》：「迋，歸也。」此句言先祖回來受享。

〔一八〕神保，古人認爲神是人的保佑者，所以稱神爲神保。饗，享受祭祀。

〔一九〕介福，大福。

〔一〇〕爨（cuàn竄），炊也。踖（jí籍）踖，敏捷而又恭敬的樣子。

〔一一〕俎，古代祭祀時盛生肉之銅製禮器。此指俎中的肉。孔碩，很豐盛。

〔一二〕燔，燒肉也。炙，烤肉也。

〔一三〕君婦，主婦。莫莫，清静敬謹貌。

〔一四〕豆，古代食器，形似高足盤。此指豆中的食物。庶，多也。

〔一五〕爲賓爲客，言作飲食是爲了賓客。古人在祭祀之後，招待賓客。

〔一六〕獻，敬酒。醻，同酬。

〔一七〕卒，盡也。卒度，言盡其法度，無少差錯。

〔一八〕獲，于省吾說：「獲讀爲矱，矱，規也。」（《文史》第一輯《澤螺居讀詩札記》）

〔一九〕格，至也。

〔二〇〕攸，猶乃也。酢，報也。萬壽攸酢，猶言報以萬壽。又解：酢借爲作，作，起也。萬壽攸酢，猶言萬壽乃來。

〔二一〕熯，通戁（nǎn蝻），敬懼。

〔二二〕式，發語詞。愆，差錯。

〔二三〕工，馬瑞辰《毛詩傳箋通釋》：「工，官也。」工祝即祝官。致告，代神致辭，以告祭者。

〔二四〕徂，當作祖，形似而誤。賚（lài賴），賞賜。

〔三五〕苾芬，猶芬芳。
〔三六〕嗜，愛好。此句言神喜歡這飲食。
〔三七〕卜，借爲付。
〔三八〕如，猶合也。幾，《小爾雅・廣詁》：「幾，法也。」式，制度。此句指祭祀之事都合乎禮法。
〔三九〕齊，敬也。稷，借爲肅，嚴肅也。（《國語・魯語》：「肅慎氏。」《逸周書・王會》作「稷慎」。此是稷肅通用之證。）
〔四〇〕匡，端止。勑，嚴正。
〔四一〕錫，賜。極，疑借爲稘。稘，年也。永錫爾極，即永賜爾年。
〔四二〕時，是也。億，周代十萬爲億。自徂賚孝孫以下九句均工祝所告之辭。
〔四三〕既備，指祭禮都已舉行。
〔四四〕戒，戒備，準備。此言準備好鐘鼓，以便送尸。
〔四五〕徂位，走到主祭的位置上。
〔四六〕具，通俱。止，語氣詞。
〔四七〕皇，美也，贊美的形容詞。載，猶則也。
〔四八〕聿，猶乃也。

〔四九〕諸宰，衆廚師。
〔五〇〕廢徹，指撤去祭品。
〔五一〕備，全也。燕，宴，即宴飲。家庭宴飲，叫作宴私。古代在祭祀之後，即行宴飲。
〔五二〕具，俱。貴族在宴飲時也奏樂。
〔五三〕綏，安也，即坐享之意。禄，福也。古人在祭祀之後，飲祭神所餘之酒，食祭神所餘之肉，認爲是接受神所賜之福。所以稱這種酒爲福酒，稱這種肉爲胙肉。（胙，福也。）以綏後禄言享受後福，指飲福酒、食胙肉而言。
〔五四〕殽，同肴，塊肉。將，借爲臧，善也。
〔五五〕小大，指小孩和大人。稽首，磕頭。此句寫人人向神致謝。
〔五六〕考，老。
〔五七〕惠，仁慈。時，善也。此句言祖先之神很仁慈，很良善。
〔五八〕其，指神。之，指惠與時。此句言祖先能盡其仁慈良善之德，創業留給子孫。
〔五九〕替，廢也。引，延長。此二句告誡子孫，不要廢棄祖先之業，要一代一代地傳下去。

信南山

這首詩也是貴族祭祀祖先的樂歌，但也着力描寫了農業生產。

一

信彼南山〔一〕，維禹甸之〔二〕。畇畇原隰〔三〕，曾孫田之〔四〕。我疆我理〔五〕，南東其畝〔六〕。

二

上天同雲〔七〕，雨雪雰雰〔八〕。益之以霢霂〔九〕，既優既渥〔一〇〕，既霑既足，生我百穀。

三

疆埸翼翼〔一一〕，黍稷彧彧〔一二〕。曾孫之穡〔一三〕，以爲酒食。畀我尸賓〔一四〕，壽考萬年。

四

中田有廬〔一五〕，疆埸有瓜。是剥是菹〔一六〕，獻之皇祖。曾孫壽考，受天之祜〔一七〕。

五

祭以清酒，從以騂牡〔一八〕，享于祖考〔一九〕。執其鸞刀〔二〇〕，以啓其毛〔二一〕，取其血膋〔二二〕。

六

是烝是享〔二三〕，苾苾芬芬〔二四〕，祀事孔明〔二五〕。先祖是皇〔二六〕，報以介福〔二七〕，萬壽無疆。

【注】

〔一〕信，當是高峻貌。信與崒一音之轉，《說文》：「崒，危高也。」（《文選·王僧達和琅邪王依古詩》：「聊訊興亡言。」李注：「訊與信通。」《陳風·墓門》：「歌以訊之。」《釋文》：「訊本又作誶。」即信凡卒三聲相轉之證。又信與峻也是一聲之轉。）南山，終南山。

〔二〕甸，治理。古代傳說，中國的名山大川都經過禹的治理。

〔三〕畇（yún匀）畇，形容已開墾的田地平坦整齊。

〔四〕曾孫，周人對祖先之神自稱曾孫。田，耕種。

〔五〕疆，劃田界。理，治理田隴田溝。

〔六〕畝，隴也。周人稱南北隴爲南其畝，稱東西隴爲東其畝。

〔七〕同雲，全被雲遮。

〔八〕雰雰，猶紛紛。

〔九〕益，加也。霢霂（mài-mù脈木），小雨也。

〔一〇〕優，充足。渥，潤濕。

〔一一〕疆埸（yì易），田界也。翼翼，整齊貌。

〔一二〕彧（yù玉）彧，同鬱鬱，茂盛貌。

〔一三〕穡，收割莊稼。

〔一四〕畀，給予。尸，祭祀時裝神的人。賓，參加祭禮、幫助辦事的客人。此句指以酒食祭祀祖先、招待賓客。

〔一五〕中田，田中。廬，房舍，看瓜人所住。

〔一六〕剥，剖開。菹（zū 租），作菜。此指把瓜切成塊，擺在器中。

〔一七〕祜（hù 户），福也。

〔一八〕騂，赤色。牡，指公牛。

〔一九〕享，獻祭。

〔二〇〕鸞，鳳凰。刀上鑄有鳳凰的花紋稱鸞刀。

〔二一〕啓，分開。殺牛時，分開牠的毛，而後插刀。

〔二二〕膋（liáo 遼），脂肪，即牛油。

〔二三〕烝，即蒸。享，煮也。

〔二四〕苾苾芬芬，香氣濃郁貌。

〔二五〕明，勤勉。

〔二六〕皇，讀爲迂，歸也。此句言先祖回家來享祭。

〔二七〕介，大也。

甫田之什

甫田

這篇是西周農奴主的作品，歌唱他田地的廣闊，農奴的勞動，莊稼的茂盛，糧穀的豐收，以及祭祀的情況等。

一

倬彼甫田〔一〕，歲取十千〔二〕。我取其陳〔三〕，食我農人。自古有年〔四〕。今適南畝〔五〕，或耘或耔〔六〕，黍稷薿薿〔七〕。攸介攸止〔八〕，烝我髦士〔九〕。

二

以我齊明〔一〇〕，與我犧羊〔一一〕，以社以方〔一二〕。我田既臧〔一三〕，農夫之慶。琴瑟擊鼓〔一四〕，以御田祖〔一五〕，以祈甘雨，以介我稷黍〔一六〕，以穀我士女〔一七〕。

三

曾孫來止〔一八〕，以其婦子，饁彼南畝〔一九〕，田畯至喜〔二〇〕。攘其左右〔二一〕，嘗其旨否〔二二〕。禾易長畝〔二三〕，終善且有〔二四〕。曾孫不怒，農夫克敏〔二五〕。

四

曾孫之稼，如茨如梁〔二六〕；曾孫之庾〔二七〕，如坻如京〔二八〕。乃求千斯倉，乃求萬斯箱，黍稷稻粱。農夫之慶。報以介福〔二九〕，萬壽無疆。

【注】

〔一〕倬，大也，即面積廣闊。甫，大也。

〔二〕取，指用以種穀。十千，當是一萬畝。因爲畝是常用的計田的單位，所以省去。

〔三〕陳，陳穀。

〔四〕有年，豐年。

〔五〕適，往也。此句是説農奴主到南畝去巡視。

〔六〕耘，鋤草。耔，用土培苗根。

〔七〕黍稷同類，黍黏，稷不黏。薿薿，茂盛貌。

〔八〕攸，猶乃也。介，讀爲愒，休息。介與止都是説農奴主在田裏休息。

〔九〕烝，進也，即召他們前來之意。髦士，英俊之士。農奴主對其下屬的美稱。指在田間監督農奴的工頭。又解：髦士指農奴主的衛士，農奴主帶着衛士來巡視田間。

〔一〇〕齊（zī咨）明，即粢盛，祭器中所盛的穀物。

〔一一〕犧，祭祀用牲畜，毛色純一的叫作犧。
〔一二〕社，土神。方，四方之神。此指祭祀土神和四方之神。
〔一三〕臧，善也。
〔一四〕擊，樂器名，與搖鼓相類。
〔一五〕御，同禦，《説文》：「禦，祀也。」田祖，農神。
〔一六〕介，借爲丐，祈求也。
〔一七〕穀，養也。
〔一八〕曾孫，周人對其祖先神靈的自稱。止，語氣詞。
〔一九〕饁（yè葉），送飯。
〔二〇〕田畯，監督農奴工作的田官。
〔二一〕攘，古讓字。左右，指田畯的隨員。
〔二二〕旨，味美。
〔二三〕易，猶延也，莊稼茂盛，向前伸展。長畝，竟畝也，即莊稼長得枝葉茂盛，把壠都封蓋了。
〔二四〕終，猶既也。有，猶多也。
〔二五〕克，能也。敏，工作幹得好而且快。

〔二六〕茨，草屋的頂。梁，水上的大堤。一説，是橋。

〔二七〕庾，堆在露天的糧囤。

〔二八〕坻，小丘。京，大丘。

〔二九〕介，大也。此句指社神田祖等報農奴主以大福。

【附録】

注〔八〕林義光《詩經通解》：「介讀爲愒，《説文》：『愒，息也。』」

注〔一四〕擊，《尚書・益稷》：「戛擊鳴球。」（戛是打意。球是玉磬。）今文《尚書》擊作隔（《漢書・揚雄傳》顔注引韋昭説）《荀子・禮論》：「尚拊之膈。」（之字衍，《史記・禮書》沒有之字。）《樂論》：「鞉柷拊鞷椌楬似萬物。」擊和隔、膈、鞷，古通用，而鞷是本字。樂器名，鼓之一種，竹筒兩頭蒙皮，當中拴上球形鼓槌，摇擊兩面都響，和摇鼓相似。此詩的擊字當即《尚書》的擊字，借做鞷。琴瑟擊鼓都是樂器，都是名詞，是下句「以御田祖」的「以」字的賓語。

大田

此篇也是西周農奴主作品，主要内容是描寫農奴爲農奴主種田，消除害蟲，雨澤及時，莊稼長得茂盛及農奴主巡視田間，祭祀神靈的情況。

一

大田多稼。既種既戒〔一〕，既備乃事〔二〕。以我覃耜〔三〕，俶載南畝〔四〕，播厥百穀。既庭且碩〔五〕，曾孫是若〔六〕。

二

既方既皁〔七〕，既堅既好，不稂不莠〔八〕。去其螟螣〔九〕，及其蟊賊〔一〇〕，無害我田穉〔一一〕！田祖有神〔一二〕，秉畀炎火〔一三〕。

三

有渰萋萋〔一四〕，興雲祁祁〔一五〕，雨我公田，遂及我私〔一六〕。彼有不穫穉，此有不斂穧〔一七〕，彼有遺秉〔一八〕，此有滯穗〔一九〕，伊寡婦之利〔二〇〕。

四

曾孫來止〔二一〕，以其婦子，饁彼南畝〔二二〕，田畯至喜〔二三〕。來方禋祀〔二四〕，以其騂黑〔二五〕，與其黍稷，以享以祀〔二六〕，以介景福〔二七〕。

【注】

〔一〕種，疑當讀爲董，督促。戒，警告，農奴主在春耕前「董戒」農奴從事準備。舊說：種是選擇種子，戒是修理農具。那麽戒便當讀爲械。此説也通。

〔二〕乃事，這些事，指上述準備工作。

〔三〕覃（yǎn眼），通剡，鋒利。耜，如同現在的犂。

〔四〕俶，起土。載，翻草。

〔五〕庭，俞樾《羣經平議》：「庭讀爲挺。」挺生也。碩，大也。

〔六〕曾孫，農奴主自稱。若，順也。此言順了農奴主的意願。

〔七〕方，大也。皁疑當作阜，形似而誤。阜，高也。

〔八〕稂，禾穀僅能生穗而不能結實。莠（yǒu有），形似禾穀的一種草。

〔九〕螟，吃禾心的青蟲。螣（tè特），吃禾葉的青蟲。

〔一〇〕蝨，吃禾根的蟲。賊，吃禾節的蟲。

〔一一〕穉，嫩禾。

〔一二〕田祖，農神。

〔一三〕秉，拿。畀，交付。炎火，即大火。此言把害蟲用火燒化。

〔一四〕渰（yǎn掩），雲興起貌。萋萋，盛貌。

〔一五〕雲，今本作雨。《釋文》：「興雨本或作興雲。」按作雲是對的，今改正。祁祁，多貌。

〔一六〕私，即私田，勞役地租制度，公田的收穫歸農奴主所有，私田的收穫歸農奴自己。

〔一七〕斂,收斂。穧,已割而未收的農作物。

〔一八〕遺,失。秉,成綑的稻把。

〔一九〕滯,留下。

〔二〇〕伊,猶是也。此五句言田間少數未割之稻及遺穗等讓貧苦無靠之寡婦拾取。

〔二一〕曾孫,農奴主自稱。

〔二二〕饁,送飯。

〔二三〕田畯,田官。

〔二四〕來方,來祭四方之神。禋(yīn因),一種野祭。用火燒牲,使煙氣上沖於天。

〔二五〕騂,紅色。騂黑是用祭牲的毛色代表祭牲,牛羊豕三牲之中只有牛有紅色的,所以騂是代表牛;一般的豕是黑色,所以黑是代表豕。

〔二六〕享,獻祭。

〔二七〕介,借爲丐,祈求。景,大也。

【附録】

注〔一〕種,讀做董,二字古通用。《左傳·昭公三年》:「余髮如此種種。」《釋文》:「種種,徐本作董董。」便是例證。戒,即警戒。

注〔四〕俶,當讀爲埱。《説文》:「埱,氣出土也。」用犂屬把土翻起,使土氣上升叫作埱。載,鄭箋：「載讀爲菑。」《周易・無妄》：「不菑畬。」董注：「菑，反草也。」反草是把草連根掘起，翻過放下，草即腐爛。

注〔七〕方，《廣雅・釋詁》：「方，大也。」卓，當作卓，《說文》：「卓，高也。」

注〔一五〕今本《詩經》「興雨祁祁」，《呂氏春秋・務本》（據王應麟《詩考》引）、《韓詩外傳》八、《漢書・食貨志》等引「雨」都作「雲」，按作「雲」爲是，此句說雲，下句說雨。《大雅・韓奕》：「祁祁如雲。」也是佐證。

瞻彼洛矣

這是爲「君子」祝福的詩，所謂「君子」似是周王。他帶兵出征，到洛水一帶。

一

瞻彼洛矣〔一〕，維水泱泱〔二〕。君子至止〔三〕，福祿如茨〔四〕。韎韐有奭〔五〕，以作六師〔六〕。

二

瞻彼洛矣，維水泱泱。君子至止，鞞琫有珌〔七〕。君子萬年，保其家室。

三

瞻彼洛矣，維水泱泱。君子至止，福禄既同。君子萬年，保其家邦。

【注】

〔一〕洛，水名，又名北洛水，在今陝西北部，流入渭水；不是河南的洛水。

〔二〕泱泱，猶洋洋，水深廣貌。

〔三〕君子，似指周王。止，語氣詞。

〔四〕茨，茅屋。如茨，言其多層堆積如屋高。

〔五〕韎韐（mèi-gé 妹蛤），古代祭服上用以蔽膝的韍，用茅蒐草染成赤黄色。奭（shì 式），赤色貌。

〔六〕作，起也。作六師即起六師，言其出征。師，二千五百人爲一師。

〔七〕此句疑當作「鞞有琫珌」。鞞，刀鞘。琫（běng），刀鞘上近口處的裝飾。珌，刀鞘末端的裝飾。

裳裳者華

作者當是西周王朝的官吏。他受到一個貴族的扶植，因作此詩，來表示感謝，並歌頌貴族的能幹。

一

裳裳者華〔一〕，其葉湑兮〔二〕。我覯之子〔三〕，我心寫兮〔四〕；我心寫兮，是以有譽處兮〔五〕。

二

裳裳者華，芸其黃矣〔六〕。我覯之子，維其有章矣〔七〕；維其有章矣，是以有慶矣〔八〕。

三

裳裳者華，或黃或白。我覯之子，乘其四駱〔九〕；乘其四駱，六轡沃若〔一〇〕。

四

左之左之〔一一〕，君子宜之。右之右之〔一二〕，君子有之〔一三〕。維其有之，是以似之〔一四〕。

【注】

〔一〕裳裳，猶堂堂，鮮明貌。華，花。

〔二〕湑（xǔ許），茂盛。

〔三〕覯，見也。之子，此人，指貴族。

〔四〕寫，猶愉也，舒暢。

〔五〕譽，當讀爲豫，安樂也。此四句指見貴族之後，我心喜歡，所喜歡的是見了君子從而得到安樂的處所。

〔六〕芸，深黄色。

〔七〕其，指貴族。章，文章。

〔八〕慶，喜慶。一説：慶，賞也。

〔九〕駱，黑尾黑鬃的白馬。此句言作者乘貴族的馬車。

〔一〇〕沃若，猶沃然，光潤貌。

〔一一〕左，指文事、吉事。如政治、祭祀等。之，語氣詞。

〔一二〕右，指武事、凶事，如兵戎、死喪等。

〔一三〕有，猶能也。

〔一四〕似，借爲嗣。此句言君子能繼續其祖業。

桑扈

這是一首爲「君子」頌德祝福的詩。詩中所謂「君子」，是萬邦的屏翰，「百辟」的典範，應該是周王朝的執政者。

一

交交桑扈〔一〕，有鶯其羽〔二〕。君子樂胥〔三〕，受天之祜〔四〕。

二

交交桑扈，有鶯其領〔五〕。君子樂胥，萬邦之屏〔六〕。

三

之屏之翰〔七〕，百辟爲憲〔八〕。不戢不難〔九〕，受福不那〔一〇〕。

四

兕觥其觩〔一一〕，旨酒思柔〔一二〕。彼交匪敖〔一三〕，萬福來求〔一四〕。

【注】

〔一〕交交，鳥鳴聲。一説：小貌。桑扈，鳥名，又名青雀。

〔二〕鶯，鳥羽有文采。

〔三〕胥，語助詞。

〔四〕祜（hù户），福也。

〔五〕領，頸也。

〔六〕屏，屏障。此句言君子是萬邦的捍衛者。

〔七〕之屏之翰，即萬邦之屏之翰，承上文省萬邦二字。翰，借爲幹。此句言君子是萬邦的支持者。

〔八〕辟，君也。爲，猶取也。憲，法也，即典範。

〔九〕不，通丕，猶甚也。戢（jí集）、難，馬瑞辰《毛詩傳箋通釋》：「戢借爲濈，和也。難借爲戁，敬也。」此言君子對人既和又敬。

〔一〇〕那，多也。不那，即甚多。

〔一一〕兕觥（gōng肱），飲酒器，形如卧兕。觩，彎曲貌。

〔一二〕旨酒，美酒。思，語氣詞。柔，指酒味不烈。

〔一三〕彼，通匪，非也。交，借爲姣。《廣雅·釋言》：「姣，侮也。」即侮慢之意。敖，通傲。此句言君子不侮慢，不驕傲。

〔一四〕來，猶乃也。王引之《經義述聞》：「求讀爲逑，聚也。」此言萬福聚于君子一身。

鴛鴦

作者受到貴族的豢養，寫這首詩來爲貴族祝福，並透露了感恩的意味。

一

鴛鴦于飛〔一〕，畢之羅之〔二〕。君子萬年，福禄宜之。

二

鴛鴦在梁〔三〕，戢其左翼〔四〕。君子萬年，宜其遐福〔五〕。

三

乘馬在厩〔六〕，摧之秣之〔七〕。君子萬年，福禄艾之〔八〕。

四

乘馬在厩，秣之摧之。君子萬年，福禄綏之〔九〕。

【注】

〔一〕于，在也。

〔二〕畢，有柄的捕鳥網。羅，捕鳥網，無柄。

〔三〕梁，水壩。

〔四〕戢，鄭箋：「戢，斂也。」《釋文》引《韓詩》云：「戢，捷也，捷其噣於左也。」此句指鴛鴦休息時插嘴於左翼中。

〔五〕遐，遠也。

〔六〕乘馬，四匹馬。厩，馬棚。

〔七〕摧，借爲莝，以草餵馬也。又鄭箋：「摧，今莝字也。」《説文》：「莝，斬芻也。」也是以草餵馬之意。秣，以穀餵馬也。

〔八〕艾，養也。

〔九〕綏，安也。

頍弁

貴族請兄弟親戚吃飯，被請者寫出這首詩，表示對貴族的依賴和愛戴。

一

有頍者弁〔一〕，實維伊何〔二〕？爾酒既旨〔三〕，爾殽既嘉〔四〕。豈伊異人〔五〕，兄弟匪他〔六〕。蔦與女蘿〔七〕，施于松柏〔八〕。未見君子〔九〕，憂心弈弈〔一〇〕；既見君子，庶幾說懌〔一一〕。

二

有頍者弁，實維何期〔一二〕？爾酒既旨，爾殽既時〔一三〕。豈伊異人，兄弟具來〔一四〕。蔦與女蘿，施于松上。未見君子，憂心怲怲〔一五〕；既見君子，庶幾有臧〔一六〕。

三

有頍者弁，實維在首〔一七〕。爾酒既旨，爾殽既阜〔一八〕。豈伊異人，兄弟甥舅〔一九〕。如彼雨雪〔二〇〕，先集維霰〔二一〕。死喪無日〔二二〕，無幾相見〔二三〕。樂酒今夕，君子維宴〔二四〕。

【注】

〔一〕頍（kuǐ），帽頂圓圓的樣子。弁，古代貴族的一種帽子，用布或革做。

〔二〕伊，猶爲也，作也。此二句言戴弁是要作什麽？言外之意是來赴宴。

〔三〕爾，指宴客的貴族。

〔四〕殽，同肴，葷菜。嘉，美也。

〔五〕伊，是。異人，别人，外人。

〔六〕匪，通非。此句言是兄弟而非他人。

〔七〕蔦（niǎo 鳥），一種攀援植物，夏秋開花，花紅色或白色，實黄色，如小豆。蘿，女蘿，又名兔絲，攀援植物，常緣樹而生。

〔八〕施（yì 易），蔓延。此二句以蔦與女蘿寄附在松柏樹上，比喻兄弟親戚攀附貴族。

〔九〕君子，指宴客的貴族。

〔一〇〕弈弈，心神不定貌。

〔一一〕庶幾，差不多。說，通悦。懌，喜也。

〔一二〕期，望也。此二句言戴弁是希望什麽？

〔一三〕時，善也，美也。

〔一四〕具，通俱。
〔一五〕怲怲，憂甚貌。
〔一六〕臧，善也。有臧，有好處。
〔一七〕在首，戴在頭上。
〔一八〕阜，盛也，多也。
〔一九〕甥舅，古語稱女婿爲甥，岳父爲舅；姊妹之子爲甥，母之兄弟爲舅。
〔二〇〕雨雪，下雪。
〔二一〕集，猶落也。先下霰，後下雪，而終將融化，正如人生的容易消失。
〔二二〕死喪無日，人不知哪天死去。
〔二三〕幾，幾時。此句指兄弟親戚們相見没有幾時。
〔二四〕宴，安也。以上二句反映了貴族們及時行樂的思想。

車舝

作者娶得一個貴族的女兒，作這首詩，抒寫他的喜悦並表示對她的摯愛。

一

間關車之舝兮〔一〕，思孌季女逝兮〔二〕。匪飢匪渴〔三〕，德音來括〔四〕。雖無好友，式燕且喜〔五〕。

二

依彼平林〔六〕，有集維鷮〔七〕。辰彼碩女〔八〕，令德來教〔九〕。式燕且譽〔一〇〕，好爾無射〔一一〕。

三

雖無旨酒，式飲庶幾〔一二〕。雖無嘉殽，式食庶幾。雖無德與女〔一三〕，式歌且舞。

四

陟彼高岡，析其柞薪〔一四〕；析其柞薪，其葉湑兮〔一五〕。鮮我覯爾〔一六〕，我心寫兮〔一七〕。

五

高山仰止〔一八〕，景行行止〔一九〕。四牡騑騑〔二〇〕，六轡如琴〔二一〕。覯爾新昏〔二二〕，以慰我心。

【注】

〔一〕間關，象聲詞。舝，同轄，車軸兩頭的金屬鍵。此句形容車輪轉動時車轄的咯咯聲。

〔二〕思，發語詞。孌，美好貌。季女，少女。逝，往也，指她乘車出嫁。

〔三〕匪，非。非，不也。
〔四〕德音，指有美德名譽的季女。括，通佸，聚會。此二句作者自言我已不飢不渴，因已娶得有德的妻子。
〔五〕式，發語詞。燕，通宴，宴飲。
〔六〕依，茂盛貌。
〔七〕鷮（jiāo驕），雉的一種，又稱鷮雉。體形及尾均近似環頸雉。
〔八〕辰，讀爲珍。《爾雅·釋詁》：「珍，美也。」碩女，身材高大的女子。
〔九〕令，善也。此句言美德的女子來教導我。乃作者的謙辭。
〔一〇〕譽，通豫，歡樂。
〔一一〕射（yì亦），通斁，厭也。此句言愛你没有厭時。
〔一二〕庶幾，猶今語的「一些」。
〔一三〕與，助也。女，汝。此句作者自言我雖没有美德可以幫助你。正與上文「令德來教」對照而言，也是作者的謙辭。
〔一四〕析，劈木也。柞，木名。
〔一五〕湑（xǔ許），茂盛。
〔一六〕鮮，讀爲斯，猶今也。覯，遇也。

〔一七〕寫，猶愉也。
〔一八〕止，馬瑞辰《毛詩傳箋通釋》：「止當作之，下句同。」
〔一九〕景行，大道。此二句言仰望高山，走着大路。
〔二〇〕騑騑，馬行不停貌。
〔二一〕轡，馬繮繩。琴，指琴絃。此句指六條馬繮繩協調有如琴絃。
〔二二〕昏，同婚。古語：夫稱妻爲婚。新婚與新婦同意。

青蠅

這首詩痛斥讒人的害人亂國，勸諫統治者不要聽信讒言。詩的本事，今不可考。

一

營營青蠅〔一〕，止于樊〔二〕。豈弟君子〔三〕，無信讒言！

二

營營青蠅，止于棘〔四〕。讒人罔極〔五〕，交亂四國〔六〕。

三

營營青蠅，止于榛〔七〕。讒人罔極，構我二人〔八〕。

【注】

〔一〕營營，毛傳：「營營，往來貌。」《説文》引作謍，云：「謍，小聲。」乃出于三家詩。兩解均通。

〔二〕樊，籬笆。詩以髒穢而可惡的蒼蠅比讒人。

〔三〕豈弟，同愷悌，和易近人。

〔四〕棘，小棗樹，叢生。

〔五〕罔，無也。極讀爲則，法則。

〔六〕交，俱也。此句言讒人挑起矛盾，擾亂四方的國家。

〔七〕榛，一種叢生小灌木。

〔八〕構，讀爲詬，駡也，誹謗。二人，不知指誰。

賓之初筵

這首詩反映了周王朝的貴族們整天過着大吃大喝的荒淫生活，在敍述宴會上的禮節以後，也描繪了醉人的醜態，帶有諷刺的意思。

一

賓之初筵〔一〕，左右秩秩〔二〕。籩豆有楚〔三〕，殽核維旅〔四〕。酒既和旨〔五〕，飲酒孔偕〔六〕。鍾鼓既設，舉醻逸逸〔七〕。大侯既抗〔八〕，弓矢斯張〔九〕。射夫既同〔一〇〕，獻爾發功〔一一〕。發彼有的〔一二〕，以祈爾爵〔一三〕。

二

籥舞笙鼓〔一四〕，樂既和奏。烝衎烈祖〔一五〕，以洽百禮〔一六〕。百禮既至〔一七〕，有壬有林〔一八〕。錫爾純嘏〔一九〕，子孫其湛〔二〇〕。其湛曰樂，各奏爾能〔二一〕。賓載手仇〔二二〕，室人入又〔二三〕。酌彼康爵〔二四〕，以奏爾時〔二五〕。

三

賓之初筵，温温其恭。其未醉止〔二六〕，威儀反反〔二七〕；曰既醉止，威儀幡幡〔二八〕。舍其坐遷〔二九〕，屢舞僊僊〔三〇〕。其未醉止，威儀抑抑〔三一〕；曰既醉止，威儀怭怭〔三二〕，是曰既醉，不知其秩〔三三〕。

四

賓既醉止，載號載呶〔三四〕。亂我籩豆，屢舞僛僛〔三五〕。是曰既醉，不知其郵〔三六〕；側弁之俄〔三七〕，屢舞傞傞〔三八〕。既醉而出，並受其福；醉而不出，是謂伐德〔三九〕。飲酒孔嘉〔四〇〕，維其令儀〔四一〕。

五

凡此飲酒，或醉或否。既立之監〔四二〕，或佐之史〔四三〕。彼醉不臧〔四四〕，不醉反恥〔四五〕。式勿從謂〔四六〕，無俾大怠〔四七〕。匪言勿言〔四八〕，匪由勿語〔四九〕，由醉之言〔五〇〕，俾出童羖〔五一〕。三爵不識〔五二〕，矧敢多又〔五三〕。

【注】

〔一〕筵，竹席，此用做動詞，即坐在席上宴飲。古人宴會，几上擺食品，几邊鋪席，賓主坐在席上。

〔二〕左右，指坐在左右兩邊的人。秩秩，有順序貌。

〔三〕籩，古代祭祀和宴會時盛果脯的竹器，形似木製之豆。豆，古代食器，形似高足盤。楚，行列清晰貌。

〔四〕殽核，同肴核，肉類、菜類食品和果品。旅，陳列。

〔五〕和，醇和。旨，味美。

〔六〕孔，很。偕，嘉也，樂也。

〔七〕舉，猶獻也。獻酒爲舉。醻，同酬，回敬爲酬。逸逸，往來有序貌。

〔八〕侯，箭靶。古人習射或較射，豎一木架，架上張設獸皮，這叫作皮侯；或張設布，布上畫獸形，這叫作布侯。皮侯和布侯上加個圓形或方形的布塊，叫作質。（或叫作的、正、鵠。）射以中質爲勝。《儀禮·鄉射禮記》：「凡侯，天子熊侯、白質；諸侯麋侯、赤質；大夫布侯，畫以虎豹；士布侯，畫以鹿豕。凡畫者丹質。」抗，豎起。

〔九〕張，弓加上弦，放上箭，這叫作張。

〔一〇〕同，齊也。此句言射箭的人都已排齊。

〔一一〕獻，猶逞也。發，射也。功，本領。

〔一二〕有，語助詞。

〔一三〕祈，求也。爵，飲酒器，此以爵代表酒。古代射禮，射中者飲酒。以祈爾爵，即爭取能够射中而飲酒。

〔一四〕籥（yuè躍），古管樂器，似後世之排簫。籥舞，執籥而舞。

〔一五〕烝，進也。衎（kàn看），樂也。烈祖，光榮的祖先。一說：烈讀爲列。列祖猶云衆祖。此句言進樂以娛祖先。

〔一六〕洽，合也。以洽百禮，依照百禮行事。

〔一七〕至，做到。

〔一八〕有，通又。壬，大也。林，盛貌。此言百禮又大又多。

〔一九〕錫，賜。純，大也。嘏（gǔ古），福也。

〔二〇〕湛(dān 眈),喜樂。

〔二一〕奏,獻也。此句言子孫各獻其射箭的技能。

〔二二〕載,猶則也。手,《毛傳》:「手,取也。」仇,偶也。此句言賓客自由尋找射箭的對手。

〔二三〕室人,家人,似指主人的子孫。入,進入射場。又,借爲侑。《説文》:「侑,耦(偶)也。」此是動詞,即做賓客的射伴。

〔二四〕酌,猶斟也。康,大也。

〔二五〕時,善也,指善射。以奏爾時,言以康爵進于你們的善射者。

〔二六〕止,語氣詞。

〔二七〕反(fàn 泛)反,《釋文》:「反,《韓詩》作昄,善貌。」亨按:反借爲辨,辨辨,有節有序貌。

〔二八〕幡,借爲翻。翻翻,亂貌。鳥上下亂飛爲翻翻,引申便是亂的樣子。

〔二九〕舍,離開。坐,坐位。遷,移動。

〔三〇〕僊僊,同躚躚,舞步輕盈貌。

〔三一〕抑抑,縝密也。馬瑞辰《毛詩傳箋通釋》:「抑借爲懿。懿懿,美也。」也通。

〔三二〕怭怭,輕薄貌。

〔三三〕秩,讀爲失,即過失。

〔三四〕呶(náo 撓),喧嘩。

〔三五〕傚傚，醉舞欹斜貌。

〔三六〕郵，通訧，過失。

〔三七〕弁，古代貴族的一種帽子。側弁，歪戴着帽子。俄，傾斜。

〔三八〕傞（suō蓑）傞，醉舞不止貌。

〔三九〕伐德，害德，損德。

〔四〇〕孔嘉，很好。

〔四一〕維，通唯。令，善也。此二句言：喝酒並不是壞事，只是要保持好的威儀。

〔四二〕監，糾察的官吏。

〔四三〕史，記事的史官。宴會中有史，以備記酒醉胡鬧的事故。讀《史記·魏其武安侯列傳》所載灌夫以使酒罵坐，釀成大獄一事，便可了解古代立監佐史的意義。

〔四四〕臧，善也。

〔四五〕不醉反恥，人們反以不醉爲恥辱。

〔四六〕式，發語詞。謂，勸也。勿從謂，勿從而勸之使更飲也。

〔四七〕俾，使也。大，太。怠，輕慢失禮。

〔四八〕匪言，錯誤的話。

〔四九〕由，借爲迪，道理。

〔五〇〕由，因也。之，猶而也。此句指因醉而講出錯誤的話。

〔五一〕童，禿也，牛羊未生角爲童。羖(gǔ古)，黑色公羊。此句指罰使説醉話的人拿出一隻童羖。

〔五二〕三爵不識，喝上三爵酒，便神志無知。

〔五三〕矧(shěn審)，況且。又，指再飲酒。一説：又借爲侑，勸也。也通。

魚藻之什

魚　藻

這是一首讚美周王生活安樂的頌歌。

一

魚在在藻，有頒其首〔一〕。王在在鎬〔二〕，豈樂飲酒〔三〕。

二

魚在在藻，有莘其尾〔四〕。王在在鎬，飲酒樂豈。

三

魚在在藻，依于其蒲〔五〕。王在在鎬，有那其居〔六〕。

【注】

〔一〕頒（fén 墳），頭大貌。

〔二〕鎬（hào 號），西周京城，故址在今陝西西安市西。

〔三〕豈，通愷，樂也。

〔四〕莘（shēn 身），尾長貌。

〔五〕蒲，一種水生植物，可以編蓆。

〔六〕那（nuó 挪），安閑。

采菽

這首詩當是周天子歡迎來朝的諸侯時所奏的樂歌，内容爲描述諸侯來朝天子，天子賞賜他，挽留他，並爲他頌德祝福。

一

采菽采菽〔一〕，筐之筥之〔二〕。君子來朝〔三〕，何錫予之〔四〕？雖無予之〔五〕，路車乘馬〔六〕；又何予之，玄衮及黼〔七〕。

二

觱沸檻泉〔八〕，言采其芹〔九〕。君子來朝，言觀其旂〔一〇〕。其旂淠淠〔一一〕，鸞聲嘒嘒〔一二〕。載驂載駟〔一三〕，君子所届〔一四〕。

三

赤芾在股〔一五〕，邪幅在下〔一六〕。彼交匪紓〔一七〕，天子所予〔一八〕。樂只君子〔一九〕，天子命之〔二〇〕。樂只君子，福禄申之〔二一〕。

四

維柞之枝〔二二〕，其葉蓬蓬〔二三〕。樂只君子，殿天子之邦〔二四〕。樂只君子，萬福攸同〔二五〕。平平左右〔二六〕，亦是率從〔二七〕。

五

汎汎楊舟，紼纚維之〔二八〕。樂只君子，天子葵之〔二九〕。樂只君子，福禄膍之〔三〇〕。優哉游哉〔三一〕，亦是戾矣〔三二〕。

【注】

〔一〕菽，豆也。

〔二〕筐，方形的盛物竹器。筥(jǔ舉)，圓形的盛物竹器。

〔三〕君子，指諸侯。

〔四〕錫，賜。

〔五〕雖，借爲誰，何也。此句言：怎麽會没有賞賜呢？

〔六〕路車，亦作輅車，古代天子或諸侯所乘的一種車子。乘馬，四匹馬。

〔七〕玄，黑色。衮，古代貴族所穿的一種衣，上面繡着盤曲的龍。黼，繡有黑白相間的斧形花紋的禮服。

〔八〕觱(bì必)沸，泉水湧出貌。檻，借爲濫，泛也。

〔九〕言，猶爰，乃也。芹，芹菜。

〔一〇〕旂，畫有蛟龍的旗。

〔一一〕淠(pèi配)淠，摇動貌。

〔一二〕鸞，車鈴。嘒嘒，車鈴聲。

〔一三〕載，猶則。驂，一車駕三馬。古代的車有駕三馬的。駟，一車駕四馬。此句言君子的車或駕三馬，或駕四馬。

〔一四〕所，猶攸，乃也。屆，至也，來到。

〔一五〕芾（fú扶），蔽膝也。古制：諸侯赤芾。

〔一六〕邪幅，也叫作行縢，即裹腿。

〔一七〕彼，通匪。交，借爲絞，急切。紓，緩也。此句寫君子從容不迫的風度。

〔一八〕天子所予，指赤芾、邪幅均爲天子所賜。

〔一九〕只，語氣詞。

〔二〇〕命之，策命。古代天子對諸侯大夫有所賞賜，都以策（册）命之，先寫其事于簡册上，在宗廟中舉行策命之禮，由史官讀册上的文辭。

〔二一〕申，重也。此句言福上加福。

〔二二〕柞，木名。

〔二三〕蓬蓬，茂盛貌。

〔二四〕殿，鎮撫。

〔二五〕攸，所也。同，猶聚也。

〔二六〕陳奂《毛詩傳疏》：「平平，《釋文》引《韓詩》作便便，《爾雅》：『便便，辯也。』」亨按：《廣雅·釋詁》：「辯，慧也。」平平即明慧之意。左右，指君子左右之輔臣。

〔二七〕率，遵也。此句言左右都服從君子。

〔二八〕紼纚，大索也。維，繫。詩以索繫上楊舟比喻天子留下諸侯。

〔二九〕葵，疑借爲闋。《儀禮·大射儀》：「樂闋。」鄭注：「闋，止也。」天子闋之，言天子止之，即天子留住諸侯，不放他走。

〔三〇〕膍（pí皮），厚也。

〔三一〕優，閒暇。

〔三二〕戾，《廣雅·釋詁》：「戾，善也。」亦是戾矣，也是很好。

角弓

周王朝的貴族們由于爭權奪利，造成兄弟親戚間的矛盾。詩人作這首詩，加以諷刺和勸告。

一

騂騂角弓〔一〕，翩其反矣〔二〕。兄弟昏姻〔三〕，無胥遠矣〔四〕。

二

爾之遠矣，民胥然矣〔五〕。爾之教矣，民胥傚矣。

三

此令兄弟〔六〕，綽綽有裕〔七〕；不令兄弟，交相爲瘉〔八〕。

四

民之無良〔九〕，相怨一方，受爵不讓〔一〇〕；至於已斯亡〔一一〕。

五

老馬反爲駒〔一二〕，不顧其後〔一三〕。如食宜饇〔一四〕。如酌孔取〔一五〕。

六

毋教猱升木〔一六〕，如塗塗附〔一七〕。君子有徽猷〔一八〕，小人與屬〔一九〕。

七

雨雪瀌瀌〔二〇〕，見晛曰消〔二一〕。莫肯下遺〔二二〕，式居婁驕〔二三〕。

八

雨雪浮浮〔二四〕，見晛曰流〔二五〕。如蠻如髦〔二六〕，我是用憂〔二七〕。

【注】

〔一〕騂騂，紅色。又解：《釋文》「騂，《説文》作弲」。弓彎曲的樣子。角弓，兩端鑲着牛角的弓。

〔二〕翩，陳奐《毛詩傳疏》：「翩者偏之假借。」古代弓勁，上弦時，弓的兩頭向弦而曲；去弦時，弓的兩頭向反面而曲。此文指去弦時而言。

〔三〕昏姻，指姻戚。

〔四〕胥，鄭箋：「胥，相也。」

〔五〕胥，皆也，此胥字與上文胥字義不同。

〔六〕令，善也。

〔七〕綽綽，寬裕的樣子。兄弟和睦，則家境就好了。

〔八〕瘉，病也。此句言兄弟相害。

〔九〕民，當作人，《後漢書·章帝紀》引正作人。

〔一〇〕爵，爵位。上八字本是一句，相怨一方受爵不讓，言此人怨彼方的受爵不讓，彼人怨此方的受爵不讓，都只知怨人。

〔一一〕亡，通忘。此句言臨到自己的身上，就忘掉責己的不讓。

〔一二〕老馬反爲駒，比喻老人好像小孩，不懂事故。

〔一三〕後，指將來。

〔一四〕宜，借爲多。饇（yù裕），飽。此句言如果吃飯則多吃。

〔一五〕酌，飲酒。孔，猶多也。此句言如果飲酒則多取。

〔一六〕猱（náo撓），猿猴。升木，上樹。作者認爲「小人」會作壞事，正如猿猴會上樹；所以貴族先作壞事，爲人倡導，正如教猿猴上樹。

〔一七〕塗，泥土。附，沾著。作者認爲，貴族行事，有人民來追隨，正如泥土有泥土來附著一樣。

〔一八〕君子，指貴族。徽，美好。猷，道也。

〔一九〕小人，指人民。與，從也。屬，猶隨也。

〔二〇〕瀌瀌，猶飄飄。

〔二一〕晛（xiàn現），太陽的熱氣。曰，猶以也。

〔二二〕遺，鄭箋：「遺讀曰隨。」按隨，順從也。莫肯下遺，言不肯謙下以從也。

〔二三〕式，發語詞。居，借爲倨，傲也。婁，借爲屢，頻也。

〔二四〕浮浮，猶飄飄。

〔二五〕流，指雪化爲水而流。

〔二六〕蠻，周人稱南方部族爲蠻。髦，即《尚書·牧誓》中的髳，南方部族之一。此句指責貴族和蠻人髦人一樣粗野。

〔二七〕是用，是以。

菀柳

這首詩的作者當是周王的大臣，周王命他負政治上的責任，以後又不信任他，撤職辦罪。他乃作此詩抒發自己的牢騷。

一

有菀者柳〔一〕，不尚息焉〔二〕。上帝甚蹈〔三〕，無自暱焉〔四〕。俾予靖之〔五〕，後予極焉〔六〕。

二

有菀者柳，不尚愒焉〔七〕。上帝甚蹈，無自瘵焉〔八〕。俾予靖之，後予邁焉〔九〕。

三

有鳥高飛，亦傅于天〔一〇〕。彼人之心〔一一〕，于何其臻〔一二〕？曷予靖之〔一三〕，居以凶矜〔一四〕？

【注】

〔一〕菀（yùn運），馬瑞辰《毛詩傳箋通釋》：「菀，枯病也。」

〔二〕尚，讀爲當。此二句言不應在枯柳的下面休息，隱喻不應在腐朽的周王朝做官。

〔三〕蹈，《韓詩外傳》四引作慆，均借爲滔。水亂流爲滔，因而人胡作妄爲也爲滔。上帝甚蹈，言上帝很荒唐。

〔四〕暱，王引之《經義述聞》引王念孫說：「暱，病也。」此句言不要自招災難。

〔五〕俾，使也。靖，毛傳：「靖，治也。」指治理國家。亨按：《爾雅·釋詁》：「靖，謀也。」此句言使我計議國事。

〔六〕極，借爲忌，忌恨也。使予極焉，後來却忌恨我。

〔七〕愒（qì氣），休息。

〔八〕瘵（zhài債），病也。

〔九〕邁，不悅。又林義光《詩經通解》：「邁讀爲厲。厲猶虐也。」

〔一〇〕傅，至也。

〔一一〕彼人，當指周王。

〔一二〕臻，至也。此二句言周王的心不知到什麽地步。

〔一三〕曷，爲什麽。

〔一四〕以，猶于也。矜，危也。此二句問：爲什麽我謀議國事，反而處于凶危的境地？

都人士

鎬京的一個貴族和他的女兒因事到某地去。作者是該地人，與貴族相識，在他送貴族回鎬京的時候，作此詩來表示對貴族父女的敬愛。

一

彼都人士〔一〕，狐裘黄黄〔二〕，其容不改〔三〕，出言有章〔四〕，行歸於周〔五〕，萬民所望〔六〕。

二

彼都人士，臺笠緇撮〔七〕。彼君子女〔八〕，綢直如髮〔九〕。我不見兮，我心不説〔一〇〕。

三

彼都人士，充耳琇實〔一一〕。彼君子女，謂之尹吉〔一二〕。我不見兮，我心苑結〔一三〕。

四

彼都人士，垂帶而厲〔一四〕。彼君子女，卷髮如蠆〔一五〕。我不見兮，言從之邁〔一六〕。

五

匪伊垂之〔一七〕，帶則有餘〔一八〕。匪伊卷之，髮則有旟〔一九〕。我不見兮，云何盱矣〔二〇〕。

【注】

〔一〕都，城也。彼都，當指鎬京。人士，指這個貴族。作者似非鎬京人，所以稱鎬京爲彼都。

〔二〕黄，借爲煌。煌煌，明亮貌。古人穿皮襖，毛朝外，一望可見。又《新書·等齊篇》引黄黄作黄裳。

〔三〕容，態度。

〔四〕有章，有系統，有文彩。

〔五〕行，猶將也。周，當指宗周鎬京。這個貴族因事來到作者所在的地方，現在將要回鎬京去。

〔六〕望，仰望。

〔七〕臺，同薹，即薹草。笠，草帽。緇，黑色的綢或布。撮，以布帶或綢帶束髮成結爲撮，撮加于冠外，垂于頸後。此句寫貴族的服裝。

〔八〕君子，指貴族。此句言那個君子的女兒。

〔九〕綢，馬瑞辰《毛詩傳箋通釋》：「綢借爲鬗（chóu綢），髮多也。」直，髮直也。如，猶其也。

〔一〇〕説，通悦。

〔一一〕充，塞也。琇，美石也。實，猶堅也。

〔一二〕尹吉，鄭箋：「吉讀爲姞，尹氏姞氏，周室昏姻之舊姓也。」尹姞當是她的夫家姓尹，娘家姓姞，所以稱她爲尹姞。

〔一三〕苑，當讀爲愠。愠結，愁緒成結。

〔一四〕而，當讀爲如。《淮南子・氾論篇》高注引而作若）厲，讀爲綸。《説文》：「綸，青絲綬也。」按綸是用絲織的一種帶子，有穗。

〔一五〕蠆（chài），蠍也。婦女鬢髮上卷似蠍尾。

〔一六〕言，猶爰，乃也。邁，行也。言從之邁，即跟着他們走，指作者送他們而言。

〔一七〕匪，通彼。伊，是也。

〔一八〕帶則有餘，指帽帶有餘而下垂。

〔一九〕旟，揚起貌。

〔二〇〕云，發語詞。盱，通吁，憂愁。

采緑

詩的主人是個婦人，寫她殷切地懷念外出的丈夫，並設想在丈夫回來要打獵釣魚時替他整理工具，陪他釣魚，反映了她對丈夫真摯的愛。

一

終朝采緑〔一〕，不盈一匊〔二〕。予髮曲局〔三〕，薄言歸沐〔四〕。

二

終朝采藍〔五〕，不盈一襜〔六〕。五日爲期〔七〕，六日不詹〔八〕。

三

之子于狩〔九〕，言韔其弓〔一〇〕。之子于釣，言綸之繩〔一一〕。

四

其釣維何？維魴及鱮〔一二〕。維魴及鱮，薄言觀者〔一三〕。

【注】

〔一〕緑，借爲菉，草名，可以染黃。

〔二〕匊，古掬字。雙手合捧爲掬。

〔三〕曲局，卷曲。

〔四〕薄，急忙。言，讀爲焉。沐，洗頭。

〔五〕藍，草名，即靛草，可以染青。

〔六〕襜（chān 攙），繫在衣服前面的圍裙。

〔七〕五日爲期，指她的丈夫出行以五日爲期。

〔八〕詹，至也。

〔九〕之子，指她的丈夫。于，往也。狩，打獵。

〔一〇〕言，猶爰，乃也。韔（chàng 唱），把弓裝入弓袋。此句省去主語予字。

〔一〕綸，馬瑞辰《毛詩傳箋通釋》：「綸，糾也。」綸之繩即纏好那釣魚繩。
〔二〕魴、鱮（xù序），均是魚名。
〔三〕者，通諸，猶之也。

黍苗

周宣王封他的母舅於申，命召伯虎領兵先經理申地，建築謝城，以爲國都。此詩正是敍寫這件事，但未述及申伯。《大雅·崧高》也敍寫這件事，可參看。

一

芃芃黍苗〔一〕，陰雨膏之〔二〕。悠悠南行〔三〕，召伯勞之〔四〕。

二

我任我輦〔五〕，我車我牛〔六〕，我行既集〔七〕，蓋云歸哉〔八〕！

三

我徒我御〔九〕，我師我旅〔一〇〕，我行既集，蓋云歸處〔一一〕！

四

肅肅謝功〔一二〕，召伯營之〔一三〕。烈烈征師〔一四〕，召伯成之〔一五〕。

五

原隰既平〔一六〕，泉流既清。召伯有成〔一七〕，王心則寧。

【注】

〔一〕芃（péng 蓬）芃，草木茂盛貌。

〔二〕膏，猶潤也。

〔三〕悠悠，遥遠。

〔四〕召伯，姓姬，名虎，周宣王、幽王的大臣，封于召國，伯爵。勞，慰勞。此指召伯領兵南行，時時慰勞士兵。

〔五〕任，擔荷。輦，人推挽的車。

〔六〕車，此係指牛拉的車。

〔七〕集，成也。此句言我此行已經成功。

〔八〕蓋，通盍，何不也。云，句中助詞。

〔九〕徒，步兵。御，車夫。

〔一〇〕師、旅，《周禮》：二千五百人爲一師。五百人爲一旅。

〔一一〕歸處，回家安居。

〔二〕肅肅，嚴急也。謝，邑名，在今河南沘源縣南；一說：謝即今河南信陽。功，通工，工程。謝工，建築謝城的工程。《大雅·崧高》：「因是謝人，以作爾庸（墉）。」即此。

〔三〕營，經營。

〔四〕烈烈，威武貌。

〔五〕成，組成也。

〔六〕原，廣平之地。隰，低濕之地。平，猶治也。

〔七〕有成，成功。

隰桑

這首詩的作者敍寫他得見一個貴族很感愉快，並爲貴族頌德，表示願爲他效力。（或說，作者是個婦女。）

一

隰桑有阿〔一〕，其葉有難〔二〕。既見君子，其樂如何！

二

隰桑有阿，其葉有沃〔三〕。既見君子，云何不樂！

三

隰桑有阿，其葉有幽〔四〕。既見君子，德音孔膠〔五〕。

四

心乎愛矣，遐不謂矣〔六〕！中心藏之，何日忘之。

【注】

〔一〕隰桑，長在濕地的桑樹。阿，通婀，柔美貌。

〔二〕難（nuó 挪），茂盛貌。

〔三〕沃，肥厚，滋潤。

〔四〕幽，黑色。

〔五〕德音，好聲譽。孔，很。膠，牢固。又馬瑞辰《毛詩傳箋通釋》：「膠，盛也。」兩解均通。

〔六〕遐，通何。謂，鄭箋：「謂，勤也。」按：勤即爲他出力。此二句言：我既心愛君子，哪能不爲他出力呢！一説：謂，説也。即何不講出來。

白　華

毛詩序：「幽王娶申女以爲后，又得褒姒，而黜申后。周人爲之作是詩也。」朱熹《詩集傳》：「申后作此詩。」依詩文可解爲申后所作。幽王黜了申后，又廢了太子宜臼。申后作《白華》詩，宜臼作《小弁》詩。

一

白華菅兮〔一〕，白茅束兮〔二〕。之子之遠〔三〕，俾我獨兮〔四〕。

二

英英白雲〔五〕，露彼菅茅〔六〕。天步艱難〔七〕，之子不猶〔八〕。

三

滮池北流〔九〕，浸彼稻田。嘯歌傷懷，念彼碩人〔一〇〕。

四

樵彼桑薪，卬烘于煁〔一一〕。維彼碩人〔一二〕，實勞我心。

五

鼓鍾于宮，聲聞于外〔一三〕。念子懆懆〔一四〕，視我邁邁〔一五〕。

六

有鶖在梁〔一六〕，有鶴在林〔一七〕。維彼碩人，實勞我心。

七

鴛鴦在梁，戢其左翼〔一八〕。之子無良，二三其德。

八

有扁斯石〔一九〕，履之卑兮〔二〇〕。之子之遠，俾我疷兮〔二一〕。

【注】

〔一〕華，花。菅，茅屬，開白花。

〔二〕束，捆也。指用白茅把菅捆起。

〔三〕之子，指幽王。遠，遠離，指拋棄了申后。

〔四〕俾，使也。

〔五〕英英，《釋文》引《韓詩》作泱泱，雲起貌。

〔六〕露，潤澤也。

〔七〕天步，即命運。

〔八〕猶，當讀爲媨。《廣雅·釋詁》：「媨，好也。」不媨，不良。

〔九〕滮池，古水名，在今陝西西安市西北。

〔一〇〕碩，高大。碩人，指幽王。

〔一二〕卬，我也。煁（shén神），行竈也。

〔一三〕維，借爲惟，思也。

〔一三〕聲聞于外，比喻有所作爲，人們就能知道。

〔一四〕懆懆，憂愁不安。

〔一五〕邁邁，《釋文》引《韓詩》作怖（pèi配）怖，《説文》：「怖，恨怒也。」

〔一六〕鶖（qiū秋），一種兇猛貪殘的水鳥，又名秃鶖，狀似鶴而大，青蒼色，長頸赤目，頭項皆無毛。此用以比褒姒。梁，水壩。

〔一七〕鶴，申后自比。

〔一八〕戢（jí集），縮斂。戢其左翼，指鴛鴦休息時插其嘴於左翼中。

〔一九〕扁，扁平。斯，之也。

〔二〇〕履，踩也。踩着扁石不能升高，比喻作者被貶不能攀及丈夫。

〔二一〕疷（qí淇），憂病也。

緜蠻

這首詩敍寫一個行役之人，疲勞不堪，又飢又渴，路上遇到闊人的車子，這個闊人給他飲食，教訓他，讓他坐上車子。全詩以對唱的形式寫出。

一

緜蠻黄鳥〔一〕，止于丘阿〔二〕。道之云遠〔三〕，我勞如何〔四〕！飲之食之，教之誨之，命彼後車〔五〕，謂之載之〔六〕。

二

緜蠻黄鳥，止于丘隅〔七〕。豈敢憚行，畏不能趨〔八〕。飲之食之，教之誨之，命彼後車，謂之載之。

三

緜蠻黄鳥，止于丘側。豈敢憚行，畏不能極〔九〕。飲之食之，教之誨之，命彼後車，謂之載之。

【注】

〔一〕緜蠻，鳥鳴聲。黄鳥，黄雀。

〔二〕阿，坡也。

〔三〕云，句中助詞。

〔四〕我，行役之人自稱。以上四句是行役之人所唱。

〔五〕後車，後邊的車。

〔六〕謂之載之，叫後車載上行役之人。以上四句是闊人所唱。
〔七〕隅，角也。
〔八〕趨，急走。二句言：我哪敢怕走路，而是怕走得不快。
〔九〕極，至也。

瓠葉

這首詩敍寫貴族燒菜、烤肉、擺酒請客人吃，賓主酬酢。詩是以客人的口吻唱出的。

一

幡幡瓠葉〔一〕，采之亨之〔二〕。君子有酒，酌言嘗之〔三〕。

二

有兔斯首〔四〕，炮之燔之〔五〕。君子有酒，酌言獻之。

三

有兔斯首，燔之炙之〔六〕。君子有酒，酌言酢之〔七〕。

四

有兔斯首，燔之炮之。君子有酒，酌言醻之〔八〕。

【注】

〔一〕幡幡，猶翩翩，反復翻動貌。瓠，冬瓜、葫蘆等的總名。

〔二〕亨，烹也。之，指瓠。

〔三〕言，讀爲焉。

〔四〕斯，白也（鄭箋）。

〔五〕炮，用爛泥塗食物置火中煨熟。燔，將帶毛的肉直接用火燒熟。

〔六〕炙，將肉掛在火焰上薰烤使熟。

〔七〕酢，以酒回敬。

〔八〕醻，同酬，與酢同意。

漸漸之石

勞動人民從軍出征，隔着遠水遥山，慨歎不能回家種田，因而唱出這個歌。

一

漸漸之石〔一〕，維其高矣。山川悠遠，維其勞矣〔二〕。武人東征，不皇朝矣〔三〕。

二

漸漸之石，維其卒矣〔四〕。山川悠遠，曷其没矣〔五〕。武人東征，不皇出矣〔六〕。

三

有豕白蹢〔七〕，烝涉波矣〔八〕。月離于畢〔九〕，俾滂沱矣〔一〇〕。武人東征，不皇他矣〔一一〕。

【注】

〔一〕漸漸，通巉巉，山石高峻貌。

〔二〕勞，借爲遼，廣闊也。

〔三〕皇，通遑，暇也。朝，借爲曌（zhào照），耕田以鍬起土也。

〔四〕卒，借爲崒，危而高也。

〔五〕没，馬瑞辰《毛詩傳箋通釋》：「没當讀迻（wù物）。迻，遠也。」按迻也是廣闊之意。

〔六〕出，借爲圣（kū哭）《説文》：「圣，汝潁之間謂致力於地曰圣。」

〔七〕蹢（dí敵），蹄。

〔八〕烝，猶正也。涉波，渡水。

〔九〕離，猶歷也，即經過。畢，星宿名，有星八顆。

〔一〇〕俾，猶則也。滂沱，雨大也。古代天文説，月行經過畢星，就要下大雨。

〔一一〕他，指别的事。

苕之華

此篇當是勞動人民所作。作者在統治者的殘酷剥削下，過着極端苦難的生活，永遠吃不飽飯，生機幾乎斷絶，因而唱出這個短歌。

一

苕之華〔一〕，芸其黄矣〔二〕。心之憂矣，維其傷矣！

二

苕之華，其葉青青。知我如此，不如無生〔三〕！

三

牂羊墳首〔四〕。三星在罶〔五〕。人可以食，鮮可以飽〔六〕！

【注】

〔一〕苕，又名凌宵，草名，黄花，蔓生。華，花。

〔二〕芸，黄色深濃的樣子。

〔三〕無生，不出生。

〔四〕牂（zāng臧）羊，母羊。墳，大也。

〔五〕三星，星宿名，參宿、心宿、河鼓均爲三顆亮星組成，此不知何指。罶（liǔ 柳），讀爲霤，屋簷。作者夜間起來，一望而見三星正照在屋簷上面。

〔六〕鮮，少也。此句指吃飽的時候很少。

【附録】注〔五〕罶，《釋文》：「罶本又作霤。」《楚辭·大招》：「觀絶霤只。」王注：「霤，屋宇也。」屋宇即屋簷。《唐風·綢繆》：「三星在隅。」「三星在户。」可證此罶字當作霤。

何草不黄

作者在遠方給統治者服徭役，唱出這首歌，敍述自己的痛苦。

一

何草不黄，何日不行。何人不將〔一〕，經營四方。

二

何草不玄〔二〕，何人不矜〔三〕。哀我征夫，獨爲匪民〔四〕。

三

匪兕匪虎〔五〕，率彼曠野〔六〕。哀我征夫，朝夕不暇。

四

有芃者狐〔七〕，率彼幽草。有棧之車〔八〕，行彼周道〔九〕。

【注】

〔一〕將，朱熹《詩集傳》：「將，亦行也。」可通。亨按：將當讀爲創，《説文》：「創，傷也。」

〔二〕玄，黑色，草枯爛則成黑色。（王引之《經傳釋詞》：「玄黃，皆病也。」可備一解。）

〔三〕矜，可憐也。（王引之説：「矜讀爲鰥，病也。」也通。）

〔四〕匪，通非。匪民，不被當做人看待的意思。

〔五〕匪，也借爲非。（馬瑞辰《毛詩傳箋通釋》：「匪讀爲彼。」也可。）兕，一種野牛。

〔六〕率，行也。

〔七〕芃（péng 蓬），獸毛蓬鬆貌。

〔八〕棧，馬瑞辰説：「棧讀爲棧，車高貌。」亨按：《説文》：「棧，竹木之車曰棧。」即不加漆飾的白木車。

〔九〕周道，大路。

大雅

文王之什

文王

這是歌頌周文王的詩。

一

文王在上〔一〕，於昭于天〔二〕。周雖舊邦〔三〕，其命維新〔四〕。有周不顯〔五〕，帝命不時〔六〕。文王陟降〔七〕，在帝左右〔八〕。

二

亹亹文王〔九〕，令聞不已〔一〇〕。陳錫哉周〔一一〕，侯文王孫子〔一二〕。文王孫子，本支百世〔一三〕。凡周之士〔一四〕，不顯亦世〔一五〕。

三

世之不顯，厥猶翼翼〔一六〕。思皇多士〔一七〕，生此王國。王國克生〔一八〕，維周之楨〔一九〕。濟濟多士〔二〇〕，文王以寧。

四

穆穆文王〔二一〕，於緝熙敬止〔二二〕。假哉天命〔二三〕！有商孫子〔二四〕。商之孫子，其麗不億〔二五〕。上帝既命，侯于周服〔二六〕。

五

侯服于周，天命靡常〔二七〕。殷士膚敏〔二八〕，祼將于京〔二九〕。厥作祼將〔三〇〕，常服黼冔〔三一〕。王之藎臣〔三二〕，無念爾祖〔三三〕。

六

無念爾祖，聿脩厥德〔三四〕。永言配命〔三五〕，自求多福。殷之未喪師〔三六〕，克配上帝〔三七〕。宜鑒于殷〔三八〕，駿命不易〔三九〕。

七

命之不易，無遏爾躬〔四〇〕。宣昭義問〔四一〕，有虞殷自天〔四二〕。上天之載〔四三〕，無聲無臭〔四四〕。儀刑文王〔四五〕，萬邦作孚〔四六〕。

【注】

〔一〕上，指天上。

〔二〕於（wū烏），贊歎聲。昭，明也。天，上帝。此句言文王比上帝還明察。

〔三〕舊邦，周自后稷開國，歷夏、商兩朝，故稱舊邦。

〔四〕命，天命。上帝初命文王建帝王之業，所以説其命維新。

〔五〕不，通丕，大也，甚也（以下至第三章之不字均通丕）。顯，光耀。

〔六〕時，馬瑞辰《毛詩傳箋通釋》：「時讀爲烝，烝，美也。」俞樾《羣經平義》同。亨按：《小雅·頍弁》毛傳：「時，善也。」

〔七〕陟，升也。降，下也。此句言文王之神時時升降天地之間。

〔八〕在帝左右，在上帝的左右，輔佐上帝。

〔九〕亹（wěi偉）亹，勤勉貌。

〔一〇〕令聞，好聲譽。

〔一一〕陳，當讀爲申，一再，重複。錫，通賜。哉，當讀爲玆，此也。玆周，這個周國。

〔一二〕侯，動詞，使之做侯。此二句言：文王多多賜福周國，使其子孫爲侯。

〔一三〕本，周王一系爲本。支，借爲枝，枝屬旁系。

〔一四〕士，指周王朝異姓之臣。

〔一五〕亦世，同奕世，累世也。此句言周士也代代顯耀。
〔一六〕厥，其也。猶，謀也。翼翼，《逸周書・謚法篇》：「思慮深遠曰翼。」
〔一七〕思，發語詞。皇，美也。
〔一八〕克，能也。此句言王國能生出多士。
〔一九〕楨，幹也，骨幹。
〔二〇〕濟濟，多而整齊貌。
〔二一〕穆穆，儀表美好、容止端莊恭敬。
〔二二〕於，歎詞。緝熙，奮發前進。止，語氣詞。
〔二三〕假，大也。假又可釋爲嘉，美也。
〔二四〕商，商朝。
〔二五〕麗，數目也。不億，不止於一億。古時以十萬爲億。
〔二六〕侯，惟也。侯于周服，即侯服于周。服，臣服。
〔二七〕靡常，無常。
〔二八〕殷士，指殷商後人。膚，當讀爲薄。《方言》：「薄，勉也。」于省吾說：「敏，勉也。」（《澤螺居讀詩札記》）膚敏即黽勉努力。
〔二九〕祼（guàn貫），祭祀時，在神主前鋪上白茅，將酒灑瀝于茅上，像神飲酒，這叫作祼。將，獻上祭品。京，指鎬京。此二句指殷士投降周朝，在周王祭祀時助祭，行祼將之禮。

〔三〇〕作，猶行也。

〔三一〕黼（fǔ府），古代貴族繡有黑白相間的斧形花紋的禮服。冔（xǔ許），殷朝貴族所戴的禮帽。周王准允殷人戴冔，表示尊重殷禮。

〔三二〕王，指周王。藎，進也，指進用。

〔三三〕無念爾祖，此句勸告殷人不要思念其祖先。因思念祖先，則及故國，將萌背叛周朝之心。

〔三四〕聿，猶惟也。

〔三五〕言，讀爲焉。配命，合乎天命。

〔三六〕未喪師，指殷朝政治較好的時代，尚能得到衆人的擁護。

〔三七〕克，能也。

〔三八〕鑒，同鑑，鏡也。此句言應以殷朝的滅亡作爲鏡子。

〔三九〕駿，大也。此句言天命不易得到。

〔四〇〕遏，猶絶也。此句言不要使大命絶于你的身上。

〔四一〕宣昭，宣明。義，善也。問，通聞，聲譽。

〔四二〕有，猶其也。虞，敗也。此句言其敗亡殷朝，乃出自天命。

〔四三〕載，事也。

〔四四〕臭，氣味。

〔四五〕儀刑，效法。

〔四六〕作，始也。孚，信也。此句言萬國才相信周王朝。

【附録】

注〔一二〕緝熙，緝讀爲揖。《廣雅·釋詁》：「揖，進也。」《爾雅·釋詁》：「熙，興也。」緝熙即奮發前進之意。

大明

這是一首史詩，敍述周朝開國的歷史，從王季娶太任而生文王説起，直到武王伐紂爲止。詩中多歌頌王季文王武王的語句。

一

明明在下〔一〕，赫赫在上〔二〕，天難忱斯〔三〕，不易維王〔四〕。天位殷適〔五〕，使不挾四方〔六〕。

二

摯仲氏任〔七〕，自彼殷商，來嫁于周〔八〕，曰嬪于京〔九〕；乃及王季〔一〇〕，維德之行〔一一〕。

三

大任有身〔一二〕，生此文王。維此文王，小心翼翼〔一三〕，昭事上帝〔一四〕，聿懷多福〔一五〕。厥德不回〔一六〕，以受方國〔一七〕。

四

天監在下〔一八〕，有命既集〔一九〕。文王初載〔二〇〕，天作之合〔二一〕。在洽之陽〔二二〕，在渭之涘〔二三〕。

五

文王嘉止〔二四〕，大邦有子〔二五〕。大邦有子，俔天之妹〔二六〕。文定厥祥〔二七〕，親迎于渭。造舟爲梁〔二八〕，不顯其光〔二九〕。

六

有命自天，命此文王，于周于京〔三〇〕。纘女維莘〔三一〕，長子維行〔三二〕，篤生武王〔三三〕。保右命爾〔三四〕，燮伐大商〔三五〕。

七

殷商之旅〔三六〕，其會如林〔三七〕。矢于牧野〔三八〕：「維予侯興〔三九〕。上帝臨女〔四〇〕，無貳爾心〔四一〕。」

八

牧野洋洋〔四二〕，檀車煌煌〔四三〕，駟騵彭彭〔四四〕。維師尚父〔四五〕，時維鷹揚〔四六〕。涼彼武王〔四七〕，肆伐大商〔四八〕，會朝清明〔四九〕。

【注】

〔一〕明明在下，指上帝監察下土是很明亮的。

〔二〕赫赫，威嚴顯赫。

〔三〕忱，猶常也。斯，語氣詞。此句言天命難以有常。

〔四〕維，爲也。此句言作國王不容易。

〔五〕位，通立。朱熹《詩集傳》：「殷適，殷之適嗣也。」讀適爲嫡。林義光《詩經通解》：「殷嫡，謂紂也。」《史記·殷本紀》：「帝乙長子曰微子啓。啓母賤，不得嗣。少子辛。辛母正后，辛爲嗣。帝乙崩，子辛立，是爲帝辛，天下謂之紂。」此句言上帝立殷紂爲君。

〔六〕挾，擁有。此句言上帝使紂不能保有天下四方。

〔七〕摯，古國名。仲，次子或次女。摯仲即太任，王季的妻，文王的母。因她是摯國之君的次女，所以稱摯仲。氏任，猶姓任。摯國之君姓任，所以説她氏任。

〔八〕來嫁于周，摯國是殷商的一個諸侯，故説摯仲自商來嫁于周。

〔九〕嬪，嫁也。京，當指周京。周太王自豳遷岐，其地名周，王季仍建都于周。

〔一〇〕王季，太王之子，文王之父。

〔一一〕維德之行，指摯仲與王季只行德事。

〔一二〕大（tài太）任，周人稱摯仲爲太任。有身，有孕。

〔一三〕翼翼，恭敬貌。

〔一四〕昭，借爲劭。《説文》：「劭，勉也。」此句言文王勤勉侍奉上帝。

〔一五〕聿，猶以也。懷，來也，即招來之意。

〔一六〕回，邪僻。

〔一七〕方，邦也。此句言文王承受周國，做了周王。

〔一八〕監，監察。

〔一九〕有命既集，指天命已經落在文王身上。

〔二〇〕初載，指文王即位之初年。

〔二一〕合，匹配。

〔二二〕洽，古水名，現稱金水河，源出陝西合陽縣北，東南流入黄河。陽，水的北面。

〔二三〕渭，渭水，爲黄河最大支流。涘，水邊。此二句寫文王迎親的地點。

〔二四〕嘉，猶喜也。止，語氣詞。

〔二五〕大邦，指殷國。殷王帝乙把他的少女嫁給文王。

〔二六〕俔（qiàn 欠），好比。妹，少女。此言殷國的女兒好比天上的少女。

〔二七〕文，指卜筮的文辭。此句言文辭肯定兩國聯婚是吉祥的。

〔二八〕梁，橋也。此句言製舟搭浮橋，以渡渭水。

〔二九〕不，通丕，大也。

〔三〇〕于周，在周國。于京，在周的國都。

〔三一〕纘，繼也。莘（shēn 身），古國名，姒姓。此句言繼娶莘國之女爲妃。

〔三二〕長子，長女。行，嫁也。古語也稱出嫁爲行。此句指莘國之君的長女出嫁文王。

〔三三〕篤，馬瑞辰《毛詩傳箋通釋》：「篤，發語詞。」

〔三四〕保右，即保佑。爾，指武王。此句言上帝保佑武王，命令武王。

〔三五〕燮，馬瑞辰說：「燮讀爲襲，襲亦伐也。」

〔三六〕旅，軍隊。

〔三七〕會，馬瑞辰說：「會借爲旝（kuài 快），《說文》引正作旝。旝，旌旗也。」此句言殷軍之多。

〔三八〕矢，通誓。古代在作戰前，主帥對軍隊講些告誡鼓勵的話叫作誓。牧野，地名，在今河南淇縣西南。

〔三九〕侯，乃也。維予侯興，猶言維予乃興也。

〔四〇〕臨，監視。女，汝，指周武王所率領的戰士。

〔四一〕貳心，二心。以上三句爲武王誓辭。

〔四二〕洋洋，廣大貌。

〔四三〕檀車，用檀木造的車。煌煌，明亮貌。

〔四四〕騵（yuán元），赤毛白腹的馬。彭彭，强壯有力貌。

〔四五〕師，官名，又稱太師。尚父，姜子牙的號，俗稱姜太公。

〔四六〕時，是也。鷹揚，如鷹的飛揚。此句寫太公的武勇。

〔四七〕涼，輔佐。

〔四八〕肆，《風俗通義·皇霸》引作襲。據此，肆伐與上文燮伐同意，即侵伐也。

〔四九〕會，馬瑞辰說：「《廣雅》：『會，至也。』」朝，晨也。會朝清明，言牧野大戰，至早晨而天下平定清明。

緜

周人始祖后稷之後裔公劉遷都於豳（在今陝西栒邑西），到了古公亶父，因爲昆夷（即獫狁）的侵略，又遷都於岐（在今陝西岐山縣）。這首詩就是敘述亶父遷岐的事，也是一首史詩，歌頌了亶父遷國開基的功業。

一

緜緜瓜瓞〔一〕。民之初生〔二〕，自土沮漆〔三〕。古公亶父〔四〕，陶復陶穴〔五〕，未有家室〔六〕。

二

古公亶父，來朝走馬〔七〕，率西水滸〔八〕，至于岐下。爰及姜女〔九〕，聿來胥宇〔一〇〕。

三

周原膴膴〔一一〕，堇荼如飴〔一二〕。爰始爰謀〔一三〕，爰契我龜〔一四〕。曰「止」、曰「時」〔一五〕，「築室于茲」〔一六〕。

四

迺慰迺止〔一七〕，迺左迺右〔一八〕；迺疆迺理〔一九〕，迺宣迺畝〔二〇〕。自西徂東，周爰執事〔二一〕。

五

乃召司空〔二二〕，乃召司徒〔二三〕，俾立室家。其繩則直〔二四〕，縮版以載〔二五〕，作廟翼翼〔二六〕。

六

捄之陾陾〔二七〕，度之薨薨〔二八〕。築之登登〔二九〕，削屢馮馮〔三〇〕。百堵皆興〔三一〕，鼛鼓弗勝〔三二〕。

七

迺立皋門〔三三〕，皋門有伉〔三四〕。迺立應門〔三五〕，應門將將〔三六〕。迺立冢土〔三七〕，戎醜攸行〔三八〕。

八

肆不殄厥愠〔三九〕，亦不隕厥問〔四〇〕。柞棫拔矣〔四一〕，行道兑矣〔四二〕。混夷駾矣〔四三〕，維其喙矣〔四四〕。

九

虞芮質厥成〔四五〕，文王蹶厥生〔四六〕。予曰有疏附〔四七〕，予曰有先後〔四八〕，予曰有奔奏〔四九〕，予曰有禦侮〔五〇〕。

【注】

〔一〕緜緜，連接不斷。瓜，指大瓜，瓞（dié迭），小瓜。詩用瓜瓞的連綿不絶比喻周朝子孫的衆多。

〔二〕民，指周人。初生，指周族開始發展的階段。

〔三〕土，讀爲杜，古水名，在豳地。沮，借爲徂，往也。漆，古水名，在岐山區域。自杜徂漆，即由豳地遷往岐山。

〔四〕亶父，人名，王季的父親，文王的祖父。他是西周以前的一個公，所以稱做古公。後來周人也稱他做太王。

〔五〕陶，借爲掏。復，借爲寝，從旁掏的洞叫作寝，即山洞（或窑洞）。向下掏的洞叫作穴，即地洞。

〔六〕家室，即房屋。

〔七〕來，猶是也。朝，早晨。走馬，馳馬。

〔八〕率，循着，沿着。西水，豳城西邊的水。滸，水邊。

〔九〕爰，乃，於是。姜女，姜姓的女子，亶父之妻，也稱太姜。

〔一〇〕聿，發語詞。胥，觀察。宇，居處。此句指來岐山之下考察建造宫室的地址。

〔一一〕周原，地名，在岐山下。膴膴，肥沃貌。

〔一二〕堇，野菜名，味苦。荼，又名苦菜。飴，麥芽糖。

〔一三〕始，疑借爲怡，喜歡。

〔一四〕契，鑽刻，古代用龜甲占卜，先把龜甲鑽刻一個小孔，然後用火烤，小孔處裂成文，看文的形態來斷定吉凶。此處是説亶父占卜可否在周原住下。

〔一五〕曰，指龜兆説。時，借爲跱，停住，與止同意。

〔一六〕兹，此。此句也是龜兆的話。

〔一七〕迺，同乃。卜的結果和人的希望相合，所以大家安心住下。

〔一八〕迺左迺右，指劃定左右區域。

〔一九〕疆，修起地界。理，治理土田。

〔二〇〕宣，疑借爲畎，壟溝也。畝，壟也。畎畝即開溝築壟。

〔二一〕周，徧也。此句言人人各有所事。

〔二二〕司空，即司工，管工程的官。

〔二三〕司徒，即司土，管土地和力役的官。

〔二四〕繩，指施工前拉繩做爲取直的標準。

〔二五〕縮，綑束。版，築牆夾土的長板。以，猶於也。載讀爲栽，築牆所立的木柱。築牆時要立上木柱，把長板横着綑在木柱上，所以説縮版以栽。板的兩頭都有木柱。牆的兩面都横着長板。填土板內，舂之使堅實，然後去其柱板，則牆成。

〔二六〕翼翼，動作整齊貌。

〔二七〕捄（jiū 鳩），把土裝在筐裏。陾（réng 仍）陾，裝土聲。

〔二八〕度，填入，即把筐裏的土填在築牆板的中間。薨薨，填土聲。

〔二九〕築，擣土使堅實。登登，擣土聲。

〔三〇〕屢，當讀爲鏤，刻也。築牆也用磚用甓用木，磚甓木等有時需要用刀斧鑿刻。馮（píng 憑）馮，削鏤的聲音。

〔三一〕百堵，指很多牆。皆興，同時動工。

〔三二〕鼛（gāo 高）鼓，一種大鼓。在衆人服力役的時候，要打起鼛鼓來催動工作。弗勝，指鼛鼓的聲音勝不過勞動的聲音。

〔三三〕臯門，即外門。周代城的外門、廟與宮的外門都叫作臯門。

〔三四〕伉，高大貌。

〔三五〕應門，即正門。

〔三六〕將（qiāng 槍）將，莊嚴堂皇的樣子。

〔三七〕冢土，即大土堆。亶父建立土臺，是爲了瞭望禦敵之用。

〔三八〕戎，指昆夷。醜，周人對敵人的蔑稱。攸，所也。行，行走。此句指建立土臺在昆夷來犯的路上。

〔三九〕肆，既也。殄，消除。厥，其也。慍，憤怒。此指亶父對昆夷的憤怒並不消除，懷着復仇、收復土地的決心。

〔四〇〕隕，墜落，此處是斷絶之意。問，聘問。亶父對昆夷的聘問並不斷絶，暫時采取敷衍的手段。

〔四一〕柞，一種常緑灌木或小喬木。棫（yù域），叢木。

〔四二〕兑，通達。

〔四三〕混夷，即昆夷。駾（tuì退），受驚奔竄。此句指昆夷自豳地退去。

〔四四〕喙，借爲瘃（huì喙），疲勞病困。

〔四五〕虞，古國名，在今山西平陸。芮（ruì鋭），古國名，在今陝西大荔。質，讀爲致。成，讀爲城。此句指文王伐虞、芮，兩國獻城投降。

〔四六〕蹶，嘉奬。生，讀爲姓，古人稱官吏爲姓。此句是説文王嘉奬他的百官。

〔四七〕予，文王自稱。曰，語詞。疏，讀爲胥，輔也。附，歸附。

〔四八〕先後，指在文王前後的人。

〔四九〕奏，借爲走（《楚辭・離騒》王注引作走）。奔走，指奔走效力之臣。

〔五〇〕禦侮，指捍衛國家之臣。

【附録】

注〔三〕土，《漢書·地理志》引土作杜。王引之説：「土讀爲杜，沮讀爲徂。」（《經義述聞》）

注〔五〕陶復陶穴，《説文》和《玉篇》引作「陶寝陶穴」。

注〔三〇〕屢，當讀爲鏤，《左傳·哀公元年》：「器不彤鏤。」杜注：「鏤，刻也。」

注〔三七〕冢土，毛傳：「冢土，大社也。」亨按：「迺立冢土」和「戎醜攸行」緊連在一起，戎是指混夷，醜是對敵人的稱呼，可見冢土不是大社。考《説文》：「冢，高墳也。」《爾雅·釋山》：「山頂，冢。」《小雅·十月之交》：「山冢崒崩。」那末，冢土當是高大的土臺子，防禦敵人的設備，建立在敵人進攻的路線上。

注〔三八〕醜，《詩經》中稱敵人爲醜，如《小雅·出車》、《小雅·采芑》：「執訊獲醜。」《大雅·常武》：「仍執醜虜。」《魯頌·泮水》：「屈此羣醜。」都是明證。

注〔四六〕蹶，《爾雅·釋詁》：「蹶，嘉也。」生，《周易·觀卦》：「觀我生。」「觀其生。」生即官。解見拙作《周易古經今注·觀卦》。

注〔四七〕疏附，《尚書大傳》作胥附。《方言》六：「胥，輔也。」《廣雅·釋詁》：「胥，助也。」

棫樸

這是一首歌頌周王及其大臣的詩，作者當是周王朝的官吏。

一

芃芃棫樸〔一〕，薪之槱之〔二〕。濟濟辟王〔三〕，左右趣之〔四〕。

二

濟濟辟王，左右奉璋〔五〕。奉璋峨峨〔六〕，髦士攸宜〔七〕。

三

淠彼涇舟〔八〕，烝徒楫之〔九〕。周王于邁〔一〇〕，六師及之〔一一〕。

四

倬彼雲漢〔一二〕，爲章于天〔一三〕。周王壽考，遐不作人〔一四〕。

五

追琢其章〔一五〕，金玉其相〔一六〕。勉勉我王〔一七〕，綱紀四方〔一八〕。

【注】

〔一〕芃（péng蓬）芃，茂盛貌。棫、樸，均是叢木名。

〔二〕槱（yóu猶），堆積薪柴，點火燒起。這是寫周王出師前，燒柴祭司中（禄神）、司命、風神、雨神等。

〔三〕濟濟，莊嚴恭敬貌。辟（bì璧），君也。辟王即君王，指周王。

〔四〕左右，指周王左右的大臣。趣，通趨，趨附。

〔五〕奉，捧。璋，古玉器名，臣下朝見國君時所執。

〔六〕峨峨，莊嚴。

〔七〕髦士，英俊之士。指周王的大臣。攸，所也。

〔八〕淠（pì譬），舟行貌。涇，水名，在陝西中部，流入渭水。

〔九〕烝，衆也。烝徒，猶衆人。此指船夫。楫，划船。

〔一〇〕邁，行也。此指周王出征。

〔一一〕師，二千五百人爲一師。及，與也。此句言六師兵隨着周王出征。

〔一二〕倬，廣大貌。雲漢，銀河。

〔一三〕章，花紋。此句言雲漢爲天的花紋。

〔一四〕壽考，長壽。遐，通何。作，造就，培養。此二句言周王長壽，哪能不培養出一些人材。

〔一五〕追（duī堆），雕。琢，刻。金曰雕，玉曰琢。其，指周王。

〔一六〕相，質也。此二句言周王的品質似經過精雕細琢的金玉。

〔一七〕勉勉，勤勉努力。

〔一八〕綱紀，治理。

旱麓

這首詩敘寫君子祭神求福得福，並贊美君子有德，能培養人材。

一

瞻彼旱麓〔一〕，榛楛濟濟〔二〕。豈弟君子〔三〕，干禄豈弟〔四〕。

二

瑟彼玉瓚〔五〕，黄流在中〔六〕。豈弟君子，福禄攸降〔七〕。

三

鳶飛戾天〔八〕，魚躍于淵。豈弟君子，遐不作人〔九〕。

四

清酒既載〔一〇〕，騂牡既備〔一一〕。以享以祀，以介景福〔一二〕。

五

瑟彼柞棫〔一三〕，民所燎矣。豈弟君子，神所勞矣〔一四〕。

六

莫莫葛藟〔一五〕，施于條枚〔一六〕。豈弟君子，求福不回〔一七〕。

【注】

〔一〕旱，山名，在今陝西南部。麓，山脚。

〔二〕榛，木名。楛（hù户），木名，叢生，形似荆條，赤莖。濟濟，衆多。

〔三〕豈弟，即愷悌，和易近人。君子，指貴族。

〔四〕干，求也。禄，福也。此句言君子以愷悌之德求福。（馬瑞辰《毛詩傳箋通釋》：「干禄疑千禄之誤。」）

〔五〕瑟，玉上花紋一條一條的狀態。瓚，一種玉器，以玉圭爲柄，柄的一端有勺。周代貴族祭祀時，鋪白茅於神位前，灌鬯酒（以黑黍和香草釀成的香酒。）於茅上，以象神飲。灌時即用玉瓚舀鬯酒。瓚與盞當是一聲之轉。

〔六〕流，借爲鎏。鎏古字作鏐。《説文》：「鏐，黄金之美者。」玉瓚的勺，内鑲黄金，所以説黄流在中。此二句寫君子祭祀的器皿。

〔七〕攸，猶乃也。

〔八〕鳶，鳥名，鷹類。戾，至也。

〔九〕遐，通何。作人，造就、培養人材。

〔一〇〕載，設置。

〔一一〕騂，赤色。牡，公牛。周人尚赤，祭牲用紅色牛。

〔一二〕介，借爲丐，祈求。景，大也。

〔一三〕瑟，衆多貌。柞、棫，均木名。

〔一四〕勞，賜也。

〔一五〕莫莫，茂盛貌。葛藟，葛藤。

〔一六〕施（yì易），蔓延。條，木名，一説即柚，一説即楸。枚，樹幹。

〔一七〕回，邪僻。此句言君子以正道求福。

思齊

這首詩歌頌文王的美德，同時也有幾句贊揚太王的妻太姜、王季的妻太任、文王的妻太姒。

一

思齊大任〔一〕，文王之母。思媚周姜〔二〕，京室之婦〔三〕。大姒嗣徽音〔四〕，則百斯男〔五〕。

二

惠于宗公〔六〕，神罔時怨〔七〕，神罔時恫〔八〕。刑于寡妻〔九〕，至于兄弟，以御于家邦〔一〇〕。

三

雝雝在宮〔一一〕，肅肅在廟〔一二〕，不顯亦臨〔一三〕，無射亦保〔一四〕。肆戎疾不殄〔一五〕，烈假不瑕〔一六〕。

四

不聞亦式〔一七〕，不諫亦入〔一八〕，肆成人有德〔一九〕，小子有造〔二〇〕。古之人無斁〔二一〕，譽髦斯士〔二二〕。

【注】

〔一〕思，發語詞。齊，通齋，莊敬。大任，即太任，王季之妻，文王之母。

〔二〕媚，美好。周姜，即太姜，古公亶父之妻，王季之母。

〔三〕京室，王室。

〔四〕大姒，即太姒，文王之妻。嗣，繼也。徽音，美譽也。

〔五〕斯，猶其也。此句言太姒有近一百個男孩（乃把衆妾所生的計算在內）。

〔六〕惠，孝順。宗，祖廟。公，先公。此言文王孝順祖廟中的先公。據《史記·周本紀》，后稷以後，大王以前，周的先公有不窋、鞠、公劉、慶節、皇僕、差弗、毀隃、公非、高圉、亞圉、公叔祖類等人。

〔七〕神，指先公之神。罔，無也。馬瑞辰《毛詩傳箋通釋》：「時，所也。」

〔八〕恫，恨也。

〔九〕刑，通型，示範。寡妻，古代國君自己謙稱寡人。寡人當是孤獨的人，因爲國君在一國之中只有一個。寡妻也是對文王正妻的謙稱。

〔一〇〕御，治理。

〔一一〕雝雝，和也。宫，宫室。此句指文王在家室裏態度和睦。

〔一二〕肅肅，敬也。

〔一三〕不，通丕，大也。顯，光明。亦，猶以也。臨，指臨民而言，即視察民事。

〔一四〕射，借爲斁（yì譯），厭倦。保，指保民。此句指文王護民不倦。

〔一五〕肆，故，所以。戎，馬瑞辰説：「戎，兇也，惡也。」戎疾，指瘟疫。殄，害也。

〔一六〕于省吾《詩經新證》：「烈，猛也。假借爲蠱（漢《唐公房碑》作「癘蠱不遐」），巫蠱也。」亨按：于讀假爲蠱，可從。但蠱乃害蟲的總名。《左傳·昭公元年》：「於文皿蟲爲蠱，穀之飛（蜚）亦爲蠱。」《周禮·庶氏》：「掌除毒蠱。」《翦氏》：「凡庶蠱之事。」可證。瑕，借爲假，至也。此二句言：故在文王時，既無疾疫爲害，蟲災亦不發生。

〔一七〕聞，猶告也。式，用也。

〔一八〕入，納也。此二句指文王虛心聽取臣民的意見。臣民有意見雖然没有直接告文王，而文王從旁聽到，也采用了；臣民有意見雖然没有直接諫文王，而文王從旁聽到，也采納了。

〔一九〕德，德行。

〔二〇〕小子，未成年的人。造，培養，造就。

〔二一〕古之人，指文王。斁，厭也。此句指文王愛才無厭。

〔二二〕譽髦斯士，當作譽斯髦士，斯髦二字傳寫誤倒。《小雅·甫田》：「烝我髦士。」《大雅·棫樸》：「髦士攸宜。」都是髦士連文，可證。譽，借爲舉，推舉，提拔。髦士，英俊之士。

皇矣

這也是一首周人敘述自己祖先開國歷史的史詩，先寫太王開闢岐山，打退昆夷，次寫王季繼續發展，最後寫文王伐密伐崇的故事。

一

皇矣上帝〔一〕，臨下有赫〔二〕，監觀四方，求民之莫〔三〕。維此二國〔四〕，其政不獲〔五〕。維彼四國〔六〕，爰究爰度〔七〕。上帝耆之〔八〕，憎其式廓〔九〕，乃眷西顧〔一〇〕，此維與宅〔一一〕。

二

作之屏之〔一二〕，其菑其翳〔一三〕。脩之平之，其灌其栵〔一四〕。啓之辟之，其檉其椐〔一五〕。攘之剔之，其檿其柘〔一六〕。帝遷明德〔一七〕，串夷載路〔一八〕。天立厥配〔一九〕，受命既固。

三

帝省其山〔二〇〕，柞棫斯拔〔二一〕，松柏斯兑〔二二〕。帝作邦作對〔二三〕，自大伯王季〔二四〕。維此王季，因心則友〔二五〕，則友其兄，則篤其慶〔二六〕。載錫之光〔二七〕，受禄無喪〔二八〕，奄有四方〔二九〕。

四

維此王季，帝度其心，貊其德音〔三〇〕。其德克明〔三一〕，克明克類〔三二〕，克長克君，王此大邦，克順克比〔三三〕。比于文王〔三四〕，其德靡悔〔三五〕。既受帝祉〔三六〕，施于孫子〔三七〕。

五

帝謂文王，無然畔援〔三八〕，無然歆羡〔三九〕，誕先登于岸〔四〇〕。密人不恭〔四一〕，敢距大邦〔四二〕，侵阮徂共〔四三〕。王赫斯怒〔四四〕，爰整其旅，以按徂旅〔四五〕，以篤于周祜〔四六〕，以對于天下〔四七〕。

六

依其在京〔四八〕，侵自阮疆〔四九〕，陟我高岡。無矢我陵〔五〇〕，我陵我阿〔五一〕；無飲我泉，我泉我池。度其鮮原〔五二〕，居岐之陽〔五三〕，在渭之將〔五四〕，萬邦之方〔五五〕，下民之王。

七

帝謂文王，予懷明德〔五六〕，不大聲以色〔五七〕，不長夏以革〔五八〕，不識不知〔五九〕，順帝之則〔六〇〕。帝謂文王，詢爾仇方〔六一〕，同爾兄弟〔六二〕，以爾鉤援〔六三〕，與爾臨衝〔六四〕，以伐崇墉〔六五〕。

八

臨衝閑閑〔六六〕。崇墉言言〔六七〕。執訊連連〔六八〕。攸馘安安〔六九〕。是類是禡〔七〇〕，是致是附〔七一〕，四方以無侮。臨衝茀茀〔七二〕。崇墉仡仡〔七三〕。是伐是肆〔七四〕，是絕是忽〔七五〕，四方以無拂〔七六〕。

【注】

〔一〕皇，光明偉大。

〔二〕赫，威嚴。

〔三〕莫，安定。一説：通瘼（《潛夫論·班禄篇》引莫作瘼），疾苦也。

〔四〕二國，馬瑞辰《毛詩傳箋通釋》引或説：「古文上作二，與一二之二相似，二國當爲上國之誤。」按此説是。上國指殷國。殷未亡時，殷君爲王，别國爲諸侯，所以稱殷爲上國。

〔五〕獲，得也。此句言殷朝的政治不對。

〔六〕四國，四方的國家。

〔七〕爰，與安焉一音之轉，何也。究，當讀爲軌。軌、度均當訓法。《左傳·襄公二十一年》：「軌度其信。」《淮南子·原道篇》：「是故聖人一度循軌。」都是軌度並舉，此詩也是軌度並舉。此二句言殷王朝政治已壞，四方的國家向哪裏取法呢？

〔八〕耆，當讀爲稽，考察。

〔九〕舊説：式，用也。廓，大也。此句言上帝對殷王朝的憎惡因而加大了。亨按：式，讀爲慝，姦也。廓，讀爲虢，虐也。憎其慝虢，言上帝憎恨殷王的奸虐。

〔一〇〕眷，回頭看。西顧，指看到西方的周朝。

〔一一〕此，指周王。宅，居也。此維與宅，即維與此宅，言上帝與周王同住，保佑周王。

〔一二〕作，借爲柞，砍伐樹木。屏，除也。由此以下八句寫太王遷岐後，芟除樹木，開闢土地。

〔一三〕菑（zī自），直立未倒的枯木。翳，通殪，倒在地上的枯木。

〔一四〕灌，灌木叢。栵（lì例），王引之《經傳釋詞》：「栵，斬而復生之木。」

〔一五〕檉（chēng稱），木名，又名河柳。椐，木名，即靈壽木。多腫節，古時以爲手杖。

〔一六〕檿（yǎn掩），木名，即山桑。柘（zhè這），木名，亦名黄桑。

〔一七〕遷，升也。明德，明德之人，指太王。此句言上帝使太王步步上升。

〔一八〕串夷，即混夷，亦即犬戎。載，猶則也。路，通露，敗也。太王原居豳，犬戎侵豳，太王因而遷岐，以後打敗犬戎。此二句言上帝保佑太王，所以犬戎失敗了。

〔一九〕配，猶佐也。古人認爲下土的王是上帝的輔佐，乃上帝所立。

〔二〇〕省，視察。此句言上帝觀察周國的山。

〔二一〕柞、棫，均木名。

〔二二〕兑，直也。

〔二三〕作，創造也，引申爲開拓之義。邦，借爲封。封，邊疆也。對，與疆同意。古代國家常在邊界上種植樹木以作標誌，略似後代的柳條邊，這叫作對。

〔二四〕大伯，即太伯，太王的長子。古代傳説：太王有三子，長子太伯，次子仲雍，少子季歷。太伯、仲雍爲了讓王位于季歷，逃往南方，從而建國於吴。太王死後，季歷爲君，是爲王季。從詩文觀察，太伯在逃去以前，曾經建立大功。此二句言上帝給周朝開拓疆土，自太伯、王季開始。

〔二五〕因，疑當作囟，形似而誤。囟，古其字。此句言王季的心是友愛的。

〔二六〕篤，厚也，多也。慶，善也。此句言王季多作好事。

〔二七〕載，猶乃也。錫，賜。光，光榮。此句言上帝乃賜王季以光榮。又解：錫當讀爲易，延也。此句的主語是王季，言王季能够延長擴大他的光榮。

〔二八〕喪，喪失。

〔二九〕奄，包括。

〔三〇〕貊（mò陌），《左傳·昭公二十八年》及《禮記·樂記》引均作莫。《廣雅·釋詁》：「莫，布也。」莫其德音，言他的美名傳播四方。

〔三一〕克，能也。

〔三二〕類，善也。

〔三三〕比，《禮記·樂記》引作俾。陳奂《詩毛氏傳疏》：「《爾雅》：『俾，從也。』比與俾古字通。」

〔三四〕比，及也。比于文王，猶言及于文王。

〔三五〕悔，古語稱小過爲悔。

〔三六〕祉，福也。

〔三七〕施（yì易），延續也。

〔三八〕畔援，即盤桓，徘徊不進也。

〔三九〕歆羡，羡慕也。

〔四〇〕誕，發語詞。先登于岸，比喻先據有有利的地位。以上三句是寫上帝勸文王力求發展，不要盤桓不進，不要羡慕别國，應先開拓疆土，佔據有利的地位。所以下文接寫文王伐密。

〔四一〕密，古國名，在今甘肅靈臺縣西。

〔四二〕距，通拒，抗拒。大邦，指周國。

〔四三〕阮，古國名，當時是周的屬國，在今甘肅涇川縣。徂，至也。共，古國名，在今甘肅涇川北。

〔四四〕赫，勃然大怒的樣子。斯，而也。

〔四五〕按，抑制，遏止。旅，讀爲莒，國名。（《孟子·梁惠王上》引此句作「以遏徂莒」。《韓非子·難二》：「文王侵盂、克莒、舉酆。」可見莒是國名，當在西周附近。此時莒地當屬於周。）

〔四六〕篤，鞏固。于，猶乎也（《孟子·梁惠王上》引無于字）。祜，福也。

〔四七〕對，《爾雅·釋言》：「對，遂也。」陳奂説：「遂，安也。」

〔四八〕依，憑也。京，高丘。此句言密人憑藉處于京丘的險要地勢。

〔四九〕侵自阮疆，指密人自阮國的領域入侵周國。

〔五〇〕矢，陳也，指陳兵。

〔五一〕阿，大的丘陵。

〔五二〕度，度量，計算。鮮原，地名，在今陝西咸陽縣東。度其鮮原，即經營鮮原之意。自此句以下寫伐密勝利以後。

〔五三〕岐，岐山。陽，山的南面。

〔五四〕將，側也，即旁邊。

〔五五〕方，法則，榜樣。

〔五六〕懷，念也。明德，指文王之美德。

〔五七〕大，注重。以，猶與也。此句言文王不重視聲色之樂。

〔五八〕長，《廣雅·釋詁》：「長，挾也。」挾即依恃。夏，疑作戛（jiá 莢），形近而誤。《説文》：「戛，戟也，从戈，从百，讀若棘。」革，甲也。戛革與兵革、兵甲同意。此句言文王不依仗兵甲的力量去侵凌別國。

〔五九〕不識不知，猶不知不覺。

〔六〇〕則，法則。此二句言文王不知不覺地自然遵循上帝的法則。

〔六一〕仇，讀爲儔，伴侶也。方，猶邦也。仇方，猶鄰邦。詢仇方是爲了取得他們的支持。

〔六二〕兄弟，指友好國家。

〔六三〕鉤，古兵器名，似劍而曲。援，古兵器戈上的橫刃，此似指戈。

〔六四〕臨，從上面攻城的車，可以居高臨下，所以名臨。衝，從旁面衝城的車，可以衝破城牆，所以名衝。

〔六五〕崇，古國名，在今陝西西安灃水西。殷朝末年有崇侯虎，即崇國之君。墉，城也。

〔六六〕閑閑，毛傳：「閑閑，動摇也。」

〔六七〕言言，高大貌。

〔六八〕訊，當讀爲奚。奚，俘虜。連連，接連不斷的狀態。以繩拴俘虜，一個一個地相連。

〔六九〕攸，所也。馘（guó國），古代戰時割取所殺敵人的左耳，用以計功。亦即指所割下的左耳。安安，當是多的樣子。

〔七〇〕類，通禷，祭天。禡（mà駡），祭馬神。周代用車戰，馬的作用很大，所以特祭馬神。此句寫戰勝之後，祭祀以謝神。

〔七一〕致，招致。附，讀爲拊，撫也。此句言招崇人投降而加以安撫。

〔七二〕茀茀，强盛貌。

〔七三〕仡仡，同屹屹，高聳貌。

〔七四〕肆，與襲通，攻也。

〔七五〕忽，絶滅也。此句寫滅亡崇國。

〔七六〕拂，抗拒。

靈臺

這首詩敘寫周王建築靈臺和他遊觀靈囿靈沼，在辟雍奏樂自娛的情況。

一

經始靈臺〔一〕，經之營之。庶民攻之〔二〕，不日成之。

二

經始勿亟〔三〕，庶民子來〔四〕。王在靈囿〔五〕，麀鹿攸伏〔六〕。

三

麀鹿濯濯〔七〕，白鳥翯翯〔八〕。王在靈沼〔九〕，於牣魚躍〔一〇〕。

四

虡業維樅〔一一〕，賁鼓維鏞〔一二〕。於論鼓鍾〔一三〕，於樂辟廱〔一四〕。

五

於論鼓鍾，於樂辟廱。賁鼓逢逢〔一五〕，矇瞍奏公〔一六〕。

【注】

〔一〕始，借爲治。靈臺，臺名，故址在今陝西西安西北。靈臺是哪代周王所建，無法確定。

〔二〕攻，造也。

〔三〕亟，急，迫切。此句指周王下令建臺不要太急。

〔四〕子，借爲孜，《説文》：「孜，汲汲也。」《廣雅·釋訓》：「孜孜，劇（遽）也。」孜來，即急來。

〔五〕靈囿，囿名。古代帝王畜養鳥獸的園林稱囿。

〔六〕麀（yōu 幽），母鹿。攸，猶是也。伏，卧也。

〔七〕濯濯，肥澤貌。

〔八〕翯（hè 鶴）翯，潔白有光澤貌。

〔九〕靈沼，池沼名。

〔一〇〕於（wū 烏），歎美聲。牣，滿也。此句嘆美滿池游魚潑剌跳躍。

〔一一〕虡（jù 巨），懸編鐘編磬的木架。業，懸鼓的木架。維，猶與也。樅，懸大鐘的木架，形制未詳。

〔一二〕賁，借爲鼖（fēn 紛），一種大鼓。鏞，大鐘。

〔一三〕論，通倫。倫，排列有序。

〔一四〕辟（bì 璧）廱，周王朝爲貴族子弟設立的大學，校址圓形，圍以水溝，前門外有以便通行的橋。

〔一五〕鼉（tuó 駝），水中動物，即揚子鱷。皮堅厚，可以蒙鼓。鼉鼓，用鼉皮蒙的鼓。逢（péng

蓬）逢，鼓聲。

〔一六〕矇、瞍，都是盲人。古代樂官樂工常用盲人充任。公，當讀爲頌。頌，歌也。奏頌，即唱歌。（毛傳：「公，事也。」奏公即從事工作，指他們奏演各種樂器。也通。）

下武

這首詩先歌頌成王的德，然後歌頌應侯的德，並爲應侯祝福。

一

下武維周〔一〕，世有哲王〔二〕。三后在天〔三〕，王配于京〔四〕。

二

王配于京，世德作求〔五〕。永言配命〔六〕，成王之孚〔七〕。

三

成王之孚，下土之式〔八〕。永言孝思〔九〕，孝思維則〔一〇〕。

四

媚兹一人〔一一〕，應侯順德〔一二〕。永言孝思，昭哉嗣服〔一三〕。

五

昭茲來許〔一四〕，繩其祖武〔一五〕。於萬斯年〔一六〕，受天之祜。

六

受天之祜，四方來賀。於萬斯年，不遐有佐〔一七〕。

【注】

〔一〕下，當讀爲夏，大也。夏武，大武。

〔二〕世有哲王，指周朝代代都有明哲的君王。

〔三〕三后，指王季、文王、武王。

〔四〕王，據下文乃指成王。配，猶佐也。此句言成王在周的京城，輔佐上帝。

〔五〕求，當讀爲捄，法也。此句言周王代代的德行都成爲臣民的法則。

〔六〕言，讀爲焉。配命，合乎天意。

〔七〕成王，武王的兒子，名誦。孚，當讀爲傅。《廣雅・釋詁》：「傅，治也。」

〔八〕式，法式，榜樣。

〔九〕孝思，孝順先人的思想。

〔一〇〕則，法則。此句言成王的孝思成爲臣民的榜樣。

〔一〕媚，愛也。一人，指成王。

〔二〕應，國名，故城在今河南寶豐縣西南。應侯是武王的兒子，受封于應。《左傳・僖公二十四年》：「邘、晉、應、韓，武之穆也。」可證。（《太平御覽》引《陳留風俗傳》引詩作「唐侯慎德」。可供參考。）順德，遵循道德。此二句言應侯能够遵循道德，愛此成王。

〔三〕昭，當讀爲劭，勤勉也。嗣，讀爲司，主也，即管理。服，古語稱職事爲服。此句言應侯勤勉地管理政事。

〔四〕兹，猶哉。許，讀爲御。（《後漢書・祭祀志》引《謝沈書》引詩作「昭哉來御」。）《小爾雅・廣言》：「御，侍也。」此句言應侯勤勉地來侍候天子。

〔五〕繩，繼續。武，跡也。此句言繼承祖先的事跡。

〔六〕於，歎美聲。

〔七〕遐，何也。林義光《詩經通解》：「佐，讀爲差。」不遐有佐，即不有遐佐，言不曾有什麼差錯。

文王有聲

這首詩歌頌文王遷都豐京、武王遷都鎬京，有利于周朝王業的發展。

一

文王有聲〔一〕，遹駿有聲〔二〕，遹求厥寧〔三〕，遹觀厥成。文王烝哉〔四〕！

二

文王受命，有此武功，既伐于崇〔五〕，作邑于豐〔六〕。文王烝哉！

三

築城伊減〔七〕，作豐伊匹〔八〕。匪棘其欲〔九〕，遹追來孝〔一〇〕。王后烝哉〔一一〕！

四

王公伊濯〔一二〕，維豐之垣〔一三〕。四方攸同〔一四〕，王后維翰〔一五〕。王后烝哉！

五

豐水東注〔一六〕，維禹之績〔一七〕。四方攸同，皇王維辟〔一八〕。皇王烝哉！

六

鎬京辟廱〔一九〕。自西自東，自南自北，無思不服〔二〇〕。皇王烝哉！

七

考卜維王，宅是鎬京〔二一〕。維龜正之〔二二〕，武王成之。武王烝哉！

八

豐水有芑〔二三〕。武王豈不仕〔二四〕，詒厥孫謀〔二五〕，以燕翼子〔二六〕。武王烝哉！

【注】

〔一〕聲，名聲。

〔二〕遹（yù域），語助詞。駿，大也。

〔三〕寧，安也。此句言文王求天下的安寧。

〔四〕烝，美也。

〔五〕于，猶乎也。崇，古國名。

〔六〕豐，地名，在今陝西長安西北灃水以西。原爲崇國所在，文王滅崇，于此建豐城，並由岐遷都于此。

〔七〕伊，裴學海《古書虛字集釋》：「伊，猶爲也。」減，通洫，護城河。

〔八〕匹，疑當作皃，形近而誤。皃是古貌字。貌借爲廟。（《荀子·禮論》：「疏房檖貌。」楊注：「檖，邃也。貌，廟也。」即貌廟通用的例證。）此句言文王築豐城作宗廟。

〔九〕匪棘其欲，《禮記·禮器》引作「匪革其猶」。匪，非。革，改也。猶，道也。此句言文王不更改祖先之道。

〔一〇〕來，猶其也。古語稱孝順已死的祖先爲追孝。
〔一一〕后，君也。王后，猶言君王。
〔一二〕王公，王的公侯。伊，是也。濯，借爲耀，光輝也。
〔一三〕垣，牆。此二句言王之公侯是豐京的垣牆屏藩。
〔一四〕攸，猶乃也。同，統一。
〔一五〕翰，借爲幹。意爲君王如樹幹，公侯如枝葉。
〔一六〕豐水，即灃水，源出長安西南秦嶺山中，北流入渭水。
〔一七〕績，功也。古代傳説：中國大川都經過禹的治理。
〔一八〕皇王，指武王。辟（bì璧），君也。
〔一九〕鎬京，西周國都，故址在今陝西西安西南灃水東岸。辟廱，周王朝爲貴族子弟設立的學校。
〔二〇〕思，想也。此三句言四方都服從周王朝。
〔二一〕考，《廣雅·釋詁》：「考，問也。」考卜，問卜。宅，居也。此八字是一句，言問卜周王遷居鎬京好不好。
〔二二〕正，定也。周王以龜占卜遷鎬一事，得了吉兆，因而確定遷鎬。
〔二三〕芑（qǐ起），粱類，其苗白色。

〔二四〕仕，讀爲士。《爾雅·釋詁》：「士，察也。」

〔二五〕孫，鄭箋：「孫，順也。」亨按：孫當讀爲洵。《邶風·擊鼓》：「于嗟洵兮。」毛傳：「洵，遠也。」此句言武王留下了遠大的謀猷。

〔二六〕燕，安也。翼，覆蓋，遮護。此句言武王能够安定保護他的子孫。

生民之什

生　民

這是一首追敘周人始祖后稷的傳説的史詩，主要寫姜嫄生育后稷的神話故事和后稷在農業生産上的貢獻等。后稷的事跡雖然具有神話傳説的性質，然而也含藴着一定的史實，在我們民族的歷史上具有鼓勵農業生産的積極意義，因而此詩值得我們重視。

一

厥初生民〔一〕，時維姜嫄〔二〕。生民如何？克禋克祀〔三〕，以弗無子〔四〕。履帝武敏〔五〕，歆，攸介攸止〔六〕，載震載夙〔七〕，載生載育，時維后稷〔八〕。

二

誕彌厥月〔九〕，先生如達〔一〇〕，不坼不副〔一一〕，無菑無害〔一二〕。以赫厥靈〔一三〕，「上帝不寧〔一四〕，不康禋祀〔一五〕，居然生子〔一六〕！」

三

誕寘之隘巷〔一七〕，牛羊腓字之〔一八〕；誕寘之平林，會伐平林〔一九〕；誕寘之寒冰，鳥覆翼之〔二〇〕。鳥乃去矣，后稷呱矣〔二一〕。實覃實訏〔二二〕，厥聲載路〔二三〕。

四

誕實匍匐〔二四〕，克岐克嶷〔二五〕，以就口食〔二六〕。蓺之荏菽〔二七〕，荏菽旆旆〔二八〕，禾役穟穟〔二九〕，麻麥幪幪〔三〇〕，瓜瓞唪唪〔三一〕。

五

誕后稷之穡〔三二〕，有相之道〔三三〕。茀厥豐草〔三四〕，種之黃茂〔三五〕。實方實苞〔三六〕，實種實褎〔三七〕，實發實秀〔三八〕，實堅實好，實穎實栗〔三九〕，即有邰家室〔四〇〕。

六

誕降嘉種〔四一〕：維秬維秠〔四二〕，維穈維芑〔四三〕。恒之秬秠〔四四〕，是穫是畝〔四五〕。恒之穈芑，是任是負〔四六〕，以歸肇祀〔四七〕。

七

誕我祀如何？或舂或揄〔四八〕，或簸或蹂〔四九〕，釋之叟叟〔五〇〕，烝之浮浮〔五一〕。載謀載惟〔五二〕，取蕭祭脂〔五三〕，取羝以軷〔五四〕。載燔載烈〔五五〕，以興嗣歲〔五六〕。

八

卬盛于豆〔五七〕，于豆于登〔五八〕。其香始升，上帝居歆〔五九〕，胡臭亶時〔六〇〕。后稷肇祀，庶無罪悔〔六一〕，以迄于今。

【注】

〔一〕厥，其也。民，指周部族的人民。

〔二〕時，是也。姜嫄，古代傳説中有邰氏的女兒，帝嚳的妃子，周始祖后稷的母親。此説不盡可信。她可能是原始時代母系社會一個氏族的女酋長，生下后稷。自后稷以後便進入父系社會了。

〔三〕克，能也，此處是表示實行。禋（yīn因），一種野祭，用火燒牲，使煙氣上沖於天。祀，指一般祭祀。

〔四〕弗，借爲祓（fú弗），用祭祀來除去災難。姜嫄没有兒子，祭祀天神祈禱有子。

〔五〕履，踐踏。帝，上帝。武，足跡，即脚印。敏，通拇，足大趾也。傳説姜嫄脚踩巨人脚印的大拇趾感而懷孕。

〔六〕歆，欣喜。攸，乃也。介、止，都是休息。

〔七〕載，則也。震，通娠，懷孕。夙，當作孕，字形相近而誤。

〔八〕時維后稷，是爲后稷。后稷，姓姬名棄。后稷本是官名，相傳他在堯、舜時任主管農事的后稷之官，是周人的始祖，周人稱他爲后稷。

〔九〕誕，發語詞。彌，滿也，指滿了懷胎的月份。

〔一〇〕先生，初生，第一胎生。達，通羍，初生的小羊。此句指后稷生下很容易，像生小羊一般。

〔一一〕坼，裂開。副，割開。此句指生産順利不致破裂産門。

〔一二〕菑，同災。

〔一三〕赫，借爲訴，告也。靈，巫也。此句言后稷下生後，姜嫄把這件事告訴巫者，請巫占卜。

〔一四〕寧，願意。自此以下三句是巫者假託神意説的話。

〔一五〕康，當讀爲賡，繼續也。是説姜嫄産前没有再去祭祀。

〔一六〕居，讀爲胡，何也。巫者假託神意，説姜嫄産前没有再去祭神，怎麽生了孩子？

〔一七〕寘，置。之，指后稷。此言將后稷棄置在小巷裏。

〔一八〕腓，借爲庇，護也。字，養育，指給他乳吃。

〔一九〕會，值也，適逢。

〔二〇〕翼，用翅膀蓋上。

〔二一〕呱，小兒哭聲。

〔二二〕覃（tán談），延長也。訏（xū虛），大也。此指后稷的哭聲長而宏亮。

〔二三〕載，借爲在。

〔二四〕匍匐，爬行。指后稷長到能够爬行的時候。

〔二五〕岐、嶷，毛傳：「岐，知意也。嶷，識也。」

〔二六〕就，往，趨。

〔二七〕蓺，種植也。荏菽，大豆的古名。此指后稷已經長到會種莊稼的時候了。

〔二八〕旆旆，猶勃勃，茂盛貌。

〔二九〕禾，穀子，其實爲小米。役，借爲穎，禾穗。穟穟，穀穗下垂貌。

〔三〇〕幪幪，莊稼茂盛貌。

〔三一〕瓞（dié迭），小瓜。唪（běng）唪，結實纍纍貌。

〔三二〕穡，指從事農業生產。

〔三三〕相，助。道，方法。此句指有幫助莊稼生長的方法。

〔三四〕茀，拔除。

〔三五〕之，指農作物。黄，讀爲菫，茂盛。

〔三六〕實，是也。方，大也。苞，茂盛。

〔三七〕種，借爲叢。褎（yòu又），禾苗漸長貌。

〔三八〕秀，長穗。

〔三九〕穎，長出芒的穗。栗，穀粒飽滿堅實。

〔四〇〕即，就也，往也。有部，當時的一個氏族，住地在今陝西武功西南。此句言后稷把莊稼收到家裏。

〔四一〕降，天賜。嘉種，好種子。

〔四二〕秬（jù巨），黑黍。秠（pī披），黍的一種，一個殼裏有兩顆米。

〔四三〕穈（mén門），穀之一種，它的苗是紅的，又名赤粱粟。芑（qǐ起），穀之一種，它的苗是白的，又名白粱粟。

〔四四〕恒，通亙，遍也，滿也。指遍地皆種秬秠。

〔四五〕畝，疑借爲稫（bī逼），除去莊稼下的爛葉。

〔四六〕任，擔在肩上。負，揹在背上。

〔四七〕肇（zhào兆），始也。肇祀，開始祭祀。

〔四八〕揄，同抗（yóu由），用瓢把臼中米舀出來。
〔四九〕簸，簸揚去糠。蹂，通揉，用手搓揉使糠和米分開。
〔五〇〕釋，淅米，即用水淘米。叟叟，淘米聲。
〔五一〕烝，蒸也。浮浮，熱氣上騰貌。
〔五二〕謀，計劃。惟，思考。此言籌念祭祀之事。
〔五三〕蕭，一種香蒿。脂，牛羊等的脂肪。此句言用脂肪做祭品，底下墊上香蒿，燒起有强烈的香氣。
〔五四〕羝，牡羊。軷（bá拔），祭路神。
〔五五〕燔，把肉投在火裏燒。烈，把肉穿上，架在火上來燒，即烤。
〔五六〕興，興旺。嗣歲，下一年。
〔五七〕卬（áng昂），我也。豆，古代食器，形似高足盤。
〔五八〕登，古代食器，形似豆而淺。豆和登有木質、陶質或銅質的。
〔五九〕居，安也。歆，享受。
〔六〇〕胡，大也。臭，氣味。亶，真也。時，善也。
〔六一〕庶，幸也。悔，過失。

【附録】

注〔四〕弗，《太平御覽》五二九引作祓。

注〔五〕敏拇古通用。《爾雅・釋訓》：「敏，拇也。」

注〔二九〕役，《説文》引作穎。

注〔三五〕黃，當讀爲堇。《廣雅・釋訓》：「堇堇，茂也。」黃堇古通用。《左傳・宣公十七年》：「苗賁皇。」《説苑・善説》引作「釁蚠黃」。就是例證。

注〔四五〕畝，疑借爲䵗。《説文》：「䵗，治黍禾豆下潰葉。」畝䵗古音相近，當可通用，待考。

行葦

這是一首描寫貴族和兄弟宴會、較射、祭神、祈福的詩。

一

敦彼行葦〔一〕，牛羊勿踐履，方苞方體〔二〕，維葉泥泥〔三〕。

二

戚戚兄弟〔四〕，莫遠具爾〔五〕。或肆之筵〔六〕，或授之几〔七〕。

三

肆筵設席，授几有緝御〔八〕。或獻或酢〔九〕，洗爵奠斝〔一〇〕。

四

醓醢以薦〔一一〕，或燔或炙〔一二〕。嘉殽脾臄〔一三〕，或歌或咢〔一四〕。

五

敦弓既堅〔一五〕，四鍭既鈞〔一六〕。舍矢既均〔一七〕，序賓以賢〔一八〕。

六

敦弓既句〔一九〕，既挾四鍭〔二〇〕。四鍭如樹〔二一〕，序賓以不侮〔二二〕。

七

曾孫維主〔二三〕，酒醴維醹〔二四〕。酌以大斗，以祈黃耇〔二五〕。

八

黃耇台背〔二六〕，以引以翼〔二七〕。壽考維祺〔二八〕，以介景福〔二九〕。

【注】

〔一〕敦（tuán團），叢聚貌。行，道也。此句寫道旁生着叢叢葦子。

〔二〕方，甫，始。苞，茂也。體，長成形體。

〔三〕泥，借爲苨。苨苨，葉茂盛貌。

〔四〕戚戚，親愛也。

〔五〕具，通俱。爾，通邇，近也。此二句言親愛的兄弟不要相遠，都親近些。
〔六〕肆，陳也，即鋪上。筵，席也。
〔七〕几，筵席上擺酒殽的矮桌。
〔八〕緝，猶續也。御，侍也。此九字爲一句，言肆筵、設席、授几，都有人相繼侍候。
〔九〕獻，獻酒致敬。酢，拿酒回敬。
〔一〇〕爵、斝(jiǎ甲)，都是古代飲酒器。奠，置也。周人宴會的禮節，主人敬酒時，從几上拿起一個酒杯，先洗一洗，然後斟酒獻客。客人飲畢，則置酒杯于几上。客人敬主人也是這樣。洗爵就是洗酒杯，奠斝就是置酒杯于几上。
〔一一〕醓(tǎn坦)，多汁的肉醬。醢(hǎi海)，肉醬。薦，進也。
〔一二〕燔，燒肉。炙，烤肉。
〔一三〕殽，同肴，葷菜。脾，通膍，牛胃。臄，牛舌也。
〔一四〕歌、咢，唱而有曲調爲歌，唱而無曲調爲咢。一說：歌是歌唱，咢是幫腔。咢古音讀若啊，幫腔者只作啊啊之聲，所以名咢。歌有音有字，咢有音無字。
〔一五〕敦，通雕，畫飾。
〔一六〕鍭，箭之一種，金屬箭頭，箭羽剪齊。鈞，通均，同樣也。此句指較射時，四人一組，都用同樣的箭。

〔一七〕舍矢，即射箭。均，遍也。此句言每人射了一箭。

〔一八〕序賓，評定賓客射箭的成績，誰是第一，誰是第二。賢，才能也，指射技。

〔一九〕句（gōu 鉤），借爲彀，張弓也。張是把弓弦加在弓上。

〔二〇〕挾，持也。此句指四個人已經把四枝箭拿在手裏。

〔二一〕樹，立也。此句指四枝箭射在侯上，像立着一般。（較射時，侯上設有四個射的，四人各射一個。）

〔二二〕侮，輕侮。此句指評定賓客射箭的成績，以有禮貌，不輕侮任何人爲原則，就是説對于射不中的人，不得以輕侮的態度對待。

〔二三〕曾孫，周代貴族對神自稱曾孫。維主，做主人。

〔二四〕酒醴，泛指酒。醹（rú 如），酒味醇厚。

〔二五〕黄耇（gǒu 苟），長壽年老的稱呼。此二句言貴族以斗酒祭神，祈求長壽。

〔二六〕台背，同鮐背。也是長壽年老的稱呼。亨按：台背疑即駝背，長壽年老的人多駝背，故稱爲駝背。台與駝一聲之轉。

〔二七〕引，當讀爲寅，《爾雅·釋詁》：「寅：敬也。」翼，毛傳：「翼，敬也。」以引以翼，猶言乃恭乃敬，此句寫貴族年老而有德。

〔二八〕祺，吉祥。此句言壽考就是吉祥。

〔二九〕介，借爲丐，乞也。景，大也。

既醉

周代祭祀祖先，有人裝祖先的神，其名爲尸。在祭祀中，由祝官代表尸，向主祭者說一些賜福的話，這叫作「嘏辭」。這首詩當是祝官致嘏辭後所唱的歌，可以稱爲嘏歌。

一

既醉以酒，既飽以德〔一〕。君子萬年，介爾景福〔二〕。

二

既醉以酒，爾殽既將〔三〕。君子萬年，介爾昭明〔四〕。

三

昭明有融〔五〕，高朗令終〔六〕。令終有俶〔七〕，公尸嘉告〔八〕。

四

其告維何？籩豆靜嘉〔九〕。朋友攸攝〔一〇〕，攝以威儀〔一一〕。

五

威儀孔時〔一二〕，君子有孝子。孝子不匱〔一三〕，永錫爾類〔一四〕。

六

其類維何？室家之壼〔一五〕。君子萬年，永錫祚胤〔一六〕。

七

其胤維何？天被爾禄〔一七〕。君子萬年，景命有僕〔一八〕。

八

其僕維何？釐爾女士〔一九〕。釐爾女士，從以孫子〔二〇〕。

【注】

〔一〕德，當作食，古德字作悳，與食形近，因而寫錯。此二句言貴族祭神，醉神以酒，飽神以食（代神飲食的是裝神的尸）。

〔二〕介，借爲丐，施予。景，大也。此句言神賜予貴族以大福。

〔三〕殽，同肴，葷菜。將，美也。見《廣雅·釋詁》。

〔四〕昭明，光明也。

〔五〕融，長遠。

〔六〕高朗，高明。令，善也。令終，好結果。

〔七〕俶，始也。此句指有善終必有善始。

〔八〕公尸，尸是祭祀時裝祖先之神的人，其祖先是公侯，則尸稱爲公尸。嘉，當讀爲嘏（gǔ古），祝官代表尸對主祭者致賜福之辭，古語叫作嘏。

〔九〕籩（biān邊），古代祭祀或宴會時盛果脯的竹器，形如豆。豆，古代形似高足盤的食器。靜，馬瑞辰《毛詩傳箋通釋》：「靜，善也。」嘉，美也。此句指籩豆中的食物很好。

〔一〇〕攸，猶則也。攝，佐理。此句言賓客在祭祀中輔佐主祭者。

〔一一〕威儀，禮節。

〔一二〕孔，很。時，馬瑞辰說：「時，善也。」

〔一三〕匱，虧缺。此句指孝子之孝誠而不竭。

〔一四〕錫，賜。類，猶屬也，指家屬。此句指永賜汝等以福。

〔一五〕壼（kǔn捆），當讀爲昆，《説文》：「昆，同也。」此句言貴族家中之人都同心同德。

〔一六〕祚，福也。胤，後代子孫。

〔一七〕被，覆蓋。禄，福也。

〔一八〕景命，即大命。僕，奴僕，指奴隸和農奴等。此句言你命中有奴僕。

〔一九〕釐，通賚，賜予。女士，女男也。此句言上帝賜給你以男女奴僕。

〔二〇〕從，隨也。孫子，猶子孫。此句言奴僕的子孫也隨着當奴僕。

鳧鷖

周代貴族在祭祀祖先的次日，爲了酬謝尸的辛勞，擺下酒食，請尸來吃，這叫作「賓尸」，這首詩正是行賓尸之禮所唱的歌。

一

鳧鷖在涇〔一〕，公尸來燕來寧〔二〕。爾酒既清，爾殽既馨〔三〕。公尸燕飲，福禄來成。

二

鳧鷖在沙，公尸來燕來宜〔四〕。爾酒既多，爾殽既嘉。公尸燕飲，福禄來爲〔五〕。

三

鳧鷖在渚〔六〕，公尸來燕來處〔七〕。爾酒既湑〔八〕，爾殽伊脯〔九〕。公尸燕飲，福禄來下〔一〇〕。

四

鳧鷖在潨〔一一〕，公尸來燕來宗〔一二〕。既燕于宗〔一三〕，福禄攸降〔一四〕。公尸燕飲，福禄來崇〔一五〕。

五

鳧鷖在亹〔一六〕，公尸來止熏熏〔一七〕。旨酒欣欣〔一八〕，燔炙芬芬〔一九〕。公尸燕飲，無有後艱〔二〇〕。

【注】

〔一〕鳧（fú扶），野鴨。鷖（yī醫），鷗鳥。涇，水名。

〔二〕公尸，注見《既醉》。燕，通宴。寧，安也。

〔三〕殽，葷菜。馨，香也。

〔四〕宜，猶適也。來宜，來舒適舒適。

〔五〕爲，施也，加也。

〔六〕渚，水中小灘。

〔七〕處，止也。來處，來坐一坐。

〔八〕湑，清也。

〔九〕伊，是也。脯，肉乾。

〔一〇〕來下，猶來降。

〔一一〕潨，兩水相會之處。

〔一二〕宗，借爲悰。《説文》：「悰，樂也。」

〔一三〕宗，宗廟。

〔一四〕攸，乃也。

〔一五〕崇，增高也。又《廣雅·釋詁》：「崇，聚也。」

〔一六〕亹（mén門），馬瑞辰《毛詩傳箋通釋》：「亹即湄之假借。湄，水旁也。」

〔一七〕熏熏，和悦的狀態。

〔一八〕欣欣，香氣盛貌。《廣雅·釋訓》：「馚馚，馦馦，馣馣，香也。」《文選·長門賦》李注：「闇闇，香氣盛也。」欣欣與馚馚、馦馦、馣馣、闇闇均是一語之轉。

〔一九〕燔，燒肉。炙，烤肉。

〔二〇〕後艱，指今後的災殃。

假樂

這是一首爲周王頌德祝福的詩。

一

假樂君子〔一〕，顯顯令德〔二〕。宜民宜人〔三〕，受禄于天〔四〕。保右命之〔五〕，自天申之〔六〕。

二

干禄百福〔七〕，子孫千億〔八〕。穆穆皇皇〔九〕，宜君宜王。不愆不忘〔一〇〕，率由舊章〔一一〕。

三

威儀抑抑〔一二〕，德音秩秩〔一三〕。無怨無惡〔一四〕，率由羣匹〔一五〕。受福無疆，四方之綱〔一六〕。

四

之綱之紀，燕及朋友〔一七〕。百辟卿士〔一八〕，媚于天子〔一九〕。不解于位〔二〇〕，民之攸塈〔二一〕。

【注】

〔一〕假，借爲嘉（《左傳·文公三年》、《禮記·中庸》等引作嘉），喜也。君子，指周王。

〔二〕顯顯，盛明貌。令德，美德。

〔三〕民，指勞動人民。人，指羣臣百官。

〔四〕禄，福也。

〔五〕右，古佑字。此句言上天保佑周王，命他有福禄。

〔六〕申，引而長之也。

〔七〕干，俞樾《羣經平議》：「干當作千。形似而誤。」

〔八〕億，周代以十萬爲一億。千億，言其多。

〔九〕穆穆，肅敬。皇皇，光明。

〔一〇〕愆（qiān 牽），過失。忘，忘掉。也可讀爲妄。

〔一一〕率，循也。由，從也。舊章，舊法度。

〔一二〕威儀，儀表氣度。抑，借爲懿。懿懿，美也。

〔一三〕德音，好名聲。秩秩，聰明多智貌。

〔一四〕無怨無惡，指没人怨恨他憎惡他。

〔一五〕匹，佐也，指輔佐大臣。此句指周王聽從衆大臣的意見。

〔一六〕綱，法也。

〔一七〕燕，安也。朋友，指羣臣。

〔一八〕辟（bì 璧），君也。百辟，指衆諸侯。卿士，各級官員的泛稱。

〔一九〕媚，愛也。

〔二〇〕解，通懈。

〔二一〕攸，所也。塈（xì戲），借爲㤅。㤅，古愛字。此句言百辟卿士是人民所愛。

公劉

周朝的始祖后稷，建都於邰（今陝西武功縣境），到了公劉遷都於豳。此詩乃是叙述公劉遷豳的故事，主要内容是出發的情况及到達豳地後如何觀察、如何經營、如何定居等，也是一首史詩。

一

篤公劉〔一〕，匪居匪康〔二〕，迺埸迺疆〔三〕，迺積迺倉〔四〕，迺裹餱糧〔五〕，于橐于囊〔六〕，思輯用光〔七〕。弓矢斯張〔八〕，干戈戚揚〔九〕，爰方啓行〔一〇〕。

二

篤公劉，于胥斯原〔一一〕，既庶既繁〔一二〕，既順迺宣〔一三〕，而無永歎〔一四〕。陟則在巘〔一五〕，復降在原。何以舟之〔一六〕？維玉及瑤〔一七〕，鞞琫容刀〔一八〕。

三

篤公劉，逝彼百泉〔一九〕，瞻彼溥原〔二〇〕；迺陟南岡，乃覯于京〔二一〕。京師之野〔二二〕，于時處處〔二三〕，于時廬旅〔二四〕，于時言言，于時語語。

四

篤公劉，于京斯依〔二五〕。蹌蹌濟濟〔二六〕，俾筵俾几〔二七〕。既登乃依，乃造其曹〔二八〕：「執豕于牢〔二九〕，酌之用匏〔三〇〕。」食之飲之，君之宗之〔三一〕。

五

篤公劉，既溥既長〔三二〕，既景迺岡〔三三〕，相其陰陽〔三四〕，觀其流泉。其軍三單〔三五〕。度其隰原〔三六〕，徹田爲糧〔三七〕。度其夕陽〔三八〕，豳居允荒〔三九〕。

六

篤公劉，于豳斯館〔四〇〕。涉渭爲亂〔四一〕，取厲取鍛〔四二〕。止基迺理〔四三〕，爰衆爰有〔四四〕。夾其皇澗〔四五〕，遡其過澗〔四六〕，止旅迺密〔四七〕，芮鞫之即〔四八〕。

【注】

〔一〕篤，忠實厚道。公劉，后稷的後裔，周部族的首領。

〔二〕匪，非。居、康，均安居之意。此句指公劉不敢安居晏息。

〔三〕迺，同乃。埸(yì易)，疆界，田界。此句指公劉乃整治田地。

〔四〕積，積存糧穀。倉，把糧穀裝在倉裏。

〔五〕餱糧，乾糧。

〔六〕橐、囊，都是袋子。小的叫作橐，大的叫作囊。一説：橐没有底，兩頭用繩子紮；囊有底，一頭用繩子紮。

〔七〕思，想也。輯，成也。用，讀爲庸，功也。

〔八〕斯，於是。

〔九〕干，盾。戚，斧子。揚，舉起。

〔一〇〕爰，於是。方，始，才。啓行，出發。

〔一一〕胥，觀察。斯原，指豳地的原野。

〔一二〕庶、繁，指草木茂盛。

〔一三〕順，當讀爲巡。宣，周遍也。指公劉普遍巡視。

〔一四〕永歎，長歎。豳地都好，没有使公劉長歎的地方。

〔一五〕陟，登。巘（yǎn 演），孤立的小山。

〔一六〕舟，借爲周，環繞，佩帶。

〔一七〕瑶，似玉的美石。

〔一八〕鞞（bǐ 比），刀鞘。琫（běng），刀鞘口部的玉質裝飾。容刀，裝着刀。

〔一九〕逝，往也。百泉，極言泉水之多。

〔二〇〕溥原，廣闊的原野。

〔一一〕覯，見到。京，高大的山丘。

〔一二〕京師，豳城建築在大丘上面，很長時期是周人的國都，所以作者稱它做京師。

〔一三〕時，是也。處處，安居。

〔一四〕廬旅，當讀爲旅旅，有次序的陳列。

〔一五〕依，當是祭名。

〔一六〕蹌蹌，步趨有節貌。濟濟，多而整齊貌。

〔一七〕俾，指擺。此二句指公劉的隨從把席和几擺上。

〔一八〕造，借爲告。曹，侶也，即伙伴。

〔一九〕牢，養牛羊豕的圈。

〔二〇〕酌，喝酒。匏（hù 户），葫蘆。葫蘆一破爲二，作爲酒器，稱匏爵。

〔二一〕宗，族長。此句言公劉做大家的國君和族長。

〔二二〕溥，當讀爲鋪，布置褥墊等。長讀爲張，張設帳篷等。

〔二三〕景，同影，測量日影來確定方向。迺，其也。

〔二四〕相，看。陰，山丘的北面，陽，山丘的南面。

〔二五〕單，古代軍隊中的一種車子，用它載旗幟。軍隊中若干人組成一個單位，有一輛單車，載一面旗幟，這就叫作一單。

〔三六〕度，丈量。隰，低濕之地。
〔三七〕徹，治也。徹田，開墾土地。
〔三八〕夕陽，山丘的西面。
〔三九〕允，與以同意。荒，即開荒。此言豳地因而開墾了。
〔四〇〕館，房舍。此言在豳地營造宫室。
〔四一〕爲，猶而也。亂，横流而渡。
〔四二〕厲，即礪，用來磨物的一種粗糙堅硬的石塊。鍛，借爲碫，大塊的堅硬的捶石。取磨石和捶石，爲了磨捶生産工具。
〔四三〕止基，即鎡錤，鋤也。理，修整好。
〔四四〕衆，指人多。有，指財物多。
〔四五〕皇澗，澗名。此言沿着皇澗兩岸而行。
〔四六〕遡，逆流而上。過澗，澗名。
〔四七〕止，停住。旅，衆也。密，安也。此句指衆人乃安然定居。
〔四八〕芮（ruì鋭），水名。鞫（jū居），水邊。即，與就同義。此句指公劉率衆就芮水邊定居。

【附録】

注〔九〕戚，也可讀做攸，戚和攸是一音的轉變。《大雅·雲漢》：「滌滌山川。」《説文》引作「蔋薮山川」，便是例證。「干戈攸揚」如同「干戈乃揚」。

注〔二四〕廬旅，馬瑞辰説：「廬旅古通用。」（《毛詩傳箋通釋》）我疑古本原作廬廬或作旅旅。後乃譌爲上廬下旅。

注〔二五〕依，當是祭名。甲骨文常記衣祭，是把先祖合在一起祭的一種隆重的祭祀。此依字似即甲骨文的衣字。《左傳》、《公羊傳》等書用殷字。依、殷古通用。

注〔二八〕乃造其曹，《衆經音義》九引作「乃告其曹」。

注〔三三〕溥，借爲敷。《小爾雅·廣詁》：「敷，布也。」今字作舖。長，讀爲張，《楚辭·九歌》：「與佳期兮夕張。」王注：「張，施也，張施帷帳。」

注〔四三〕止基，此句承「取厲取鍛」而言，厲是磨刀石，鍛是捶物石，那末，止基當是須加磨捶的一種工具。《孟子·公孫丑》：「雖有鎡基，不如待時。」《齊民要術》引鎡基作鎡錤。《廣雅·釋器》：「鎡錤，鉏也。」鉏即鋤字。此處止基即鎡基。

洞酌

這是一首爲周王或諸侯頌德的詩，集中歌頌他能愛人民，得到人民的擁護。

一

洞酌彼行潦〔一〕，挹彼注兹〔二〕，可以餴饎〔三〕。豈弟君子〔四〕，民之父母。

二

洞酌彼行潦，挹彼注茲，可以濯罍〔五〕。豈弟君子，民之攸歸〔六〕。

三

洞酌彼行潦，挹彼注茲，可以濯溉〔七〕。豈弟君子，民之攸塈〔八〕。

【注】

〔一〕洞（jiǒng窘），遠也。行，借爲洐（xíng行），水溝。潦（lǎo老），積水也。此句言到遠地去舀那溝水。

〔二〕挹，舀也。注，灌也。此句言舀那溝水灌在這個器裏。

〔三〕餴（fēn分），同饙，蒸也。饎（chì赤），酒食也。

〔四〕豈弟，愷悌。君子，指周王或諸侯。

〔五〕濯，洗也。罍，酒罈。

〔六〕攸，所也。

〔七〕溉，王引之《經義述聞》引王念孫説：「溉當讀爲概。概，漆尊也。」概是一種盛酒的漆器。

〔八〕塈（xì戲），借爲㤅。㤅，古愛字。

卷阿

這首詩疑本是兩首詩。前六章爲一篇，篇名卷阿，是作者爲諸侯頌德祝福的詩；後四章爲一篇，篇名鳳皇，是作者因鳳皇出現，因而歌頌羣臣擁護周王，有似百鳥朝鳳。前六章所歌頌的君子是諸侯，後四章所歌頌的君子是周王，便是明證。

一

有卷者阿〔一〕，飄風自南〔二〕。豈弟君子〔三〕，來游來歌，以矢其音〔四〕。

二

伴奐爾游矣〔五〕，優游爾休矣〔六〕。豈弟君子，俾爾彌爾性〔七〕，似先公酋矣〔八〕。

三

爾土宇昄章〔九〕，亦孔之厚矣〔一〇〕。豈弟君子，俾爾彌爾性，百神爾主矣〔一一〕。

四

爾受命長矣，茀禄爾康矣〔一二〕。豈弟君子，俾爾彌爾性，純嘏爾常矣〔一三〕。

五

有馮有翼〔一四〕，有孝有德，以引以翼〔一五〕。豈弟君子，四方爲則。

六

顒顒卬卬〔一六〕，如珪如璋〔一七〕，令聞令望〔一八〕。豈弟君子，四方爲綱〔一九〕。

七

鳳皇于飛〔二〇〕，翽翽其羽〔二一〕，亦集爰止〔二二〕。藹藹王多吉士〔二三〕，維君子使〔二四〕，媚于天子〔二五〕。

八

鳳皇于飛，翽翽其羽，亦傅于天〔二六〕。藹藹王多吉人，維君子命，媚于庶人〔二七〕。

九

鳳皇鳴矣，于彼高岡。梧桐生矣〔二八〕，于彼朝陽〔二九〕。菶菶萋萋〔三〇〕，雝雝喈喈〔三一〕。

十

君子之車，既庶且多〔三二〕。君子之馬，既閑且馳〔三三〕。矢詩不多〔三四〕，維以遂歌。

【注】

〔一〕卷，彎曲也。阿，大的丘陵。

〔二〕飄風，旋風。

〔三〕豈弟，愷悌。君子，當是一個諸侯。

〔四〕矢，陳也。矢其音，即發出他的歌聲。

〔五〕伴（pàn判）奐，當讀爲盤桓，回還往來之意。

〔六〕優游，閑暇也。休，休息。

〔七〕俾，使也。彌，久也。性，生命。俾爾彌爾性，使你延長你的生命，即使你長壽。

〔八〕似，通嗣，繼承。先公，指君子的祖先。酋，讀爲猷，謀也。此句言君子繼承先公的事業。

〔九〕宇，國土，疆域。昄（bǎn板），大也。章，疑借爲張，即擴張。

〔一〇〕孔，很。厚，富厚。

〔一一〕百神爾主，即爾主百神，指做百神的祭主。

〔一二〕茀禄爾康，即爾康茀禄。康，安也。茀，通福。

〔一三〕純嘏爾常，即爾常純嘏。純，大也。嘏（gǔ古），福也。

〔一四〕馮（píng憑），輔也。翼，助也。此句言君子有輔佐之人。

〔一五〕引，當讀爲寅，敬也。翼，亦敬義。

〔一六〕顒（yóng）顒，肅敬貌。印印，氣概軒昂貌。

〔一七〕珪，一種長條形上端尖的玉版。璋，長條而一端作斜鋭角形的玉版。珪與璋都是古代貴族朝聘、祭祀、喪葬所用的禮器。此句指君子的品德如珪璋的可貴。

〔一八〕令聞令望，好聲譽好名望。

〔一九〕綱，法。

〔二〇〕于，在也。此下四章當另爲一篇。（考今本《竹書紀年》：「成王八年，鳳皇見。」此詩疑作于此時。詩以鳳凰比周王，以吉士比衆鳥。《説文》：「鳳飛，羣鳥從以萬數。」）

〔二一〕翽（huì 惠）翽，鳥飛聲。

〔二二〕爰，猶而也。

〔二三〕藹藹，猶濟濟。吉，善也。吉士，指周王的羣臣。

〔二四〕君子，指周王。此句言吉士唯聽君子的役使。

〔二五〕媚，愛也。

〔二六〕傅，至也。

〔二七〕庶人，平民。

〔二八〕梧桐，傳説鳳凰非梧桐不棲。

〔二九〕朝陽，古語稱山的東面爲朝陽，因其爲早晨太陽所照。

〔三〇〕菶（péng 朋）菶、萋萋，均爲草木茂盛貌。此指梧桐枝葉茂盛。

〔三一〕雝雝、喈喈，均指鳳鳴聲音和諧。

〔二二〕庶，衆也。

〔二三〕閑，熟練。

〔二四〕矢，陳也。此詩只有四章，所以説「矢詩不多」。

民勞

此篇是西周王朝貴族所作的諷刺詩，舊説作于厲王時代，可從。作者揭露了當時統治集團的欺詐、殘暴、醜惡、昏亂的面目，對人民的痛苦與憂愁表示同情。但是，詩中對周王没有指責，對于執政者也只是諄諄勸諫並寄予希望。可見他作此詩的目的不過是爲了緩和階級矛盾，從而鞏固奴隸主貴族集團的統治而已。

一

民亦勞止〔一〕，汔可小康〔二〕。惠此中國〔三〕，以綏四方〔四〕。無縱詭隨〔五〕，以謹無良〔六〕。式遏寇虐〔七〕，憯不畏明〔八〕。柔遠能邇〔九〕，以定我王。

二

民亦勞止，汔可小休。惠此中國，以爲民逑〔一〇〕。無縱詭隨，以謹惛怓〔一一〕。式遏寇虐，無俾民憂。無棄爾勞〔一二〕，以爲王休〔一三〕。

三

民亦勞止，汔可小息。惠此京師〔一四〕，以綏四國。無縱詭隨，以謹罔極〔一五〕。式遏寇虐，無俾作慝〔一六〕。敬慎威儀〔一七〕，以近有德。

四

民亦勞止，汔可小愒〔一八〕。惠此中國，俾民憂泄〔一九〕。無縱詭隨，以謹醜厲〔二〇〕。式遏寇虐，無俾正敗〔二一〕。戎雖小子〔二二〕，而式弘大〔二三〕。

五

民亦勞止，汔可小安。惠此中國，國無有殘。無縱詭隨，以謹繾綣〔二四〕。式遏寇虐，無俾正反〔二五〕。王欲玉女〔二六〕，是用大諫〔二七〕。

【注】

〔一〕止，語氣詞。

〔二〕汔，庶幾。康，安居，休息。此二句言：人民已很疲勞了，應盡可能讓他們稍稍喘一口氣。

〔三〕中國，指西周王朝直接統治區域，即所謂「王畿」。因爲四方都有諸侯，所以稱做中國。

〔四〕綏，安撫。四方，指四方諸侯國。

〔五〕縱，放縱。詭，狡詐。隨，借做譢（suí遂），欺騙。

〔六〕謹，即謹慎，意同防止。

〔七〕式，發語詞。遏，抑止。寇虐，殘害。

〔八〕憯（cǎn慘），猶曾、乃。明，光明，此句是指那些殘害人民的人乃敢在光天化日之下無所畏忌地作惡。（一説：明，神明。）

〔九〕柔，安撫。能，親善。邇，近處。

〔一〇〕逑，讀爲捄，法也。即法則，模範。

〔一一〕惛怓（nǎo撓），喧擾争吵。

〔一二〕爾，指當時的執政者。勞，功勞。作者希望他好好幹，建立功勞。

〔一三〕休，美也。此言以成就周王之美名。

〔一四〕京師，指鎬京。

〔一五〕罔極，没有法紀。極讀爲則。

〔一六〕慝（tè特），邪惡。

〔一七〕威儀，禮節。

〔一八〕愒（qì氣），休息。

〔一九〕泄，除去。

〔二〇〕醜厲，惡人。

〔二一〕正，借爲政。

〔二二〕戎，汝也。指當時的執政者。小子，古代對年輕人的稱謂。

〔二三〕式，用也，指作用。此句指執政者作用很大。

〔二四〕繾綣，固結不解之意。此指當時統治集團的糾紛紊亂。

〔二五〕正，借爲政。政反，違背政事的正規，反其道而行。

〔二六〕玉，當做玉一般地寶愛。女，通汝。

〔二七〕大諫，深深規勸。

【附録】

注〔九〕柔，《爾雅·釋詁》：「柔，安也。」

注〔一〇〕逑，讀爲捄。《廣雅·釋詁》：「捄，法也。」

板

這是周王朝一個大臣所作的諷刺詩，諷刺掌權者荒淫昏憒、邪僻驕妄，使人民陷于災難，同時也諷刺了周王。

一

上帝板板〔一〕，下民卒癉〔二〕。出話不然〔三〕，爲猶不遠〔四〕。靡聖管管〔五〕，不實於亶〔六〕。猶之未遠〔七〕，是用大諫。

二

天之方難〔八〕，無然憲憲〔九〕。天之方蹶〔一〇〕，無然泄泄〔一一〕。辭之輯矣〔一二〕，民之洽矣〔一三〕；辭之懌矣〔一四〕，民之莫矣〔一五〕。

三

我雖異事〔一六〕，及爾同寮〔一七〕。我即爾謀〔一八〕，聽我囂囂〔一九〕。我言維服〔二〇〕，勿以爲笑。先民有言，詢于芻蕘〔二一〕。

四

天之方虐〔二二〕，無然謔謔〔二三〕。老夫灌灌〔二四〕，小子蹻蹻〔二五〕。匪我言耄〔二六〕，爾用憂謔〔二七〕。多將熇熇〔二八〕，不可救藥。

五

天之方懠〔二九〕，無爲夸毗〔三〇〕。威儀卒迷〔三一〕，善人載尸〔三二〕。民之方殿屎〔三三〕，則莫我敢葵〔三四〕。喪亂蔑資〔三五〕，曾莫惠我師〔三六〕。

六

天之牖民〔三七〕，如壎如篪〔三八〕，如璋如圭〔三九〕，如取如攜〔四〇〕，攜無曰益〔四一〕。牖民孔易〔四二〕，民之多辟〔四三〕，無自立辟〔四四〕。

七

价人維藩〔四五〕，大師維垣〔四六〕。大邦維屏〔四七〕，大宗維翰〔四八〕。懷德維寧〔四九〕，宗子維城〔五〇〕。無俾城壞〔五一〕，無獨斯畏〔五二〕。

八

敬天之怒，無敢戲豫〔五三〕。敬天之渝〔五四〕，無敢馳驅〔五五〕。昊天曰明〔五六〕，及爾出王〔五七〕。昊天曰旦〔五八〕，及爾游衍〔五九〕。

【注】

〔一〕上帝，喻指周王。板板，乖戾，不正常。

〔二〕卒，馬瑞辰《毛詩傳箋通釋》：「卒與瘁同，病也。」癉，病也。卒癉，勞累痛苦。

〔三〕不然，不是，不對。此句言掌權者説出話來都是錯誤的。

〔四〕猶，與猷同，謀也。爲猶，爲政。此句言掌權者爲政毫無遠見。

〔五〕靡聖，無智。管，疑借爲讙。《説文》：「讙，譁也。」管管即諠諠，大聲嘈雜也。此句指王朝羣臣没有頭腦，只會亂吵亂嚷。

〔六〕實，猶充也。亶，誠也。不實于亶，没有充分的誠意，言論多虚詐。

〔七〕猶之未遠，爲政没有遠見。

〔八〕難，予人以災難。

〔九〕憲憲，猶欣欣，喜悦也。

〔一〇〕蹶，疑借爲咄，呵責聲。此句指上帝斥責王朝掌權者。

〔一一〕泄泄，喋喋多言。

〔一二〕辭，指王朝政令之辭。輯，指緩和協調。

〔一三〕洽，借爲協（《左傳·襄公三十一年》引作協），和協也。

〔一四〕懌（yì譯），朱彬《經傳考證》：「懌，借爲殬（dù杜）。《説文》：『殬，敗也。』」辭殬，指政令敗壞。

〔一五〕莫，通瘼，病也。

〔一六〕異事，指職務不同。

〔一七〕及，和也，與也。同寮，同僚。

〔一八〕即，往就也。

〔一九〕囂，借爲謷（áo敖）。謷謷，出言反對，拒絶批評。

〔一〇〕服，用也。此句言我的話是有用的。

〔一一〕芻蕘，割草打柴的人。此句意爲施政應普遍徵詢意見，即使草野之人亦不應忽視。

〔一二〕虐，降災。

〔一三〕謔謔，喜樂貌。

〔一四〕老夫，作者自稱。灌灌，猶款款，情意懇切。

〔一五〕小子，作者稱年輕的掌權者。蹻蹻，驕傲貌。

〔一六〕匪，通非。耄，昏亂也。此句言不是我的話昏亂。

〔一七〕用，猶乃也。憂，猶患也。謔，疑借爲瘧，即瘧疾。此句言你似在患瘧疾。

〔一八〕熇（hè賀）熇，火勢熾盛貌。《内經·素問·刺瘧篇》：「先寒後熱，熇熇暍暍。」王注：「熇熇，甚熱狀。」此句言多發瘧疾則體温將似火熱一般。

〔一九〕懠，憤怒。

〔二〇〕夸，借爲誇，説大話。毗，借爲⿰車頁（pǐ匹），《廣雅·釋詁》：「⿰車頁，邪也。」

〔二一〕威儀，禮節。卒，盡也。迷，亂也。此句指禮節都被掌權的人們搞亂了。

〔二二〕載，則也。尸，成爲没有靈魂的死尸，即不敢説不敢做。

〔二三〕殿屎，《説文》引作唸吚，呻吟也。

〔二四〕莫我敢葵，即我莫敢葵。葵，借爲揆，度也。此句指王朝前途，我不敢揣測。

〔三五〕蔑，猶無也。資，財物。此句指民衆遭遇死亡禍亂而喪盡資財。

〔三六〕師，衆也，指民衆。此句指掌權者們曾不加恩于民衆。

〔三七〕牖，通誘，誘導。

〔三八〕壎（xūn 勳），古代一種陶製圓形吹奏樂器。篪（chí 池），古管樂器。

〔三九〕璋、圭，均是古代玉製禮器。此二句言上帝之教導人民如利用土而製成壎，利用竹而製成篪，利用玉而製成璋與圭，都是因其材質，使其成器。

〔四〇〕取，猶提也。此句言上帝教導人民似提之、攜之，防止他們出錯。

〔四一〕益，借爲搤（同扼）。《説文》：「搤，捉也。」此句指提攜人民，不是説捉住他，加以强迫，而是因勢利導。

〔四二〕孔易，很容易。

〔四三〕辟，借爲僻，邪也。

〔四四〕無自立辟，指掌權者不要自己作邪僻之事。（牖民所以孔易，即在于以身作則。）

〔四五〕价，鄭箋：「价，甲也。」价當讀爲介（《荀子·君道》引作介）。介人即甲士，指軍隊。藩，籬笆。

〔四六〕大師，大衆也，指人民。垣，牆也。

〔四七〕大邦，指大國諸侯。屏，屏障。

〔四八〕大宗，指王的同姓宗族。翰，借爲幹，棟樑之意。
〔四九〕懷德，有德也。此句指國君有德，即能得到軍隊、人民、諸侯、宗族的擁護，國家就安寧了。
〔五〇〕宗子，即太子。
〔五一〕無，猶勿也。俾，使也。此句勸國君不要廢掉太子。
〔五二〕無獨斯畏，即無獨畏斯。斯，指宗子。此句勸國君不要獨怕太子。這首詩似作于幽王寵愛褒姒、將廢太子宜臼（即平王）的前後。大概是褒姒向幽王進讒言，説太子想篡奪王位。幽王害怕，才廢掉太子。所以詩人説：「宗子維城，無俾城壞，無獨斯畏。」
〔五三〕豫，借爲娛，樂也。
〔五四〕渝，變也，指災異。
〔五五〕馳驅，任意放縱之意。一説：指遊獵。
〔五六〕昊天，猶皇天。曰，猶維也。
〔五七〕王，通往。此二句言：上帝是明察的，你進出往返，上帝都能看到。
〔五八〕旦，明也。
〔五九〕衍，借爲延，《説文》：「延，長行也。」走遠路爲延。遊延猶遊逛。此句指你去遊逛，上帝也能看得到。

蕩之什

蕩

這是一首諷刺周王的詩，除第一章直寫外，其餘七章全以文王口氣指責殷紂王，乃是託古諷今、指桑罵槐的手法，別具風格。

一

蕩蕩上帝〔一〕，下民之辟〔二〕。疾威上帝〔三〕，其命多辟〔四〕。天生烝民〔五〕，其命匪諶〔六〕，靡不有初，鮮克有終〔七〕。

二

文王曰咨〔八〕，咨女殷商〔九〕，曾是彊禦〔一〇〕，曾是掊克〔一一〕，曾是在位〔一二〕，曾是在服〔一三〕。天降滔德〔一四〕，女興是力〔一五〕。

三

文王曰咨，咨女殷商，而秉義類〔一六〕，彊禦多懟〔一七〕。流言以對〔一八〕，寇攘式內〔一九〕。侯作侯祝〔二〇〕，靡屆靡究〔二一〕。

四

文王曰咨，咨女殷商，女炰烋于中國〔二二〕，斂怨以爲德。不明爾德〔二三〕，時無背無側〔二四〕。爾德不明，以無陪無卿〔二五〕。

五

文王曰咨，咨女殷商，天不湎爾以酒〔二六〕，不義從式〔二七〕。既愆爾止〔二八〕，靡明靡晦〔二九〕。式號式呼〔三〇〕，俾晝作夜〔三一〕。

六

文王曰咨，咨女殷商，如蜩如螗〔三二〕，如沸如羹〔三三〕。小大近喪〔三四〕，人尚乎由行〔三五〕。内奰于中國〔三六〕，覃及鬼方〔三七〕。

七

文王曰咨，咨女殷商，匪上帝不時〔三八〕，殷不用舊〔三九〕。雖無老成人，尚有典刑〔四〇〕。曾是莫聽，大命以傾〔四一〕。

八

文王曰咨，咨女殷商，人亦有言：「顛沛之揭〔四二〕，枝葉未有害，本實先撥〔四三〕。」殷鑒不遠，在夏后之世〔四四〕。

【注】

〔一〕蕩蕩，任意恣肆，不守法則的樣子。上帝，影射周王。

〔二〕辟(bì璧)，君也。

〔三〕疾威，猶暴虐也。

〔四〕辟，通僻，邪僻。

〔五〕烝，衆也。

〔六〕匪，通非。諶，猶常也。

〔七〕鮮，少也。克，能也。此二句指人們爲善多有始無終，因而幸福也有始無終。

〔八〕咨，嗟歎聲。自此章以下，都是假託文王指責殷紂，來諷刺當時的周王。

〔九〕女，通汝。

〔一〇〕曾，乃也。是，這樣。彊，同强。彊禦，强横暴虐。

〔一一〕克，讀爲剋。掊剋，聚斂剥削。

〔一二〕在位，指處于統治地位。

〔一三〕服，事也。此句言你竟這樣執行職務。

〔一四〕滔德，溢出常軌的德象，指凶災。此句言上天降下了凶災。

〔一五〕興，借爲嬹(xìng興)，《説文》：「嬹，悦也。」是，此也。力，權力。此句言你只喜歡這個權力。

〔一六〕而，通爾，你也。秉，執也，持也。義類，俞樾《羣經平議》：「義，俄之假字，邪也。類與戾通，戾，曲也。義類猶言邪曲也。」此句言你行邪曲之事。

〔一七〕懟，怨恨。

〔一八〕流言，謡言。此句指殷紂相信流言，以流言應對他人。

〔一九〕攘，猶盜也。式，猶乃也。内，通納。此句指殷紂收納寇盜而任用他們。

〔二〇〕侯，維也。作，借爲詛（《釋文》：「作本或作詛。」），向神請求加禍於旁人。祝，向神請求賜福於自己或旁人。此句指殷紂以詛祝的手段來維持統治。

〔二一〕届，猶極也。究，窮也。此句指殷紂的罪行無窮無盡。

〔二二〕炰烋（páo-xiāo 袍哮），《説文繫傳》引作咆哮。

〔二三〕不，通丕，大也。

〔二四〕時，是也。背，反叛。側，傾邪。此二句言：大明你的德，臣下就没有反叛，没有傾邪。

〔二五〕陪，輔佐。卿，即卿大夫。此二句言：你的德不明，因而没有輔臣没有卿相。

〔二六〕湎，沉迷于酒。此句指上帝並未使你沉醉于酒，而是你自己沉醉。

〔二七〕式，林義光《詩經通解》：「式，讀爲慝。」慝，奸也。此句指殷紂不行義而從奸。

〔二八〕愆，過也。止，行爲，舉止。此句言你的行爲乖戾錯誤。

〔二九〕明，指白天。晦，指黑夜。

〔三〇〕式，乃也。此句指醉後狂呼亂叫。

〔三一〕俾晝作夜，把白天當做黑夜，指白天昏睡，夜裏痛飲。

〔三二〕蜩（tiáo 條），蟬也。螗，蟬之一種。

〔三三〕羹，湯也。此二句比喻王朝統治集團内部極其紛擾不寧。

〔三四〕小大，指大小官僚。

〔三五〕尚，借爲㒊（chēng 撑）。《説文》：「㒊，拒也，从止，尚聲。」由，從也。行，道也，指禮法。此句指殷王朝統治集團人人都拒不遵循禮法。

〔三六〕奰（bì 必），《説文》：「奰，迫也。」即壓迫。

〔三七〕覃，延也。鬼方，殷和西周時稱北方玁狁爲鬼方。方猶邦也。殷紂當有侵伐鬼方之事。

〔三八〕匪，非。時，善也。

〔三九〕舊，指殷朝先王的法規和政治。

〔四〇〕刑，通型。典型，舊法常規。

〔四一〕大命以傾，指亡國。

〔四二〕顛沛，猶顛仆，倒下也。揭，當是木名，疑當讀爲楬。《廣雅·釋詁》：「楬，柏也。」

〔四三〕本，樹根或主幹。撥，馬瑞辰《毛詩傳箋通釋》：「撥即敗之假借。《列女傳·齊東郭姜傳》引詩正作敗。」

〔四四〕夏后，周人稱夏朝爲夏后氏。此二句言夏桀的亡國是殷紂的一面鏡子。

抑

《國語·楚語》引這首詩的篇名作《懿》，說是衛武公（姬和）九十五歲所作，那末當作于東周初年。詩的主要內容是勸告周王朝貴族修德守禮，謹言慎行，並指責「小子」的昏憒。所謂「小子」當是鎬京的一個執政者。

一

抑抑威儀〔一〕，維德之隅〔二〕。人亦有言：「靡哲不愚〔三〕。」庶人之愚〔四〕，亦職維疾〔五〕；哲人之愚，亦維斯戾〔六〕。

二

無競維人〔七〕，四方其訓之〔八〕。有覺德行〔九〕，四國順之〔一〇〕。訏謨定命〔一一〕，遠猶辰告〔一二〕。敬慎威儀，維民之則〔一三〕。

三

其在于今，興迷亂于政〔一四〕。顛覆厥德，荒湛于酒〔一五〕。女雖湛樂從〔一六〕，弗念厥紹〔一七〕，罔敷求先王〔一八〕，克共明刑〔一九〕。

四

肆皇天弗尚〔二〇〕，如彼泉流〔二一〕，無淪胥以亡〔二二〕。夙興夜寐〔二三〕，洒掃廷內，維民之章〔二四〕。脩爾車馬，弓矢戎兵〔二五〕。用戒戎作〔二六〕，用逷蠻方〔二七〕。

五

質爾人民〔二八〕，謹爾侯度〔二九〕，用戒不虞〔三〇〕。慎爾出話，敬爾威儀，無不柔嘉〔三一〕。白圭之玷〔三二〕，尚可磨也；斯言之玷，不可爲也〔三三〕。

六

無易由言〔三四〕，無曰苟矣〔三五〕，莫捫朕舌〔三六〕。言不可逝矣〔三七〕，無言不讎〔三八〕，無德不報。惠于朋友，庶民小子。子孫繩繩〔三九〕，萬民靡不承〔四〇〕。

七

視爾友君子，輯柔爾顏〔四一〕，不遐有愆〔四二〕。相在爾室〔四三〕，尚不愧于屋漏〔四四〕，無曰不顯，莫予云覯〔四五〕。神之格思〔四六〕，不可度思〔四七〕，矧可射思〔四八〕。

八

辟爾爲德〔四九〕，俾臧俾嘉〔五〇〕。淑慎爾止〔五一〕，不愆于儀。不僭不賊〔五二〕，鮮不爲則〔五三〕。投我以桃，報之以李。彼童而角〔五四〕，實虹小子〔五五〕。

九

荏染柔木〔五六〕，言緡之絲〔五七〕。温温恭人，維德之基〔五八〕。其維哲人，告之話言，順德之行〔五九〕。其維愚人，覆謂我僭〔六〇〕。民各有心〔六一〕。

十

於乎小子〔六二〕，未知臧否〔六三〕。匪手攜之〔六四〕，言示之事〔六五〕；匪面命之〔六六〕，言提其耳。借曰未知〔六七〕，亦既抱子。民之靡盈〔六八〕，誰夙知而莫成〔六九〕。

十一

昊天孔昭〔七〇〕，我生靡樂。視爾夢夢〔七一〕，我心慘慘〔七二〕。誨爾諄諄，聽我藐藐〔七三〕。匪用爲教〔七四〕，覆用爲虐〔七五〕。借曰未知，亦聿既耄〔七六〕。

十二

於乎小子，告爾舊止〔七七〕。聽用我謀，庶無大悔〔七八〕。天方艱難〔七九〕，曰喪厥國〔八〇〕。取譬不遠〔八一〕，昊天不忒〔八二〕。回遹其德〔八三〕，俾民大棘〔八四〕。

【注】

〔一〕抑，借爲懿。懿懿，美也。威儀，禮節。

〔二〕隅，當讀爲寓，寄託。

〔三〕哲，聰明。此句指聰明的人也有愚昧的時候。當是一句諺語。

〔四〕庶人，一般人。

〔五〕職，只也。維，是也。疾，災難。

〔六〕戾，罪也。此四句言：一般人的愚只不過要惹禍，聰明人的愚將要犯罪。

〔七〕無競，無争。維，猶于也。

〔八〕訓，馬瑞辰《毛詩傳箋通釋》：「訓借爲順，《左傳・哀公二十六年》引正作順。」順，服從也。

〔九〕覺，直也，即正直。

〔一〇〕順，當讀爲循，遵循也。

〔一一〕訏（xū虚），大也。謨，謀也。此句言用大的謀劃來確定政令。

〔一二〕猶，同猷，謀也。辰，當讀爲底，定也。告，借爲誥。此句言以遠大計謀來確定詔誥。

〔一三〕則，法則，榜樣。

〔一四〕興，俞樾《羣經平議》：「興，皆也。」此句言王朝掌權集團都把國政搞得混亂不堪。

〔一五〕湛（dān 眈），過度逸樂。

〔一六〕女，汝。雖，王引之《經義述聞》引王念孫説：「雖讀爲惟。女雖湛樂從，言女惟湛樂之從也。《書·無逸》曰：『惟耽樂之從。』文義正與此同。」此句言你們只是從事淫樂。

〔一七〕紹，繼也，指將來。此句言你們不考慮將來。（又按：紹字失韻，疑當作經，形近而誤。經，常法也。）

〔一八〕敷，當讀爲博。博求猶廣求。先王，指先王治國之道。

〔一九〕克，能也。共，借爲拱，執也。此言能够執守英明之法典。

〔二〇〕肆，發語詞。尚，佑助。

〔二一〕如，往也。

〔二二〕淪胥，沉没也。此二句言：你們好比走向水泉，不要沉没其中而死亡。

〔二三〕夙興夜寐，早起晚睡。

〔二四〕維，爲也。章，法則。

〔二五〕戎兵，指兵器。

〔二六〕戒，準備。戎，指軍隊。作，起也。此句指要準備軍隊出發。

〔二七〕逷（tì 替），當讀爲剔，剪除也。蠻方，當指楚國。

〔二八〕質，《廣雅·釋詁》：「質，定也。」

〔二九〕侯，疑借爲候，《説文》：「候，伺望也。」度，讀爲遮。《説文》：「遮，遏也。」遏止敵人入境爲遮。侯度即候遮。此句指應加强邊境的警戒與巡視。

〔三〇〕虞，料想。不虞，意料不到的事，即意外的變故。

〔三一〕柔，柔和。嘉，善也。

〔三二〕玷（diàn 店），白玉上的斑點。

〔三三〕爲，猶治也。

〔三四〕由，猶于也。

〔三五〕苟，苟且隨便。

〔三六〕捫，執持。朕，我也，古人自稱爲朕，秦始皇始定爲皇帝自稱之辭。此二句言：不要説「隨便講吧，没有人按住我的舌頭」。

〔三七〕逝，俞樾説：「逝，逮也，及也。」此句即一言既出，駟馬難追之意。

〔三八〕讎，答也。此句指我出惡言，則人以惡言回答；我出好言，則人以好言回答。

〔三九〕繩繩，連接不斷。

〔四〇〕承，順受。

〔四一〕輯，和也。

〔四二〕遐，通何。愆，過錯。不遐有愆，即不有遐愆，言没有什麽過錯。

〔四三〕相，視也，有檢省之意。

〔四四〕尚，疑應讀爲當。漏，借爲𪕮，屋中之鬼名𪕮。此二句言：你檢省一下，在屋內時應該不愧于屋中的鬼神。

〔四五〕莫予云覯，即莫覯予。云，句中助詞。此二句言：不要説自己在室中的言行不顯露于外，没有人會看見。

〔四六〕格，至也，來也。思，語氣詞。

〔四七〕度，揣度。

〔四八〕矧（shěn審），況且。射，讀爲斁（yì譯），厭倦也。此三句言：神的來到，不可揣測，人們哪可以厭倦不信呢？

〔四九〕辟，彰明。

〔五〇〕臧、嘉，均是善。

〔五一〕淑，善良，美好。止，行爲，舉止。

〔五二〕僭，超越本分。又僭可借爲譖，讒也。賊，殘害。

〔五三〕鮮，少也。此句指言行可供旁人效法。

〔五四〕童，猶秃也，無角也。此句指那人頭上無角却似有角，常能傷人。

〔五五〕虹，通訌，惑亂。

〔五六〕荏染，柔弱貌。

〔五七〕言，猶爰，乃也。緡，按上弦線。絲，指釣魚繩。此二句用柔木可以爲釣竿比喻温和的人可以成爲有用之材。

〔五八〕維德之基，是德行的根本。

〔五九〕之，猶而也。此二句指哲人采納我的勸告，順德而行。

〔六〇〕覆，反也。

〔六一〕民，猶人也。此二句指哲人與愚人的想法不同。

〔六二〕於乎，即嗚呼，歎息聲。

〔六三〕臧否，好壞。

〔六四〕匪，不僅，不但。

〔六五〕言，乃也。

〔六六〕面命，當面教導。

〔六七〕借曰，假如説。

〔六八〕盈，滿也。此句言人没有盈滿的，即没有一切都好的。

〔六九〕夙，早晨。莫，古暮字。此句言誰能够早晨知道應該作的事晚上就作成了呢？

〔七〇〕昊天，皇天。孔，很。昭，明也。

〔七一〕夢夢，形容昏憒。

〔七二〕慘慘，陳奂《毛詩傳疏》：「慘慘，當作懆懆，憂也。」

〔七三〕藐藐，輕視。

〔七四〕匪，非。用，以也。此句言你不以爲我是教導你。

〔七五〕覆，反也。虐，馬瑞辰説：「虐，謔也，戲也。」此句言你反以爲我是戲謔你。

〔七六〕聿，維也，是也。耄，老也。此二句言：如果説你還不懂事，可是你已經老了。

〔七七〕止，俞樾《羣經平議》：「止，禮也。」舊止，指先王的禮法。

〔七八〕悔，過失。

〔七九〕艱難，指將艱難加于王朝。

〔八〇〕曰，發語詞。喪厥國，滅亡他的國家。指西周王朝。

〔八一〕取譬，取比也。

〔八二〕忒（tè特），差誤。此句言上帝賞罰毫無差錯。

〔八三〕回遹（yù玉），邪僻也。

〔八四〕棘，緊急，引申爲艱危。

桑柔

據《左傳》、《國語》諸書記載，這首詩是周厲王的臣子芮良夫所作。厲王暴虐，人民起義趕走厲王，鎬京大亂。芮良夫逃難東去，作此詩以指斥執政大臣，諷刺周王，對當時黑暗腐敗的政治有所揭露。

一

菀彼桑柔〔一〕，其下侯旬〔二〕，捋采其劉〔三〕，瘼此下民〔四〕。不殄心憂〔五〕，倉兄填兮〔六〕。倬彼昊天〔七〕，寧不我矜〔八〕。

二

四牡騤騤〔九〕，旟旐有翩〔一〇〕。亂生不夷〔一一〕，靡國不泯〔一二〕。民靡有黎〔一三〕，具禍以燼〔一四〕。於乎有哀，國步斯頻〔一五〕。

三

國步蔑資〔一六〕，天不我將〔一七〕。靡所止疑〔一八〕，云徂何往〔一九〕？君子實維〔二〇〕，秉心無競〔二一〕。誰生厲階〔二二〕？至今爲梗〔二三〕。

四

憂心慇慇〔二四〕，念我土宇〔二五〕。我生不辰，逢天僤怒〔二六〕。自西徂東，靡所定處。多我覯痻〔二七〕，孔棘我圉〔二八〕。

五

爲謀爲毖〔二九〕，亂況斯削〔三〇〕。告爾憂恤〔三一〕，誨爾序爵〔三二〕。誰能執熱〔三三〕，逝不以濯〔三四〕？其何能淑〔三五〕，載胥及溺〔三六〕。

六

如彼遡風〔三七〕，亦孔之僾〔三八〕。民有肅心〔三九〕，荓云不逮〔四〇〕。好是稼穡〔四一〕，力民代食〔四二〕。稼穡維寶，代食維好。

七

天降喪亂，滅我立王〔四三〕。降此蟊賊〔四四〕，稼穡卒痒〔四五〕。哀恫中國〔四六〕，具贅卒荒〔四七〕。靡有旅力〔四八〕，以念穹蒼〔四九〕。

八

維此惠君〔五〇〕，民人所瞻。秉心宣猶〔五一〕，考慎其相〔五二〕。維彼不順，自獨俾臧〔五三〕，自有肺腸〔五四〕，俾民卒狂〔五五〕。

九

瞻彼中林〔五六〕，甡甡其鹿〔五七〕。朋友已譖〔五八〕，不胥以穀〔五九〕。人亦有言：「進退維谷〔六〇〕。」

十

維此聖人，瞻言百里〔六一〕；維彼愚人，覆狂以喜〔六二〕。匪言不能〔六三〕，胡斯畏忌〔六四〕！

十一

維此良人，弗求弗迪〔六五〕；維彼忍心〔六六〕，是顧是復〔六七〕。民之貪亂，寧爲荼毒〔六八〕。

十二

大風有隧〔六九〕，有空大谷。維此良人，作爲式穀〔七〇〕；維彼不順，征以中垢〔七一〕。

十三

大風有隧。貪人敗類〔七二〕，聽言則對〔七三〕，誦言如醉〔七四〕。匪用其良〔七五〕，覆俾我悖〔七六〕。

十四

嗟爾朋友，予豈不知而作〔七七〕。如彼飛蟲，時亦弋獲〔七八〕。既之陰女〔七九〕，反予來赫〔八〇〕。

十五

民之罔極〔八一〕，職涼善背〔八二〕。爲民不利，如云不克〔八三〕。民之回遹〔八四〕，職競用力〔八五〕。

十六

民之未戾〔八六〕，職盜爲寇〔八七〕。涼曰不可〔八八〕，覆背善詈〔八九〕。雖曰匪予〔九〇〕，既作爾歌〔九一〕。

【注】

〔一〕菀（wǎn 碗），茂盛貌。

〔二〕侯，維也。旬，樹蔭均布。

〔三〕劉，剥落，雕殘。此句言桑樹已經被採得光秃無葉了。

〔四〕瘼，病也。詩以桑樹被人捋采浄盡，使人民不得庇蔭，比喻人民的財富被剥削者剥削浄盡而無以爲生。

〔五〕殄（tiǎn 舔），斷絶。此句作者自指憂心不斷。

〔六〕倉兄，同愴怳，失意貌。填，通殄，憔瘁困苦。

〔七〕倬，光明。

〔八〕寧，乃也。矜，憐也。

〔九〕騤騤，馬强壯貌。

〔一〇〕旟，畫有鷹鳥的旗。旐，畫有龜蛇的旗。此二句寫作者逃難所乘的車馬。
〔一一〕夷，平定。
〔一二〕泯，亂也。
〔一三〕黎，衆也，多也。言民多死于禍亂，不復如前日之衆多。
〔一四〕具，通俱。燼，讀爲盡，絶也。
〔一五〕國步，猶國運。斯，是也。頻，危急。
〔一六〕蔑，無也。資，助也。
〔一七〕將，扶助。
〔一八〕疑，定也。止疑，停息。此句作者自言無處可以安身。
〔一九〕云，發語詞。徂（cú），去也。
〔二〇〕君子，作者自稱。維，借爲惟，思也。此句言作者自己在想。
〔二一〕秉心，持心，存心。無競，無争。
〔二二〕厲階，禍端。
〔二三〕梗，災害。
〔二四〕慇慇，憂傷貌。
〔二五〕土宇，土地房屋，指家園。

〔二六〕俾怒，大怒，盛怒。

〔二七〕痻（mín民），病也，即災難。此句言作者遇到很多災難。

〔二八〕孔棘，很急也。圉，邊疆。

〔二九〕毖，謹慎。

〔三〇〕亂況，猶亂狀。此二句指謀劃謹慎，則亂狀就能消除。

〔三一〕爾，指掌權大臣。憂恤，猶憂患。指憂患國事。

〔三二〕序，讀爲予（《墨子·尚賢中》引作予），給予也。爵，禄位，官爵。

〔三三〕熱，似是艜（dài帶）、艓（qì契）的聲轉。《方言九》：「艇長而薄者謂之艜。」《廣雅·釋水》：「艜、艓，舟也。」執熱，猶言操舟。

〔三四〕逝，猶斯也。濯，似借爲櫂，摇船的長槳。

〔三五〕淑，善也。

〔三六〕載，猶則也。胥，皆也。溺，沉没。

〔三七〕遡，讀爲朔。朔風，北風。

〔三八〕僾，昏暗不清。此二句指北風捲起塵沙，颳得天空昏濛不清。

〔三九〕肅心，嚴肅的心情。

〔四〇〕荓，當讀爲耕。云，借爲耘。逮，借爲棣。《廣雅·釋詁》：「棣，緩也。」

〔四一〕好，喜愛。

〔四二〕力民，猶勤民。代，當讀爲貸，施予。貸食，施糧食給他人。

〔四三〕滅我立王，當指周厲王被人民趕跑而言。

〔四四〕蟊，食苗根的蟲。賊，吃苗節的蟲。此句言上天降下蟲災。

〔四五〕卒，盡也。痒，病也。

〔四六〕恫，痛也。

〔四七〕具，通俱。贅，當借爲嚽。《荀子·富國》：「嚽菽飲水。」楊注：「嚽與啜同。」此句言莊稼都被蟲吃掉，田地都已荒蕪。

〔四八〕旅力，體力。

〔四九〕穹蒼，猶青天。此二句作者自言無力戰勝喪亂和蟊賊，只有念念于上天而已。

〔五〇〕惠，順也。惠君，順理之君。

〔五一〕宣，明也。猶，借爲怞（yóu由）。《説文》：「怞，朗也。」宣怞即明哲。

〔五二〕考，察也。慎，指謹慎選擇。相，輔佐大臣。

〔五三〕自獨俾臧，似當作自俾獨臧。臧，善也。此句言不順之君使自己獨過着好生活。

〔五四〕自有肺腸，别具心肝。

〔五五〕狂，林義光《詩經通解》：「狂，讀爲尪。尪，瘠病也。」

〔五六〕中林，林中。
〔五七〕甡（shēn 申）甡，同莘莘，衆多貌。
〔五八〕已，同以，用也。譖，讒也。
〔五九〕胥，助也。穀，善也。此二句言朋友間用讒相害，而不以善相助。
〔六〇〕進退維谷，進退兩難。
〔六一〕言，讀爲焉，句中助詞。此二句言聖人明見百里之遠。
〔六二〕覆，反也。以，猶與也。喜，疑借爲嬉，戲樂也。此二句言愚人反而狂妄戲樂。
〔六三〕匪，非。匪言不能，即匪不能言。
〔六四〕畏忌，畏懼顧忌。此二句言我不是不能講話，因爲有所畏忌而不敢講，我爲什麼這樣畏懼呢？
〔六五〕迪，進用也。此二句指掌權者對于賢人，既不尋求，也不任用。
〔六六〕忍心，指内心殘忍的人。
〔六七〕顧，顧惜，眷戀。復，借爲覆，蓋也，即包庇。此二句指掌權者對内心殘忍的人既顧惜，又包庇。
〔六八〕寧，乃也。此二句意爲：民衆本喜犯上作亂，掌權者乃作害民之事，人民就更將作亂了。

〔六九〕有,語助詞。隧,王引之《經傳釋詞》:「隧,迅疾也。有隧,形容其迅疾也。」亨按:隧,旋轉。

〔七〇〕式,句中助詞。穀,善也。此二句言賢人作好事。

〔七一〕征,《韓詩外傳》五引作往。往,借爲枉,誣枉也。中垢,馬瑞辰《毛詩傳箋通釋》:「中垢猶言内垢。《鄘風·牆有茨》:『中冓之言。』冓即垢之假借。」按中垢即内室有關男女關係的污穢之事。枉以中垢,指掌權者捏造内室污穢之事,來誣衊好人。

〔七二〕貪人,貪贓枉法者。敗類,殘害同類。一説:類,善也。

〔七三〕言,指諫勸的話。對,借爲懟,怨恨。

〔七四〕誦言,誦讀古書或閲覽諫書。此句言掌權者誦言則似吃醉了酒,昏昏睡去。

〔七五〕匪用其良,指掌權者不用良言。

〔七六〕覆,反也。林義光説:「悖,讀顛沛之沛,言不用良言,而反使我顛沛也。」顛沛,跌倒也,即今語所謂「栽觔頭」。

〔七七〕而,爾也。作,作爲。此句言你們作的壞勾當,我都知道。又解:作,借爲詐。

〔七八〕弋獲,獲得也。此二句言:你似那飛蟲一般,有時也捉得一點食物(即佔了一些便宜)。

〔七九〕之,句中助詞。陰,借爲蔭,庇蔭也。女,汝。此句言我曾經庇護過你們。

〔八〇〕赫，毛傳：「赫，炙也。」此句言你反而炙燒我，即反而迫害我。又《釋文》：「赫，本亦作嚇，莊子云『以梁國嚇我』是也。」此句言你反而威嚇我。又馬瑞辰說：「《方言》、《廣雅》並云：『赫，怒也。』……」那末，此句言你反而怒我。三解均通。

〔八一〕罔極，没有法則。極讀爲則。此句指人民不守統治者的禮法。

〔八二〕職，疑借爲識。涼，借爲㾖。《說文》：「事有不善言㾖也。」㾖即惡事。背，叛也。此句指人民懂得作壞事並且常常背叛統治者。

〔八三〕云，句中助詞。克，勝也。此二句指統治者作不利人民的事，用盡殘暴手段，好像怕不能戰勝人民。

〔八四〕回遹（yù玉），邪僻。

〔八五〕職，借爲識。此句指人民懂得用盡全力與統治者争奪權利。

〔八六〕戾，馬瑞辰說：「戾，善也。」

〔八七〕職，借爲識。此句言人民會曉得去做盜賊。

〔八八〕涼，借爲倞。倞與亮同。《爾雅·釋詁》：「亮，導也。」此句是作者的話，言我教導你（指掌權者）說：你這樣做是不可的。

〔八九〕覆，反也。此句言你反而背地裏大罵我。

〔九〇〕匪，林義光說：「匪，讀爲誹。」即誹謗。

〔九一〕歌，指本詩《桑柔》。此二句言：你雖然誹謗我，可是我已經給你作了這個歌，加以揭露和諷刺。

雲漢

周宣王時，連年發生嚴重的旱災。周王作這首詩求神祈雨，抒寫他爲旱災而愁苦的心情。

一

倬彼雲漢〔一〕，昭回于天〔二〕。王曰於乎〔三〕！何辜今之人〔四〕！天降喪亂，饑饉薦臻〔五〕。靡神不舉〔六〕，靡愛斯牲〔七〕。圭璧既卒〔八〕，寧莫我聽〔九〕！

二

旱既大甚，蘊隆蟲蟲〔一〇〕。不殄禋祀〔一一〕，自郊徂宮〔一二〕，上下奠瘞〔一三〕，靡神不宗〔一四〕。后稷不克〔一五〕，上帝不臨〔一六〕。耗斁下土〔一七〕，寧丁我躬〔一八〕！

三

旱既大甚，則不可推〔一九〕。兢兢業業，如霆如雷〔二〇〕。周餘黎民〔二一〕，靡有孑遺〔二二〕。昊天上帝，則不我遺〔二三〕。胡不相畏〔二四〕？先祖于摧〔二五〕。

四

旱既大甚，則不可沮〔二六〕。赫赫炎炎〔二七〕，云我無所〔二八〕。大命近止〔二九〕，靡瞻靡顧〔三〇〕。羣公先正〔三一〕，則不我助。父母先祖〔三二〕，胡寧忍予〔三三〕！

五

旱既大甚，滌滌山川〔三四〕。旱魃爲虐〔三五〕，如惔如焚〔三六〕。我心憚暑，憂心如熏。羣公先正，則不我聞〔三七〕。昊天上帝，寧俾我遯〔三八〕！

六

旱既大甚，黽勉畏去〔三九〕。胡寧瘨我以旱〔四〇〕？憯不知其故〔四一〕。祈年孔夙〔四二〕，方社不莫〔四三〕，昊天上帝，則不我虞〔四四〕。敬恭明神，宜無悔怒〔四五〕。

七

旱既大甚，散無友紀〔四六〕。鞫哉庶正〔四七〕，疚哉冢宰〔四八〕。趣馬師氏〔四九〕，膳夫左右〔五〇〕，靡人不周〔五一〕，無不能止〔五二〕。瞻卬昊天〔五三〕，云如何里〔五四〕！

八

瞻卬昊天，有嘒其星〔五五〕。大夫君子，昭假無贏〔五六〕。大命近止，無棄爾成〔五七〕！何求爲我〔五八〕，以戾庶正〔五九〕。瞻卬昊天，曷惠其寧〔六〇〕！

【注】

〔一〕倬，當讀爲卓，高遠。一説：倬，大也。雲漢，銀河。

〔二〕昭，明也。回，轉也。

〔三〕王，周宣王。於乎，即嗚呼，歎息聲。

〔四〕辜，罪也。

〔五〕薦，重也，再也。臻，至也。薦臻，接連而來。

〔六〕舉，祭祀。

〔七〕牲，祭祀用的牛羊豕等。此二句言：没有什麽神不祭祀過，也没有吝惜過犧牲。

〔八〕圭、璧，均是古玉器。周人祭神用圭璧，祭天神則焚玉，祭山神則埋玉，祭水神則沉玉，祭人鬼則藏玉。卒，盡也。此句言爲了祭神，圭璧已經用盡。

〔九〕寧，猶乃也。此句言神竟不聽從我的請求。

〔一〇〕藴，通熅，悶熱。隆，盛也。蟲蟲，《釋文》：「蟲，《爾雅》作爞。」《爾雅·釋訓》：「爞爞，薰也。」即熱氣薰蒸貌。此句言熱氣很盛，似火薰蒸。

〔一一〕殄，斷絶。禋祀，古代祭天的典禮。先燒柴升煙，再加牲體及玉帛于柴上焚燒。

〔一二〕郊，城外。徂，到也。宫，廟也。周人祭天在郊，祭祖在廟。

〔一三〕奠，陳列祭品。瘞（yì意），埋也。把祭品埋在地下以祭地神爲瘞。上下奠瘞，猶言上奠下瘞，即上而祭天則奠，下而祭地則瘞。

〔一四〕宗，尊敬。

〔一五〕后稷，周人始祖。克，當作亨，形似而誤。不亨，不來享受祭祀。

〔一六〕臨，察也。又解：臨，下降也。

〔一七〕耗，損耗。斁（dù杜），敗壞。

〔一八〕寧，乃也。丁，當，遭逢。此句言這種災難竟臨當我的身上。

〔一九〕推，排除。

〔二〇〕霆，霹雷也。此二句言旱災的威力似雷霆霹靂，使人十分恐懼。

〔二一〕周餘黎民，周國剩下的百姓。

〔二二〕孑遺，遺留，餘剩。此句是誇張之詞。

〔二三〕遺，借爲饋，給予飲食。

〔二四〕胡不相畏，指先祖爲何不相與畏懼。

〔二五〕于，猶以也。摧，挫折。此二句言：先祖爲什麽不怕呢？如子孫死盡，無人祭祀，他們將會受損失。

〔二六〕沮，止也。

〔二七〕赫赫，陽光顯耀貌。炎炎，暑氣熾熱貌。

〔二八〕云，發語詞。此句言熱得無處可住。

〔二九〕大命，指壽命。

〔三〇〕靡瞻靡顧，指鬼神都不看顧我。

〔三一〕羣公，指前代的先公。先正，前代的賢臣。

〔三二〕父母，指死去的父母之神。

〔三三〕寧，乃也。忍予，對我忍心。

〔三四〕滌滌，光秃無草木的樣子。

〔三五〕旱魃，古代神話中能造成旱災的怪物。

〔三六〕惔，火燒。

〔三七〕聞，借爲問，過問。

〔三八〕遯，馬瑞辰《毛詩傳箋通釋》：「遯讀爲屯。屯，難也。」此句言上帝乃使我艱難。

〔三九〕黽（mǐn敏）勉，勉力也。去，借爲怯。畏怯，小心恐懼。

〔四〇〕瘨（diān顛），病也，害也。

〔四一〕憯（cǎn慘），作語助，猶曾、乃。

〔四二〕祈年，向神祈求豐年。孔夙，很早。

〔四三〕方，祭四方之神。社，祭土神。莫，古暮字，晚也。

〔四四〕虞，助也。

〔四五〕悔，恨也。

〔四六〕友，馬瑞辰説：「友即有之假借。」紀，法紀。此句指人們都在饑餓綫上掙扎，所以散漫沒有法紀。

〔四七〕鞫（jū居），窮困。庶正，衆官長。

〔四八〕疚，憂慮。冢宰，官名，職位如後代的宰相。

〔四九〕趣馬，官名，主管豢養國王的馬。師氏，官名，主管教導國王和貴族的子弟。

〔五〇〕膳夫，官名，主管國王和后妃等的飲食。左右，指國王左右的官吏。

〔五一〕周，借爲惆，悲傷失意。此句指趣馬、師氏、膳夫、左右等沒有人不愁恨的。

〔五二〕無，當讀爲雩（yú于），求雨之祭也。此句言舉行求雨的雩祭也不能止住旱災。

〔五三〕卬，通仰。

〔五四〕云，發語詞。里，借爲瘇。（《釋文》：「里，本亦作瘇。」）病也。一説：里讀爲悝。（《釋文》：「里，《爾雅》作悝。」）憂也。

〔五五〕嘒，微小貌。

〔五六〕昭，猶禱也。假，借爲祜，福也。贏，益也。此句言禱告也無益。

〔五七〕成，疑借爲誠。無棄爾誠，不要放棄你們的誠心，繼續禱告。

〔五八〕何求爲我，你們祈求什麼是爲我一人嗎？

〔五九〕戾，安定。此句言祈求是爲了安定衆官長。

〔六〇〕曷，何時。惠，賜。此句言上帝什麼時候才能賜我們以安寧。

崧高

周宣王時，申伯來朝。宣王爲了優待他的母舅，增加了申伯的封地，並派召伯虎帶領士兵，先去給申伯建築謝城，經營土地。然後申伯才回到本國。宣王的大臣尹吉甫爲此作了這首詩，贈予申伯。

一

崧高維嶽〔一〕，駿極于天〔二〕。維嶽降神，生甫及申〔三〕。維申及甫，維周之翰〔四〕。四國于蕃〔五〕。四方于宣〔六〕。

二

亹亹申伯〔七〕，王纘之事〔八〕。于邑于謝〔九〕，南國是式〔一〇〕。王命召伯〔一一〕，定申伯之宅〔一二〕。登是南邦〔一三〕，世執其功〔一四〕。

三

王命申伯，式是南邦，因是謝人〔一五〕，以作爾庸〔一六〕。王命召伯，徹申伯土田〔一七〕。王命傅御〔一八〕，遷其私人〔一九〕。

四

申伯之功〔二〇〕，召伯是營。有俶其城〔二一〕，寢廟既成〔二二〕，既成藐藐〔二三〕。王錫申伯〔二四〕，四牡蹻蹻〔二五〕，鉤膺濯濯〔二六〕。

五

王遣申伯〔二七〕，路車乘馬〔二八〕。我圖爾居〔二九〕，莫如南土，錫爾介圭〔三〇〕，以作爾寶，往𨑨王舅〔三一〕，南土是保。

六

申伯信邁〔三二〕，王餞于郿〔三三〕。申伯還南，謝于誠歸〔三四〕。王命召伯，徹申伯土疆，以峙其粻〔三五〕，式遄其行〔三六〕。

七

申伯番番〔三七〕，既入于謝。徒御嘽嘽〔三八〕，周邦咸喜，戎有良翰〔三九〕。不顯申伯〔四〇〕，王之元舅〔四一〕，文武是憲〔四二〕。

八

申伯之德，柔惠且直。揉此萬邦〔四三〕，聞于四國。吉甫作誦〔四四〕，其詩孔碩〔四五〕，其風肆好〔四六〕，以贈申伯。

【注】

〔一〕崧，《釋文》：「崧又作嵩。」（《禮記·孔子閒居》引作嵩。）嵩高，即嵩山（在今河南登封縣境）。嵩山是五嶽或四嶽之一，所以説「崧高維嶽」。《尚書·堯典》曾言：「四岳：岱宗、南岳、西岳、北岳。」《爾雅·釋山》則言五嶽：「泰山爲東嶽，華山爲西嶽，霍山爲南嶽，恒山爲北嶽，嵩高爲中嶽。」西周時代，恐只有四嶽，嵩高當爲南嶽，而霍山不在嶽數。

〔二〕駿，借爲峻，高大。極，至也。

〔三〕甫，讀爲吕，國名，故城在今河南南陽縣西三十里，國君姓姜。申，國名，故城在今河南南陽縣北二十里，國君也姓姜。此二句言嵩山有神下降，生吕侯和申侯。

〔四〕翰，輔翼也。

〔五〕蕃，通藩，屏障之意。于，猶爲也。

〔六〕宣，馬瑞辰《毛詩傳箋通釋》：「宣，當爲垣之假借。」此二句言：四國是周王朝的籓籬，四方是周王朝的垣牆。

〔七〕亹（wěi偉）亹，勤勉貌。

〔八〕纘，當讀爲讚，即讚揚。之，其也，指申伯。事，《爾雅·釋詁》：「事，勤也。」

〔九〕于邑，封之以邑。謝，古邑名，舊説故城在今河南唐河縣南。

〔一〇〕式，法也。此句言爲南國樹立榜樣。

〔一一〕召伯，即召虎，周宣王的大臣。

〔一二〕定申伯之宅，指給申伯建立都城。

〔一三〕登，成也。引申爲定。

〔一四〕功，通工，事也。即政事。

〔一五〕因，猶用也。謝人，謝邑的人民。

〔一六〕庸，借爲墉，城也。

〔一七〕徹，治也。徹土田是用周代的徹法劃定田地疆界，製定賦税。

〔一八〕傅，周王保傅之官。御，侍也，侍候周王的官吏。

〔一九〕私人，家臣也。此二句言周王命其傅御遷移申伯的家臣到謝城去。

〔二〇〕功，事也，指築謝城、徹土田等工作。

〔二一〕有，發語詞。俶，毛傳：「俶，作也。」按俶猶築也。

〔二二〕寢，居宅。廟，宗廟。

〔二三〕藐藐，美盛貌。

〔二四〕錫，通賜。

〔二五〕牡，指公馬。蹻蹻，强壯勇武貌。

〔二六〕鉤膺，套在馬胸前頸上的帶飾，即繁纓。濯濯，光澤鮮明貌。

〔二七〕遣，贈送。

〔二八〕路車，亦作輅車，古代諸侯乘坐的一種車。乘馬，四匹馬。

〔二九〕我，代宣王自稱。圖，考慮。爾，指申伯。

〔三〇〕介，大也。圭，古代玉製禮器。

〔三一〕近（jì忌），語氣詞，猶哉。王舅，古語稱母之兄弟爲舅，又稱妻父爲舅。宣王之妃是齊侯之女（見《列女傳·賢明傳》），那末，申伯當是宣王的母舅。

〔三二〕信，猶真也。邁，行也。此句言申伯果然走了。

〔三三〕餞，擺酒食送行。郿，古邑名，故城在今陝西郿縣東北。

〔三四〕謝于誠歸，當作謝城于歸，即于歸謝城的倒裝句。

〔三五〕以，猶乃也。峙，通庤，儲也。粻，糧也。

〔三六〕式，猶乃也。遄（chuán船），迅速。此句言召伯迅速去辦此事。

〔三七〕番（bō波）番，勇武貌。

〔三八〕徒，步兵。御，車夫。嘽（tān 攤）嘽，衆多貌。
〔三九〕戎，汝也，指宣王。翰，輔翼。
〔四〇〕不，通丕，大也。顯，高貴顯赫。
〔四一〕元，大也。
〔四二〕憲，效法。此句言申伯的文武才能是個模範。
〔四三〕揉，馬瑞辰說：「揉，安也。」
〔四四〕吉甫，姓尹名吉甫，周宣王的大臣。誦，歌也，指這首詩。
〔四五〕孔碩，指篇幅很長。
〔四六〕風，曲調也。肆好，馬瑞辰說：「肆好，即極好。」

烝民

周宣王的大臣尹吉甫作這首詩，贈給仲山甫，大力贊揚仲山甫的美德及其輔佐宣王的忠直，並描述了仲山甫往東方去築城的事跡。

一

天生烝民〔一〕，有物有則〔二〕。民之秉彝〔三〕，好是懿德〔四〕。天監有周〔五〕，昭假于下〔六〕，保茲天子，生仲山甫〔七〕。

二

仲山甫之德，柔嘉維則〔八〕。令儀令色〔九〕，小心翼翼。古訓是式〔一〇〕，威儀是力〔一一〕。天子是若〔一二〕，明命使賦〔一三〕。

三

王命仲山甫，式是百辟〔一四〕。纘戎祖考〔一五〕，王躬是保〔一六〕。出納王命，王之喉舌〔一七〕。賦政于外〔一八〕，四方爰發〔一九〕。

四

肅肅王命〔二〇〕，仲山甫將之〔二一〕。邦國若否〔二二〕，仲山甫明之。既明且哲，以保其身。夙夜匪解〔二三〕，以事一人〔二四〕。

五

人亦有言：「柔則茹之〔二五〕，剛則吐之。」維仲山甫，柔亦不茹，剛亦不吐；不侮矜寡〔二六〕，不畏彊禦〔二七〕。

六

人亦有言：「德輶如毛〔二八〕，民鮮克舉之〔二九〕。」我儀圖之〔三〇〕，維仲山甫舉之，愛莫助之〔三一〕。袞職有闕〔三二〕，維仲山甫補之〔三三〕。

七

仲山甫出祖〔三四〕，四牡業業〔三五〕，征夫捷捷〔三六〕，每懷靡及〔三七〕。四牡彭彭〔三八〕，八鸞鏘鏘〔三九〕，王命仲山甫，城彼東方〔四〇〕。

八

四牡騤騤〔四一〕，八鸞喈喈〔四二〕。仲山甫徂齊〔四三〕，式遄其歸〔四四〕。吉甫作誦〔四五〕，穆如清風〔四六〕。仲山甫永懷〔四七〕，以慰其心。

【注】

〔一〕烝，衆也。

〔二〕物，事物。則，法則。

〔三〕彝，常理。民之秉彝，人之常情。

〔四〕懿德，美德。

〔五〕監，觀察。有周，周朝。

〔六〕昭，猶禱。假，借爲祜，福也。此二句言上帝看到周王在下方禱告。

〔七〕仲山甫，周宣王的大臣。《國語·周語》稱他爲「樊仲山甫」，又稱爲「樊穆仲」。《晉語》

稱爲「樊仲」。樊是他的封邑(在今河南濟源縣),仲是代表兄弟之次,山甫是名,穆是謚號。姓未詳。

〔八〕嘉,美也。維,猶有也。則,法度。

〔九〕令,善也。儀,態度。

〔一〇〕式,榜樣。此句言遵循古人遺教。

〔一一〕威儀,禮節。力,勤也。

〔一二〕若,順也。言承順天子。一説:若,善也。言天子認爲他好。

〔一三〕賦,通敷,頒布。此句言天子使他頒布明令。

〔一四〕辟(bì璧),國君。百辟,指諸侯。此句言令仲山甫做諸侯的榜樣。

〔一五〕纘,繼續。戎,汝也。

〔一六〕王躬,指周王。

〔一七〕喉舌,代言人之意。

〔一八〕賦政,頒布政令。

〔一九〕爰,猶乃也。發,馬瑞辰《毛詩傳箋通釋》:「發,行也。」

〔二〇〕肅肅,嚴肅也。

〔二一〕將,執行。

〔一二〕若，善也（《爾雅·釋訓》）。若否，好壞。

〔一三〕夙，早晨。匪，非。解，通懈，怠惰。

〔一四〕事，奉侍。一人，指周宣王。

〔一五〕茹，吃也。

〔一六〕侮，欺侮。矜，通鰥（《左傳·昭公元年》引作鰥），男老而無妻。寡，婦老而無夫。

〔一七〕彊禦，强悍。

〔一八〕輶，輕也。

〔一九〕鮮，少也。克，能也。

〔二〇〕儀圖，猶揣度也。

〔二一〕莫，疑借爲慔。《説文》：「慔，勉也。」此句指仲山甫愛民，努力幫助他們，使他們有德。

〔二二〕衮（gǔn滚），古代王侯所穿的禮服，上面繡有龍紋。此指周王的衮衣。職，俞樾《羣經平議》：「職，猶適也。」適即偶然之意。闕，缺也。

〔二三〕補，縫補。此二句用周王的衮衣偶有缺破，則仲山甫把它補上，比喻周王的政治偶有缺失，則仲山甫加以匡正。

〔二四〕祖，借爲徂。徂，往也。出徂，猶言出行，指出鎬京而往東方。舊説：祖是祭祀路神。

〔二五〕業業，馬高大貌。

〔三六〕捷捷，行動敏捷貌。
〔三七〕每懷靡及，指征夫常常想起他們還没有完成的任務。
〔三八〕彭彭，馬强壯貌。
〔三九〕鸞，車鈴。鏘鏘，鈴聲。
〔四〇〕城，築城。
〔四一〕騤騤，馬强壯貌。
〔四二〕喈喈，鈴聲和諧。
〔四三〕齊，當讀爲濟，水名，源出河南濟源縣西王屋山。樊邑正在濟水附近，所以説仲山甫徂濟。
〔四四〕式，猶乃也。遄(chuán 傳)，速也。此句言仲山甫很快地回到鎬京。
〔四五〕吉甫，即尹吉甫，周宣王大臣。誦，歌也。
〔四六〕穆，和美也。
〔四七〕永懷，指一直懷念着樊邑。

韓奕

這是歌頌韓侯的一首詩，描述韓侯來朝見周王，周王賞賜許多物品；韓侯去周(鎬京)，路過屠邑，顯父爲他餞行；韓侯到蹶父的邑娶韓姑爲妻，以及韓姑出嫁于物産豐富的韓國，樂得其所。最後敍寫韓國稱雄于北方。

一

奕奕梁山〔一〕，維禹甸之〔二〕，有倬其道〔三〕。韓侯受命〔四〕，王親命之：「纘戎祖考〔五〕，無廢朕命〔六〕。夙夜匪解〔七〕，虔共爾位〔八〕。朕命不易〔九〕，榦不庭方〔一〇〕，以佐戎辟〔一一〕。」

二

四牡奕奕，孔脩且張〔一二〕。韓侯入覲〔一三〕，以其介圭〔一四〕，入覲于王。王錫韓侯〔一五〕，淑旂綏章〔一六〕，簟茀錯衡〔一七〕，玄衮赤舄〔一八〕，鉤膺鏤錫〔一九〕，鞹鞃淺幭〔二〇〕，鞗革金厄〔二一〕。

三

韓侯出祖〔二二〕，出宿于屠〔二三〕。顯父餞之〔二四〕，清酒百壺。其殽維何〔二五〕？炰鼈鮮魚〔二六〕。其蔌維何〔二七〕？維筍及蒲〔二八〕。其贈維何？乘馬路車〔二九〕。籩豆有且〔三〇〕，侯氏燕胥〔三一〕。

四

韓侯取妻，汾王之甥〔三二〕，蹶父之子〔三三〕。韓侯迎止〔三四〕，于蹶之里〔三五〕。百兩彭彭〔三六〕。八鸞鏘鏘〔三七〕，不顯其光〔三八〕。諸娣從之〔三九〕，祁祁如雲〔四〇〕。韓侯顧之，爛其盈門〔四一〕。

五

蹶父孔武，靡國不到，爲韓姞相攸〔四二〕，莫如韓樂。孔樂韓土，川澤訏訏〔四三〕，魴鱮甫甫〔四四〕，麀鹿噳噳〔四五〕，有熊有羆，有貓有虎〔四六〕。慶既令居〔四七〕，韓姞燕譽〔四八〕。

六

溥彼韓城〔四九〕，燕師所完〔五〇〕。以先祖受命〔五一〕，因時百蠻〔五二〕。王錫韓侯，其追其貊〔五三〕，奄受北國〔五四〕，因以其伯〔五五〕。實墉實壑〔五六〕，實畝實籍〔五七〕，獻其貔皮，赤豹黃羆〔五八〕。

【注】

〔一〕奕奕，高大貌。梁山，江永《春秋地理考實》：「《水經注》：『鮑丘水過潞縣西，高梁水注之。水東逕梁山。』潞縣今之通州，其西有梁山。」此梁山在河北。

〔二〕甸，治也。古代傳説，中國山川均經過大禹的治理。

〔三〕倬，大也。此言自韓至周有寬闊的道路。

〔四〕受命，受周王的册命。韓侯新立，來朝于周，周王在宗廟中舉行册命之禮，册命他爲韓侯，並賞賜他車旗等物。春秋以前，有兩個韓國，其一在今陝西韓城縣南，國君姓姬，春秋時被晉國所併，戰國時的韓國就是這個韓國的後代。其二在今河北固安縣東南，國君姓姬，武王的兒子始封于此。此詩的韓是河北的韓。

〔五〕纘，繼承。戎，汝也。此句言你繼承你的祖先的事業。

〔六〕廢，背棄。朕，我也。

〔七〕匪，非。解，通懈。

〔八〕虔，敬也。共，猶奉也。此句猶言敬奉汝職。

〔九〕朕命不易，我的册命不是輕易給的。

〔一〇〕榦，同幹。《廣雅·釋詁》：「幹，安也。」林義光《詩經通解》：「庭，定也。」方，國也。此句言要安定不寧静的國家。又解：不庭，猶不朝也。

〔一一〕辟（bì璧），君也。此句言要輔保你的君王。

〔一二〕孔脩，很長。張，大也。

〔一三〕覲（jìn近），諸侯秋朝天子之稱。

〔一四〕介，大也。圭，一種玉製禮器。

〔一五〕錫，通賜。

〔一六〕淑，美也。旂，畫有蛟龍的旗。綏章，旗竿頭上飾以染色的鳥羽或旄牛尾。

〔一七〕簟茀，遮蔽車廂的竹席。錯，畫上花紋。一説：錯，塗上金色。衡，車轅前端的横木。錯衡，即有花紋（或塗金色）的衡。

〔一八〕玄，黑色。衮（gǔn 滚），王侯所穿綉龍的禮服。舄（xì 戲），鞋。古代貴族穿紅鞋。

〔一九〕鉤膺，套在馬胸前頸上的帶飾。鏤，刻也。鍚（yáng 陽），馬額上的金屬裝飾物，馬走動時發出聲響。

〔二〇〕鞹（kuò 擴），革也，去毛的獸皮。鞃（hóng 宏），古代車的前箱供人依憑的横木名軾，軾上蒙以獸革或漆布名鞃。鞹鞃，即獸革的鞃。淺，借爲虦（zhàn 棧）。《説文》：「虦，虎竊毛謂之虦貓。」竊毛即淺毛。虦即淺毛虎。幭（miè 蔑），車軾上的覆蓋物。淺幭即用虎皮製的幭。

〔二一〕鞗（tiáo 條）革，馬籠頭。厄，通軛，駕在馬頸上其形略如人字的馬具。金厄，黄金色的軛。

〔二二〕祖，借爲徂，往也。舊説：祖是祭祀路神。

〔二三〕屠，地名。胡承珙《毛詩後箋》：「古字屠杜通，當即鄠縣之杜陵耳。」（杜在今陝西西安東）屠疑是顯父的封邑。

〔二四〕顯父，人名。餞，設宴送別。疑韓侯到蹶父的邑去娶妻，路過屠邑，顯父爲他餞行。

〔二五〕殽，肴，葷菜。

〔二六〕炰（páo 袍），烹煮。

〔二七〕蔌（sù速），蔬菜。

〔二八〕蒲，水生植物，嫩蒲可食。

〔二九〕乘馬，四匹馬。路車，貴族所乘的一種車。

〔三〇〕籩，裝果脯的竹器。豆，古代食器，形如高足盤。且（jū居），多貌。

〔三一〕侯氏，指韓侯。燕，通宴，宴飲也。胥，語助詞。

〔三二〕汾王，即厲王。厲王被國人趕跑，住在彘地，彘地在汾水邊，所以周人稱他爲汾王。韓侯的妻是厲王的外甥女。

〔三三〕蹶（guì貴）父，周宣王的大臣，姓姞。《小雅·十月之交》：「蹶維趣馬。」即此人。韓侯的妻是蹶父的女兒。

〔三四〕迎止，迎之。

〔三五〕里，邑也。

〔三六〕兩，借爲輛。彭彭，衆盛貌。

〔三七〕鸞，鈴也。鏘鏘，鈴聲。

〔三八〕不，通丕，大也。

〔三九〕娣，古稱同夫之妾。古代貴族嫁女時往往以女妹或侍女多人陪嫁做妾。

〔四〇〕祁祁，衆多貌。

〔四一〕爛，燦爛有光彩。

〔四二〕韓姞，即韓侯的妻，他姓姞，嫁于韓侯，所以稱爲韓姞。相，看也。攸，所也。此句言蹶父爲他的女兒相看住所，即爲他的女兒找婆家。

〔四三〕訏（xū虛）訏，廣大貌。

〔四四〕魴、鱮，均魚名。甫甫，多貌。

〔四五〕麀（yōu幽），雌鹿。鹿，指雄鹿。噳（yǔ雨）噳，鹿羣相聚貌。

〔四六〕貓，指一種毛色淺淡的虎。

〔四七〕慶，賀也。既，猶取也。令，善也。此句言慶賀取得好住處。

〔四八〕燕，安也。譽，借爲娛，樂也。

〔四九〕溥，大也。韓城，在今河北固安縣東南，今名韓塞營。

〔五〇〕燕，國名。周代有兩個燕國，一爲南燕，故城在今河南汲縣西，國君姓姞，相傳是黄帝的後代。一爲北燕，即今河北大興縣，國君姓姬，召公奭始封於此。此指北燕。師，衆也。此句言韓城是燕國民衆所築。

〔五一〕以，猶自也。

〔五二〕因，依也，有憑借、利用之義。時，此也。百蠻，衆蠻族。此二句言韓國自先祖受周王之命爲侯，是憑借百蠻以成國。

〔五三〕追、貊，都是北方國名。此二句指周王把追貊賜予韓侯，讓韓爲一方諸侯之伯。
〔五四〕奄，猶盡也。此句言北方諸小國都歸附于韓。
〔五五〕以，猶爲也。伯，長也，諸侯之長稱伯。此句言韓侯因而成爲北國諸侯之長。
〔五六〕實，是也。墉，築城牆。壑，掘城壕。
〔五七〕畝，開田畝。籍，收租税。
〔五八〕貔，猛獸，似虎。此八字本一句，言北國貢獻貔皮及赤豹黄熊于韓侯。

江漢

這首詩是西周王朝的文人所作，敍寫周宣王命令召虎領兵征伐淮夷，取得勝利，因而册命召虎，賞賜他土地及圭瓚秬鬯等，酬答他的功勞。召虎乃作簋，銘記其事。

一

江漢浮浮〔一〕，武夫滔滔〔二〕。匪安匪遊〔三〕，淮夷來求〔四〕。既出我車，既設我旟〔五〕。匪安匪舒〔六〕，淮夷來鋪〔七〕。

二

江漢湯湯〔八〕，武夫洸洸〔九〕。經營四方，告成于王。四方既平，王國庶定〔一〇〕。時靡有争，王心載寧〔一一〕。

三

江漢之滸〔一二〕，王命召虎〔一三〕：「式辟四方〔一四〕，徹我疆土〔一五〕。匪疚匪棘〔一六〕，王國來極〔一七〕。于疆于理〔一八〕，至于南海〔一九〕。」

四

王命召虎〔二〇〕，來旬來宣〔二一〕：「文武受命〔二二〕，召公維翰〔二三〕。無曰予小子〔二四〕，召公是似〔二五〕。肇敏戎公〔二六〕，用錫爾祉〔二七〕。

五

釐爾圭瓚〔二八〕，秬鬯一卣〔二九〕。告于文人〔三〇〕，錫山土田。于周受命〔三一〕，自召祖命〔三二〕。」虎拜稽首〔三三〕：「天子萬年！」

六

虎拜稽首：「對揚王休〔三四〕，作召公考〔三五〕。天子萬壽！明明天子，令聞不已〔三六〕。矢其文德〔三七〕，洽此四國〔三八〕。」

【注】

〔一〕江，長江。漢，漢水。浮浮，水流貌。

〔二〕滔，當讀爲䮷。《説文》：「䮷，馬行貌。」䮷䮷，武夫奔馳的狀態。又王引之《經義述聞》：「此二句當作『江漢滔滔，武夫浮浮』。滔滔，廣大貌。浮浮，衆强貌。」

〔三〕匪，非。

〔四〕淮夷，當時住在淮水南部到江蘇一帶的民族。來，王引之説：「來，猶是也。」此句言討伐淮夷。

〔五〕旟，畫有鳥隼的旗，進兵時所用。

〔六〕舒，讀爲豫。豫，娱也。

〔七〕鋪，借爲搏，擊也，伐也。

〔八〕湯（shāng 商）湯，猶蕩蕩，水勢浩蕩。

〔九〕洸（guāng 光）洸，威武貌。

〔一〇〕庶，庶幾，差不多。

〔一一〕載，則也。

〔一二〕滸，水邊。

〔一三〕召虎，召伯，名虎。

〔一四〕式，發語詞。辟，借爲闢。
〔一五〕徹，治也。一説：用徹法徵收地税。
〔一六〕匪，非。疚，病也，災也。棘，急也。此句言不要害民，不要操之過急。
〔一七〕來，猶是也。極，準則。此言以王國爲準則。
〔一八〕于，于是也。疆，修治邊界。理，經理土地。
〔一九〕南海，指今江蘇東部的大海。
〔二〇〕命，册命。
〔二一〕來，猶是也。旬，馬瑞辰《毛詩傳箋通釋》：「旬，讀爲徇。徇，巡也。宣，示也。」此二句言周王在宗廟中册命召虎，宣示衆人。
〔二二〕文武，周文王、武王。受命，受天命爲王。
〔二三〕召公，指召虎之先祖、助武王滅商的召公奭（shì式）。翰，輔翼。此句言召公是文王武王的輔佐大臣。
〔二四〕小子，古語稱年輕人爲小子。此句言不要説我年輕。
〔二五〕似，借爲嗣，繼承也。此句言你當繼承召公。
〔二六〕肇，敏也。肇敏，敏捷迅速。戎，兵戎。公，讀爲工，事也。此句言召虎敏于軍事，即善于用兵之意。

〔二七〕錫，賜。祉，福也。

〔二八〕釐，通賚，賞也。圭瓚，以玉圭爲柄的勺。

〔二九〕秬（jù巨），黑黍。秬鬯（chàng唱），用黑黍和鬱金香草釀成的一種香酒。卣（yǒu有），裝酒器，形如壺，有曲柄。

〔三〇〕文人，有文德之人，指周王的祖先。周王册命諸侯大臣，都在宗廟中舉行，告于祖先。

〔三一〕于周受命，在周王朝接受册命。

〔三二〕召，借爲紹，繼也。祖命，猶祖業。此句告召虎繼承祖先的基業。

〔三三〕稽首，叩頭。

〔三四〕對，報答。揚，宣揚。休，美德。

〔三五〕考，郭沫若《周代彝器進化觀》：「考乃簋之假借字。」簋（guǐ鬼），古代食器，圓口，似今日的飯盆而有圈足。古銅器銘文多作毁。作召公簋，言召虎作祭祀召公的簋器，以資紀念。今存古銅器召伯虎毁有銘文：「用作朕烈祖召公嘗毁。」與詩文所言相合。

〔三六〕令聞，美譽。

〔三七〕矢，通施。

〔三八〕洽，協和也。四國，四方諸侯之國。

常武

周宣王時，徐國叛亂，宣王派大將領兵征伐，取得勝利，平服徐國。這首詩就是敘寫這件事，對于宣王和王師，大力加以贊揚。

一

赫赫明明〔一〕，王命卿士〔二〕，南仲大祖〔三〕，大師皇父〔四〕：「整我六師〔五〕，以脩我戎〔六〕。既敬既戒〔七〕，惠此南國〔八〕。」

二

王謂尹氏〔九〕，命程伯休父〔一〇〕：「左右陳行〔一一〕，戒我師旅〔一二〕。率彼淮浦〔一三〕，省此徐土〔一四〕。不留不處〔一五〕，三事就緒〔一六〕。」

三

赫赫業業〔一七〕，有嚴天子〔一八〕。王舒保作〔一九〕，匪紹匪遊〔二〇〕。徐方繹騷〔二一〕，震驚徐方〔二二〕，如雷如霆，徐方震驚。

四

王奮厥武，如震如怒。進厥虎臣〔二三〕，闞如虓虎〔二四〕。鋪敦淮濆〔二五〕，仍執醜虜〔二六〕。

截彼淮浦〔二七〕，王師之所〔二八〕。

五

王旅嘽嘽〔二九〕，如飛如翰〔三〇〕，如江如漢，如山之苞〔三一〕，如川之流〔三二〕，緜緜翼翼〔三三〕，不測不克〔三四〕，濯征徐國〔三五〕。

六

王猶允塞〔三六〕，徐方既來。徐方既同〔三七〕，天子之功。四方既平，徐方來庭〔三八〕。徐方不回〔三九〕，王曰還歸〔四〇〕。

【注】

〔一〕赫赫，威武貌。此句是描寫周宣王。

〔二〕卿士，西周王朝的執政官，猶如後世之宰相。

〔三〕南仲，人名，周宣王的大臣。大祖，指太祖廟。

〔四〕大師，即太師，官名，主管軍事。皇父，人名，周宣王的大臣。以上三句言宣王在太祖廟中命令卿士南仲和大師皇父。

〔五〕整，整頓。師，周制：二千五百人爲一師。

〔六〕脩，整治。戎，軍隊。

〔七〕敬，借爲警。警戒，即告戒軍隊。
〔八〕惠，加恩也。南國，指南方諸國。因徐國作亂，南國不安，征服了它，南國實受其惠。
〔九〕尹氏，周宣王的大臣，姓尹，名未詳。
〔一〇〕程伯休父，封邑在程邑（今陝西咸陽東）的伯爵，休父是其名。周宣王的大臣。
〔一一〕陳行，列隊。
〔一二〕戒，告也。
〔一三〕率，循也，順也。淮浦，淮水邊。
〔一四〕省，巡視（征討的美稱）。徐，國名，古説國君是伯益的後代，故城在今安徽泗縣北。
〔一五〕處，止也。此句指軍隊前進，不要停止。
〔一六〕三事，似指農、工、商三事。緒，業也。此句指農、工、商各就其業，即命令軍隊不得擾民之意。
〔一七〕業業，舉止有威儀貌。
〔一八〕有，發語詞。嚴，威嚴。
〔一九〕舒，圖謀也。作，讀爲祚，福也。此句指宣王出兵伐徐，是爲了保住王室之福。
〔二〇〕匪，非。紹，鄭箋：「紹，緩也。」此句言軍隊不怠緩，不遊玩。
〔二一〕徐方，徐邦。繹騷，擾動。

〔一二〕震驚徐方，以兵力威嚇徐國。

〔一三〕進，進軍。虎臣，形容將帥之勇猛。

〔一四〕闞（hǎn喊），虎怒貌。闞如，猶闞然。虓（xiāo囂），虎叫。虓虎，猶言嘯虎。

〔一五〕鋪，借爲搏，擊也。敦，迫也。濆（fén墳），水邊高地。此句指進擊淮水邊。其地正是徐國所在。

〔一六〕仍，《釋文》：「仍，本或作扔。」林義光《詩經通解》：「仍讀爲扔。扔，引也。」醜虜，對戰俘的蔑稱。

〔一七〕截，攻取也。

〔一八〕王師之所，指成爲王師駐扎的處所。

〔一九〕嘽（tān灘）嘽，衆盛貌。

〔二〇〕翰，高飛。此句形容王師行動的迅速。

〔二一〕苞，林義光説：「苞，借爲抱。」此句言軍隊駐扎，如山之環抱，不可動搖。

〔二二〕如川之流，指軍隊行動，如大川下流，不可阻擋。

〔二三〕緜緜翼翼，指軍隊陣容浩大連綿不絕。

〔二四〕克，俞樾《羣經平議》：「克，識也。不測謂不可測度，不克謂不可識知。」此句形容王師神出鬼没，敵人不能測知。

〔三五〕濯，林義光說：「濯讀爲逴，遠也。」

〔三六〕猶，同猷，謀也。允，信也，真也。塞，實也，即成爲現實。

〔三七〕同，一致，指歸順王朝。

〔三八〕來庭，來到王庭。

〔三九〕回，猶叛也。

〔四〇〕還歸，指班師還朝。

瞻卬

這是一首譏刺周幽王亂政亡國的詩。幽王寵幸褒姒，信用奸邪，斥逐忠良，種種倒行逆施，弄得天怒人怨，終致亡國。作者也是個受迫害者，因作此詩，諷刺幽王等人，並悲歎自己的不幸。

一

瞻卬昊天〔一〕，則不我惠。孔填不寧〔二〕，降此大厲〔三〕。邦靡有定，士民其瘵〔四〕。
蟊賊蟊疾〔五〕，靡有夷屆〔六〕。罪罟不收〔七〕，靡有夷瘳〔八〕。

二

人有土田，女反有之〔九〕。人有民人，女覆奪之〔一〇〕。此宜無罪，女反收之。彼宜有罪，女覆説之〔一一〕。哲夫成城〔一二〕，哲婦傾城〔一三〕。

三

懿厥哲婦〔一四〕，爲梟爲鴟〔一五〕。婦有長舌，維厲之階〔一六〕。亂匪降自天〔一七〕，生自婦人。匪教匪誨，時維婦寺〔一八〕。

四

鞫人忮忒〔一九〕，譖始竟背〔二〇〕。豈曰不極〔二一〕，伊胡爲慝〔二二〕？如賈三倍〔二三〕，君子是識〔二四〕。婦無公事〔二五〕，休其蠶織〔二六〕。

五

天何以刺〔二七〕？何神不富〔二八〕？舍爾介狄〔二九〕，維予胥忌〔三〇〕，不弔不祥〔三一〕，威儀不類〔三二〕。人之云亡〔三三〕，邦國殄瘁〔三四〕。

六

天之降罔〔三五〕，維其優矣〔三六〕。人之云亡，心之憂矣。天之降罔，維其幾矣〔三七〕。人之云亡，心之悲矣。

七

觱沸檻泉〔三八〕，維其深矣。心之憂矣，寧自今矣〔三九〕。不自我先，不自我後。藐藐昊天〔四〇〕，無不克鞏〔四一〕。無忝皇祖〔四二〕，式救爾後〔四三〕。

【注】

〔一〕卬，通仰。

〔二〕填（chén 陳），通塵，長久。孔填，很久。

〔三〕厲，禍患。

〔四〕瘵（zhài 債），病也。

〔五〕蟊，吃莊稼的害蟲。賊，殘害。此句言蟊蟲爲賊，蟊蟲爲病。

〔六〕夷，語助詞。屆，終極。此二句指奸邪作惡，沒有終了。

〔七〕罟，林義光《詩經通解》：「罟，讀爲辜。」罪辜，指有罪的人。收，拘捕罪人也。

〔八〕瘳（chōu 抽），病瘉。此二句言：王朝對于罪人不加拘捕，則士民之病終無瘉時。

〔九〕女，通汝。

〔一〇〕覆，反也。

〔一一〕説，通脱，開脱。

〔一二〕哲夫，才能識見高於常人的男子漢。

〔一三〕哲婦，指幽王的寵妃褒姒。

〔一四〕懿，通噫，歎息聲。又解：懿或讀爲抑，轉折詞。

〔一五〕梟，相傳長大後食母的惡鳥。鴟（chī 癡），貓頭鷹。

〔一六〕維厲之階，是災禍的根源。

〔一七〕匪，非。

〔一八〕時，是也。寺，寺人，宦官。此二句言不可教不可誨的是婦人和宦官。

〔一九〕鞫，當讀爲宄。《説文》：「宄，姦也，讀若軌。」宄人即奸人。忮，借爲技，巧也。忒（tè 特），邪也。此句言奸人巧于爲惡。

〔二〇〕譖（zèn），讒也。始，當讀爲詒（dài 殆），詒，欺騙。竟，讀爲競。背，猶叛也。此句言奸人進讒騙人，争着作背叛之事。

〔二一〕極，猶甚也。此句指奸人所作之事那能説不甚呢？

〔二二〕伊，猶維也。慝（tè 特），邪惡。此句言爲什麽作邪惡之事呢？

〔二三〕如，猶彼也。賈，作買賣。

〔二四〕君子，指貴族。此二句言：王朝貴族只知道作買賣，獲三倍的利潤。

〔二五〕公，借爲工。工事即工作。

〔二六〕休，停止。蠶織，養蠶紡織。此二句言：貴族婦女無所事事，不蠶不織。

〔二七〕刺，指責。此句問天爲什麽責罰我呢？

〔二八〕富，借爲福。此句問爲什麽神不賜福于我呢？

〔二九〕舍，借爲捨。介，甲也。狄，即夷狄之狄，周人稱西方民族爲狄。

〔三〇〕維，唯也。胥，相也。忌，恨也。此二句言：你放開武裝的狄國不管，只是忌恨我。

〔三一〕弔（dì帝），善也。

〔三二〕威儀，禮節。類，善也。

〔三三〕人，指賢人。云，句中助詞。亡，失去，奔亡。

〔三四〕殄（tiǎn舔）瘁，病困。

〔三五〕罔，林義光説：「罔讀爲荒。降荒猶降災也。」

〔三六〕優，厚也。引申爲嚴重。

〔三七〕幾，危也。

〔三八〕觱（bì必）沸，泉水翻湧貌。檻，借爲濫，泛濫也。泉水泛濫四流爲濫泉。

〔三九〕寧，猶何也。

〔四〇〕藐藐，高遠貌。

〔四一〕克，能也。鞏，《説文》：「鞏，以韋束也。」用韋捆物叫作鞏，有約束、控制之義。此句言天帝雖遠，然而對下土的人没有不能約束控制的。

〔四二〕忝，有愧于。皇祖，祖先。

〔四三〕式，發語詞。爾後，指周王的子孫後代。

召旻

這首詩是幽王時的一個官吏所作，指責幽王昏暴，信用奸邪，政治黑暗。概嘆天災嚴重，犬戎犯邊，深恐王朝即將覆亡。

一

旻天疾威〔一〕，天篤降喪〔二〕。瘨我饑饉〔三〕，民卒流亡〔四〕。我居圉卒荒〔五〕。

二

天降罪罟〔六〕，蟊賊内訌〔七〕。昏椓靡共〔八〕，潰潰回遹〔九〕，實靖夷我邦〔一〇〕。

三

皋皋訿訿〔一一〕，曾不知其玷〔一二〕。兢兢業業，孔填不寧〔一三〕，我位孔貶〔一四〕。

四

如彼歲旱，草不潰茂〔一五〕，如彼棲苴〔一六〕。我相此邦〔一七〕，無不潰止〔一八〕。

五

維昔之富不如時〔一九〕，維今之疚不如茲〔二〇〕。彼疏斯粺〔二一〕，胡不自替〔二二〕？職兄斯引〔二三〕。

六

池之竭矣，不云自頻〔二四〕？泉之竭矣，不云自中〔二五〕？溥斯害矣〔二六〕，職兄斯弘〔二七〕，不烖我躬〔二八〕。

七

昔先王受命〔二九〕，有如召公〔三〇〕。日辟國百里〔三一〕，今也日蹙國百里〔三二〕。於乎哀哉〔三三〕！維今之人，不尚有舊〔三四〕。

【注】

〔一〕旻（mín民）天，猶昊天。疾威，猶暴厲也。

〔二〕篤，厚也，嚴重之意。

〔三〕瘨（diān顛），降災。

〔四〕卒，盡也。

〔五〕圉（yǔ語），邊疆。此句言我們從國中到邊境全皆荒蕪。

〔六〕罟，林義光《詩經通解》：「罟，讀爲辜。」此句言上天降罪于下土的人們。

〔七〕蟊賊，吃莊稼的害蟲，比喻作惡的統治集團。訌（hòng閧），争亂也。

〔八〕昏，亂也。椓，通諑，讒毁。共，疑借爲㤨（gōng工）。《説文》：「㤨，戰慄也。」即恐懼之意。此句言蟊賊之輩昏亂讒毀，無所畏懼。

〔九〕潰潰，昏亂貌。回遹（yù玉），邪僻也。

〔一〇〕靖，圖謀。夷，誅滅。此句言蟊賊之輩是在陰謀覆滅我們國家。

〔一一〕皋皋，通譁譁，欺誑。訿（zǐ紫）訿，誹謗。

〔一二〕玷（diàn店），玉上的斑點。此處用來比喻人的污點。

〔一三〕孔填（chén陳），很久。

〔一四〕貶，低下也。

〔一五〕潰，鄭箋：「潰茂之潰當作彙。彙，茂貌。」按彙茂，同義詞，猶言豐茂。一說：潰，遂也，長成也。

〔一六〕棲，疑借爲穧。《説文》：「穧，穫刈也。」即割莊稼割草之義。苴（chá茶），枯草也。

〔一七〕相，視也。

〔一八〕潰，崩潰。止，語氣詞。

〔一九〕時，是也，指統治集團。此句指古代的富人不像這些富人那樣壞。

〔二〇〕疚，《釋文》：「疚字或作宊。」《説文》：「宊，貧病也。」茲，此也，也指統治集團。此句言現在的窮人也不像這些富人那樣壞。

〔二一〕彼，指人民。疏，借爲蔬，菜也。斯，指統治者。粺（bài敗），精米。此句指人民吃菜，而統治集團吃細糧。

〔二二〕替，廢也。此句言統治集團爲什麼不自己垮台呢？乃詛咒的話。

〔二三〕職，猶此也。兄，讀爲況，情況也。斯，是也。引，延長。此句言這種情況還在延長發展中。

〔二四〕云，句中助詞。頻，通瀕，水邊也。此二句言：池水乾涸，不是從水邊開始嗎？比喻國家滅亡自人民貧困開始。

〔二五〕中，指井泉中。此二句言：泉水乾涸，不是從泉中開始嗎？比喻國家滅亡又自王朝本身腐爛開始。

〔二六〕溥，通普，普遍。此句指國中普遍受到統治集團的殘害。

〔二七〕弘，大也。

〔二八〕不，通丕，大也。烖，同災。躬，身也。

〔二九〕先王，指武王、成王。受命，承受天命。

〔三〇〕如，猶彼也。召公，召公奭，武王、成王的輔臣。

〔三一〕辟，通闢。此三句言：先王時代，有那召公奭，一天開闢國土百里。

〔三二〕蹙，收縮。此句言現在一天喪失國土百里。當指幽王時，犬戎入侵而言。

〔三三〕於乎，即嗚呼。

〔三四〕尚，曾也。舊，指古代統治者。此二句言：現在的統治者不如古人。

周頌

清廟之什

清廟

這篇是周王祭祀宗廟祖先所唱的樂歌。

於穆清廟〔一〕，肅雝顯相〔二〕。濟濟多士〔三〕，秉文之德〔四〕。對越在天〔五〕，駿奔走在廟〔六〕。不顯不承〔七〕，無射於人斯〔八〕。

【注】

〔一〕於（wū烏），贊歎聲。穆，美也，華美。清，清靜。

〔二〕肅雝（yōng 庸），莊重和順。顯，高貴顯赫。相，助祭的人。王祭祀宗廟，由公侯助祭。

〔三〕濟濟，衆多貌。多士，祭祀時擔任各種職務的官吏。

〔四〕秉，懷着，操持。文，周文王。一説：文之德，即文德，屬於文事方面的才德。

〔五〕對越，即對揚，對是報答，揚是宣揚。在天，指祖先在天之靈。

〔六〕駿，迅速。

〔七〕不，通丕，大也。承，美也，善也。此句指多士一個個儀表雍容華貴。

〔八〕射，借爲斁（yì亦），厭惡。斯，語氣詞。此句指人們没有厭惡多士的。

【附録】

注〔五〕對越，王念孫説：「對越猶對揚。《爾雅》曰：『越，揚也。』」（王引之《經義述聞》引）

注〔七〕不顯不承，王引之《經傳釋詞》：「不顯不承，即丕顯丕承。承當讀爲烝。」

維天之命

這篇是周王祭祀周文王的樂歌。

維天之命〔一〕，於穆不已〔二〕，於乎不顯文王之德之純〔三〕。假以溢我〔四〕？我其收之〔五〕。駿惠我文王〔六〕，曾孫篤之〔七〕。

【注】

〔一〕維，借爲惟，思也。

〔二〕於，嗚，慨歎聲。穆，肅敬。不已，不息。

〔三〕於乎，嗚呼，贊歎聲。不，通丕，大也。文王，周文王。周朝王業的基礎是他奠定的。純，大也。

〔四〕假，借爲胡，何也。溢，借爲恤。此句是問文王之神。

〔五〕收，受也。

〔六〕駿，借爲俊，英俊有才能。惠，仁慈。

〔七〕曾，重也。曾孫，自孫以下均稱曾孫。篤，當讀爲續，繼承。

【附録】

注〔四〕假，林義光《詩經通解》：「假讀爲胡，古音同通借。」《左傳·襄公二十九年》引作「何以恤我」。

維　清

這篇也是周王祭祀周文王的樂歌。

維清緝熙〔一〕，文王之典〔二〕。肇禋〔三〕，迄用有成〔四〕，維周之禎〔五〕。

【注】

〔一〕清，清明。緝熙，奮發前進。

〔二〕典，當讀爲德。

〔三〕肇，開闢。禋，當作西土，乃西土二字誤合爲垔，後人又加示旁。周國在西方，所以稱西土。肇西土，言文王開闢了周國的土地。

〔四〕迄，終也。用，以也。

〔五〕禎，吉祥。

【附録】

注〔二〕典，與德古通用，見《周頌·我將》。

注〔三〕肇，借爲肁。《説文》：「肁，始開也。」禋當作西土。西周人稱本國爲西土。《尚書》中《牧誓》、《大誥》、《酒誥》均有此例證。

烈文

這是周王在舉行封建諸侯的儀式時所唱的樂歌。

烈文辟公〔一〕，錫兹祉福〔二〕，惠我無疆〔三〕，子孫保之。無封靡于爾邦〔四〕，維王其崇之〔五〕。念兹戎功〔六〕，繼序其皇之〔七〕。無競維人〔八〕，四方其訓之〔九〕。不顯維德〔一〇〕，百辟其刑之〔一一〕。於乎前王不忘〔一二〕！

【注】

〔一〕烈，光明。文，有文采。辟（bì璧），君也。所封是諸侯，所以稱辟公。

〔二〕錫，賜。茲，此也。祉福，即福也。

〔三〕我，當作戎，形似而誤。戎，爾也。此句指王以爵位土地加惠於你，子孫世襲，傳之無窮。

〔四〕封，借爲泛，濫也。靡，借爲糜，爛也，指生活腐化。

〔五〕崇，尊敬。此二句言：你不要在你的國内胡鬧腐化，那末，王就尊重你。

〔六〕戎，大也。

〔七〕序，馬瑞辰《毛詩傳箋通釋》：「序敍古通用。敍，緒也，業也。」皇，光大。此二句言：你要常想到你曾有大功，應繼承你的事業并發揚光大。

〔八〕維，於也。

〔九〕訓，借爲順（《左傳·襄公二十六年》引作順）。此二句言：你能不與人爭，四方就順從你了。

〔一〇〕不，通丕，大也。

〔一一〕刑，通型，效法也。

〔一二〕於乎，嗚呼。前王不忘，指不忘前代賢王之德。

【附録】

注〔三〕我，當作戎。戎我互誤，《大雅·韓奕》有此例。

天作

這是周王祭祀岐山所唱的樂歌。

天作高山〔一〕，大王荒之〔二〕。彼作矣〔三〕，文王康之〔四〕。彼徂矣〔五〕，岐有夷之行〔六〕，子孫保之。

【注】

〔一〕作，生也。高山，指岐山。

〔二〕大（tài太）王，即文王的祖父古公亶父。荒，居也。周始祖都邰，公劉遷於豳，太王始遷於岐。

〔三〕彼，指太王。作，開墾。

〔四〕康，疑借爲賡，繼續。

〔五〕彼，指文王。徂（cú），通殂，死去。

〔六〕岐，岐山。夷，平坦。行，道路。

【附録】

注〔一〕荒，讀爲㠩。《廣雅·釋詁》："㠩，尻也。"尻即居字。

昊天有成命

這篇是周王祭祀成王所唱的樂歌。

昊天有成命〔一〕，二后受之〔二〕。成王不敢康〔三〕，夙夜基命宥密〔四〕。於緝熙〔五〕，單厥心〔六〕，肆其靖之〔七〕。

【注】

〔一〕昊天，猶蒼天、皇天。成命，定命。

〔二〕后，君也。二后，指文王、武王。受之，接受上帝的成命。

〔三〕成王，名誦，武王之子。康，安樂。

〔四〕基，奉持。基命，奉持天命，即奉持上帝所給的王業。宥，讀爲有，語助詞。密，讀爲勉，努力。

〔五〕於，嗚，歎詞。緝熙，奮發前進。

〔六〕單，通殫，盡也。厥，指成王。

〔七〕肆，遂也，於是。靖，平定。此句言於是成王平定了全國。成王時，有武庚、管叔、蔡叔和徐國、奄國叛亂，周公領兵東征，先後平定叛亂。

【附録】

注〔四〕基，借爲弄。《説文》：「弄，舉也。」兩手舉起，就是奉持。于省吾《詩經新證》：「宥有古通。密應讀作勉。」

我將

《我將》是《大武》舞曲的第一章，敍寫武王在出兵伐殷時，祭祀上帝和文王，祈求他們保佑。《大武》有舞有歌，舞分六場，歌分六章。舞的内容：一場象徵武王帶兵出征，歌《我將》篇；二場象徵滅亡殷國，歌《武》篇；三場象徵征伐南國，歌《賚》篇；四場象徵平服南國，歌《般》篇；五場象徵周公統治東方召公統治西方，歌《酌》篇；六場象徵班師還朝，歌《桓》篇。戰國人説《大武》是武王、周公所作。這六篇原是一篇的六章，今本分爲六篇，而且篇次已錯亂。

我將我享〔一〕，維羊維牛〔二〕，維天其右之〔三〕。儀式刑文王之典〔四〕，日靖四方〔五〕。伊嘏文王〔六〕，既右饗之〔七〕。我其夙夜畏天之威，于時保之〔八〕。

【注】

〔一〕將，奉也。享，獻也。

〔二〕維，以也。

〔三〕右，讀爲佑，保佑。

〔四〕儀式，即法度。刑，通型，效法。典，法則。又解：典，讀爲德。

〔五〕靖，平定。

〔六〕伊，發語詞。嘏，讀爲假，偉大。

〔七〕饗，享受祭祀。

〔八〕于時，於是。保之，保衛自己的國家。周人認爲伐殷就是自衛。

【附録】

（解題）《大武》樂歌六章，我有考釋，見拙作《周頌考釋》。

注〔四〕典，《左傳·昭公六年》及《漢書·刑法志》所引並作德。

時邁

這篇是周王望祭山川時所唱的樂歌。

時邁其邦〔一〕，昊天其子之〔二〕，實右序有周〔三〕。薄言震之〔四〕，莫不震疊〔五〕。懷柔百神〔六〕，及河喬嶽〔七〕。允王維后〔八〕。明昭有周，式序在位〔九〕，載戢干戈〔一〇〕，載櫜弓矢〔一一〕。我求懿德〔一二〕，肆于時夏〔一三〕。允王保之。

【注】

〔一〕時，世也。邁，借爲萬。此句言當今之世有萬國。

〔二〕昊天，皇天。子之，看做兒子。

〔三〕右，讀爲佑，保佑。序，讀爲予，我也。此句言上帝實保佑我周國。

〔四〕薄，迫也。言，讀爲焉。震，以武力威脅。之，指別國。

〔五〕震，驚也。疊，通慴，恐懼。此句言各國無不駭怕。

〔六〕懷柔，安撫。懷柔百神，指望祭各種神。

〔七〕喬嶽，高山。此句言祭及高山大川。

〔八〕允，讀爲似，似借爲嗣。嗣王，後代的王。維，爲也。后，君也。

〔九〕式，發語詞。序，借爲予，當是周王自稱。

〔一〇〕載，乃也。戢，收藏。干，盾也。

〔一一〕櫜（gāo 高），古代盛衣甲或弓箭之囊。此二句指收藏起兵器，表示不再用兵了。

〔二〕懿，美也。

〔三〕肆，施也。時，是也。夏，古稱中國爲夏。此二句言我將以美德施於中國。

【附録】

注〔一〕邁，林義光《詩經通解》：「邁讀爲萬。」

注〔三〕序，林義光説：「序讀爲付予之予。」亨按：序當讀爲予。予，我也，非付予之義。

執競

這篇是周王合祭武王、成王、康王時所唱的樂歌。

執競武王〔一〕，無競維烈〔二〕。不顯成康〔三〕，上帝是皇〔四〕。自彼成康，奄有四方〔五〕，斤斤其明〔六〕。鐘鼓喤喤〔七〕，磬筦將將〔八〕。降福穰穰〔九〕，降福簡簡〔一〇〕。威儀反反〔一一〕。既醉既飽，福禄來反〔一二〕。

【注】

〔一〕執，疑借爲鷙，猛也。競，當借爲勍，强也。鷙勍武王，勇猛强悍的武王。

〔二〕競，争也。維，是也。烈，功績。此句言武王之功業天下莫得而競。

〔三〕不，通丕，大也。成，周成王。康，周康王，名釗，成王之子。

〔四〕皇，美也，嘉也。此句言上帝嘉美贊許成王、康王。

〔五〕奄，爰也，乃也。

〔六〕斤斤，明察貌。

〔七〕喤喤，聲音宏亮和諧。

〔八〕磬，一種打擊樂器。筦，同管，管樂器。將將，聲音盛多。此二句寫祭祀時奏樂。

〔九〕降福，指武王、成王、康王之神降福於祭者。穰（ráng 攘）穰，多貌。

〔一〇〕簡簡，大貌。

〔一一〕威儀，指祭祀的禮節儀式。反反，借爲辨辨，有節有序貌。

〔一二〕反，同返，報答。此二句指武王等之神醉飽之後，以福禄報答祭者。

【附録】

注〔一〕執，借爲鷙。《説文》：「鷙，擊殺鳥也。」鳥猛爲鷙。競，借爲勍。《説文》：「勍，彊也。」

思文

這篇是周王祭祀上帝和后稷，祈禱年穀豐收所唱的樂歌。

思文后稷〔一〕，克配彼天〔二〕。立我烝民〔三〕，莫匪爾極〔四〕，貽我來牟〔五〕。帝命率育〔六〕，無此疆爾界〔七〕，陳常于時夏〔八〕。

【注】

〔一〕思，發語詞。文，指有文德。后稷，周族的始祖，名棄，相傳是堯舜時代的農官。後人奉他爲穀神。（參見《生民》）

〔二〕克，能也。

〔三〕立，成也。烝，衆也。此句指后稷教導人民種穀，使衆民得以生存。

〔四〕匪，非。極，準則。此句言人民種穀皆以你爲準則。

〔五〕貽，遺留。來牟，古時大小麥的統稱。

〔六〕帝，上帝。率，皆也。育，養也。

〔七〕此疆爾界，界限分明之意。此二句指上帝命令周王，一切人都要養育，都要有穀可食。在這一點上没有此國和彼國的界限。

〔八〕陳，宣示。常，指常規、制度。時，是也。夏，古人稱中國爲夏。此句指周王頒布地税制度於中國，使人人有飯吃。

臣工之什

臣工

周王朝有所謂「王耕籍田」之禮。西周是領主封建社會，周王自己有很大一片土地，叫作籍田，由農奴耕種。周王爲了表示重視農業，在春季裏率領王朝的羣臣百官，去耕籍田，每人都扶犁推幾下，就算耕了。然後舉行一次由羣臣百官和農奴的代表都參加的宴會，以示慰勞，叫作勞酒。《臣工》和下篇《噫嘻》都是周成王時舉行此禮在宴會上所唱的樂歌。《臣工》是告戒羣臣百官，《噫嘻》是告戒農奴，所以分爲兩篇，實際是一篇的兩章。

嗟嗟臣工〔一〕！敬爾在公〔二〕。王釐爾成〔三〕，來咨來茹〔四〕。嗟嗟保介〔五〕！維莫之春〔六〕，亦又何求〔七〕？如何新畬〔八〕。於皇來牟〔九〕，將受厥明〔一〇〕。明昭上帝，迄用康年〔一一〕。命我衆人〔一二〕，庤乃錢鎛〔一三〕。奄觀銍艾〔一四〕。

【注】

〔一〕嗟嗟，嘆詞。臣工，羣臣百官。

〔二〕爾，你們，指羣臣百官。在公，爲公家工作。

〔三〕釐，通賚，賞賜。成，成就。

〔四〕咨，詢問。茹，商度。此句言你們遇到問題，要來請示。

〔五〕保介，官名，保衛國王的官，與王同車，坐在王的右邊，所以又名車右。

〔六〕莫，古暮字。暮之春，即暮春，三月。周曆的三月是夏曆的正月。

〔七〕又，讀爲有。

〔八〕畬（yú余），開墾了三年的熟田。新畬，古時實行輪種，種過的田在休閒幾年後再種，故稱新畬。

〔九〕於，嗚，贊歎聲。皇，美也。來牟，大小麥的統稱。此指小麥大麥的種子。

〔一〇〕將，持也，拿着。受，借爲授。厥，其也。明，借爲萌，實借爲氓，古代稱農人爲氓。此句言將麥種交給農奴。

〔一一〕迄，讀爲乞，予也。用，以也。康年，即豐年。此句言上帝將給我們以豐年。

〔一二〕衆人，指農奴。

〔一三〕庤（zhì至），借爲持，拿着。乃，你，指農奴。錢，小鏟子。鎛（bó博），鋤。

〔一四〕奄，爰也，乃也。銍（zhì質），短的鐮刀。艾，通刈，略似現在的剪刀，割莊稼用的。此句言命令農奴檢查一下鐮刀和刈，以備秋天割莊稼使用。

噫嘻

這篇是周成王時舉行親耕籍田之禮在宴會上所唱的樂歌，歌辭是告戒農奴。

噫嘻成王〔一〕，既昭假爾〔二〕。率時農夫〔三〕，播厥百穀〔四〕。駿發爾私〔五〕，終三十里〔六〕。亦服爾耕〔七〕，十千維耦〔八〕。

【注】

〔一〕噫嘻，贊歎聲。成王，是生時的稱呼，不是死後的謚號。

〔二〕昭，明也。假，讀爲嘏（gǔ古），告也。爾，你，指臣民。成王在親耕籍田前，告諭臣民。

〔三〕率，領。時，是也，這些。

〔四〕播，播種。厥，其也。

〔五〕駿，迅速。發，起也，指以犂起土。爾，你，指農奴。私，私田。農奴制，統治者佔有大片土地，叫作公田；農奴有一點土地，叫作私田。農奴爲統治者耕耘收割公田，以勞役作爲私田的地稅，是爲勞役地稅。

〔六〕三十里，公田私田的面積方三十里，共九百方里，每方里九百畝，合計八十一萬畝，這是約數。

〔七〕服，從事。爾耕，指農奴耕種公田。

〔八〕十千，一萬。耦，二人各把一犂，并在一起來耕，叫作耦。據此，農奴有兩萬人同時耕田。兩萬人耕八十一萬畝田，每人要耕八十畝零五分。這也是約數。

【附録】

注〔二〕假，讀爲嘏，告也。詳見《周頌考釋》。

振鷺

這篇是周王設宴招待來朝的諸侯時所唱的樂歌。

振鷺于飛〔一〕，于彼西雝〔二〕。我客戾止〔三〕，亦有斯容〔四〕。在彼無惡〔五〕，在此無斁〔六〕。庶幾夙夜〔七〕，以永終譽〔八〕。

【注】

〔一〕振，羣飛貌。鷺，即白鷺。

〔二〕雝（yōng 雍），即雍，周王設立的培養貴族子弟的學校，四周有河環繞，叫作辟雍，簡稱雍。因在京城的西郊，所以説西雍。

〔三〕客，指來朝的諸侯。戾，至也。止，語氣詞。

〔四〕斯容，指白鷺從容飛翔的狀態。
〔五〕彼，指諸侯的本國。此句言諸侯在他的本國無人憎惡他。
〔六〕此，指周國。斁（yè亦），厭也。此句言諸侯來到周國也沒人討厭他。
〔七〕庶幾，差不多。夙夜，早起晚睡。此句希望諸侯勤于政事。
〔八〕終，借爲衆。此句言諸侯長受衆人的贊揚。

【附録】

注〔八〕終，馬瑞辰《毛詩傳箋通释》：「終與衆古通用。《後漢書·崔駰傳》：『豈可不庶幾夙夜，以永衆譽。』義本三家詩。」

豐年

這篇是周王烝祭宗廟時所唱的樂歌。冬初，糧穀已經入倉。周王用新米的飯、新釀的酒等祭祀祖先，這種祭祀叫作烝。

豐年多黍多稌〔一〕，亦有高廩〔二〕，萬億及秭〔三〕，爲酒爲醴〔四〕，烝畀祖妣〔五〕，以洽百禮〔六〕。降福孔皆〔七〕。

【注】

〔一〕黍，小米。稌（tú途），稻也。

〔二〕廩，米倉。

〔三〕億，周代十萬爲億。及，疑當作乂，古厥字。秭（zǐ子），容量單位，具體數量未詳。萬億厥秭，猶今語萬石億石。

〔四〕醴，甜酒。

〔五〕烝，獻也。畀（bì幣），給予。祖妣，指各代男女祖先。

〔六〕洽，合也。烝祭宗廟，符合百禮所規定。

〔七〕孔，甚也。皆，徧也。此句言神降福很普遍。

【附録】

注〔三〕及，依詩意當作乂，古厥字。秭，當是米穀的量名。《曶鼎銘》：「匡衆乂臣廿夫寇曶禾十秭。……以匡季告東宮。……東宮迺曰：『賞（償）曶禾十秭，遺十秭，爲廿秭。□來歲弗賞，則付卌秭。』……曶尋匡卌秭。」秭是禾的數量名，更爲明確。其數量則未詳。

有瞽

這篇是周王大合樂於宗廟所唱的樂歌。大合樂於宗廟是把各種樂器會合一起奏給祖先聽，爲祖先開個盛大的音樂會。周王和羣臣也來聽。據《禮記·月令》，每年三月舉行一次。

有瞽有瞽〔一〕，在周之庭〔二〕。設業設虡〔三〕，崇牙樹羽〔四〕，應田縣鼓〔五〕，鞉磬柷圉〔六〕，既備乃奏，簫管備舉〔七〕。喤喤厥聲〔八〕，肅雝和鳴〔九〕，先祖是聽。我客戾止〔一〇〕，永觀厥成〔一一〕。

【注】

〔一〕瞽，盲人。此是樂官，周代樂官用盲人充任。

〔二〕庭，指宗廟的大庭。

〔三〕設，陳列。業，懸鼓的木架。虡（jù巨），懸編鐘編磬的木架。

〔四〕崇牙，古時樂器架子橫木上刻如鋸齒狀，用以懸掛一排大小不等的鐘磬，此鋸齒即崇牙。樹羽，在崇牙上插五采羽毛。

〔五〕應，鼓名，有四足，也叫作足鼓。田，鼓名，有木架，也叫作建鼓。一説：應、田，均是小鼓。縣，古懸字。懸鼓，懸掛起來的鼓。

〔六〕鞉（táo桃），摇鼓。磬，用玉或石做的板形打擊樂器。柷（zhù祝），樂器名，形似方斗，木製，以木具擊之作聲。圉（yǔ語），樂器名，形似伏虎，木製，背上刻成鋸齒形，以木具劃之作聲。周人擊柷以引樂，擊圉以止樂。

〔七〕簫，古代的簫似今之排簫。

〔八〕喤喤，聲音宏亮和諧。

〔九〕肅雝，形容聲音和諧。

〔一〇〕戾，至也。止，語氣詞。

〔一一〕成，成功。指樂曲終了。

潛

這篇是周王專用魚祭祀宗廟時所唱的樂歌。

猗與漆沮〔一〕，潛有多魚〔二〕，有鱣有鮪，鰷鱨鰋鯉〔三〕。以享以祀〔四〕，以介景福〔五〕。

【注】

〔一〕猗，讀爲漪，水波動貌。與，借爲歟，語氣詞。漆、沮，都是西周的水名，在今陝西省。

〔二〕潛，藏在水中。一説：潛，讀爲槮，水中積柴以捕魚爲槮。

〔三〕鱣（shān 毡），大鯉魚。鮪（wěi 委），魚名，似鯉。鰷，又名白條魚。鱨，又名揚魚，即黄頰魚。鰋，鮎魚。

〔四〕享，獻也。
〔五〕介，借爲丐，乞求。景，大也。

雝

這篇是周王祭祀宗廟後撤去祭品祭器所唱的樂歌。

有來雝雝〔一〕，至止肅肅〔二〕。相維辟公〔三〕，天子穆穆〔四〕。於薦廣牡〔五〕，相予肆祀〔六〕。假哉皇考〔七〕，綏予孝子〔八〕。宣哲維人〔九〕，文武維后〔一〇〕。燕及皇天〔一一〕，克昌厥後〔一二〕。綏我眉壽〔一三〕，介以繁祉〔一四〕。既右烈考〔一五〕，亦右文母〔一六〕。

【注】
〔一〕有，語助詞。來，指諸侯等來助祭時。雝雝，和也。
〔二〕至，指諸侯等到了宗廟。止，語氣詞。肅肅，敬也。
〔三〕相，助祭的人。辟，君也。辟公，指諸侯。
〔四〕天子，主祭的周王。穆穆，容止端莊恭敬。
〔五〕於，嗚，贊歎聲。薦，進也，獻上。廣，大也。牡，雄牲。
〔六〕予，周王自稱。肆，陳也，指陳列祭品。

〔七〕假，大也。皇考，對已死父親的美稱。
〔八〕綏，安撫。
〔九〕宣，明也。維，爲也。人，指人才。
〔一〇〕后，君也。此二句指周王爲人明哲，才兼文武。
〔一一〕燕，安也。此句言周王能治國利民，使上帝心安。
〔一二〕克，能也。昌，盛大。
〔一三〕綏，賞賜。眉壽，長壽。
〔一四〕介，助也。繁祉，多福。
〔一五〕右，佑也，保佑。烈考，對已死父親的美稱。
〔一六〕文母，有文德的母親。此二句指在天的父母之神都保佑我。

載見

這篇是諸侯來朝，並致祭周武王廟時所唱的樂歌。作於成王時代。

載見辟王〔一〕，曰求厥章〔二〕。龍旂陽陽〔三〕，和鈴央央〔四〕，鞗革有鶬〔五〕，休有烈光〔六〕。率見昭考〔七〕，以孝以享〔八〕，以介眉壽〔九〕。永言保之〔一〇〕，思皇多祜〔一一〕。烈文辟公〔一二〕，綏以多福〔一三〕，俾緝熙于純嘏〔一四〕。

【注】

〔一〕載，乃也。辟王，君王。

〔二〕曰，發語詞。章，典章，法制。

〔三〕陽陽，鮮明貌。

〔四〕和鈴，掛在車軾上的鈴稱和，掛在車衡上的鈴稱鈴。央央，鈴聲。

〔五〕鞗（tiáo 條）革，馬繮繩。鶬，借爲瑲，玉相擊聲。鞗革上綴以玉，馬走則瑲瑲有聲。

〔六〕休，美也。烈，明亮也。

〔七〕率，領也。昭考，指武王。周制，王七廟，太祖居中，在東三廟爲昭，在西三廟爲穆。武王廟爲昭。此句言周王率領來朝的諸侯謁見周武王廟。

〔八〕享，獻祭。

〔九〕介，借爲丐，乞求。眉壽，長壽。

〔一〇〕言，讀爲焉。

〔一一〕思，發語詞。皇，借爲貺（kuàng 況），賜也。祜（hù 户），福也。

〔一二〕烈文，輝煌而有文德。辟公，指諸侯。

〔一三〕綏，賜也。

〔一四〕緝熙，奮發前進。純，大也。嘏（gǔ古），借爲固，堅固。此句言先王使辟公奮發前進達於非常堅固的境地。

【附録】

注〔一四〕純，鄭箋：「純，大也。」嘏，疑借爲固。純固言其家國極其鞏固。《小雅·天保》：「如山如阜，如岡如陵，如川之方至，以莫不增。」「如月之恒，如月之升，如南山之壽，如松柏之茂。」即純固。

有客

這篇是諸侯或其大臣來朝，將要回國，周王設宴餞行時所唱的樂歌。

有客有客〔一〕，亦白其馬。有萋有且〔二〕，敦琢其旅〔三〕。有客宿宿〔四〕，有客信信〔五〕。言授之縶〔六〕，以縶其馬〔七〕。薄言追之〔八〕，左右綏之〔九〕。既有淫威〔一〇〕，降福孔夷〔一一〕。

【注】

〔一〕有，二有字均是語助詞。

〔二〕萋，借爲緀，綢緞上的花紋。且，借爲⿰黹虘（chǔ楚），五采鮮明。此句描寫來客的服飾。

〔三〕敦，通雕。旅，衆也，指客人的隨從。此句指客人的隨從衣服都繡着似雕似琢的花紋。
〔四〕宿，住一夜。宿宿，住二夜。
〔五〕信，住二夜。信信，住四夜。
〔六〕言，讀爲焉，乃也。縶，繩也。
〔七〕縶，此縶字是用繩子絆住馬足。此二句指周王派人用繩子絆住客人的馬，挽留他們。
〔八〕薄，急忙。
〔九〕綏，賜也。此二句指周王派人追上客人，贈賜禮物。
〔一〇〕淫，大也。
〔一一〕孔，甚也。夷，平安。此二句指周王對於諸侯，既有大威，又降以福使他們很平安。恩威並用之意。

【附録】
注〔二〕萋，借爲緀。《説文》：「緀，帛文貌。」且，借爲黼。《説文》：「黼，合五采鮮色。」緀黼與下句「敦琢」義相應。

武

《武》是《大武》舞曲的第二章，敍寫武王伐殷，取得勝利。（第一章爲《我將》）

於皇武王〔一〕，無競維烈〔二〕。允文文王〔三〕，克開厥後〔四〕。嗣武受之〔五〕，勝殷遏劉〔六〕，耆定爾功〔七〕。

【注】

〔一〕於，嗚，贊歎聲。皇，光耀。

〔二〕競，争也。維，以也。烈，功績。周人認爲武王伐殷並非争奪權利，而是止住了殷紂的屠戮生靈。

〔三〕允，誠然，信然。文，有文德。

〔四〕克，能也。此句言文王能爲其子孫開基創業。

〔五〕嗣，繼也。此句言嗣繼的武王接受文王的基業。

〔六〕遏，禁止。劉，殺戮。此句言武王戰勝殷國，止住了屠殺。

〔七〕耆，致也，做到。定，成也。爾，指武王。

閔予小子之什

閔予小子

《閔予小子》、《訪落》、《敬之》、《小毖》四篇，似是一篇的四章，是周成王所作的悔過詩。周武王滅殷，封殷紂王的兒子武庚於殷地，命管叔、蔡叔監視他。武王死，成王立爲王，年幼，由叔父周公代管國政。管叔等散布流言，説周公要篡位，成王也懷疑周公。周公爲了避嫌，領兵到東方去了。不久，武庚、管叔、蔡叔和徐國、奄國背叛周王朝，成王覺悟，迎回周公。周公領兵東征，平了叛亂。成王在武庚等叛變以後，認識到自己懷疑周公的錯誤，因作這篇詩，表示悔過，以告於文王武王宗廟。詩分四章，今本《周頌》誤分爲四篇。

閔予小子〔一〕，遭家不造〔二〕，嬛嬛在疚〔三〕。於乎皇考〔四〕！永世克孝〔五〕。念茲皇祖〔六〕，陟降庭止〔七〕。維予小子，夙夜敬止。於乎皇王〔八〕！繼序思不忘〔九〕。

【注】

〔一〕閔，通憫，憐念。小子，成王年幼，自稱小子。

〔二〕造，當讀爲穀，吉。不穀即不吉、不幸。

〔三〕嬛（qióng窮）嬛，孤獨憂傷貌。疚，病也，災難。

〔四〕於乎，嗚呼，歎息聲。皇考，指武王。

〔五〕永世，一輩子。克，能也。

〔六〕茲，此也。皇祖，指文王。

〔七〕陟（zhì至），升也。止，語氣詞。此句言文王之神常常升降於王庭。

〔八〕皇王，兼指文王、武王。

〔九〕序，緒也，業也。此句言不忘繼承文武的事業。

訪落

這篇也是周成王所作的悔過告廟的詩。

訪予落止〔一〕，率時昭考〔二〕。於乎悠哉〔三〕，朕未有艾〔四〕，將予就之〔五〕，繼猶判渙〔六〕。維予小子〔七〕，未堪家多難。紹庭上下〔八〕，陟降厥家〔九〕。休矣皇考〔一〇〕，以明保其身〔一一〕。

【注】

〔一〕予，成王自稱。落，借爲略，謀略，策略。止，語氣詞。

〔二〕率，遵循。時，是也。昭考，指武王。此二句言：問我的謀略，只有遵循武王。

〔三〕於乎，嗚呼，歎息聲。悠，憂也。

〔四〕朕，我也。艾，相也，輔佐。

〔五〕將，扶也。就，趨赴。此二句言：我没有輔佐，扶助我走上武王的道路上來。

〔六〕猶，同猷，謀略。判渙，徘徊不進。此句言我要繼承武王的謀略，但尚徘徊不進。

〔七〕小子，成王年幼，自稱小子。
〔八〕紹，借爲詔，告也。上下，指上下級衆官吏。
〔九〕陟（zhì至），升也。由家上朝爲陟，下朝回家爲降。此句告戒百官按時理政。
〔一〇〕休，美也。皇考，指武王。
〔一一〕明，察也。此句言武王在保佑百官。

【附録】

注〔四〕艾，按《爾雅·釋詁》：「艾，相也。」
注〔一一〕明，林義光《詩經通解》：「明，亦保也。」可備一説。

敬之

這也是周成王所作的悔過告廟的詩。

敬之敬之，天維顯思〔一〕，命不易哉〔二〕。無曰高高在上〔三〕，陟降厥士〔四〕，日監在兹〔五〕。維予小子〔六〕，不聰敬止〔七〕。日就月將〔八〕，學有緝熙于光明〔九〕。佛時仔肩〔一〇〕，示我顯德行〔一一〕。

【注】

〔一〕維，是也。顯，明察。思，語氣詞。

〔二〕命不易，指天命不易常保不變。

〔三〕高高在上，指上帝高在天上。

〔四〕陟，升也。厥，其也，指上帝。士，指上帝的使者。此句言上帝常派他的使者升降於天地之間。

〔五〕監，察。茲，此也。此句言上帝的使者天天在這裏監察我們。

〔六〕小子，成王年幼，自稱小子。

〔七〕敬，讀爲警。止，語氣詞。此句言我不聰明，不警惕（指誤信管蔡的流言）。

〔八〕就，前往。將，行也。

〔九〕緝熙，奮發前進。此二句言：我將奮發學習，堅持不懈，以期至於心明眼亮。

〔一〇〕佛（bì必），通弼，大也。時，是也。仔肩，負擔責任。此句言重大呀，我的這個責任。

〔一一〕顯，明也。此句指請羣臣示我以光明之德行。

小毖

這也是周成王所作的悔過告廟的詩。

予其懲而毖後患〔一〕，莫予荓蜂〔二〕，自求辛螫〔三〕。肇允彼桃蟲〔四〕，拚飛維鳥〔五〕，未堪家多難，予又集于蓼〔六〕。

【注】

〔一〕予，成王自稱。懲，戒也，警戒以往的錯誤。毖，謹慎。

〔二〕荓，借爲抨，擊也。莫予荓蜂，即予莫荓蜂。

〔三〕辛螫（zhē遮），毒蟲刺人。此二句言：我不要去打蜂，自己招致蜂子的刺螫。比喻不去討伐武庚管蔡等，自己招致禍亂。

〔四〕肇，發語詞。允，讀爲似。桃蟲，鳥名，極小，又名鷦鷯。

〔五〕拚（fān翻），通翻，上下飛翔。成王把自己比作小鳥，表示他年幼。

〔六〕蓼，水草名，高二三尺，莖有節，秋天開紅白花，根莖葉均有辣味。成王以桃蟲落在蓼上比喻自己落入困境，所以要迎回周公。

載芟

這篇是周王在秋收以後，用新穀祭祀宗廟時所唱的樂歌。

載芟載柞〔一〕，其耕澤澤〔二〕。千耦其耘〔三〕，徂隰徂畛〔四〕。侯主侯伯〔五〕，侯亞侯旅〔六〕，侯彊侯以〔七〕。有嗿其饁〔八〕，思媚其婦〔九〕，有依其士〔一〇〕。有略其耜〔一一〕，俶載南畝〔一二〕。播厥百穀，實函斯活〔一三〕。驛驛其達〔一四〕，有厭其傑〔一五〕。厭厭其苗〔一六〕，緜緜其麃〔一七〕。載穫濟濟〔一八〕，有實其積，萬億及秭〔一九〕。爲酒爲醴〔二〇〕，烝畀祖妣〔二一〕，以洽百禮〔二二〕。有飶其香〔二三〕，邦家之光。有椒其馨〔二四〕，胡考之寧〔二五〕。匪且有且〔二六〕，匪今斯今，振古如兹〔二七〕。

【注】

〔一〕載，乃也。芟，除草。柞，砍樹。

〔二〕澤澤，讀爲釋釋，土解開貌。

〔三〕耦，二人並耕。

〔四〕徂，往也。隰(xí席)，新開墾的田。畛，田間小路。

〔五〕侯，發語詞。主，指農奴的家長。伯，長子。

〔六〕亞，次也，指長子以下的兄弟們。旅，衆也，指晚輩。

〔七〕彊，當讀爲臧，男奴。以，當作⿰亻女。⿰亻女是古奴字，指女奴。

〔八〕嗿(tǎn坦)，衆食聲。饁(yè葉)，送到田間的飲食。

〔九〕思，發語詞。媚，美好。

〔一〇〕依，衆多。士，男子的通稱。
〔一一〕略，通䂮，鋒利。耜（sì飼），犂頭。
〔一二〕俶，起土。載，翻草。
〔一三〕實，指種籽。函，含也，穀種含在土裏。斯，乃也。
〔一四〕驛驛，讀爲繹繹，接連不斷。達，幼苗冒出地面的樣子。
〔一五〕厭，美好貌。傑，特出的禾苗。
〔一六〕厭厭，禾苗整齊茂盛貌。
〔一七〕緜緜，連綿不斷貌。麃（biāo鑣），借爲穮（biāo標），禾穀的稍末叫作穮，即穗。
〔一八〕濟濟，衆多貌。
〔一九〕億，周代十萬爲億。及，當作乂，古厥字，其也。秭，米穀的量名。
〔二〇〕醴，甜酒。
〔二一〕烝，獻上。畀（bì必），給予。
〔二二〕洽，合也。
〔二三〕飶（bì必），食物的香氣。
〔二四〕椒，香氣濃厚。馨，散播很遠的香氣。
〔二五〕胡考，壽考。寧，安寧。豐收則老年人安寧。

〔二六〕匪，非。且，此也，指祭事。此句指不是從我們這次才有祭事，以往早就有的。

〔二七〕振古，自古。此二句言：不是今天如此，而是自古以來即如此做的。

【附録】

注〔七〕彊，以，當指奴隸。彊，讀爲臧。《方言》三：「臧獲，奴婢賤稱也。荆淮海岱雜齊之間，罵奴曰臧，罵婢曰獲。」以，當作佁，形似而誤。《説文》：「佁，古文奴。」奴與伯、旅押韻。

注〔一〇〕依，王引之《經義述聞》：「依之言殷也。」依當讀爲殷。《廣雅·釋詁》：「殷，衆也。」

良耜

這篇是周王在秋收以後，用新穀祭祀社（土神）稷（穀神）所唱的樂歌。

畟畟良耜〔一〕，俶載南畝〔二〕。播厥百穀，實函斯活〔三〕。或來瞻女〔四〕，載筐及筥〔五〕。其饟伊黍〔六〕，其笠伊糾〔七〕。其鎛斯趙〔八〕，以薅荼蓼〔九〕。荼蓼朽止〔一〇〕，黍稷茂止。穫之挃挃〔一一〕，積之栗栗〔一二〕。其崇如墉〔一三〕，其比如櫛〔一四〕。以開百室〔一五〕，百室盈止，婦子寧止。殺時犉牡〔一六〕，有捄其角〔一七〕。以似以續〔一八〕，續古之人〔一九〕。

【注】

〔一〕畟（cè測）畟，耕犂翻土前進貌。

〔二〕俶，起土。載，翻草。

〔三〕實，指種籽。函，含也。穀種含在土裏。斯，乃也。

〔四〕瞻，借爲䬯(niān拈)，拿飯給人吃。女，汝。

〔五〕載，持也。筐、筥(jǔ舉)，方筐稱筐，圓筐稱筥。

〔六〕饟，即餉，送來的食物。伊，是也。

〔七〕笠，笠帽。糾，編織貌。

〔八〕鎛(bó博)，鋤也。趙，讀爲削，鋒利。

〔九〕薅(hāo蒿)，除草。荼，草名。蓼，草名。

〔一〇〕朽，腐爛。止，語氣詞。

〔一一〕挃(zhì至)挃，割莊稼的聲音。

〔一二〕栗栗，衆多。

〔一三〕墉，城牆。

〔一四〕比，密也。櫛，今名篦子。此句言莊稼垛密密地排列如篦齒一般。

〔一五〕室，指裝糧食的屋子。

〔一六〕時，是也，這個。犉(rún)，牛七尺爲犉。牡，公牛。

〔一七〕捄，借爲觓，獸角彎曲貌。

〔一八〕似，借爲嗣，繼續。

〔一九〕古之人，指社神和稷神。社神名后土，原是古代在治土方面有貢獻的人。稷神名后稷，原是古代在種穀方面有貢獻的人。後人治土種穀要效法他們，所以説續古之人。

【附録】

注〔一六〕犉，馬瑞辰《毛詩傳箋通釋》：「《爾雅·釋畜》：『牛七尺爲犉。』」

絲衣

這篇是周王舉行養老之禮所唱的樂歌。周王每年設宴請貴族和士階層的老年人吃一次，叫作養老。

絲衣其紑〔一〕，載弁俅俅〔二〕。自堂徂基〔三〕，自羊徂牛〔四〕，鼐鼎及鼒〔五〕。兕觥其觩〔六〕。旨酒思柔〔七〕。不吳不敖〔八〕，胡考之休〔九〕。

【注】

〔一〕紑（fōu），衣服鮮潔貌。

〔二〕載，借爲戴。弁，一種帽子，圓頂，革或布製。俅俅，恭順貌。此二句寫周王的衣帽。

〔三〕徂，往也。基，牆根。

〔四〕自羊徂牛，指周王巡視供食用的牛羊。

〔五〕鼐，疑當作鼏（mì密），形似而誤，蓋覆也。鼒（zī資），小鼎。此句言周王親手蓋一蓋大鼎小鼎。

〔六〕兕觥（gōng肱），一種飲酒器，形似伏着的兕牛。觩，獸角彎曲貌。

〔七〕旨酒，美酒。思，猶斯也。柔，酒味柔和。

〔八〕吴，大聲説話。敖，借爲傲，傲慢。此句指周王特別尊敬老人。

〔九〕胡考，壽考。休，美也。

【附録】

注〔五〕此句無動詞，不成一句。鼐當作鼏。玉篇：「鼏，鼎蓋也。」此用做動詞，即把鼎蓋上。

酌

《酌》是《大武》舞曲的第五章，敍寫周公召公領兵伐殷，取得勝利的事。

於鑠王師〔一〕，遵養時晦〔二〕。時純熙矣〔三〕，是用大介〔四〕。我龍受之〔五〕。蹻蹻王之造〔六〕，載用有嗣〔七〕，實維爾公允師〔八〕。

【注】

〔一〕於，嗚，歎息聲。鑠（shuò 朔），通爍，輝煌。

〔二〕遵，屯聚。遵養，把兵屯聚起來加以教養訓練。時晦，時代黑暗，指殷紂王統治末年。此句指王師屯聚不動而養之，由於那個時代是黑暗的。

〔三〕純，大也。熙，光明。

〔四〕介，疑借爲捷，勝也。大捷，指打敗殷紂王。一説：介，善也，吉也。大介即大吉，指取得巨大勝利。

〔五〕我，武王自稱。龍，借爲寵，榮也。受之，承受殷朝的王業。

〔六〕蹻蹻，勇武貌。造，讀爲曹，衆也。指士兵。

〔七〕載，乃也。嗣，讀爲司。有司，文武官吏的通稱。此句指武王任命王師的將官。

〔八〕爾，你。爾公，指周公、召公。允，當作充，形近而誤，充借爲統。統師，統領王師。武王伐殷，統領周兵的將帥是周公、召公，周和庸、蜀、羌、髳、微、盧、彭、濮的聯軍統帥當是吕望（姜太公）。

【附録】

注〔二〕遵，借爲僔。《説文》：「僔，聚也。」

注〔八〕允，當作充。充借爲統。充、統古通用。《禮記·儒行》：「不充詘於富貴。」鄭注：

「充或爲統。」便是例證。

桓

《桓》是《大武》舞曲的第六章，敘寫武王滅殷平南後班師還朝的太平景象。

綏萬邦〔一〕，婁豐年〔二〕。天命匪解〔三〕。桓桓武王〔四〕，保有厥士〔五〕，于以四方〔六〕，克定厥家〔七〕。於昭于天〔八〕，皇以間之〔九〕。

【注】

〔一〕綏，安也。

〔二〕婁，讀爲屢（《左傳・宣公十二年》引作屢）。

〔三〕匪，非。解，離去。此句言天命不離開周朝。

〔四〕桓桓，威武貌。

〔五〕士，當作土，形似而誤。

〔六〕以，有也。有四方是説征服了別國。

〔七〕克，能也。

〔八〕於，嗚，歎息聲。昭，明。于，猶乎。

〔九〕皇，顯明。閒，監察。

【附録】

注〔五〕士，惠棟《毛詩古義》：「士當爲土之誤字。」馬瑞辰《毛詩傳箋通釋》同。

注〔九〕皇，借爲煌，明也。閒借爲瞯。視也。

賚

《賚》是《大武》舞曲的第三章，敍寫武王征伐南國是爲了天下太平。

文王既勤止〔一〕，我應受之〔二〕。敷時繹思〔三〕，我徂維求定〔四〕。時周之命〔五〕，於繹思〔六〕。

【注】

〔一〕止，語氣詞。

〔二〕我，武王自稱。應，承也。此句言我承受文王的基業。

〔三〕敷，讀爲普。時，世也。繹，借爲懌，喜悦。思，語氣詞。此句言普天下都喜悦周朝。

〔四〕徂，往也。此句言我前往征伐南國，是求天下安定。

〔五〕時，借爲承，奉也。

〔六〕於，嗚，贊嘆聲。此二句指各國遵奉周朝的命令，是心悦誠服的。

【附録】

注〔三〕敷，林義光《詩經通解》：「敷借爲溥。溥，普也。」繹，借爲懌，喜悦也。繹懌古通用，《大雅·板》「辭之懌矣」。《説苑·善説》引懌作繹，便是例證。

注〔五〕時，馬瑞辰《毛詩傳箋通釋》：「時與承古通用。」《説文》：「承，奉也。」

般

《般》是《大武》舞曲的第四章，敍寫武王平服南國後大一統的景象。

於皇時周〔一〕，陟其高山〔二〕，墮山喬嶽〔三〕，允猶翕河〔四〕。敷天之下〔五〕，裒時之對〔六〕，時周之命〔七〕。

【注】

〔一〕於，嗚，贊歎聲。皇，大也。時，是也。

〔二〕陟（zhì至），登也。

〔三〕墮（duò剁），狹長的小山。喬，高大。

〔四〕允，借爲沇（yǎn兖），水名，濟水的别稱。猶，借爲湭（qiú酋），水名，在西周境内。翕

（xī），合也。河，黄河。沇湝二水都流入黄河，所以説沇湝翕河。上三句言：登上西周的高山一望，便望見小山高岳、東方的沇水和西方的湝水滙合於黄河。此寫周國幅員的廣闊。

〔五〕敷，讀爲普。

〔六〕裒（póu抔），包括。時，世也。對，封疆，邊界。裒時之對，包括當今各諸侯國的疆界。

〔七〕時，借爲承，奉也。

【附録】

注〔四〕允、猶，都應是水名。允借爲沇。《尚書·禹貢》：「導沇水東流爲濟，入于河。」是沇即濟水的上游。猶借爲湝。《集韻》：「湝，水名，在雍州。」

注〔六〕裒，即古褎字。用衣裹物爲褎，即包括之包。對，封疆也。

魯頌

駉

這是魯僖公的大臣所作的養馬歌，描寫公家馬的盛壯，並警告養馬的官吏和奴僕要好好地養馬。

一

駉駉牡馬[一]，在坰之野[二]。薄言駉者[三]：有驈有皇[四]，有驪有黄[五]，以車彭彭[六]。思無疆[七]，思馬斯臧[八]。

二

駉駉牡馬，在坰之野。薄言駉者：有騅有駓[九]，有騂有騏[一〇]，以車伾伾[一一]。思無期[一二]，思馬斯才[一三]。

三

駉駉牡馬，在坰之野。薄言駉者：有驒有駱〔一四〕，有駵有雒〔一五〕，以車繹繹〔一六〕。思無斁〔一七〕，思馬斯作〔一八〕。

四

駉駉牡馬，在坰之野。薄言駉者：有駰有騢〔一九〕，有驔有魚〔二〇〕，以車祛祛〔二一〕。思無邪〔二二〕，思馬斯徂〔二三〕。

【注】

〔一〕駉(jiōng 扃)駉，馬肥壯貌。牡，《釋文》：「牡本或作牧。」《顏氏家訓·書證》：「江南書皆爲牝牡之牡，河北本悉爲放牧之牧。」按當作牧馬，即放牧的馬。

〔二〕坰(jiōng 扃)，遥遠也。迥之野，遥遠的野地。

〔三〕薄，《廣雅·釋詁》：「薄，聚也。」言，讀爲焉。薄焉即聚而成羣。

〔四〕驈(yù 浴)、皇，毛傳：「驪馬白跨(胯)曰驈。黄白曰皇。」亨按：此説很難理解。驈之名疑出于鷸。《爾雅·釋鳥》：「翠，鷸。」鷸即翡翠的别名。馬的毛色似翡翠，所以名鷸。皇之名疑出于蝗。蝗蟲灰黄色。馬的毛色似蝗，所以名蝗。

〔五〕驪，純黑色的馬。黄，純黄色的馬。

〔六〕以車，猶拉車。彭彭，馬强壯有力貌。

〔七〕思無疆，指養馬者想要永遠保持子孫世襲的利益，把馬養好，以免失去職位。

〔八〕斯，猶之也。下三章同。臧，善也。此句指牧馬者一心想把馬養好。

〔九〕騅（zhuī追）、駓，毛傳：「蒼白雜毛曰騅。黄白雜毛曰駓。」亨按：騅之名疑出于鵻，鵻即鴿子，色蒼白。馬的毛色似鵻，所以名騅。駓之名疑出于羆，駓羆一聲之轉。《爾雅・釋獸》：「羆如熊，黄白文。」馬的毛色似羆，所以名駓。

〔一〇〕騂（xīn辛），赤色馬。騏，青黑色有如棋盤格子紋的馬。

〔一一〕伾伾，有力貌。

〔一二〕無期，猶無疆也。

〔一三〕才，才能。

〔一四〕驒（tuó駝）、駱，毛傳：「青驪驎（鱗）曰驒。白馬黑鬣曰駱。」亨按：驒之名出于鼉。《説文》：「驒，青驪白鱗，文如鼉魚。」駱之名出于鷺。馬身的毛色白似鷺，所以名駱。

〔一五〕駵（liú留）、雒（luò洛），毛傳：「赤身黑鬣曰駵。黑身白鬣曰雒。」亨按：駵與騮同。騮之名出于榴。馬身的毛色紅似榴花，所以名駵。雒之名疑出于燕烏。《小爾雅・釋鳥》：「純黑而反哺者謂之烏，小而腹下白、不反哺者謂之雅烏，白項而羣飛者謂之燕烏。」燕烏合音爲雒（古音）。雒馬的毛色似燕烏，所以名雒。

〔一六〕繹繹，善走也。

〔一七〕斁（yè亦），厭也。思無斁，指牧馬者思想上始終不厭倦。

〔一八〕作，生也。此句言牧馬者希望馬大量繁殖。

〔一九〕駰、騢（xiá霞），毛傳：「陰（黔）白雜毛曰駰，彤白雜毛曰騢。」亨按：駰之名出于羥。《說文》：「羥，黑羊。」駰馬黑色雜有白毛，成淺黑色，似羥羊，所以名駰。騢之名出于霞，霞是赤色夾有白色。騢的毛色似霞，所以名騢。

〔二〇〕驔（diàn店），《說文》：「驔，驪馬黃脊。」亨按：驔之名疑出于鱏（xún旬）。《玉篇》：「鱏，鮪也。」陸疏：「鮪，似鱣而青黑。」蓋鮪魚頸上有鰭，黃色。驔的毛色似鱏，所以名驔。魚，當是馬灰白色而有魚鱗文，所以名魚。

〔二一〕祛祛，毛傳：「祛祛，强健也。」

〔二二〕邪，指養馬者盜賣馬草馬料的行爲。《商君書·楚使》：「今夫騶虞以相監，不可，事合而利異也。若使馬焉能言，則騶虞無所逃其惡矣，利異也。」騶虞即養馬的官，其惡就是騶虞盜賣馬草馬料的行爲。思無邪，言養馬者不作這種邪事。

〔二三〕徂，借爲駔（zǔ），駿馬也。

有駜

這首詩描寫貴族官僚辦事與宴飲的生活，有頌德祝福的意味。

一

有駜有駜〔一〕，駜彼乘黄〔二〕。夙夜在公〔三〕，在公明明〔四〕。振振鷺〔五〕，鷺于下〔六〕。鼓咽咽〔七〕，醉言舞〔八〕。于胥樂兮〔九〕。

二

有駜有駜，駜彼乘牡〔一〇〕。夙夜在公，在公飲酒。振振鷺，鷺于飛。鼓咽咽，醉言歸。于胥樂兮。

三

有駜有駜，駜彼乘駽〔一一〕。夙夜在公，在公載燕〔一二〕。自今以始，歲其有〔一三〕，君子有穀詒孫子〔一四〕。于胥樂兮。

【注】

〔一〕駜（bì必），馬肥壯力强貌。

〔二〕乘，四馬爲乘。黄，黄馬。

〔三〕公，辦公的處所。

〔四〕明明，明察也。又王念孫説：「明明，勉也。」（王引之《經義述聞》引）也通。

〔五〕振振，羣飛貌。

〔六〕鷺于下，白鷺翩然向水邊飛去。
〔七〕咽咽，形容有節奏的鼓聲。
〔八〕言，猶焉。醉焉舞，猶醉而舞。
〔九〕于，當讀爲吁。胥，皆也。
〔一〇〕牡，公馬。
〔一一〕駽（xuān宣），青黑色的馬。
〔一二〕載，猶則也。燕，通宴。
〔一三〕有，豐收。
〔一四〕穀，俸禄也。詒，通貽，留給。此句言貴族有禄位留給子孫。

泮水

這是歌頌魯僖公的詩。主要内容是魯僖公派兵征伐淮夷，取得勝利；羣臣在泮宫報告戰功，淮夷派使者來朝進貢。詩人大力頌揚僖公的才略與美德。

一

思樂泮水〔一〕，薄采其芹〔二〕。魯侯戾止〔三〕，言觀其旂〔四〕。其旂茷茷〔五〕，鸞聲噦噦〔六〕。無小無大〔七〕，從公于邁〔八〕。

二

思樂泮水，薄采其藻〔九〕。魯侯戾止，其馬蹻蹻〔一〇〕。其馬蹻蹻，其音昭昭〔一一〕。載色載笑〔一二〕，匪怒伊教〔一三〕。

三

思樂泮水，薄采其茆〔一四〕。魯侯戾止，在泮飲酒。既飲旨酒，永錫難老〔一五〕。順彼長道，屈此羣醜〔一六〕。

四

穆穆魯侯〔一七〕，敬明其德〔一八〕，敬慎威儀，維民之則〔一九〕，允文允武〔二〇〕，昭假烈祖〔二一〕。靡有不孝〔二二〕，自求伊祜〔二三〕。

五

明明魯侯，克明其德。既作泮宮，淮夷攸服〔二四〕。矯矯虎臣〔二五〕，在泮獻馘〔二六〕。淑問如皋陶〔二七〕，在泮獻囚。

六

濟濟多士〔二八〕，克廣德心〔二九〕。桓桓于征〔三〇〕，狄彼東南〔三一〕。烝烝皇皇〔三二〕，不吳不揚〔三三〕。不告于訩〔三四〕，在泮獻功。

七

角弓其觩〔三五〕，束矢其搜〔三六〕。戎車孔博〔三七〕，徒御無斁〔三八〕。既克淮夷〔三九〕，孔淑不逆〔四〇〕。式固爾猶〔四一〕，淮夷卒獲〔四二〕。

八

翩彼飛鴞〔四三〕，集于泮林〔四四〕，食我桑黮〔四五〕，懷我好音〔四六〕。憬彼淮夷〔四七〕，來獻其琛〔四八〕，元龜象齒〔四九〕，大賂南金〔五〇〕。

【注】

〔一〕思，發語詞。泮水，古時學宫前的水池，狀如半月形。舊説：諸侯所設的貴族學校叫泮宫。泮宫東西門以南有水池，以北築牆。一半有水，所以呼爲泮宫。亨按：根據記載，只魯國有泮水，别國没有。

〔二〕薄，急忙也。芹，水芹菜。

〔三〕戾，至也。止，語氣詞。

〔四〕言，猶爰，乃也。旂，一種畫有蛟龍的旗。

〔五〕茷（pèi配）茷，旌旗飄動貌。

〔六〕鸞，通鑾，車鈴。噦（huì 濊）噦，有節奏的鈴聲。

〔七〕無小無大，指不論小官大官。

〔八〕公，指魯僖公。于，猶以也。邁，行也。此二句指小大官員都跟着僖公走。

〔九〕藻，水藻。

〔一〇〕蹻蹻，馬强壯勇武貌。

〔一一〕其音，指魯侯的語聲。昭昭，響亮也。

〔一二〕載，猶則也。色，和顔悦色。

〔一三〕匪，非。伊，是也。此句言魯侯不是對人發怒，而是教訓大家。

〔一四〕茆（mǎo 卯），水草名，嫩葉可食，江南呼爲蓴（chún 純）菜。

〔一五〕錫，賜。難老，不易老，即長壽。

〔一六〕屈，征服。醜，古語呼敵人爲醜，此指淮夷。此二句言：魯侯派兵順着通往淮夷的大道，征服了淮夷。

〔一七〕穆穆，儀表美好，容止端莊恭敬。

〔一八〕敬，古語所謂敬常是努力之義。此句言魯侯努力修明其德行。

〔一九〕則，法則，榜樣。

〔二〇〕允，猶能也。

〔一一〕昭，猶禱也。假，借爲嘏，福也。烈，通列。列祖，列代祖先。

〔一二〕靡有不孝，指對列祖無不孝敬。

〔一三〕伊，猶此也。祜（hù户），福也。

〔一四〕淮夷，古族名，周時分布於今淮河下游一帶。攸，乃也。此二句言在泮宮築成的時候，淮夷降服。

〔一五〕矯矯，勇武貌。

〔一六〕馘（guó國），古代戰争割下敵屍的左耳以計功叫馘，此指所割下的左耳。

〔一七〕淑，善也。問，指審訊俘虜。皋陶（yáo遥），相傳是堯舜時代的掌刑獄的官。

〔一八〕濟濟，衆多貌。多士，衆戰士。

〔一九〕克，能也。德心，善意也。

〔二〇〕桓桓，威武的樣子。于，往也。征，指征伐淮夷。

〔二一〕狄，當作剔，剪除也。東南，指淮夷。

〔二二〕烝烝皇皇，美盛貌。此句是刻畫多士。

〔二三〕吳，《释文》引王肅《毛詩音》吳作誤。不誤，言戰略戰術不錯誤。揚，借爲傷。不傷言在戰争中不損兵折將。

〔二四〕告，疑借爲造，至也。訩，當讀爲凶。不造于凶，言在戰争中不至于失敗而遭凶禍。

〔三五〕角弓，兩頭鑲有牛角的弓。觩，弓彎曲的樣子。
〔三六〕束矢，一捆箭。搜，矢多貌。一説：矢勁貌。
〔三七〕戎車，兵車。孔博，很大。一説：博，多也。
〔三八〕徒，步兵。御，車夫。斁（dù妒），敗也。
〔三九〕克，勝也。
〔四〇〕逆，不順也。此句言軍事行動很成功，没有不順利。
〔四一〕式，猶乃也。猶，同猷，謀也。此句言堅定你的謀劃。
〔四二〕卒，終也。獲，得也。此句言淮夷終被收服。
〔四三〕鴞（xiāo枵），貓頭鷹。
〔四四〕泮林，泮宫中的樹林。
〔四五〕黮，通葚，桑果也。
〔四六〕懷，借爲饋，贈予也。音，指鴞的鳴聲。鴞音本不好，此言懷我好音，有改惡向善之意。以上四句以鴞鳥集于泮林比喻淮夷來朝于魯，以鴞鳥食我桑黮比喻淮夷使者受魯國的款待，以鴞鳥懷我好音比喻淮夷向魯國説順服的話。
〔四七〕憬，覺悟也。
〔四八〕琛（chēn），珍寶。

〔四九〕元龜，大龜。象齒，象牙。

〔五〇〕賂，俞樾《羣經平議》：「賂，借爲璐，玉也。」南金，南方出産的黄金。

閟宫

這也是一首歌頌魯僖公的詩。魯僖公派兵伐淮夷，取得勝利。依古禮以其戰功告祭祖廟。魯臣作此樂歌，在告祭時唱之。

一

閟宫有侐〔一〕，實實枚枚〔二〕。赫赫姜嫄〔三〕，其德不回〔四〕，上帝是依〔五〕，無災無害，彌月不遲〔六〕，是生后稷。降之百福〔七〕，黍稷重穋〔八〕，稙穉菽麥〔九〕，奄有下國〔一〇〕，俾民稼穡。有稷有黍，有稻有秬〔一一〕。奄有下土，纘禹之緒〔一二〕。

二

后稷之孫，實維大王〔一三〕，居岐之陽〔一四〕，實始翦商〔一五〕。至于文武〔一六〕，纘大王之緒，致天之届〔一七〕，于牧之野〔一八〕。「無貳無虞〔一九〕！上帝臨女〔二〇〕！」敦商之旅〔二一〕，克咸厥功〔二二〕。

三

王曰：「叔父〔二三〕，建爾元子〔二四〕，俾侯于魯〔二五〕，大啓爾宇〔二六〕，爲周室輔。」乃命魯公〔二七〕，俾侯于東〔二八〕，錫之山川〔二九〕，土田附庸〔三〇〕。

四

周公之孫，莊公之子〔三一〕，龍旂承祀〔三二〕，六轡耳耳〔三三〕，春秋匪解〔三四〕，享祀不忒〔三五〕。皇皇后帝〔三六〕，皇祖后稷，享以騂犧〔三七〕，是饗是宜〔三八〕，降福既多。周公皇祖，亦其福女〔三九〕。

五

秋而載嘗〔四〇〕，夏而楅衡〔四一〕，白牡騂剛〔四二〕。犧尊將將〔四三〕，毛炰胾羹〔四四〕，籩豆大房〔四五〕。萬舞洋洋〔四六〕，孝孫有慶〔四七〕。

六

俾爾熾而昌〔四八〕，俾爾壽而臧〔四九〕，保彼東方，魯邦是常〔五〇〕。不虧不崩，不震不騰〔五一〕，三壽作朋〔五二〕，如岡如陵〔五三〕。

七

公車千乘，朱英緑縢〔五四〕，二矛重弓〔五五〕。公徒三萬〔五六〕，貝胄朱綅〔五七〕，烝徒增增〔五八〕。戎狄是膺〔五九〕，荆舒是懲〔六〇〕，則莫我敢承〔六一〕。

八

俾爾昌而熾，俾爾壽而富，黄髮台背〔六二〕，壽胥與試〔六三〕。俾爾昌而大，俾爾耆而艾〔六四〕，萬有千歲〔六五〕，眉壽無有害〔六六〕。

九

泰山巖巖〔六七〕，魯邦所詹〔六八〕。奄有龜蒙〔六九〕，遂荒大東〔七〇〕，至于海邦〔七一〕，淮夷來同〔七二〕。莫不率從〔七三〕，魯侯之功。

十

保有鳧繹〔七四〕，遂荒徐宅〔七五〕。至于海邦，淮夷蠻貊〔七六〕。及彼南夷〔七七〕，莫不率從。莫敢不諾〔七八〕，魯侯是若〔七九〕。

十一

天錫公純嘏〔八〇〕，眉壽保魯，居常與許〔八一〕，復周公之宇〔八二〕。魯侯燕喜〔八三〕，令妻壽母〔八四〕。宜大夫庶士〔八五〕，邦國是有。既多受祉〔八六〕，黄髮兒齒〔八七〕。

十二

徂來之松〔八八〕，新甫之柏〔八九〕，是斷是度〔九〇〕，是尋是尺〔九一〕。松桷有舄〔九二〕。路寢孔碩〔九三〕。新廟奕奕〔九四〕，奚斯所作〔九五〕。孔曼且碩〔九六〕，萬民是若〔九七〕。

【注】

〔一〕閟（bì必），鄭箋：「閟，神也。」古人認爲宗廟是神之所在，所以稱爲祕宮。侐（xù恤），清靜也。

〔二〕實實，廣大貌。枚枚，細密貌。指建築物上細緻的描畫雕刻。

〔三〕赫赫，顯耀貌。姜嫄，后稷的母親。

〔四〕回，邪僻。此句言姜嫄的品德純正。

〔五〕上帝是依，指姜嫄依靠上帝。

〔六〕彌月，滿月。

〔七〕降之百福，指上帝賜后稷以百福。但依下文，百福當作百穀，傳寫之誤。降之百穀即《大雅・生民》「誕降嘉種」之意。

〔八〕重，通穜（tóng童），先種後熟的農作物。穋（lù路），後種先熟的農作物。

〔九〕植，早種的穀類。稺，晚種的穀類。菽，豆也。此句言早種或晚種的豆與麥。

〔一〇〕奄，猶爰，乃也。此句言后稷乃有天下。

〔一一〕秬（jù巨），黑黍也。

〔一二〕纘，繼續。緒，事業。

〔一三〕大（dài太）王，即文王的祖父古公亶父。

〔一四〕岐，岐山。陽，山的南面。太王由豳遷于岐山。

〔一五〕翦，滅除。

〔一六〕文武，周文王、周武王。

〔一七〕致，執行。屆，鄭箋：「屆，殛也。」即誅。此句指殷紂有罪，武王執行上帝的誅罰。

〔一八〕牧之野，即牧野，古地名，在今河南淇縣西南。武王領兵伐殷，與殷兵戰于牧野，打敗殷兵，因而滅殷。

〔一九〕貳，有二心也。虞，《廣雅·釋言》：「虞，驚也。」即畏懼。

〔二〇〕臨，監視。女，通汝，指伐殷的戰士。此二句乃武王在牧野誓師的話，言不要有貳心，不要畏怕，上帝在監視着你們。

〔二一〕敦，攻擊。旅，軍隊。

〔二二〕克，能也。咸，殺也。功，亨按：功字失韻，必是誤字。疑本作巨。巨與虡通用。《廣雅·釋言》：「虡，帥也。」此句言能斬殺殷軍的將帥。

〔二三〕王，周成王。叔父，成王稱周公。

〔二四〕建，立也。元子，長子，指周公的長子伯禽。

〔二五〕侯于魯，成王封伯禽爲魯侯。伯禽是魯國開國之君。

〔二六〕啓，開闢。宇，疆域。

〔二七〕魯公，指伯禽。

〔二八〕東，魯國在今山東南部，位于周之東。

〔二九〕錫，賜。

〔三〇〕附，借爲郛，外城，即郭。庸，借爲墉，城也。郛墉，即城郭。上二句言成王賜魯公以山河、土地、城郭。又《孟子·萬章下》：「天子之制地方千里，公侯皆方百里，伯七十里，子男五十里，凡四等，不能五十里不達於天子，附於諸侯，曰附庸。」據此，附庸是受諸侯統治的附屬國。《詩經》舊解均采用此説，也通。

〔三一〕莊公之子，即魯僖公。

〔三二〕承祀，繼承祭祀之禮。

〔三三〕轡，馬繮繩。古代一車駕四馬，兩匹内馬各一轡，兩匹外馬各兩轡，共有六轡。耳耳，華美貌。

〔三四〕匪，通非。解，通懈，怠惰。

〔三五〕享，祭也。忒，差誤。

〔三六〕皇皇，光明。后帝，上帝。

〔三七〕騂（xīn辛），赤色。犧，祭神的牲稱犧。此句言用赤色犧牲祭祀后帝與后稷。

〔三八〕饗，以飲食獻神。宜，《爾雅·釋言》：「宜，肴也。」引申以肉獻神亦爲宜。

〔三九〕女，汝，指魯僖公。

〔四〇〕載，則也。嘗，秋祭之名。秋季以新穀獻給祖先，請祖先嘗新，所以名這種祭祀爲嘗。

〔四一〕楅（bì璧），猶縛也。衡，横木。把横木捆縛在牛角上爲楅衡。古代祭祀，先通過卜筮，選定一個牛牲，特別餵養牠，在牠的兩角間捆上横木，以防牛角碰壞。夏而楅衡，以備秋嘗之用。

〔四二〕白牡，白色的公牛。剛，借爲犅（gāng剛），公牛。騂剛，赤色的公牛。

〔四三〕犧尊，古代銅質牛形的酒器。將將，同鏘鏘，形容銅器相觸聲。

〔四四〕炰（páo袍），燒也。毛炰，指帶毛燒熟的猪。胾（zì字）羹，肉湯。

〔四五〕籩，盛果脯的竹器。豆，古代一種形似高足盤的食器。大房，盛大塊肉的木格。

〔四六〕萬舞，古代一種舞的名稱。洋洋，形容盛大。

〔四七〕孝孫，指魯僖公。

〔四八〕爾，指僖公。熾，盛也。

〔四九〕臧，借爲壯，健康。

〔五〇〕常，守也。

〔五一〕震，動盪。騰，沸騰。此二句指魯國之鞏固猶如不壞不崩之山，不震不沸之水。

〔五二〕三壽，三等長壽之人，九十歲爲上壽，八十歲爲中壽，七十歲爲下壽。朋，猶侶也。此句言長壽之人作僖公的伴侶，説明僖公也是長壽。

〔五三〕岡，崗。陵，嶺也。此句言僖公之壽如崗嶺的長久。

〔五四〕英，纓也。朱英指矛上有紅色的纓。縢，繩也。綠縢指弓上纏着綠色的繩。

〔五五〕二矛，每輛兵車上插兩枝矛。重弓，每個戰士帶兩張弓。

〔五六〕徒，步兵。每輛兵車隨有徒兵約三十人，兵車千輛有徒兵三萬。

〔五七〕貝胄，飾有貝殼的頭盔。朱綅，紅綫。以朱色的綫把貝聯在盔上。又解：貝胄，盔上有貝形的花紋。朱綅，盔上有紅色綫條。

〔五八〕烝，衆也。增增，猶層層也。

〔五九〕戎狄，我國古代北方的二個民族。膺，馬瑞辰《毛詩傳箋通釋》：「膺，擊也。」

〔六〇〕荆，楚國。舒，國名，在今安徽廬江縣。《春秋·僖公三年》：「徐人取舒。」此詩作于僖公晚年，其時舒已成爲徐戎的屬國，與魯爲敵國。懲，罰也。

〔六一〕承，當，抵擋。

〔六二〕台背，疑即駘背。黄髮駘背都是年老的現象。

〔六三〕胥，皆也。與，給予。試，疑借爲貸，予也。此句言上帝都把壽賜予僖公。

〔六四〕耆，老也。艾，久也，年壽長久。

〔六五〕有，通又。

〔六六〕眉壽，長壽。
〔六七〕巖巖，高峻貌。
〔六八〕詹，馬瑞辰説：「詹，借爲瞻。《説苑·襍言篇》、《韓詩外傳》引並作瞻。」按瞻，仰望也。
〔六九〕奄，包括。龜，山名，在今山東新泰縣西南四十里。蒙，山名，在今山東蒙陰縣南。龜蒙二山均屬蒙山山系。
〔七〇〕荒，借爲撫，據而有之也。
〔七一〕邦，讀爲封。《小爾雅·廣詁》：「封，界也。」海封，猶海邊。
〔七二〕來同，猶來朝。
〔七三〕率從，相繼順服。
〔七四〕鳧，山名，在今山東鄒縣西南五十里。繹，又作嶧，山名，在今山東鄒縣東南。
〔七五〕徐，古國名，故城在今安徽泗縣北。徐宅，徐夷舊居之地。
〔七六〕蠻貊，古稱南方部族爲蠻，稱北方部族爲貊。但蠻貊有時是當時其它部族的通稱。
〔七七〕南夷，南方的各部族。
〔七八〕諾，答應，順從。
〔七九〕若，順也。此言都服從魯侯。
〔八〇〕純，大也。嘏，借爲祜，福也。純固，洪福。

〔八一〕常，地名。馬瑞辰說：「《國語·齊語》：『管子曰：以魯爲主，反其侵地堂、潛。』管子作常潛。則常邑曾見侵於齊，莊公時復歸於魯。」《左傳·莊公九年》：「管仲請囚，鮑叔受之，及堂阜而稅之。」杜注：「堂阜齊地。」詩文的常與《國語》的堂疑即堂阜，在今山東蒙陰縣西北三十里。許，地名。鄭箋：「許，許田也。」《左傳·隱公八年》：「鄭伯請……以泰山之祊易許田。」桓公元年：「鄭伯以璧假許田。」按許田在今山東臨沂縣西北五十五里，本是魯國的土地。鄭桓公做周王朝的司徒時，以王朝的勢力，强索魯國的祊邑，做爲他陪周王祭祀泰山的住所（即所謂湯沐邑）。春秋時，周王不祭祀泰山，鄭武公乃用祊邑和璧玉換得魯國的許田。這是因爲許田雖不與鄭國接壤，但距離鄭國較近，經營較爲方便。到僖公時又把許田取回來了。

〔八二〕宇，猶域也。魯是周公的封國，常與許原是魯國的土地，而常被齊國奪去，許被鄭國換去。現在收回這兩地，故說復周公之宇。

〔八三〕燕，安也。

〔八四〕令，善也。令妻，猶賢妻。

〔八五〕宜，猶善也。此句言僖公善待大夫衆士。

〔八六〕祉，福也。

〔八七〕兒齒，老人牙落後，又生新牙，是爲兒齒。這是長壽的現象。

〔八八〕徂來，山名，在今山東泰安縣東南四十里。

〔八九〕新甫，山名，在今山東新泰縣西北四十里，又名宫山，又名小泰山。

〔九〇〕度，馬瑞辰説：「度借爲剫。《説文》：『剫，判也。』伐木。」

〔九一〕尋，八尺。此處尋與尺都是動詞，指截成八尺長的和一尺長的。

〔九二〕桷（jué覺），方的椽子。舄（xì戲），大貌。

〔九三〕路寢，正室也。碩，大也。

〔九四〕新廟，即上文所謂閟宫，魯君的祖廟。奕奕，高大美盛貌。

〔九五〕奚斯，魯國大夫，是魯國的公子，所以又稱公子奚斯。奚斯所作，指祖廟由奚斯主持建成。

〔九六〕曼，長也。此句言廟又長又大。

〔九七〕若，順也。此句指廟貌莊嚴，萬民對它肅然起敬。

商頌

那

這篇是宋君祭祀祖先通用的樂歌。詩中稱被祭者爲烈祖（即列祖），稱祭者爲湯孫，便是明證。

猗與那與〔一〕，置我鞉鼓〔二〕。奏鼓簡簡〔三〕，衎我烈祖〔四〕。湯孫奏假〔五〕，綏我思成〔六〕。鞉鼓淵淵〔七〕，嘒嘒管聲〔八〕。既和且平，依我磬聲〔九〕。於赫湯孫〔一〇〕，穆穆厥聲〔一一〕。庸鼓有斁〔一二〕，萬舞有奕〔一三〕。我有嘉客，亦不夷懌〔一四〕。自古在昔，先民有作〔一五〕。温恭朝夕，執事有恪〔一六〕。顧予烝嘗〔一七〕，湯孫之將〔一八〕。

【注】

〔一〕猗那，即猗儺，同婀娜，摇擺的狀態。與，讀爲歟，語氣詞。

〔二〕置，讀爲持。鞉（táo 桃）鼓，摇鼓。

〔三〕簡簡，鞉鼓聲也。

〔四〕衎（kàn看），樂也。烈，當讀爲列。

〔五〕湯孫，商湯的子孫。指主祭的宋君。奏，進也。假，讀爲嘏，告也。奏嘏即禱告之意。

〔六〕綏，林義光《詩經通解》：「綏，讀爲遺。」遺，贈予。此句言列祖賜我理想中的成就。

〔七〕淵淵，鼓聲。

〔八〕嘒嘒，吹管的聲音。

〔九〕依我磬聲，指鼓管聲隨着擊磬聲而高下疾徐。

〔一〇〕於，烏，歎美聲。赫，顯赫也。

〔一一〕穆穆，美也。聲，名也。

〔一二〕庸，借爲鏞，大鐘也。斁（yì譯），音樂盛大貌。

〔一三〕萬舞，舞名。奕，舞態從容貌。

〔一四〕夷，讀爲恞。恞懌，喜悦。亦不夷懌，當作不亦夷懌，不是很高興嗎。一說：不通丕，大也。

〔一五〕有作，有所作爲。

〔一六〕恪（kè客），敬謹也。

〔一七〕顧，光顧。烝嘗，均是祭名。

〔一八〕將，奉獻。

烈祖

這篇也是宋君祭祀祖先通用的樂歌。

嗟嗟烈祖〔一〕，有秩斯祜〔二〕，申錫無疆〔三〕，及爾斯所〔四〕。既載清酤〔五〕，賚我思成〔六〕。亦有和羹〔七〕，既戒既平〔八〕。鬷假無言〔九〕，時靡有爭〔一〇〕。綏我眉壽〔一一〕，黄耇無疆〔一二〕。約軝錯衡〔一三〕，八鸞鶬鶬〔一四〕，以假以享〔一五〕，我受命溥將〔一六〕。自天降康〔一七〕，豐年穰穰〔一八〕，來假來饗〔一九〕，降福無疆。顧予烝嘗〔二〇〕，湯孫之將〔二一〕。

【注】

〔一〕烈，當讀爲列。

〔二〕有，猶以也。秩，王引之《經傳釋詞》：「秩，大也。」斯，猶之也。祜（hù户），福也。

〔三〕申，重也。錫，賜。

〔四〕爾，指宋君。斯所，此處。此四句實爲一句，言列祖以大福，重重地賜予，没有止限，及于你處。

〔五〕載，陳，設置。酤，酒也。

〔六〕賚（lài賴），賜也。思成，想有所成就。

〔七〕和羹，調好的湯。

〔八〕戒，指司儀者提請參與祭禮的人們注意。平，肅静也。

〔九〕鬷假，即奏假（《禮記·中庸》引作奏假，《左傳·昭公二十年》引作鬷嘏），禱告也。此句指默默禱告。

〔一〇〕争，當借爲錚。《説文》：「錚，金聲也。」此指樂器的聲音。此句指祈禱時不奏樂。

〔一一〕綏，賜也。眉壽，長壽也。

〔一二〕黄耇（gǒu苟），長壽之稱。

〔一三〕約，用革纏束。軝（qí其），車軸兩端伸出輪外的部分。周代貴族的車以朱革纏軝。錯，花紋（一説：金黄色）。衡，車轅前端的横木，用以駕馬。

〔一四〕鸞，通鑾，車衡上的鈴。鶬鶬，鈴聲。

〔一五〕假，通格，來到。享，致祭。此言宋君到廟中致祭。

〔一六〕溥，廣也。將，大也。

〔一七〕康，安樂也。

〔一八〕穰穰，禾穀盛多貌。

〔一九〕來假來饗，指祖先之神來到廟中享受祭祀。

〔二〇〕顧，光顧。烝嘗，均是祭名。

〔二一〕湯孫，商湯的子孫。將，奉獻。

玄鳥

這篇是宋君祭祀殷高宗武丁時所唱的樂歌。敘述商的始祖契誕生的傳説以及成湯的立國爲王，歌頌武丁中興的功業。是一首簡單的史詩。

天命玄鳥〔一〕，降而生商〔二〕，宅殷土芒芒〔三〕。古帝命武湯〔四〕，正域彼四方〔五〕。方命厥后〔六〕，奄有九有〔七〕。商之先后，受命不殆〔八〕，在武丁孫子。武丁孫子，武王靡不勝〔九〕。龍旂十乘〔一〇〕，大糦是承〔一一〕。邦畿千里〔一二〕，維民所止〔一三〕。肇域彼四海〔一四〕，四海來假〔一五〕，來假祁祁〔一六〕。景員維河〔一七〕，殷受命咸宜，百禄是何〔一八〕。

【注】

〔一〕玄鳥，燕子。燕色黑，故名玄鳥。

〔二〕商，指契。契是商的始祖，故稱爲商。古代傳説有娀氏之女簡狄，浴于河中。有燕飛過，墜其卵。簡狄呑之，因而懷孕，生契。契建國于商（今河南商邱）。

〔三〕宅，居也。殷土，指商地。殷在盤庚遷殷以前國號稱商，盤庚遷殷以後國號稱殷，其後人也稱商地爲殷土。芒芒，即茫茫，廣大貌。

〔四〕古，從前。帝，上帝。武湯，即成湯。有武功，故稱武湯，《商頌》稱他爲武王。

〔五〕正，讀爲征。域，有也。此言湯因征伐而有天下四方。

〔六〕方，並也，徧也。后，君也。指各部落首領。此言湯普遍任命四方諸侯。

〔七〕奄，猶爰也。九有，即九域，九州也。

〔八〕殆，通怠。

〔九〕王引之《經傳釋詞》：「『在武丁孫子，武丁孫子，武王靡不勝』當作『在武王孫子，武王孫子，武丁靡不勝』。」此説可從。武王即湯。武丁，湯的第九代孫盤庚之弟小乙之子，在位五十九年，復興了中衰的商朝。此三句言：天命永在成湯的子孫，成湯的子孫中武丁是戰無不勝的。

〔一〇〕十乘，十輛。此指武丁駕着十輛插着龍旗的車來祭祀祖先。

〔一一〕糦，與饎同，酒食也，指祭祀的酒食。承，供奉。

〔一二〕畿，邊境。邦畿猶言國境。

〔一三〕維，猶爲。止，居住。

〔一四〕肇，發語詞。域，有也。

〔一五〕假，通格，至也。來假，猶言來朝。

〔一六〕祁祁，衆多。

〔一七〕景，大也。員，讀爲圓，國界稱圓，因其略近圓形。維，圍繞，包括。用繩綑物爲維，故維有圍繞包括之意。河，黄河。景員維河，殷的廣大國界包括黄河。

〔一八〕禄，福也。何，通荷，蒙受。百禄是何，蒙受天予的百福。

長發

這是宋君祭祀成湯及其以前先公先王的樂歌。

一

濬哲維商〔一〕，長發其祥。洪水芒芒〔二〕，禹敷下土方〔三〕，外大國是疆〔四〕。幅隕既長〔五〕，有娀方將〔六〕，帝立子生商〔七〕。

二

玄王桓撥〔八〕，受小國是達〔九〕，受大國是達。率履不越〔一〇〕，遂視既發〔一一〕。相土烈烈〔一二〕，海外有截〔一三〕。

三

帝命不違〔一四〕，至于湯齊〔一五〕。湯降不遲〔一六〕，聖敬日躋〔一七〕。昭假遲遲〔一八〕，上帝是祗〔一九〕。帝命式于九圍〔二〇〕。

四

受小球大球〔二一〕，爲下國綴旒〔二二〕，何天之休〔二三〕。不競不絿〔二四〕，不剛不柔，敷政優優〔二五〕，百禄是遒〔二六〕。

五

受小共大共〔二七〕，爲下國駿厖〔二八〕，何天之龍〔二九〕。敷奏其勇〔三〇〕，不震不動，不戁不竦〔三一〕，百禄是總〔三二〕。

六

武王載旆〔三三〕，有虔秉鉞〔三四〕，如火烈烈，則莫我敢曷〔三五〕。苞有三蘖，莫遂莫達〔三六〕，九有有截〔三七〕。韋顧既伐〔三八〕，昆吾夏桀〔三九〕。

七

昔在中葉〔四〇〕，有震且業〔四一〕。允也天子〔四二〕，降予卿士〔四三〕。實維阿衡〔四四〕，實左右商王〔四五〕。

【注】

〔一〕濬，讀爲叡（ruì 鋭），智慧。叡哲，明智也。商，指契。

〔二〕芒芒，即茫茫。

〔三〕敷，治也。

〔四〕外，當作小。小大國即小國大國。疆，劃定疆界。

〔五〕幅隕，即幅員，疆域也。

〔六〕有娀，即有戎，部族名，也是國名。此指有戎氏之女。將，借爲壯。方壯，正在壯年。

〔七〕帝，上帝。商，指契。此言契是上帝的兒子。

〔八〕玄王，契稱玄王（見《國語》中周語、魯語及《荀子·非相》）。桓，《廣雅·釋訓》：「桓桓，武也。」撥，讀爲侼，《方言》十二：「侼，强也。」

〔九〕達，通也。此句指小國歸附玄王，玄王受之，能通達其國情。

〔一〇〕率，循也。履，借爲禮（《説苑·復恩》、《漢書·宣帝紀》及《蕭望之傳》引並作禮）。

〔一一〕遂，猶隨也。發，明也。此句言隨事而觀之，一看即明白。

〔一二〕相土，契的孫。烈烈，威武貌。

〔一三〕截，斬獲也。此言相土征伐海外，有所斬殺。

〔一四〕違，離去也。此句言天命永在。

〔一五〕齊，俞樾《羣經平議》：「齊當爲濟，《爾雅·釋言》曰：『濟，成也。』」此言至于湯而王業成。

〔一六〕不遲，指湯的降生恰當其時。

〔一七〕聖，明通。躋，升也，上進也。

〔一八〕昭，禱也。假，借爲嘏，福也。禱告祈福叫昭假。遲遲，慢慢。

〔一九〕祗，敬也。此言湯尊敬上帝。

〔二〇〕式，法也。九圍，九州也。此言上帝命湯做九州的典範，即命湯統治九州。

〔二一〕受，通授，予也。球，圓玉也。

〔二二〕旒，古代王侯冠冕前後懸垂的玉串，或以珠穿成。此二句指湯以小球大球賜予下國之君，給他們穿旒之用。

〔二三〕何，通荷，蒙受。休，蔭庇也。

〔二四〕競，争也。絿，急躁。

〔二五〕敷政，施政。優優，寬和也。

〔二六〕禄，福也。遒，聚也。

〔二七〕受，通授。共，讀爲珙（《淮南子·本經》高注引作珙），與玒（hóng洪）同，玉也。

〔二八〕駿厖，駿借爲桓。《周禮·大宗伯》：「以玉作六瑞，以等邦國。王執鎮圭，公執桓圭，侯執信圭，伯執躬圭，子執穀璧，男執蒲璧。」厖讀爲尨（máng忙），雜色。此二句指湯以大小之玉賜下國諸侯，以作桓圭或尨圭。

〔二九〕何，蒙受。龍，通寵。

〔三〇〕敷奏，施展。

〔三一〕戁（nǎn 赧），恐也。竦（sǒng 聳），懼也。

〔三二〕總，聚也。

〔三三〕武王，殷人稱湯爲武王。旆，大旗。載旆，大旗插在車上。

〔三四〕虔，威猛如虎貌。秉，持。鉞，大斧。

〔三五〕曷，借爲遏（《荀子·議兵》、《漢書·刑法志》引作遏），止也，抗禦也。

〔三六〕苞，叢生之草。蘖，斬伐草木後萌出的新芽。此以苞草比夏桀，以三蘖比韋、顧、昆吾三國。遂，生也。達，長也。

〔三七〕九有，九州。截，斬獲。

〔三八〕韋，即豕韋，夏的同盟部落，彭姓。在今河南滑縣東南。後爲商湯所滅。顧，夏的同盟部落，己姓。在今河南范縣東南。後爲商湯所滅。

〔三九〕昆吾，夏的同盟部落，己姓。在今河南許昌東。後爲商湯所滅。此句承上句省一伐字。

〔四〇〕中葉，指湯在位的中期。

〔四一〕震，驚也。業，通隉（niè 聶），危也。此指湯曾被夏桀囚于夏臺之事。

〔四二〕允，誠然，信然。此指湯真是上帝之子。

〔四三〕降予，上帝賜我。卿士，執政之官。此指湯之大臣伊尹。

〔四四〕阿，借爲掎（ㄐㄧˇ己），持也。衡，秤也。殷人稱執政掌權的大官爲阿衡。此用來稱伊尹。

〔四五〕左右，讀爲佐佑，輔佐保佑。商王，指湯。

殷武

這是宋君祭祀宋武公的樂歌。宋爲殷後，故稱殷武。宋武公立于周宣王六年，在春秋前。正考父輔佐過宋武公。

一

撻彼殷武〔一〕，奮伐荆楚。罙入其阻〔二〕，裒荆之旅〔三〕，有截其所〔四〕，湯孫之緒〔五〕。

二

維女荆楚〔六〕，居國南鄉〔七〕。昔有成湯，自彼氐羌〔八〕，莫敢不來享〔九〕，莫敢不來王〔一〇〕，曰商是常〔一一〕。

三

天命多辟〔一三〕，設都于禹之績〔一三〕。歲事來辟〔一四〕，勿予禍適〔一五〕，稼穡匪解〔一六〕。

四

天命降監〔一七〕，下民有嚴〔一八〕。不僭不濫〔一九〕，不敢怠遑〔二〇〕。命于下國，封建厥福〔二一〕。

五

商邑翼翼〔二二〕，四方之極〔二三〕。赫赫厥聲〔二四〕，濯濯厥靈〔二五〕。壽考且寧，以保我後生〔二六〕。

六

陟彼景山〔二七〕，松柏丸丸〔二八〕。是斷是遷〔二九〕，方斲是虔〔三〇〕。松桷有梴〔三一〕，旅楹有閑〔三二〕。寢成孔安〔三三〕。

【注】

〔一〕撻，馬瑞辰《毛詩傳箋通釋》：「撻字亦爲武貌。」殷武，當是宋武公。宋武公伐楚事不見史書。史書缺載之事很多，不足怪。

〔二〕罙，即深。阻，險阻。

〔三〕裒（póu 抔），王引之《經義述聞》引王念孫説：「裒讀爲俘。」旅，士兵也。

〔四〕截，斬獲。其所，指楚地。

〔五〕湯孫，商湯之裔孫。緒，功業。

〔六〕女，汝。

〔七〕南鄉，猶南方。

〔八〕氐、羌，都是西方的部族。

〔九〕享，奉獻。

〔一〇〕王，朝見。

〔一一〕常，俞樾《羣經平議》：「常讀爲尚，主也。」

〔一二〕辟（bì 璧），君也。多辟，諸侯。

〔一三〕都，國都。績，借爲蹟，同迹。九州都是禹治水所經歷之地，所以稱禹之迹或禹迹。

〔一四〕歲事，一年的農事。辟，治也。

〔一五〕適，借爲謫，譴責，懲罰。此言天不予人以禍謫。

〔一六〕匪，非。解，通懈。

〔一七〕降監，下察也。

〔一八〕嚴，肅敬。
〔一九〕僭，越禮。濫，妄爲。
〔二〇〕不敢怠遑，當作不敢遑怠。遑與國、福押韻。遑，閑暇。怠，鬆懈。
〔二一〕福，當讀爲副。言天命天子封侯建國，以爲副佐。
〔二二〕翼翼，繁盛貌。
〔二三〕極，準則。
〔二四〕赫赫，顯著。聲，名聲。
〔二五〕濯，借爲耀。耀耀，光明。此兩句言：殷武之名聲赫赫，殷武的神靈昭昭。
〔二六〕後生，後人。此二句言殷武保佑子孫長壽平安。
〔二七〕陟，登也。景，大也。
〔二八〕丸丸，條直自如貌。
〔二九〕斷，斬伐。遷，搬也。
〔三〇〕斲，用斧砍。虔，馬瑞辰説：「虔，殺也，削也。」
〔三一〕桷（jué 覺），方的椽子。梴（chān 攙），木長貌。
〔三二〕旅，衆也。楹，柱也。閑，大貌。
〔三三〕寢，廟也。指爲殷武新建的廟。

瓶水齋詩集　　[清]舒位著　曹光甫點校
龔自珍全集　　[清]龔自珍著　王佩諍校點
龔自珍詩集編年校注　　[清]龔自珍著　劉逸生、周錫韋复校注
水雲樓詩詞箋注　　[清]蔣春霖著　劉勇剛箋注
人境廬詩草箋注　　[清]黄遵憲著　錢仲聯箋注
嶺雲海日樓詩鈔　　[清]丘逢甲著　丘鑄昌標點

安雅堂全集	[清]宋琬著　馬祖熙標校
龔鼎孳詞校注	[清]龔鼎孳著　孫克强、鄧妙慈校注
吴嘉紀詩箋校	[清]吴嘉紀著　楊積慶箋校
陳維崧集	[清]陳維崧著　陳振鵬標點 李學穎校補
屈大均詩詞編年校箋	[清]屈大均著　陳永正等校箋
屈大均詞箋注	[清]屈大均著　陳永正箋注
秋笳集	[清]吴兆騫撰　麻守中校點
漁洋精華録集釋	[清]王士禛著 李毓芙、牟通、李茂肅整理
聊齋志異會校會注會評本	[清]蒲松齡著　張友鶴輯校
敬業堂詩集	[清]查慎行著　周劭標點
納蘭詞箋注	[清]納蘭性德著　張草紉箋注
方苞集	[清]方苞著　劉季高校點
樊榭山房集	[清]厲鶚著　[清]董兆熊注 陳九思標校
劉大櫆集	[清]劉大櫆著　吴孟復標點
儒林外史彙校彙評(增訂版)	[清]吴敬梓著　李漢秋輯校
小倉山房詩文集	[清]袁枚著　周本淳標校
忠雅堂集校箋	[清]蔣士銓著　邵海清校 李夢生箋
甌北集	[清]趙翼著　李學穎、曹光甫校點
惜抱軒詩文集	[清]姚鼐著　劉季高標校
兩當軒集	[清]黄景仁著　李國章校點
惲敬集	[清]惲敬著　萬陸、謝珊珊、林振岳 標校　林振岳集評
茗柯文編	[清]張惠言著　黄立新校點

湯顯祖戲曲集　[明]湯顯祖著　錢南揚校點
白蘇齋類集　[明]袁宗道著　錢伯城校點
袁宏道集箋校　[明]袁宏道著　錢伯城箋校
珂雪齋集　[明]袁中道著　錢伯城點校
喻世明言會校本　[明]馮夢龍編著　李金泉點校
警世通言會校本　[明]馮夢龍編著　李金泉點校
醒世恒言會校本　[明]馮夢龍編著　李金泉點校
隱秀軒集　[明]鍾惺著　李先耕、崔重慶標校
譚元春集　[明]譚元春著　陳杏珍標校
張岱詩文集(增訂本)　[明]張岱著　夏咸淳輯校
陳子龍詩集　[明]陳子龍著　施蟄存、馬祖熙標校
夏完淳集箋校(修訂本)　[明]夏完淳著　白堅箋校
牧齋初學集　[清]錢謙益著　[清]錢曾箋注　錢仲聯標校
牧齋有學集　[清]錢謙益著　[清]錢曾箋注　錢仲聯標校
牧齋雜著　[清]錢謙益著　[清]錢曾箋注　錢仲聯標校
牧齋初學集詩注彙校　[清]錢謙益著　[清]錢曾箋注　卿朝暉輯校
李玉戲曲集　[清]李玉著　陳古虞、陳多、馬聖貴點校
吴梅村全集　[清]吴偉業著　李學穎集評標校
歸莊集　[清]歸莊著
顧亭林詩集彙注　[清]顧炎武著　王蘧常輯注　吴丕績標校

劍南詩稿校注	[宋]陸游著　錢仲聯校注
放翁詞編年箋注(增訂本)	[宋]陸游著　夏承燾、吴熊和箋注 陶然訂補
渭南文集箋校	[宋]陸游著　朱迎平箋校
范石湖集	[宋]范成大撰　富壽蓀標校
范成大集校箋	[宋]范成大撰　吴企明校箋
于湖居士文集	[宋]張孝祥著　徐鵬校點
稼軒詞編年箋注(定本)	[宋]辛棄疾撰　鄧廣銘箋注
辛棄疾詞校箋	[宋]辛棄疾著　吴企明校箋
姜白石詞編年箋校	[宋]姜夔著　夏承燾箋校
後村詞箋注	[宋]劉克莊著　錢仲聯箋注
劉辰翁詞校注	[宋]劉辰翁著　吴企明校注
瀛奎律髓彙評	[元]方回選評　李慶甲集評校點
雁門集	[元]薩都拉著 殷孟倫、朱廣祁校點
揭傒斯全集	[元]揭傒斯著　李夢生標校
高青丘集	[明]高啓著　[清]金檀注 徐澄宇、沈北宗校點
唐寅集	[明]唐寅著　周道振、張月尊輯校
文徵明集(增訂本)	[明]文徵明著　周道振輯校
震川先生集	[明]歸有光著　周本淳校點
海浮山堂詞稿	[明]馮惟敏著 凌景埏、謝伯陽標校
滄溟先生集	[明]李攀龍著　包敬第標校
梁辰魚集	[明]梁辰魚著　吴書蔭編集校點
沈璟集	[明]沈璟著　徐朔方輯校
湯顯祖詩文集	[明]湯顯祖著　徐朔方箋校

歐陽修詞校注	[宋]歐陽修著　胡可先、徐邁校注
蘇舜欽集	[宋]蘇舜欽著　沈文倬校點
嘉祐集箋注	[宋]蘇洵著　曾棗莊、金成禮箋注
王荊文公詩箋注(修訂版)	[宋]王安石著　[宋]李壁箋注　高克勤點校
王令集	[宋]王令著　沈文倬校點
蘇軾詩集合注	[宋]蘇軾著　[清]馮應榴注　黄任軻、朱懷春校點
東坡樂府箋	[宋]蘇軾著　[清]朱孝臧編年　龍榆生校箋
東坡詞傅幹注校證	[宋]蘇軾著　[宋]傅幹注　劉尚榮校證
欒城集	[宋]蘇轍著　曾棗莊、馬德富校點
山谷詩集注	[宋]黄庭堅著　[宋]任淵、史容、史季温注　黄寶華點校
山谷詩注續補	[宋]黄庭堅著　陳永正、何澤棠注
山谷詞校注	[宋]黄庭堅著　馬興榮、祝振玉校注
淮海集箋注(修訂本)	[宋]秦觀撰　徐培均箋注
淮海居士長短句箋注	[宋]秦觀著　徐培均箋注
賀鑄詞集校注	[宋]賀鑄著　鍾振振校注
清真集箋注	[宋]周邦彦著　羅忼烈箋注
石門文字禪校注	[宋]釋惠洪撰　周裕鍇校注
石林詞箋注	[宋]葉夢得著　蔣哲倫箋注
樵歌校注	[宋]朱敦儒著　鄧子勉校注
李清照集箋注(修訂本)	[宋]李清照著　徐培均箋注
吕本中詩集箋注	[宋]吕本中著　祝尚書箋注
陳與義集校箋	[宋]陳與義著　白敦仁校箋
蘆川詞箋注	[宋]張元幹著　曹濟平箋注

韓昌黎文集校注	[唐]韓愈著　馬其昶校注 馬茂元整理
劉禹錫集箋證	[唐]劉禹錫著　瞿蜕園箋證
白居易集箋校	[唐]白居易著　朱金城箋校
柳宗元詩箋釋	[唐]柳宗元著　王國安箋釋
柳河東集	[唐]柳宗元著　[宋]廖瑩中輯注
元稹集校注	[唐]元稹著　周相録校注
長江集新校	[唐]賈島著　李嘉言新校
張祜詩集校注	[唐]張祜著　尹占華校注
三家評注李長吉歌詩	[唐]李賀著　[清]王琦等評注 蔣凡校點
樊川文集	[唐]杜牧著　陳允吉校點
樊川詩集注	[唐]杜牧著　[清]馮集梧注
温飛卿詩集箋注	[唐]温庭筠著　[清]曾益等箋注
玉谿生詩集箋注	[唐]李商隱著　[清]馮浩箋注 蔣凡校點
樊南文集	[唐]李商隱著　[清]馮浩詳注 錢振倫、錢振常箋注
皮子文藪	[唐]皮日休著　蕭滌非、鄭慶篤整理
鄭谷詩集箋注	[唐]鄭谷著 嚴壽澂、黄明、趙昌平箋注
韋莊集箋注	[五代]韋莊著　聶安福箋注
李璟李煜詞校注	[南唐]李璟、李煜著　詹安泰校注
張先集編年校注	[宋]張先著　吴熊和、沈松勤校注
二晏詞箋注	[宋]晏殊、晏幾道著　張草紉箋注
樂章集校箋	[宋]柳永著　陶然、姚逸超校箋
梅堯臣集編年校注	[宋]梅堯臣著　朱東潤編年校注
歐陽修詩文集校箋	[宋]歐陽修著　洪本健校箋

蕭繹集校注	[南朝梁]蕭繹著　陳志平、熊清元校注
玉臺新咏彙校	吴冠文、談蓓芳、章培恒彙校
王績集會校	[唐]王績著　韓理洲校點
王梵志詩校注(增訂本)	[唐]王梵志著　項楚校注
盧照鄰集箋注	[唐]盧照鄰著　祝尚書箋注
駱臨海集箋注	[唐]駱賓王著　[清]陳熙晉箋注
王子安集注	[唐]王勃著　[清]蔣清翊注
陳子昂集(修訂本)	[唐]陳子昂撰　徐鵬校點
孟浩然詩集箋注(增訂本)	[唐]孟浩然著　佟培基箋注
王右丞集箋注	[唐]王維著　[清]趙殿成箋注
李白集校注	[唐]李白著　瞿蜕園、朱金城校注
高適集校注(修訂本)	[唐]高適著　孫欽善校注
杜詩趙次公先後解輯校	[唐]杜甫著　[宋]趙次公注　林繼中輯校
新刊校定集注杜詩	[唐]杜甫著　[宋]郭知達輯注　聶巧平點校
新定杜工部草堂詩箋斠證	[唐]杜甫著　[宋]魯訔編　[宋]蔡夢弼會箋　曾祥波新定斠證
杜詩鏡銓	[唐]杜甫著　[清]楊倫箋注
錢注杜詩	[唐]杜甫著　[清]錢謙益箋注
杜甫集校注	[唐]杜甫著　謝思煒校注
岑參集校注	[唐]岑參著　陳鐵民、侯忠義校注
戴叔倫詩集校注	[唐]戴叔倫著　蔣寅校注
韋應物集校注(增訂本)	[唐]韋應物著　陶敏、王友勝校注
權德輿詩文集	[唐]權德輿撰　郭廣偉校點
王建詩集校注	[唐]王建著　尹占華校注
韓昌黎詩繫年集釋	[唐]韓愈著　錢仲聯集釋

《中國古典文學叢書》已出書目

詩經今注	高亨注
楚辭集注	[宋]朱熹撰　黄靈庚點校
楚辭今注	湯炳正、李大明、李誠、熊良智注
司馬相如集校注	[漢]司馬相如著　金國永校注
揚雄集校注	[漢]揚雄著　張震澤校注
張衡詩文集校注	[漢]張衡著　張震澤校注
阮籍集	[魏]阮籍著　李志鈞等校點
陸機集校箋	[晉]陸機著　楊明校箋
陶淵明集校箋(修訂本)	[晉]陶潛著　龔斌校箋
世説新語箋疏(修訂本)	[南朝宋]劉義慶撰　余嘉錫箋疏　周祖謨等整理
世説新語校釋(增訂本)	[南朝宋]劉義慶撰　[南朝梁]劉孝標注　龔斌校釋
鮑參軍集注	[南朝宋]鮑照著　錢仲聯增補集説校
謝宣城集校注	[南朝齊]謝朓著　曹融南校注集説
江文通集校注	[南朝梁]江淹著　丁福林、楊勝朋校注
文心雕龍義證	[南朝梁]劉勰著　詹鍈義證
詩品集注(增訂本)	[梁]鍾嶸著　曹旭集注
文選	[梁]蕭統編　[唐]李善注